姚民哀 著

江湖豪侠传

民国武侠小说典藏文库

姚民哀卷

中国文史出版社

"帮会小说之祖"姚民哀

张赣生

民国通俗小说作家中，颇有几位"奇人异士"，姚民哀便是其中之一。

姚民哀（1894—1938），江苏常熟人。他出生于一个说书艺人家庭，九岁时即随其父在江浙乡镇间流动演出，奔走江湖。当时正值光绪二十九年，由巢湖一带流亡到太湖流域的一伙人，以聚赌、贩盐为事，结为秘密帮会，声势甚盛。姚民哀随其父出入于这些人盘踞之处，对他们的特殊术语及风习十分熟悉。因见帮会中人见义勇为，同党相共患难，意志坚强，深为钦慕。姚氏年稍长，便也投身其中，加盟陶成章之光复会和陈其美之中华革命党为党员。辛亥革命爆发，陶、陈两派系势力均在上海一带发动武装起义，与辛亥义军相呼应，姚氏于此役曾充当敢死队员，与清军作战。

民国建立后，转年姚氏入新闻界，在《民国新闻》任职。民国五年（1916），袁世凯僭号洪宪，大约姚氏曾在外地有反袁活动，故逃亡回上海避难，并重操说书旧业。同时，在《小说丛报》《小说新报》等报刊发表笔记和短篇小说。他进入文坛并非偶然，早在辛亥革命时期，姚氏就既参加了秘密会党组织，也参加了陈去病、高旭、柳亚子等发起成立的文学社团——南社，与文坛人士建立了联系。此后，他一面从事说书旧业，一面编辑报刊并撰写小说及其他文章。他的说书以说唱《西

1

厢》著称。他编的报刊有《小说霸王》（不定期刊，1919）、《世界小报》（日刊，1923 创刊）等。所著长篇小说有《山东响马传》（1923）、《荆棘江湖》（1926）、《四海群龙》（1929）、《箬帽山王》（1930）及《江湖豪侠传》《太湖大盗》《秘密江湖》等。

这时，姚民哀已揭出"帮会小说"的旗号。清末的会党受革命潮流影响，与反清志士联络，是民主革命的一支重要武装力量，因而受到姚氏钦慕，并投身其中。民国建立后，会党作为黑社会组织的丑恶一面便日益暴露出来，姚氏也就由钦慕转为厌恶，对其加以口诛笔伐。他在1930 年为顾明道《荒江女侠》作的序中说："向称膏腴之所、上媲天堂之苏杭二地，近亦不时以盗匪洗劫闻。虽公家防卫方法，舍水陆皆有专司其责之军警外，更益以商民自卫团体。马肥人壮，械充弹足，日夜梭巡，守望相助，无地不郑重其事，诚无懈可击，谁尚口是而腹诽？而匪徒犹能肆意剽掠，挟载以去。苏杭且如是，彼地土枯瘠，人民衣食维艰，而又俗尚武力，虽妇竖小孩亦好暴勇斗狠，向称盗匪渊薮之所，自然尚堪设想焉耶？或曰：捕治既难严厉，试问应以何术驾驭最为适妥？姚民哀曰：治盗善法，莫妙于行侠尚义，则铲首诛心，无形瓦解。唐雎所谓'布衣之怒，伏尸二人，流血五步'，足使鼠辈栗栗心寒，惴惴知戒。一方贤有司更以宽容博爱之经济，导入以正，此风自然渐次湮泯，人人皆为奉公守法之民矣。不佞年来从事于秘密党会著述，随处以揭开社会暗幕为经，而亦早以提创尚武精神侠义救国为纬。"这便是姚氏作"帮会小说"的动机。

姚民哀的文章洋溢着侠气，并确曾执枪上过战场，但他的形貌却离膀大腰圆差得太远。严芙孙说："他的身体，既小且矮，夹在人丛里，仿佛是个十余龄的童子。""他的脚小得诧异，鞋夹在人丛里，仿佛是个十余龄的童子。""鞋子只穿得五寸六分实尺，比到三寸金莲，只多二寸有余。这件趣事，早已遍传小说界了。"所以当时有人和姚氏开玩笑，拟了一个"挽联"送给他，词云："脚小人小棺材小，名多友多著作多。"他看了一笑置之。张丹斧也曾和他开玩笑，说他这种革命党，

"一块钱可买一打"。上述"挽联"说姚民哀"名多",是指他喜欢变更笔名,如老匏、护法军、乡下人、花萼楼主、天羼、小妖等,不胜枚举;他登台说唱,又化名为朱兰庵。1924 年姚氏患重病,外间传说他已去世,就是因为他经常更换名姓,人们在一段时间内没看到姚民哀这个名字,才做出那种猜测。

姚民哀后来参加了星社。1936 年秋,星社社友在上海聚会,邀姚氏来与大家见面,郑逸梅回忆当时的情形说:"十年不见,相惊憔悴,同社诸君乃与之一一握手,询其尚识故人否?民哀或忆或不忆,又复述过去事,令人似温旧梦。"当时姚氏不过四十二岁,已显老态,可见他生活境况不佳。1938 年,抗日战争期间,姚民哀被游击队熊剑东所杀,或云因其附敌。

在姚民哀的著作中,以《四海群龙》及其续编《箬帽山王》较为驰名。《四海群龙》讲的是清末镇江有一位任侠仗义的帮会首领姜伯先,此人曾留学日本,文武全才,回国后私蓄军火,招养志士,专做劫富济贫、行侠仗义之事,后为人陷害,被官府正法。他的朋友闵伟如四方联络帮会首领,全力为姜伯先复仇。《箬帽山王》则另起炉灶,写"四海群龙队中的一条大龙"杨龙海组党的故事。

姚民哀另辟途径,描述帮会内幕,的确使他的作品颇有特色。当时姚氏对帮会的态度也比较客观,他一方面笔伐残害民众的黑社会组织,另一方面对辛亥革命前具有进步性的帮会组织给予热情的赞扬,这自然与他本人亲身的经历有关。

姚氏有些作品或章节写得比较平实,其原因恐怕不在于掌握的真实材料太少,反而在于掌握的真实材料太多,因而扼制了想象。不过,小说之引起读者兴趣,不是出于单一的原因,有时是出于审美,有时是偏于认知。好奇心和求知欲同样能使读者产生浓厚的兴趣,好奇心和求知欲得到满足同样是很大的乐趣,所以小说的艺术味道淡薄,也并不等于它就不能吸引读者。徐文滢在《民国以来的章回小说》(发表于 1941年)一文中,论及姚氏"帮会小说"时说:"另一个真正以说书为生的侠义小说作家姚民哀，以说书的笔调写了不少江湖好汉的真实故事。这其实不是侠义，而是江湖秘闻了。作者则自己挂上一块招牌：'帮会小说。'这个作家的熟习江湖行当和黑话确是惊人的。他似乎是一个青红帮好汉中的叛党者，'吃里爬外'不断地放着本党的'水'吧。作品有《四海群龙》《龙驹走血记》《江湖豪侠传》《山东响马传》等书。我们不要看轻这些粗浅的题目，从这里，我们看到我们见所未见、闻所未闻的东西，我们多少看见一点儿中国社会的隐伏着的一面了。这些江湖秘诀、好汉豪客的逸事、帮会的组织规律，是真正的中国流氓社会的文化和'国粹'。我们近来懂得它的已很少，可是这种种秘密的广大的组织仍然根深蒂固地存在着。听说这个作家已因某种原因而死于狙击，以后恐怕不容易有同类的熟悉江湖掌故说来头头是道的'黑话大全'出现了。"徐氏对姚氏作品的这一评论，代表着普遍的看法，其基本立足点正是偏于从认知的方面加以肯定，这很符合实际情况。

尽管我认为姚氏小说比较平实，但他在中国通俗小说方面的贡献却非常大，对于这一点，过去的研究者们似乎估计不足。姚民哀是一位作家，可他却喜欢来一点理论上的思考，他写过不少这方面的文章，如《稗官琐谈》《说书闲评》《读书札记》《说林濡染谭》《小说浪漫谈》等。这些文章，有的也一般，不过是重申一些老生常谈，但有的却十分精彩，闪烁着智慧的火花，尤其是《箬帽山王》开篇那个《本书开场的重要报告》，对后来武侠小说的发展有深远影响，其意义不应低估。

姚民哀说："现在大多数人的心理，多喜直截了当，以速为贵。譬如以前没有轮船之际，东南人出门，皆坐民船；西北旱道上，都以骡马牲口、二把小手车儿代步，居然也不觉得缓慢。到了现在，莫说叫人们坐民船、雇骡车赶路，连乘轮船都嫌慢，火车尚且慢车不愿意乘，务必拣特别快车搭乘哩。再往后去，哪怕十里八里路的起码旅行，也必须飞艇或摩托卡来去，连特别快车也不高兴乘坐了。就是著书人自己心上，亦是如此，专想快了还要快，速了更要速。故此小说开场，再要用那序跋、凡例等累赘东西，谁耐烦去细瞧，的确一概删除掉了，来得干净

4

些。"如果严格要求，姚氏这一段话作为理论当然还不够严密，还不够全面，但他能从社会生活和人们的心理的发展趋势着眼，要求小说艺术预见到这种趋势，去适应这种趋势，是应该给予肯定的。特别是联想到八十年代中期前后，在我国文艺界流行的那次关于"节奏问题"的讨论，就更觉得姚氏是前知五十年的"诸葛亮"了。

更重要的是如下这段话，姚氏说："被我探访得确实的秘党历史，以及过去、现在的人物的大略状况，也着实不少。……倘经一位大小说家连缀在一起，著成一部洋洋洒洒的鸿篇巨著，可以称为柔肠侠骨，可泣可歌，足有令人一看的价值。如今出自在下笔头，可怜我学术荒落，少读少作，故此行文布局多呆笨得很。只得有一句记一句，不会渲染烘托、引人入胜，使全国爱看小说诸君尽皆注意一顾。清夜扪心，非常内疚，有负这许多大好材料的。……故便抄袭'五十三参''正法眼藏'的皮毛佛典，预定作一种分得开、拼得拢、连环格局的武侠会党社会说部。……譬如《四海群龙》已有了个小结束，就算它完了吧，如今再来作这《箬帽山王》了。不过名称虽异，内容有许多地方同《四海群龙》依旧遥相呼应、息息相关的。以后如果再作《洪英择婿记》《侠义英雄谱》《关东红胡子》等等，仍依着草蛇灰线例子，彼此互有迹象可寻。……可能这部书的结局，倒安插在那一部书内；此时无关紧要的一句谈话，将来却就为这句谈话，要发生出另一件重要事儿来哩。如此作法，庶读者自由一点，既可以随时连续读下去，又可任意戛然中止。"就姚民哀本人的创作实践来看，这种"连环格局"的小说结构，他运用得还不够精彩，没能发挥出这种结构的艺术魅力。几年以后，还珠楼主、白羽、郑证因、王度庐分别用这种方法写出了他们的"蜀山系列""钱镖系列""鹰爪王系列""鹤—铁五部作"，才把这种"连环格"的潜在魅力充分地发挥出来，构成了规模宏伟又极富变化的艺术画卷。五十年代以后，香港的梁羽生、金庸也走的是这条路。这个功劳不能不归之于明确提出"连环格"这一观念的姚民哀。

如上所说，我认为姚民哀在民国武侠小说的发展史上有重大贡献，是一位重要的人物，他的贡献不仅在于他创作的小说，更在于他在观念上开拓的新道路，这是有超前的先导作用的。对于姚氏的种种设想，应该有更深一步的认识和估价。

目　　录

自　　序 …………………………………………………………… 1

第 一 回　多艺多才英雄出小辈
　　　　　以长以教寄子胜亲儿 ………………………………… 1

第 二 回　色舞眉飞中途逢骏马
　　　　　神倾目注酒肆遇奇人 ………………………………… 6

第 三 回　拜义父初睹木杨城
　　　　　欺呆儿硬夺龙驹马 …………………………………… 12

第 四 回　仇深怨重怒劈榆树台
　　　　　躁释矜平细述黑山党 ………………………………… 19

第 五 回　壮士豪情当筵发虎啸
　　　　　雅人逸致对月作龙吟 ………………………………… 25

第 六 回　巧安排寿堂作香堂
　　　　　大报复同党联异党 …………………………………… 33

第 七 回　冤诉人前斑斑泪点
　　　　　名镖棺上历历粉痕 …………………………………… 37

第 八 回　合座生惊惊言失火
　　　　　刁猴仗胆胆敢行凶 …………………………………… 42

第 九 回　困二竖单身卧逆旅
　　　　　论英雄并辔历长途 …………………………………… 48

1

第 十 回　玉面玄毛一时俊物

英风豪态几辈能人 ················· 53

第十一回　各显神通三盗龙驹

小试身手乍逢玉面 ················· 59

第十二回　两针解围梅花瓣瓣

一钩纾难白缨垂垂 ················· 65

第十三回　惑流言白马侯拒婚

遭暗算天达店失火 ················· 72

第十四回　场头飘拂旗绣蜈蚣

马背翻腾人同蛱蝶 ················· 79

第十五回　反切词成荒伧辱凤女

空亡课布小侠惜龙驹 ··············· 85

第十六回　露尾藏头谁邮怪柬

寻根究底争读新诗 ················· 91

第十七回　离故里呆儿有呆气

怜穷途豪客发豪情 ················· 97

第十八回　烈火多威盗匪事业

秋云善幻儿女情怀 ················ 105

第十九回　见蜈蚣旗登门牵马

过青草洼通相拜山 ················ 111

第二十回　盗中盗一驹遭磨折

婚外婚二凤费调停 ················ 118

第二十一回　鹰泪长空传书告警

变生午夜挟刃寻仇 ················ 126

第二十二回　救危亡屋顶来娇娃

叹报应井中葬恶汉 ················ 132

第二十三回　雪夜长途偏逢丑女缠

异乡逆旅又被病魔侵 ·············· 139

2

第二十四回　恨灭仇消一狼授首

　　　　　　郎才女貌三凤完姻 …………………………… 146

第二十五回　开赌场大流氓抽头

　　　　　　借盘缠小秃子割肉 …………………………… 154

第二十六回　遭绑劫香饵是佳人

　　　　　　受诬攀祸根由骏马 …………………………… 160

第二十七回　如梳如栉嗟嘴妙喻

　　　　　　亦兵亦匪苦我小民 …………………………… 168

第二十八回　将机就计燕子显神通

　　　　　　接木移花盐儿遭厄运 ………………………… 174

第二十九回　独眼贼驰书要旅长

　　　　　　白马侯应命捕渠魁 …………………………… 182

第 三 十 回　转败为胜军前来大侠

　　　　　　将恩作仇阶下屈英雄 ………………………… 189

第三十一回　探匪巢误遇小喽啰

　　　　　　营土窟活葬奇女子 …………………………… 195

第三十二回　因机因势孤身赴救

　　　　　　擒贼擒王八路进兵 …………………………… 204

第三十三回　聪明绝世巧辨牛蹄

　　　　　　残狠无伦暗安火种 …………………………… 213

第三十四回　疑上疑燕儿遭大败

　　　　　　错中错傻子建奇功 …………………………… 220

第三十五回　鱼漏网眼单骑依大憝

　　　　　　鳖入瓮中独力战群雄 ………………………… 227

第三十六回　使黑虎拳巧妙无伦

　　　　　　飞鸳鸯腿因果不爽 …………………………… 233

第三十七回　五花八门偷儿分派别

　　　　　　肥鱼大肉捕快买安全 ………………………… 237

3

第三十八回　酒肆茶坊严防跳虱

　　　　　　深更月夜惊遇僵尸 …………………… 244

第三十九回　骇魄惊魂二尸格斗

　　　　　　洗心革面黠贼迁行 …………………… 251

第 四 十 回　练武艺伏舍打沙包

　　　　　　伐顽民登台挂帅印 …………………… 257

第四十一回　尔依我赖共整残兵

　　　　　　草斩根除齐营土穴 …………………… 264

第四十二回　愤人言单身离故土

　　　　　　聆伟论广座识知音 …………………… 271

第四十三回　赚乡愚私立白骨教

　　　　　　遣徒党巧弄新花头 …………………… 279

第四十四回　沙飞石走黑夜来故人

　　　　　　酒热茶温深宵叙旧谊 …………………… 287

第四十五回　播流言愚民惑财神

　　　　　　冒烟火大侠救难女 …………………… 294

第四十六回　入虎穴卧底方城山

　　　　　　刺星君倒反白骨教 …………………… 304

第四十七回　遭失败愤练五毒功

　　　　　　免纷纠巧施金蝉计 …………………… 310

第四十八回　假吊孝灵堂起凶心

　　　　　　小报仇拜次施毒手 …………………… 318

第四十九回　鸡粪入口龙马捐生

　　　　　　暗器中身恶贼丧命 …………………… 323

第 五 十 回　善恶昭昭揭明大旨

　　　　　　恩仇了了归结全书 …………………… 328

自　序

　　我年九岁，即随先君子旅食离乡往返于江浙乡壤间。时巢湖客民出没于太湖流域，所至以聚赌、贩盐为事，声势甚张。余尚童騃，尝出入此辈秘窟中，对于个中之特殊术语及风俗是时已习见熟闻。因见彼辈之见义勇为，同党相共患难，志坚金石，心窃慕焉。故余稍长，亦投身此中，并加盟于陶焕卿先生之光复会、陈其美先生之中华革命党等为会员，而与个中巨擘伏龙相友善，要皆肇基于斯。

　　民九以还，入某外商公司充华文文牍，旋邀华总理之眷顾，知余性好遨游，遂委兼各省视察之职。车马虽劳，见闻则广，对于各种秘密会党之蹊径顺逆益渐多明了，而亡友伏龙之言亦强半证实。会有感于临城动车巨案之发生，牵涉外交，丧权辱国，因有《山东响马传》之作。

　　吾友茗狂读而好之，嘱沈君知方为之梓行，并谓余曰："此后关于斯类说部，不妨多所作布，不仅可供人谈助，且可为导世明灯，冥冥中于世道人心至有关系也。"

　　噫！茗狂之言，诔耶？詈耶？殆真嗜痂成癖，意别有在者矣。虽然，人生得一知己，死可无憾。拙陋如余，能于茫茫天壤中，得邀赵、沈二君之赏鉴，余又何敢不自黾勉，以报万一。

　　矧秘密会党中之人物素行，多有为士夫所不及，礼失而求诸野，其遗规隐事可传者至伙乎？噫！伤时念乱，为感百端，以之为周凯新亭之泪可，以之为步兵空山之哭也可。其于后之来者，或不无小补，亦可谓

1

言者无罪焉已。

　　兹乘是书刊行单本之初，略述余之所以娴熟党会故事之渊源，并以揭明著撰主旨，庶略别于向壁虚构，完全拾之道途者，借留他年之鸿爪耳。

　　戊辰立夏后一日，常熟姚民哀自序于海上稳声琴韵楼

第一回

多艺多才英雄出小辈
以长以教寄子胜亲儿

江湖上的朋友们所最最注意的，就是"义气"二字。我如今要替他们作上一篇外传，当然也不事外求，就拿它作为全篇的总脉所在。宗旨表明，言归正传。

且说吉林的省会，地居松花江畔，南倚江流，东西北三面，高山环抱，气势完结，真是东陲天险之区。地方上物产，除了药材、人参、蛤士蟆、白鱼、乌拉草、灰鼠、紫貂、狐貉、虎骨、熊掌、鹿茸、麝香、木料之外，马、牛、羊三种动物亦产生不少。三者之中，尤以马为大宗，因此上生长当地的人民没有一个不具相马的本领。就中尤推一个住居吉林东莱门外，先农坛附近的滚马侯七为最。

侯七出身倒也很好，他的爸爸是武举人，仗义疏财，广结江河上一班鸡鸣狗盗之雄，一时有小孟尝君之称。侯七生下来了不满十天，他的亲娘患着产后失风病死了，侯七在爸爸手内抚养成人。

他爸有个生死交，名叫于大明子，天生一双夜眼，哪怕黑暗之中，可以穿针拾芥。此人是在宽城子开设镖局，兼营鞭杖行为业，关东一带谁不知道电光眼于大明子的大名。恰巧侯七死娘的当儿，大明子一个年刚三岁的儿子也于此时死掉，他妻子哭得如醉如痴。侯七的爸爸便把侯七送给大明子夫妇，一来解解于夫人的悲伤；二来自己家内没有体己妇人，小孩子乏人抚养，于长育上大大有关。如此一办，可称一举两得。

1

因为侯七是从小到于家去的，到了六岁那年，侯父四十岁大庆，大明子夫妇俩携了侯七，从宽城子动身到省垣祝寿，叫侯七叫声亲爹，侯七反而不认，指大明子夫妇俩哄他，并且说："我明明是于家后人，怎生叫我去认一个不相干的异姓之人做父呢？"当下在寿堂的贺客听了，都撑不住笑出声来。大明子原意，趁此把侯七交还老友，就为了这句话，倒不忍便把侯七归宗。他的夫人更不舍得，所以仍领回了长春。

大明子无事时候，把全身武艺拿出来，统教了侯七。所以侯七学就一身马、步、软、硬、内、外全功，善用一条十七节的纯钢软鞭。十四岁时，便代替义父保过一趟山西皮货商镖，在长春动身，保到山西运城，路上出过两次大岔子，都被他智勇兼施把原镖要回来，一丝一毫不曾短少。虽然靠着义父的镖香镖旗，一路上借光不少，但是他毕竟是十四岁一个孩子，能够背这么大的风火，实在不容易。从此名重一时，武行之内都知道东三省出了个小辈英雄侯七，将来稳在镖局行坐头把交椅。于大明子一生忠厚，总算上苍不负他的苦心，得着如此露脸的一个徒弟，而且还是他的义子，生不枉一身功劲，死不丢一辈子的威名了。

侯七到十六岁那年，他生身之父侯武举过世了，侯七方才归宗，离开师父，回到吉林居住。那些至亲近族见他有这样的能耐，都劝他吃粮当兵去。无奈侯七生性淡泊功名，情愿为商，不愿为官，所以就把那座祖屋改作仕宦行台。好在东莱门外先农台一带，虽非吉林热闹之区，因为有先农坛、社稷坛两处古迹，来往之人，无论士商，都要去瞻仰瞻仰这两坛风景。因此之上，侯七这爿栈房也生意兴盛了。并且侯七这店不另取名，他师父于大明子开设在长春的叫作天达店，他就叫作天达分店，也是兼营鞭杖行、保镖两业。他原来名字叫侯永义，号小坡，名字是跟着族中大排行取的，号是他爸号叫云坡，故此他叫小坡。本来行一，故而小名叫作老幺，又怎么会出这滚马侯七的名义来呢？

那还是十四岁那年，保镖回来之后，关内外各路武行中人都闻名贯耳，特地到长春去瞧瞧，究竟于人明子的义儿是怎样一个人物。在这当儿，便由许多老辈做主，替他们小弟兄淘集合一个团体，结拜一个十弟

2

兄。老大是山西五台县的小太保钱玉，老二是直隶沧州白面夜叉李长泰，老三、老四乃是山东曹州府的金眼神鹰高福海、黄面佛高大锁，老五是奉天锦州的镔铁塔韩尚杰，老六是江苏南京上元县的一阵风朱三傻子，老八、老九本是孪生亲弟兄，一个叫铁头罗佩坤，一个叫飞腿罗佩巽，是湖北汉阳府汉川县人，老十是河南光州的神拳无敌金钟声。小坡轮着第七，因为他有一路滚堂刀绝技，专取人家下部和马足，所以才有滚马侯七的外号。但是他年纪虽将弱冠，尚未定亲。他尝说："男子要一两个女人做妻小，极容易的事情，何必汲汲？现在方当壮年，练功要紧。"加以眼内也没有看得对的女子，故而亲尚未对。不过开了天达分店之后，自己只能照管外场，内部整理乏人。幸亏侯七会打算，派人到长春把师母接到吉林，将治家内里各责统交代给师母，自己专管外场诸事，招待过路客商，结交江湖上好汉。

于大明子的妻子虽和侯七没有血胤关系，因为从小抚养在身畔，侯七习练武艺之初，大明子把祖传的十三味铁骨方配齐了，吩咐妻子把这十三味药每日必须子、午两个时辰拿来熬成浓汤，又定要卯、酉两个时辰内替侯七洗擦，那么就是痨病鬼的筋骨，也可以洗得硬如铜、粗如松。于大娘爱着侯七，遵奉夫命如法炮制，从六岁洗起，洗到十一岁，按着子、午开火煎熬，卯、酉动手洗擦，一丝一毫时候都未曾差过，足足四年光景，寒暑无间。而且这四年之内，于大娘端整着鲜牛肉汁、童子鸡汁给侯七代茶，牛脯、鸡脯代点膳，也必须自己亲手熬煮，才放心给侯七饮食。你们想，于大娘对于侯七，用多大心思抚养着？就是侯七这身铜筋铁骨、软硬兼全、马步不挡的能耐，虽说出于寄父所教，实在寄母的心血也着实费了一番。故此，侯七对于生身亲母，固然在产后十朝之内便抱陟岵之痛，没有感情可言；对于生父，也是褓褓远离，毫不相关休戚；对于于大明子夫妇俩，却有山高海深般的情感。虽然名义上是寄父、寄母，人家真的亲生儿子哪里有他们三人间的亲爱情状？故而于大娘远离丈夫，独自在距离长春二百十八英里之外孤眠单宿，替一个干儿子做当家老娘。

如是者又过了两年光景，侯七已经二十三岁，仍不想起娶房媳妇。大娘很为忧虑。

那年是前清光绪三十年八月初一清晨，于大娘想起初十乃是大明子五十岁的正寿，不能不回去，并且想顺便向丈夫提及，叫他关切侯七，我们侯、于两家香烟嗣续要紧，亲事一节不可不急于进行。料想侯七对于大明子素来恭顺，或者不致违拗。主见打定，便喊侯七到她面前，亲自嘱咐道："为娘立即动身回长春去，替你寄父料理五十岁正寿。你店中有事，我走了，你未便随着我同走。待我到了长春，叫你义父挑选一个诚实可靠的店伙，也立即赶回吉林，替你代理店中诸务，然后你再动身到长春拜寿。大约我今天动身，预备赶一程夜站，不到午牌时候定能赶过九站、孤店子、桦皮敝，到土们岭打尖，然后经由营城子，到下九台，至多不过晚间九十句钟。明天一早上路，只要一过饮马河、卡伦，到长春只得三十五里了。那么饭前饭后，一定可和你寄父见面，叫你寄父立刻拣选了得力伙计，马上动身，初三晚上到此，你尽初四一天，教会那人一个大概，把店务内外交托明白，初五早上就道，初六也可到长春。你寄父是预备初八、初九两天暖寿，初十正寿，十一补寿。你尽够赶上，不用着忙的哩。"

侯七道："妈呀，你老人家所说的里数，那是根据外国人现在动工建筑的铁路所计的公里。照我们中国人的道路计起来，一里要有三里路长，恐怕三天之内来不及来回吧？况且马虎头山听说有胡子在那里借宿，妈先去，儿有些不放心。"

于大娘笑道："痴孩子，你还怕我单身出门遭着意外危险吗？远离一二千里地，上线字弟兄开武差使的，尚且听到你家寄父名字望风远避，有些重义气、讲交情的非但不开手，而且还愿意当码头差，准备一宿三餐。远的地方不愁什么，难道说在门槛以内倒要顾虑起来了？至于我预先支配的途程，就算铁路公里不与寻常相同，那么至多五天一个来回，镇日镇夜赶路，不投宿，单打尖，总来得及了。本当我和你一块儿去，无如这边店务不可怠忽，那边又是正五十大庆，我不先去主持内

4

里，就算你寄父不见得多心，那于家门内的亲族故旧一定要说我闲话了。因此，我只得先走几天，你随后来吧。"

侯七见寄母一定要先行，主见非常坚决，自亦未便拦阻。当下于大娘收拾了几件应用东西，便乘了自己行内一辆大车，先自去了。

第二回

色舞眉飞中途逢骏马
神倾目注酒肆遇奇人

等到初四中午，大明子果然派了一个书算精通、富有经商经验的坏蛋秀才包瞎子来，为侯七暂行管理店务。侯七一瞧这人，本是寄父店内的副账房，为人诚实可靠，况且是个熟手，自然放心交代下去，并且知道寄母安返长春，心中非常快活。

一到初五早上，专等开过早膳，也便收拾了一个小小的黄布包囊，腰内系上那条十七节的纯钢软鞭，头戴一顶遮阴草笠，身穿一件月白土布长褂，足蹬铜头铁跟杀虎鞋，和店中人告别了一句，便匆匆就道。一口气走了四十余里，到了乌拉城，见日已过午，寻思找一家饭铺或是饽饽店打尖。正往头里寻去，迎头听得有马蹄声响，抬头一望，只见坐在马上那人，骨瘦如柴，面黄身矮，和自己结拜十弟兄之中的白面夜叉李老二相似。再把他胯下的马一瞧，却是：

> 蹄翻碧玉，领缀银花，胜似宛西紫鹿，强如冀北朱龙。功臣可盟，不恋栈豆而迟留；爱妾能更，岂食场藿而维系。至黄池而喷玉，饮渭水兮投钱。过关验齿，魇乌有诛；屈产假道，遗吴纤骊。角为燕丹而生，肝有荆轲之嗜。始教则车在马前，任力竟骥可媲人。得此八尺，千驷勿矜。背献五花，三长咸具。有赋赞道："驰骊道路，计程则万里非遥，赏识风尘，论

6

价固千金不贵。两骖善御，附舆奚待夫王良；一顾知恩，入市适逢乎伯乐。九花飞舞，八尺巍峨。一喷嘶风，能惊阴山之乱叶；四蹄腾雾，竟翻瀚海之诡波。真龙有种，蹑日驭而到天；牝马宽缰，御风轮兮行地。四百里之铁象无奇，八百里之驳牛何异。虽乏玉勒金鞯之点缀，岂在华鞍宝辔之装饰？如此名驹，倒登上驷。摇曳吴门之彩，皎雪飞来；轻縈秦塞之尘，长风瞬息。真同烈士之心，神注封侯异域；当建将军之号，名自振勒边陲。"

侯七见了，不由得精神陡长，高声喝道："好马!"那马上人听见有人喝彩，回过头来，把侯七上下打量了一阵，接着似笑非笑地鼻孔内哼了一哼，两腿用力一夹，那马便放开四蹄，哗啦啦往西飞一般去了。

侯七此刻早觉得马背上人奇异得很，故也全神贯注地瞧着。当那人理缰催马，侯七在无意之间瞧见此人左手乃是骈指，虽然个儿不很高大，但是筋粗皮糙。再瞧他骑几脚马的功夫，便知道是有功夫的人，绝不是安分守己之辈，所以不敢冒失，轻易就开口叙述江湖义气。否则，这一骑马要是在土头土脑的村老儿身下，侯七一定要乘马上人回头观看的当儿，搭讪着招呼。不为别的，实在对于那匹坐骑爱不过，哪怕多花几个钱，也情愿把它购来，先当送给师父的寿礼，多少有脸。而且明知师父早已洗手，不到外边混事，并又没有后代，一辈子收下的徒弟固然不少，但是许多徒弟之中最疼爱的是自己。回头庆过了寿，众宾客四散了，见了这样好马，他老人家一定舍不得自用，恐怕埋没了此马的龙种能耐，决计仍旧还我。那时我若得了此马，如虎添翼，包管可以名震江湖。无奈现在的马主外相不善，再加已经向西去远，空想无益，只好自顾自到乌拉城市上找到一家面饭铺，牌名仁义居，便移步入内，高呼跑堂看座。

那仁义居买卖很好，散座都已有客。跑堂的忙招呼到雅座内坐地，一面揩台、抹凳、打手巾、泡香茶伺候侯七，殷勤得很。临了，才拿菜牌上来，请爷点菜。侯七便要了一碟羊羔，炒了一盘香菜牛肉丝、一碗光儿汤、一斤半面，叫他们分做成着十二个家常饼，慢慢地咀嚼。心上却还惦挂途中所见的那匹好马，怎奈不知马主人姓名、住址，一时又没处打听，好生纳闷着。耳边厢忽又听得外面散座内有人谈天，谈及一个"马"字。常言道得好，"事不关心，关心则乱"，侯七心上正想适才所见之马，故而一闻"马"字，便侧耳静听。只听得一个清脆声音的道："您老人家怎会知此人就是瓦房店的通臂猴仙杨燕儿呢？"

一个苍老一些声音的笑着接口道："小兄弟，你敢是认道我连心都瞎掉了吗？没说从我肩擦过，他曾吆喝一声'让道'，我一听这声音，便知道是杨小子无疑。哪怕我坐在这屋子以内，他打从门外经过，也只消喊了这二字，我也可认定是这狠毒小子无疑了。"

那清脆声音的接着又道："您老人家真个是盲目不盲心了。据江湖上传说，这姓杨的无缘无故倒反松柏林，破坏洪英义气，而且专跟理门子弟作对，不知为了何事？"

那苍老声音的叹道："我早有风闻，他早已托人寄还了三尺六，始而怪他不得。那草包刘瘸不是你也知道这人吗？是你同乡，你一定认识。去年腊月初旬，在关内放马，不知谁人放龙吃水，被鹰爪抓去劈了。杨小子和刘瘸是拜把子，他为顾全'人王头上两堆沙，东门头上草生花，丝线穿针十一口，羊羔美酒是我家'那首祖训，恐怕和兄弟面子上过不下，索性跳出圈了，倒反红花亭，一心一意替把兄报仇。因为放龙累人的人乃是皈依理门的，所以他专寻理门子弟说话，这是他个人的血性，好男儿应该如此。不过，刘瘸这人活在世上，真是丢祖师爷的脸，论他一生所作所为，奸刁险滑，没说一个脑袋，哪怕十个脑袋斫了，也不为过了。杨小子犯不着为他一人伤害江湖上的许多感情。偏偏这当儿，我又了鲲儿夭死，心上一气，一肚子迂火都冲上了两眼，始而害眼，后来索性盲了。自己也正恼不完，哪有闲心管甚别人之事？这小子练就一身金钟罩、铁布衫的功夫确实不坏，所惧者，你家老子和我两条红砂手。你家老子年迈退隐，不预外事；我又盲了，别处他也不敢

8

如此，大约关东地方，他好称得一个人才，所以就这样地肆无忌惮，任性妄为。他今天不是乘骑而过吗？我听了他坐骑的蹄声，又知道是一骑龙驹宝马，不知道又从何处吃黑得来。我料他这样作为，终有一天犯了众怒，群起而攻之，一个不小心，要应他习艺时乱刀分尸的血誓了……"

侯七听到此处，知道外间谈话之人也不是外徒，在无意中得闻方才马上人的姓名、略历，也可算是一件喜事。但是那一老一少究是何等之人？也许曾经义父替我开台、拜正时节拉场过的，理该上前招呼请安，不然要落人褒贬的。因此侯七急急站起身躯，走到雅座的二扇短矮半截腰门跟首一望，不料那谈话之人已先吃完，少者才扶老者往外向柜台上算账去了。侯七未便再拔步追上去瞧，只瞧见二人的一些背影，一时又认不定是谁，虽知道了一个马上人的姓氏，却又添上了两个不知姓名之人，心内还是纳闷着。不过闷只归闷，也无法可以打破这闷葫芦，又只索罢了。当下把所要的菜、面、汤三物一股脑儿卷入了肚子内，把账结算开发之后，也便急急登程，赶奔长春。

在路并无耽搁，赶到初六申牌时候已抵长春。一径到商埠长通路回回塔斜对面天达店，一到店门口，意谓干爹虽然是初十正寿，但是他老人家交情广阔，素来尊重江湖上的义气，没说全中国二十一行省有他朋友，就是日本、俄罗斯、高丽等地的外国朋友也有不少，只隔明天一天，后日就是暖寿，决计很热闹的了。不料踏上阶沿，见那情形如旧，一毫没有动静，心内老大疑惑，忖道："敢是在近三天之内出了什么乱子不成？"

他进了店门，便有个伙计上前招呼，还认他是投宿的哩，故而忙道："爷敢是要找屋子吗？劳你多走一家吧，小店因为掌柜做生，要招待各地到来拜寿的宾客，所以停业半月，请财神爷改日枉顾吧。那清真寺左首的隆顺店，跟小店是联号，可要小子引领财神爷过去？房间清洁，饭金价廉，招呼周到，什么都跟小店一式。"

侯七道："不用多说话，这儿有个接客的穷不怕王第五的呢，叫他

9

来，你不认识俺，王第五可知道俺是谁了……"

话未说完，早从柜房后面小房内走出一个秃子来，把侯七一瞧，忙地赶过来，起两条手扯住了侯七的膀臂，嚷道："七爷，您敢是才到？想死人也。"说时，又哈哈大笑。

那伙计一瞧陈大叔亲来招接，又称呼他七爷，自己虽来了没半年，人头不熟，可是耳内常听同伙说起种种事情，想来此人定是老掌柜的干儿——吉林的滚马侯七了。自己真个有眼无珠，不先问来人名姓，白费了一番生意经，只好搭讪着走开。

原来，于大明子当年出林虎时候，替人家保镖，替官家办案，手下有五六个得力伙计，现在死剩一个穷不怕王五，以前是替大明子喂马的；一个秃尾鳅陈海鳌，是伊通河的撑船的，这两个是武的。尚有一个小华佗张景歧，精通医卜；和着派到吉林去代侯七管理店务的包瞎子，乃是文人。张、包二人都是南方军犯，充发到此，被大明子收罗在手下。景歧是江西贵溪人，确是龙虎山张道陵裔孙，不但知医，并且擅长星卜。包瞎子是安徽休宁的恶讼师，书算精通，天才机警，为了一桩逼醮寡媚、致酿人命的案子的牵涉，充发到吉林的阿城来。恰巧大明子办案到彼，和他相遇，一见如故，正愁手下缺少一个办笔墨之人，所以就收罗在一起，着实帮助大明子干了不少事业。因为他目病短视，叫他作包瞎子，不是真的瞽目。这四个人现在都已吃太平粮草了。

当下陈海鳌欢天喜地地把侯七拖进柜房，侯七急于先要参见干爹和干妈，再者满腹狐疑，为甚店房门口一毫没有做寿的样子？和陈海鳌是不用虚文浮套的，一进柜房，便问："爸在哪里？为何初十正寿，听说爸大发请帖，早该准备，如何尚同平日一样？"

海鳌听了，也不答言，重又起左手搀了侯七右手，一同走进柜房后面的小房间，顺手将门掩上。在门背后，露出一口距离平地五尺不到些的衣橱，橱的正面嵌着一块大大的车边玻璃。海鳌在衣橱左侧一个白铜圆钥匙眼上用力一揿，那扇玻璃橱门便往上一抽。侯七一瞧，何尝是橱，却是一个地窖暗门，外面玻璃橱门往上抽时，那里头一重一棱一棱似百叶窗般的木托板同时也往下坠着。海鳌便和侯七俩进了两重橱门。侯七但觉得眼前墨黑，而且阴气森森，毛骨悚然。那海鳌是惯的了，专待一进了第二重木门，又伸三个指头在右侧一个白铜钥匙眼上往外一抽，只听乒乓哗啦之声同时并作，那玻璃门和木门自来地放下伸上，关闭好了。

侯七更加不辨路径。海鳌在暗中笑道："照七爷的脾气，一定不耐烦，不过你慢先走，让咱仍旧挽着七爷的手，方好开步。因为这条上不见天、下不见地的夹道，一共有七十二个鹅头弯，我们摸熟了，也不觉得怎样难跑。只消记明白，三步向左拐，五步向右拐，再是三步向右，五步向左，一路螺丝旋旋进去，总共一百八十步，分开九十步向左，九十步向右拐。要是记错了步数，一时不易得见天日。而且两边石壁之上满砌着尖刀、利钉，倘若碰上去，就不中要害，也带微伤。而且还有几处有消息做着，不碰便罢，若得碰动消息，只怕凶多吉少。下面这条石板路，有几块是活络木板夹砌着，消息不动，安稳过去；消息触动，木板就要往上翻哩。一失足跌下去，那木板下边乃是去地十多丈的眢井，凭你铜筋铁骨的好汉，和活埋一般，生生地淹死在内。咱知道七爷脾气躁得很，不要一个人先摸上前去，不知左右拐的步法，闹出了乱子，不当稳便。"

侯七道："这一条路竟是阎王路，比川里的栈道还难行。"

海鳌道："本来叫作小羊肠。"

侯七道："干爸是个磊落亢爽的丈夫，是谁打的这样好稿儿，经手建筑成功，要它何用？"

海鳌道："自然是小华佗跟包瞎子二人的大才。"

侯七道："俺不过一年半没来，怎么已变迁到如此？莫道俺小时候在这里的情形了。到底张、包俩为何要造这条秘密隧道，并从何处学来？"

第三回

拜义父初睹木杨城
欺呆儿硬夺龙驹马

海鳌听了这个问句，便回答道："说来也是奇怪，小华佗和瞎子俩，七爷也知道，不是都喜听说评书的吗？有一天，那东门正街路北小胡同内合顺书馆邀到了一个京津说评书的大名家，好似叫李万红，是不是那弹三弦高手李万青的自己人不是，记不清楚哩。说是说的前后三分（按：即《三国志》），他俩天天去听着消闲。后来不知怎样，那个李万红穿插着一段取笑徽州人的哈哈。瞎子多了心，赌气不去听了。只剩小华佗一人去听，听了回来，他俩不是又都抽大烟的吗？便分上下手躺了，小华佗便一一二二地学给瞎子听。瞎子心上头很愿意听着，但是为了多心缘故，嘴里总千嫌百鄙。那一天，小华佗回来讲书，咱和王第五也在旁听着，说是邓艾破了成都，往诸葛丞相庙内拈香，跪拜之时并不觉得什么，等待抬头起来，瞧见神座前面竖着一块石碑，上镌着：'诸葛若死，邓艾到此。诸葛死如诸葛在，死诸葛斩活邓艾'二十二个大字。邓艾一见，大大吃惊，慌忙爬起身躯想要逃跑。不料进庙时节，处处留神，脚踏万字式，脚尖着地，全仗轻身功夫，而今心慌意乱，一个不留心，误踹在消息方砖上面。旁边的泥塑五虎大将，右首第一位老将黄忠却挺着大刀，冷不防走将过来，手起刀落，把邓艾的首级劈下来，抛往左首去了。邓艾练过八九玄功，头丢了有法接上，所以颈脖子内并不流血，不慌不忙去摸起自己头来装上。不料那泥塑的四千岁赵云霍地提起

12

一脚，把邓艾的首级踢到庭中宝鼎之内烧成灰了。邓艾的没头尸身还往外走了几步，被殿门口窗槛一绊，那才二次躺下，颈内冒血真死了。小华佗说到此处，王第五撑不住拍手称快。偏偏包瞎子咬文嚼字，连说不通，说邓艾分明是中了姜维反间妙计，和钟会争功内讧，死在乱军之中。这是姜伯约一计害三贤，怎么说是被泥塑黄忠所斩？真是瞎说八道。那王第五呆劲儿发作，便跟瞎子争执起来，说你不用管通不通，你可也能造一点儿消息出来瞧瞧？瞎子也会和王呆子一般识见，怄起气来。从那晚起，便打起图样来，自己做木匠，弄成个有消息的小模型，胜了王第五的东道。小华佗却又占卜起文王卦来，道什么和老掌柜极有关系，便由他监工，照瞎子的模型造成这条夹道，和一座八角琉璃亭、一所五开间的平屋。这亭内、屋内处处都安着消息。造好了不到两个月，长春府知府余子湘府太爷霍地下了道公事，硬派老掌柜做快健两班头目，管理宽城子黄龙府一带拿贼缉盗的职务。老掌柜推辞再三，实在辞不掉，便推荐王第五代充此役。王第五年纪也不算小了，可是终不脱呆气，不问有关系无关系、动得动不得，只要得着公事，便认真做去。江湖上不知就里，而且衙门内名字是老掌柜的，所以弄得遍地冤气，时常有人阴谋暗算，防不胜防，故此才搬到这个所在住着，夜晚间也好定心一些。除了我们四人可以自由出入，此外没有人可以来了。"

　　说到这里，停了一停，又道："不瞒七爷说，王第五自当公事以来，乱子闹得真不少。记得去年腊月，解了两名重犯到北京刑部之后，回来到滦州，遇见你们一炉香磕头的朱三傻子老六，拔刀相助，拿了一个草包刘瘸，以至激怒了哥老会支派、龙华会全体同志，扬言要和老掌柜过不去。故此今番老掌柜乘着五十大庆之便，四处发帖相邀，把白莲会、顺刀会、虎尾鞭、义和拳、大刀会、小刀会、八卦会、天地会、三合会、三点会、清水会、匕首会、双刀会、斧头党、道友会（按：即青帮）、兴中会、双龙会、九龙会、千人会、白布会、光复会、兴汉会、平洋党、乌带党、金钱党、祖宗教、百子会、白旗会、红旗会、黑旗会、八旗会、红缨枪会、小黑道党（按：即偷鸡剪绺之团体）、大黑道党

（按：即二八月走江湖成群索钱之乞丐，即上海所谓青帽党）、大白道党（即翻戏党）三十五党会的盟证大爷都请来一叙，大家当面叫开一声，免得龙华会弟兄专和我们在理会人作对。红莲、白藕、青荷叶三教原来共一宗，彼此都是同志，不要自己窝翻，违反老祖三十六瓣莲叶分支的教训。就是把王第五扮一个鬼脸，当着众人洗面结交，至多'三刀六洞'，也甘受罚，总算解了个结。恐怕自家店内地面不敷，故又和对面清真寺说明，借他们地方一用。寺里头有礼拜堂、讲经处，连沐浴室都有，大约够支配了。"

侯七听了陈海鳌一番说话，蹙着眉头，一声不响，暗想："我不过一年有半没上这里，只知王第五当公事，谁知内容这样地复杂哩。"他俩一面谈着，一面左旋右转地已出了黑暗夹道，得见天光。侯七抬头先向上一望，只见上边白茫茫一片，不像是天光，面上不觉露出惊异之色。又见白色之中好似有一种鳞介动物在那里游泳，益觉讶怪。

海鳌在旁已瞧出他的意思，笑道："人说七爷是天生玲珑心肝，果真不错。敢是疑心上面不是天吗？老实告诉你吧，我们店房后面不是有块空地，从前老掌柜常在那里习练功夫的吗？现在这块空地已由公家标卖，经老掌柜买了下来，四面砌了黄石围墙，略略点缀了花园景致，开了小小的连环池塘，养几尾金鱼在内。其实这口鱼池也分作两截，一截和水缸差不多，下面用玻璃做底，不啻是这间密屋的大天窗，借它透些亮光，里头的水存贮不多；一截是真的荷池，里头还种着荷花，不过地形比这上头的这口池要低下不少。每逢天雨涨水，这厢高丘内的水都往低洼流去。有时实在水太多了，一时流也流不去，便唤水夫挑掉，所以下面不会闹水患。"

侯七道："水患虽不闹，可是人住在池底，潮湿得很，与身体也有关。"

海鳌道："潮湿虽然不免，不过此地也只到风紧时候暂躲一会儿，不是有人常住在内，所以不愁潮湿。"

侯七道："那么此地进出只有我们进来这一条路吗？"

14

海鳌道："不，此屋出入的路共有三条，一条是我们进来的；一条是历阶而升，走上去，是在后圃那座玩月亭的屏门后面；一条是条地道，要一里多长，到了尽头，也是一样的石扶梯，一级级走上去，却是在东关外市梢那座歇凉亭后面。"

侯七笑道："干爸又没犯了重大王法，又不想兴基立业，家里头何用防范得如此周密？"

海鳌叹道："这也叫无可奈何，不得不然，足见做我们这种人危险得很，越是名重，越是仇多。像老掌柜这种资格，站在线上过活，比我们尤难上几倍哩。"

侯七听了，点点头。再向前一瞧，见迎面五开间一所平屋，屋后露出一座八角的琉璃亭盖顶。那平屋五间，都是一色的朱红漆长窗，每间四扇，应该共有二十扇长窗。从左首起头，留神一点，却只有一十八扇，每扇上边都刊着三个大字，用绿漆涂着，格外显明。那是"金龙山""虎形山""泰华山""宝华山""锦华山""楚金山""金凤山""天台山""西凉山""峨眉山""天宝山""东梁山""终南山""飞虎山""万寿山""招宝山""春宝山""民国山"等字样。恰巧九扇一边，两边共计十八扇。这十八扇窗的正中，那是两扇红色的西式折叠门，门上刊着一个《木杨城》，绘画得异常工细。

他俩走到门口，海鳌举手在门上弹了三下，约莫隔了十分钟时候，门内也弹了三下，接着里头有人问道："何故来此？"

海鳌答道："命天佑红晋谒五祖……"话声未绝，乒乓一声，那两扇门已开了。

侯七一眼望进去，只见正屋中间建着一只木台，好似课堂内的讲台一般，正中钉着一方票布模型。两面挂着四扇黑板，板上用白漆漆成的字迹，远望不甚清楚，进了屋子一瞧，原来是三十六誓、二十一条规则、十禁、十刑四项。屋内按着八卦方位分布着八只小方台，台上摆着茶壶、茶杯，却按着会中茶碗阵的规矩。靠左首是混元一气单鞭阵、天地同休双龙阵、三教同源三清阵、四季长春刘秀过关阵、五族不分家反清阵；右首是六道轮回苏秦阵、七星大聚义下字阵、八方无碍天下太平梅花阵。侯七虽自幼在此，这些玩意儿略略懂得，可不十分明了，预备回头请问干爸。

当下海鳌引领他到了靠上首次间屋内，只见大明子躺在一张摇椅上。侯七便抢上前去磕头。大明子含笑坐起身来，双手挽扶，口内道："好孩子，赶路辛苦，不必这样了。"

那时候，海鳌见用他不着，自行退了出去，料理外厢店事。

侯七见过了干爸，站起身躯，却见正中间一张弥陀榻上横躺着一位年将花甲、满颊胡须的老汉，在那里抽大烟。侯七暗想："此人是谁？从来没有见得。"正要开口动问，大明子却先替侯七介绍道："这一位是长江上下游著名的好汉，闹海神龙苏二苏老英雄，你不是闻名已久了吗？并且还是你未来的泰山，该下个全礼。"说时，哈哈大笑。

侯七听了"泰山"二字，脸上发臊，忙着在榻前跪将下去，心内暗想："原来这就是苏二，他的名誉，在长江方面，上自川、鄂、赣，下至皖、苏、浙，凡是贩'海砂'帮内，哪个不知？他不辞千里，赶出关来，为了何事？想必也是来拜寿喝酒的吧。不过干爹怎又说是我的未来岳父，难道已经替我提亲定了苏二的女儿不成？"一面想着，一面下拜。苏二也忙着坐起身来，丢了烟枪，相还半礼。

行礼完毕，大明子便指着一张皮椅，叫侯七坐下。那苏二仍旧躺下抽烟。

大明子便向侯七道："你知道我这里近事不曾？"

侯七道："方才陈秃子跟孩儿讲了个大概。究竟王第五跟朱六哥俩儿为甚要短草包刘瘸子的路？现在跟爸最最反对的又是谁呢？"

大明子道："说也话长，少顷和你细说。若问最反对我的，不是别人，就是龙华会的内八堂理堂东阁大爷通臂猴仙杨燕儿。"

侯七一听，恍然大悟道："原来是他！那么他总该受总正龙头大爷的管束？"

大明子道："他本山的龙头敢奈何他吗？他练就一身铁布衫功夫，

16

除非要具童子功红砂手的能人才能制服着他。人是有的，可惜小的死了，老的盲了，所以杨猴越发肆无忌惮哩。"

侯七一听，想起在乌拉城打尖隔座听得的说话，正要开口动问干爸，遇见的那个老瞎子是不是杨猴惧怕的人，但不知姓甚名谁，却被陈海鳌又领了个满身重孝的少年进来，把话头打断。侯七定睛一看，来者非别，乃是自己的十弟兄里头排行老八的铁头罗佩坤。侯七知道他父母早亡，并无伯叔，就是教他们弟兄俩武艺的师父，乃是天津霍元甲的徒弟，叫作张桂生，也早在上海受人暗算，被鹰爪抓去，一条性命结果在上海县头门站笼之内，怎么如今罗排八又穿着孝服呢？只见他见着于大明子，倒身下拜，带哭带诉地道："侄儿和兄弟佩巽俩，自从接到于大伯的请帖，便从家乡汉川动身，到了汉口，搭轮到上海。再由上海搭外洋轮船进了大连口子，先到奉天探望着一家亲戚，然后按站到此。行至金沟子地方，为岔过宿头，借住在一家庄家。那家的男当家据说在一面坡横道河子经商，家内是两个女人主持。我们见她们有一骑代步的马匹，生得毛片如银，蹄如龙爪，故此花了八十块大洋钱买了下来，预备带到此地，算作寿礼，孝敬给于大伯的。不料那女人收了洋钱之后，又问我们上何处，我们据直相告，那妇人便也和我开诚布公地讲道：'此马来历不小，拙夫得来非易，也愿一辈子挨饿忍冻，不愿卖去此马。我因得了此马，做事大不顺序，所以瞒着拙夫卖给客官。如今你们上长春，要是仍走昌图、双庙子、牤牛蛸等路线，不要和拙夫打了劈面，非但马被夺去，钱财白费，一个不留心，要是动起手来，还有性命出入。客官要保全此马，并免人受惊恐，非得渡过马仲河，向吉林进发，大宽转地兜到长春，才能保得太平无事。'我们依了这说话，绕大弯儿到此地来。谁料半路之上遇见一个单身汉子，瞧见我们那匹马，好似发狂似的，开口就向我们要借。我们瞧他那种情形，疑是那妇人所说的丈夫，再者出门人以和为贵，赶赔笑脸，跟他说明我们得来的理由，并且提及你老人家大名，说是送您老五十岁的寿礼。谁知那人一闻此话，更加愤怒，说本来要找姓于的说话，不由分说，便给侄男弟兄俩动起手来。这

17

人拳脚灵活，本领高强，侄男弟兄俩车轮战战他尚不是对手，可怜兄弟佩巽一个不留神，被他用子母鸳鸯腿踢中要害，当场吐血身亡。侄男明知不敌，无心恋战，谁知也被这厮用鸡心腿踢中腿部受伤了，眼睁睁瞧着他把那马劫去。临走时候，这贼还指着我道：'本来也要结果你的性命，只为那姓于的地方没人通讯，留你活口去报个信给姓于的知晓，叫他留神着，俺杨爷爷要去取他首级，才了我心头之恨！'"

侯七在旁听到这里，陡然又想起乌拉城途中所见所闻，已经明了了一半，又听说罗佩巽伤重身亡，想起了江湖义气，十弟兄现已缺一，不觉悲愤交集。正待站起身躯，自告奋勇前去报仇，却见于大明子怒容满脸，霍地站起身来，指着东北方，咬牙恨恨道："杨燕儿，杨燕儿，俺不杀你，为罗贤侄报仇夺回良马，誓不为人也！"

第四回

仇深怨重怒劈榆树台
躁释矜平细述黑山党

于大明子听得汉阳的徒侄铁头罗佩坤哭诉途中无意得到龙马，被龙华会的东阁大爷通臂猴仙杨燕儿用强夺去，并且用子母鸳鸯腿踢死佩坤胞弟飞腿罗佩巽，留下大言，存心和自己抬杠，一时怒从心上起，恶向胆边生，不由得咬牙蹬足，大骂杨小子太觉目中无人，非与他见个高下不可。

此刻侯七也按捺不住，在旁边叫喊道："有事弟子服其劳，割鸡焉用宰牛刀？谅那姓杨的有多大能为，要劳您老出手，此事让小孩子去办了吧。凭着俺这一身能耐、一条软鞭，或者可以不丢我们于门脸子，把这有眼无珠的狂妄小子抓来请师父发落，把罗排八得到的那匹龙驹宝马找回来给干爸代步……"

侯七话未说完，那秃尾鳅陈海鳌也直嚷起来道："咱们长春于家镖，天下水陆两路英雄好汉哪个不知，谁人不晓？早已用不着'顺风镖旗，逆风镖香'打招呼，差不多在江湖上走了四五十年太平码头，至讲到外边各方义气，从未亏损一点儿半点儿，江海河三线上的弟兄，彼此都留下交情。什么东西的燕子、雀子，总之是个'半吊子'小鸟儿。俺老陈凭着手中这口七星厚背鬼头刀去找寻着了他，斫他十七八刀，问他认得我们长春于的解数吗！"秃尾鳅一壁说话，一壁把两手不住地摩擦自己大肚子，连道，"气死了，肚子几乎胀破了！"

19

于大明子也满脸杀气，两眼发赤，霍地伸开左手，把那小指、无名指、中指、食指四指轻轻地向那台角上一斩，怒气勃勃道："好哇！老陈，快到外边去，把所有已经赶来祝寿的弟兄、少爷们一起都请到此地，说明一句，愿意干的，便一同上路，去找着这杨小子说话去！"

大明子这一斩不打紧，却把一只五六十分厚的榆树台角斩了块下来，好似刀斩斧劈一般，断痕绝平，一毫不见起毛。那陈海鳌听了大明子的说话，一面口内应着，一面掉转身躯，向外便走。

那横躺在榻上的闹海神龙苏二本来自顾自抽他的大烟，对于罗、于、侯、陈四人的说话，好似没有听见一般。此刻见秃尾鳅要走了，忙把大烟枪一撑，身子从榻上直竖起来，口内连道："慢走慢走，慢慢走！"

秃海鳅被苏二叫住，只好暂且停住脚步道："苏师父，有甚高见不成？"

苏二道："你不用管高见低见，姑且站一会儿，不用性急。"说着，又躺下去，把那烟枪上已经装好的那口乌烟按腔按板似的凑在烟灯上，闲闲抽完了，然后坐了起来，皱着眉头，向大明子瞧了一眼，接着微叹了一声，才向大明子开口道，"老三，您今年不是准准的五十岁了吗？古人说得好，行年五十，方知四十九年之非，怎么您的猴儿脾气尚没有改掉呢？您想，咱们老弟兄七个，除了俺是个老废物，余外几位，不是大哥临终时候都说过的吗？他说：'论声名和实在功夫，都是三弟最好，只是他的脾气太毛躁，经不起别人三声一激，便暴跳如雷，什么都不顾了。现在这一件事，平心论起来，究竟是王第五的不是，凭空跟人家去犯上一犯。王第五为了鲁莽，已闯出这枝枝节节的乱子来，您怎么也好跟着胡干啊？常言道'知彼知己，百战百胜'，您可知杨燕儿的前人是谁？您可知他体己弟兄有能耐的有多少？现在您唤秃尾鳅去把这班祝寿之人都去邀来，您又保得定里头不有姓杨方面的细作混在一块儿卧底吗？万一被俺料着，那您这一下子非但于事无济，并且有害哩。这是劣兄胡言，老三，您倒仔细忖一忖，到底是对不对的？"

大明子受了苏二一番训诫，脸子立刻红得和关云长一般，软洋洋地退到原位坐下，低着头想了一阵，重又抬起头来道："二哥，杨燕儿是不是和三寸丁有瓜葛的？"

苏二道："有哇！姓杨的和三寸丁岂但有瓜葛，他们还是嫡亲师弟兄哩。三寸丁的老子丁九麻子，在我们前一辈子当中，也算得个出类拔萃的人物，他是回教中的大师父。当初在新疆、青海一带真是一霸，故而有八百里净山王之称。就是卓索图、昭乌达二盟、十部、一牧、十六旗，乌兰察、伊克昭二盟、五部、十三旗，锡林、郭勒、察哈尔三盟、五部、二牧、十八旗，以及阿尔泰三盟、四部、十三旗，喀尔喀四盟、四部、八十六旗，唐努乌梁海三十六佐领，科布多二部、十四旗，青海三盟、五部、二十九旗，西套阿拉善额鲁特额济纳旧土尔扈特二旗，西番土旗四十族，前后藏土司三十九族，这许多地方，都有他的寄名或上香少爷在那里。他本在新疆伊宁传教，被左宗棠差刘松山把他撵走了，他便又到阿尔泰去传教，走全外蒙古各旗才到呼伦娶了房媳妇，生下个孩子，取名振宇。那时候，杨燕儿的爸爸杨三乱子在松花江内做水路买卖，外号人称不怕天，不知道怎么知道了丁九麻子的来历，便把自己一个儿子也不用人拉场，自己登门送去，拜了丁九做着师父。丁九一身本领，金钟罩、铁布衫、梅花桩、铁沙包、蜈蚣功、龙吞劲、蛤蟆功、猢狲套、象皮癫、红黑两砂手等，软硬兼全，马步俱能，故此绿林中又有中原一霸天的外号。这一身功夫，自己儿子不过得了一半不到，杨燕儿却天性聪明，居然学到七成。但是聪明反被聪明误，除了铁布衫的一百零八步功行圆满，其余都没学得精，故而尚怕童子功红砂手。要真的像他师父那种能耐，那真可无敌天下了。

"丁九除了教会这二人以外，晚年又亲自教练过一只猴子、一条猱狮狗。年纪活到一百有零，精神依然强健，直至一百零五岁那年上伊勒呼里山去朝山进香，从此一去没有回来。江湖上都猜他是上山修道，肉身成神。据我想来，也许失足掉在深山巨涧之中，年纪大了，爬不起来，或者又遇到怪鸟异兽，送了他老命，也未可知。

21

"自从他入山之后，他儿子丁振宇出世当家，仗着老子余威，常在蒙藏各地走镖。那镖旗是红地蓝镶边，上绣一只飞豹，旗角上拖着个小铃。照我们袁家规矩，要是在中原地方用着这响镖，真要是一等一的好汉，只有康熙年间的金陵三义——上元甘通秋和把弟邓元豹、薛似龙曾经用过，然而也是三人合力同心才敢用哩。至于单独用这镖旗的，连通秋儿子甘凤池、常州白太官、江阴徐子怡，他们称了十八大好老，也没敢用过。如今三寸丁竟敢用这种镖旗，可惜落在东北、西北两处僻地，若在关内，真可轰动一时，流芳千古哩。

"近五年来，闻得三寸丁镖也不常走了，在一面坡开了个山头，经营了一所住寨。又在满洲里、瓦房店、马伊屯、牤牛店、乱石山、十家堡、下马塘、五龙背等处设了分庄，专门勾结了土码子，干坐地分赃营生。官家几次派兵剿他，他东窜西溃，一时起不起他根。徐菊人做了东三省总督，因此索性招抚了他，给他做了江防营统领，把松花江、牡丹江、绥芬河、洮乐河一带的缉捕责任全交他担负着。这也是一条妙计，把他套住了，使他非但不能为非作歹，反而要保得自己汛地内平安无事哩。无奈他偷食猫儿心不改，依然做那没本钱买卖，不过夺'放洋票'，寻一班俄国人和日本人晦气罢了。那杨燕儿必在外胡谣，还借戥这点子势力，这种半官半盗的人物，最是难于对付。我们如今要去找姓杨的说话，一来要防三寸丁，二来要防那丁九麻子所教的一猴一犬，这都不是当耍的……"

苏二正要往下说去，却着恼了侯七，无明火蓦然间提高三千丈，真个"三尸神暴躁，七窍内生烟"，也顾不得尊卑名分、袁门礼貌了，向苏二拱拱手，愤愤地说道："二师父，休长他人锐气，灭自己威风。莫说那杨小子倚赖的是三寸丁，哪怕三尺丁、三丈丁，侄男也不怕。侄男自从十四岁出道以来，虽然没曾走过多少路，算不了什么，但是在关东三省地界上，大约不知道侄男这一条十三节虎尾软鞭，认不得'滚马侯七'四字，也算不得他是个英雄好汉哩。"

苏二听了，扭项过来，将侯七上下打量了一下，忍不住扑哧一笑道："这真是'初学三年，天下去得，再学三年，寸步难行'。好孩子，你的能耐俺早知道，确实不错。你说关东三省，我如今单跟你讲吉林一省，孙兴武，你知道这人没有？"

侯七道："知道，那是密山北面七十里，十里洼地方的老当家。他有个儿子叫小张飞孙继武，说得一口好俄国话。他们爷父子俩常在穆棱河一带放生意，也不知请过了多少财神财童，手下有四五百个弟兄，万一案子闹大，烽火紧哩，便跑到俄国地界上去躲着，官府也奈何他不得了。"

苏二听了，点点头又道："仁义军和德好股、双龙队、海山队，这许多的弟兄，你知道不知道？"

秃尾鳅抢着说道："说到门里边来了。仁义军的大当家是小傻子，二当家是大字儿，三当家是中字，军师大林字，飘线大口字，炮手满山红，连着看秧房的幺儿扫北（防守绑来肉票之人，谓之看秧房），都和俺们通和，什么底都得献，谁不瞒谁。"

侯七接口道："在滨江一带站码头的趣江平、心双红、大文字、大英字、铁血大侠客，是不是算德好股一股吗？双龙队是不是告鸡冠山煤矿过活的大王兄、老疙瘩、西边好、大金牙、扎不死、洋鬼怕、溜溜腿、镇西边、全福寿等一班冒失鬼吗？海山队却不知是谁呢。"

大明子道："孩子，怎么你知道了双龙队，却想不起海山队呢？也是靠鸡冠山煤矿做老家，其余在穆棱河下流和大石头上流一带的名叫今仁股的，有一百六十多个弟兄。占中原一股，七十多名弟兄。占东洋、约傻子、平一心、双顺义、兴东边、扫东儿、双义子七小股，各有四五十、六七十名弟兄不等。散在牡丹江上流，离海林站大约七十里光景，则有青山治国一股，五十多人。霸占方正南面、苇河北面的，是银山大大王一股，二百多人。三姓、方正、通河一带，站住河南的大古通、薛吐河、大罗拉密沟，河北的鸡冠磊子四处大码头的，乃是小四川、天风吹、来来好、小九江、占江北、大明山、飞龙将军七股，每股都有五六百弟兄。这都是海山队的弟兄，因为他们站的地方有山有海，故此叫作海山队。"说时，回过头去，向苏二道，"二哥，我说的对吗？"

苏二道："对的，这许多同跳板的人，你们吉林省内是不是称作三梁四柱？这三梁四柱之内，除了朝阳镇上的金蝴蝶、花蝴蝶、一枝花，奉天公主岭的驼龙、驼虎二姊妹，她们号称五龙队，未曾被三寸丁收罗门下、打通一气，此外都接了他的票布，受他指挥买账的。七侄儿，你倒仔细忖量忖量，双拳难敌四手，四手还怕人多。那姓杨的和这些人通帮掉帖，你是吉林人，好在又当在线上混混的，你倒说句良心话，扎手不扎手？是不是只能智取，不能力敌呢？"

侯七听了，暗想："适才提及的这班人，一个个都是亡命之徒，也不懂得什么绿林规矩，他们只知自己一帮内人受用，见财来便拿，见人来便绑，三天得不到回信便撕票。按照绿林规矩，陆地上不杀车夫、赶脚，水路上不伤驾船、水手，那是大大不碰头了。像这班人这样蛮弄蛮做，肯讲什么交情？"不由愕了半晌，才又问道："请问二师父，怎样地智取呢？"

第五回

壮士豪情当筵发虎啸
雅人逸致对月作龙吟

苏二道："我们要去找杨燕儿说话，先得商量对付三寸丁丁振宇的方法，要对付丁振宇，先要把他两条膀臂剪除了才行。"

大明子道："三寸丁的膀臂是谁？"

苏二道："就是那一条恶犬、一只刁猴。若说扫除恶犬，要派人到沧州望海市，相邀廖合嘴到来相助。合嘴是空中祖师爷的后辈，家传合盘手，善用一条镔铁杆棒。武行之中不是有四句老话吗？唤作'棍乃军中祖，棒乃军中师，枪乃军中秀，刀乃军中威'。他们廖家八八六十四手八卦棒、五百零一手少林棒、三百六十一又半手行者棒，和河南嵩山少林寺王镇南传留下的张三丰内堂棍法一般无二。常言道'熟能生巧'，经空中祖师爷悉心研究，又添上救命三拐，施展出来的时候，对阵无论何人，冷不防总得摔一个筋斗。如今去请了来收拾恶犬，岂非再好也没有？至于那只猴子呢，别人是难以收拾得住它的，只有一个人，说起来也不是外人。我们孟老大有个外甥女儿，又算是我的寄女儿，安徽凤阳府怀远县龙亢集人，自幼父母双亡，幸遇宁国府宣城县双桥镇莲花庵的侠尼石悟真师兄，把她带到黄山白龙潭天游峰莲花庵上院，足足地教了十二年。她本来姓赵，由石姑姑替她取名凤珍。前五年我到黄山进香，在吴公洞鼓子庵玄天上帝殿内和石姑姑遇见，恰巧凤珍侍奉在旁，石姑姑忽然想起了我们苏家的飞抓十八探（按：为龙吞劲中之一种），

25

便叫凤珍拜我做了干爸，硬要学去。我无奈，在玄天上帝殿内留了二十一天工夫。这孩子真是伶俐，无论哪一种软硬功夫，一提醒便有门路，十四天已经学会大路七探、小路七七四十九探，不满二十一天，大路十八探、小路九九八十一探全给她学会了去。今年三月初三，我上九华朝山进香，又和悟真邂逅相逢。我问起干女儿现在怎样，石姑姑说这孩子益发聪明了。黄山那块地方不是有名的产生猴子所在吗？本来她们师徒俩抱着我佛如来好生之念，慈悲为本，人畜各道，两不相犯。偏偏那猴子天性好淫，接连几次趁晚上她们师徒俩坐功之后熟睡当儿，来把她们老少鞋儿偷盗了去，而且一而再再而三地闹个不了。悟真毕竟上了年纪，功深火到，并不见得着恼。凤珍却如何按捺得下？费了三十三天苦功夫，练就了一袋梅花钢针专取猴子双目。好在她天生一双电光神目，在黑暗之中可以就地拾芥，故此她练梅花钢针，和放镖一样，也是从暗室打香头火光入手。练了一个月，已经必发必中，可怜黄山的猴子却被她收捉得苦了，不是瞎眼，便是眇目。在莲花上院方圆四五十里内，本来树上、地上、峰尖、洞底全是此物，现在一只都觅不到了。故此江湖上送了凤珍一个千手圣母的外号。悟真师兄一生共收了三个女徒弟，恰好开关顶三个名分。大徒弟湖北孝感王凤珠，二徒弟江苏无锡杨凤英，三徒弟就是安徽怀远赵凤珍，三人之中，要算凤珍的本领第一。"

于大明子听到此地，忍不住插口道："所以你高兴多嘴，从中作伐，原来既是你的干女儿，又跟你学过飞抓十八探，也可以算得你的徒弟哩。"

侯七听了，面色略略变了一变，向干爸瞧了一眼。不料大明子的目光也瞧到侯七这边来，无意相值，爷儿俩的视线打了个劫，却把大明子的岔话劫断。

侯七回眸过去，再向苏二一瞧，苏二却神色自若地讲下去道："那时我问悟真：'为何不带凤珍同到九华？'悟真说：'她发誓朝山，已经上山西参五台和北岳恒山去了。'我这回到关外来，在路上闻得凤珍不知和哪家贤姑慧嫂同伴，索性跑码头卖解了。并且闻得由山西到了绥远走古北口，出冷口九门台，也到关外来了。我想凤珍是杀猴好手，只消招得她来，相助一臂之力，那就不怕三寸丁那只猴子猖獗了。"

秃尾鳅在旁边听了，咕噜着道："要是一辈子候不到那赵家姑娘到来，没人对付三寸丁豢养的那条猴子，那么我们就老受人欺，不能向人说话不成？"

这话苏二虽是听得，却犯不着和这些傻种呆子一般见识，只白了他一眼。秃尾鳅经苏二这一白眼，也就不敢再咕噜什么了。

侯七听罢，沉吟了半晌道："我们呆等人家来帮助，一来要被姓杨的笑咱们于家无能，不敢去找他说话；二来我们有这许多男子汉，倒不及一个女孩儿，岂不也要被天下英雄轻视？"

苏二点头道："此话不错，不过为今之计，我们万不可先事张皇，使得对方有备。务必悄悄进行，然后一朝发动，使对方措手不及才是。像你家干爸那种直爽，方才我已说过，非但于事无济，而且有害哩。"

侯七听了，很为佩服，便也不敢空闹脾气了。

当下苏二打发秃尾鳅领着铁头罗佩坤先去将息，不过再三叮嘱："须得十分秘密，万万不要把罗佩坤已经来为弟邀人报仇的消息露了出去。"

秃尾鳅答应了，领着罗排八自去安歇。

然后苏二又问侯七："你们十弟兄之中，有几个是精细鬼可以担当大事的？"

侯七想了一会儿道："侄男一辈之中，只有老六一阵风朱云洲带上三分戆气，江湖上都叫他朱三傻子。不过论到实在本领，他手内那条齐眉梢棍和一对镔铁李公拐一般都是不弱。"

苏二道："常言说得好，'强将手下无弱兵'，又道'名师必出高徒'，三傻子的嫡亲师父马献忠，在清真教内也算是一表人物。傻子的大师兄马哀陆，当初在江浦县一个人挡着滁州十八条扁担，名震远近。马哀陆是马献忠开山门徒弟，朱三傻子是马献忠顶山门少爷，开山门的既然有一人独挡滁州十八条扁担的能耐，自然顶山门的也不会真正怎样脓包的。不过今番事由他和王五所起，另外有用他之处，不能支配在这个内。"

侯七道："单论精细，要推方才这八弟罗佩坤，可惜玩意儿太不行。除了他外，要让老大小太保钱玉、老二白面夜叉李长泰、老四黄面佛高大锁、老十神拳无敌金钟声，做事都有深心，并且都熬练着一副铜筋铁骨，有那惊人夺目、出类拔萃的能耐。四人之中，金十弟的本领尤觉稀罕。他们河南光州的金家拳，莫说豫、陕两省闻名，简直天下闻名。近来有许多东洋拳术家也都慕名而来，航海相访，投拜在老十天伦金冕英四师伯门下。再加金十弟现在年纪尚未满二十，已经闯关东，走关西，凭着一双空拳，几乎把老祖爷七十二个半码头统统走遍，故此格外受江湖上的推重。此外单讲膂力，那么要算老五镔铁塔韩尚杰了，好在他是关外人，乃是奉天锦州有名富商韩万裕皮货庄的小掌柜，故此关东三省的地理异常熟悉。现在要去对付姓杨的，他和佟男一样，口音和地理上都较别人占先。至于老三金眼神鹰高福海，那是水路上伸大拇指的角色，旱路上功夫却要打点儿折扣。"

苏二道："既有下六七个人，也是够支配了。今天是初八，距离你家干爸初十正寿尚有一天。你们这一班小弟兄大概都要到此拜寿，我就命你留心着，等到他们来了，你把三傻子和罗八一样藏起不露面，其余什么钱大、李二、高四、韩五、金十等五位，由你悄悄地带到此地，让我当面嘱咐他们一番说话，大事就无妨了。"

侯七答应一声，也自出去留心，候着那班小弟兄。那苏二又和于大明子计议了好一会儿，然后决定准依苏二支派的说话进行。苏二自己也要预备下夜行人应用东西，想上孤店子纪家沟，亲自请善面大士昆化鲲出来，收服杨燕儿。因为杨燕儿所练的铁布衫功夫乃是宋朝时候岳少保的师父周侗老师在武当山蓬头和尚那里学得传流下来的，什么不怕，单怕童子功的红砂手。只因铁布衫是武当山的莎萝玉泉派，是从嵩山少林寺的太室、少室两派之中变化出来。少林拳棒还是在梁武帝普通元年，达摩渡江传道的时候，现传授给了二祖，辗转流传至今，名为六乳法门。无论哪一种拳棒，都跳不出这六乳法门之内，故而江湖上有一句"五祖传六祖"，又道："国有国法，家有家法，行有行规，帮有帮规；师传徒，父传子，六宗承五祖，都有前定的法派。"这些说话，即指此事而言。童子功红砂手，在六乳法门之内，名唤金棒玉女手，乃是六祖得自嵩阳宫剑仙罗公辽所授。发源只有九手：第一手叫万马发雷霆，第二手叫天开悬飞瀑，第三手叫玉女卷珠帘，第四手叫玉龙舞双云，第五手叫乱流追落日，第六手叫五星盘地球，第七手叫双凤穿丹山，第八手叫风围棋盘石，第九手叫将军关天山。罗公辽是看了福建兴化府仙游县九鲤湖的九漈形势才发明了这路拳术，由九手化成九九八十一手，故此童子功红砂手的正名唤作罗公八一手，又名嵩阳大九套。这一路功夫难练之极，先要考究出手时候的姿势。武行中人，有句俗语"把式把式，先看格式"，就指这套罗公八一手而说。等待功夫圆满了，倒是防身至实，和人家较手时，不行有一下打出门去，攻人三部。但是别人打进门来，被这路功夫围住，再休想能够退出去。铁布衫是专门攻击人家上、下、中、喉、目、膝、臀、囊、膝盖、踝骨，全身九部都要的，这叫火辣功，专门打人一个措手不及。恰巧罗公八一手老不打出门，候人家打进了门，才关锁住了，败中取胜。故此要破铁布衫，必定要童子功红砂手。

前七年，杨燕儿刚享大名的时候，在九寨、白旗、太平山一带放响马，第一次碰见奉天四恒义的镖车，偏偏遇着保镖的达官叫作金钩熊大个子，和着大儿子熊魁斌都是练童子功红砂手的，杨燕儿栽了个筋斗。二次犯镖车，和善面大士昆化鲲相遇，这一次丢脸更丢得大，被昆达官把他打翻了，逼着叫了三声祖爷爷，并且承认以后瞧见奉天小北关四恒义或者白地红镶边角上黑线绣成一尊莲台观音旗帜的镖车，永不侵犯，若误犯了，情愿一罚十。这件事绿林中人互相传说，大约知道的很多。

侯七在乌拉城遇见的瞎子就是昆化鲲，那年轻之人是熊大个子小儿子熊仲斌。化鲲年轻贪色，近来又为死了儿子心中不快，故而两目失明。熊大个子也已洗手。魁斌本领确然不错，可惜去年伤发身亡。仲斌是没甚大能耐的。苏二要亲去相请昆化鲲，也是侯七提及路上所见，那才想起此人的哩。

初八晚上无话，到了初九那天，各路的拜寿之人统都来了。其中如天津郜青云和着儿子郜三；北京的杨三爷、李五爷，所谓哼哈二将；甘肃的马福通、马福良、马福墀、马福年、马四喜、马四福，回教之中号称六马神；绥远的活阎王，新疆的活财神，奉天的镇东方张世芳、镇西方吴堃芳、镇南方许安芳、镇北方王震芳，乃是称为关东四方将。这一班人都是轻易不肯离开本地一步半步的，如今千里迢迢都来拜寿，总算于大明子的老脸不坏。加着岱山东西、黄河南北、陕、陇、川、湘，长江上下游，珠、闽、江两岸，都有人来，真是轰动一时，长春市面上也不知顿时热闹了多少。好在大明子已预先布置好，招待应酬，井井有条。虽则这班人是不易伺候的，牙齿略略高低一点儿便得闹乱子，幸而担任招待之人也都是五道七煞，彼此同跳板、合山头生活之人。大家既论江湖上的义气，又顾站码头的面子，相不吃相，蛇不咬蛇，倒还不十分为难。

到了初九晚上，苏二代表大明子到各处走了一回，回到天达店内，一个人在后面小花圃内踱来步去，筹备明天的说话。八月初晚上的月色倒也着实皎洁，是够赏玩。苏二正背着手，一面思量，一面玩月，一阵秋风吹过，忽觉风内有一种声浪传来。留神一听，却是谁在那里高声吟诵道：

> 皎若秦时月，冷似华顶雪。虬吞龙啮，万古不缺。以何砺之？国贼之骨。以何淬之？伤心人之泪，与夫妄男子之血。

接着，又是哈哈一阵笑声。

苏二一听，暗想："这又是哪路能人在那里摩挲宝剑，对月长歌？"赶紧迎着余音寻去，却好似发在奉天四方将住宿的那间房内。仔细辨辨适才的声音，又好像是湖北口音，恐怕或者有错误，故此也没有推门进去追究。

其实书中交代，这声音确从奉天四方将房内出发。作歌之人，系和张世芳、王震芳同来，跟大明子俩彼此闻名已久，却从未会过一面，乃是汉阳府汉川县人，名唤艾柏龄。他的父亲艾春和，得了孝感县著名拳师陈伯韬的传授，有下一身好本领，专喜在外尚义行侠，湖广一带都唤他作大侠艾春和。其时有个翰林叫石昆玉，作一部《三侠五义》小说，内中有个黄州黑妖狐智化，徒弟小侠艾虎，这智、艾二人，暗暗就是陈伯韬、艾春和师徒俩的影子。

洪杨时候，石达开、李秀成都派人去请过艾春和出山帮助，艾春和没有答应，直到七十七岁归天，膝下尚是无男无女，因为他注意功夫，不近女色，从未娶过媳妇之故。归天的上一年，经人再三再四相劝，始勉强纳了一位小星，等待身后，那妾有下三个月身孕。七个月后，才得着一个遗腹子，取名柏龄。六岁时便跟艾春和生平第一个爱徒汉阳归元寺的方丈明光和尚学艺；十一岁便外闯江湖，善用家传的一对錾金护手虎头钩，和着陈家法派一口单刀。他们艾家的钩法名叫九鹰摩空法，陈家的刀法名叫追魂夺命八卦连环合扇刀法，已是世界闻名，无敌天下。艾柏龄并射得一手好弓箭，三二十岁时，他又练上七条连珠箭。那箭头上都上一些细小纯钢弯钩，人家被他射中了，就不是要害地方，等待打箭之时，别人的箭一打就出来，他的箭为了这一些弯钩关系，外边瞧瞧，箭疤极小，谁知里头已被钩去了一大块肉咧。这一种箭是唐朝苏廷方行出来的，名叫倒须钩。苏廷方帮助了窦建德、刘黑闼，将罗成诱入淤泥河内，乱箭射不死他。后来被他一支倒须钩射中在眼皮上，回头罗成打箭，别的不要紧，这一箭打出来，连眼珠都带出来，那才痛彻心肺而亡。后来就没人会用过这箭。

艾柏龄就是闻得人家道及这桩故事，一时高兴，也用起倒须钩来。果然箭无虚放，百发百中。他手中所用的虎头钩已是独门家伙，加上又能射倒须钩，故而江湖上人都称他为双钩将。他生平交游满天下，跟于大明子虽未碰面，以前却有过镖车，曾互相换保过，总算有下交情。此番到来，不单为的拜寿，尚有别的事情须和大明子面谈。初九白天到了长春，晚上没事，忽而有兴，念了几句，却被苏二听见了，当晚却未曾认真地追诘，也就过了。

第六回

巧安排寿堂作香堂
大报复同党联异党

到了八月初十清晨，那是大明子五十大庆的正日。大明子自己早依着苏二的计划，带了十余名亲信，同着在长春监内保出来的穷不怕王五，以及朱三傻子、罗佩坤诸人，先悄悄地离开长春，径到县东二十里许的安龙山安龙泉畔夫子庙内布置一切。好在这所夫子庙是他自己家的后堂，平日间也时常来此拈香，或是在此开堂放布的。

大明子一早走了，到了上午八句钟时候，苏二便走到天达店对面长通路路北高岗清真寺内，查看所借用的寿堂。先把第二、第三、第四三处寿堂看过，这是和寻常寿堂相似，不必细说。一心却惦挂着第一寿堂的布置，虽则再四嘱咐高大锁小心承办，却不知错了没有。慢慢地走到盥漱室门口，只见大锁亲自守在门口，不放一个人进去，遵照自己的吩咐，要待十句点敲后，大家会齐了，方可按班进去拜寿。苏二一瞧这情形，觉得外表已当得严肃二字，内容想亦十分整齐的了。高大锁见是苏二，便丢了个眼色，乘人不觉，单把他一人先行放进。

那寿堂是设在楼上的，苏二登楼一望，见正中悬着一方白布，布上钉着一方票布，票布之下，三只八仙桌分品字式排列着。中间桌上供着六个神位，位上书明始祖刹利（姓）菩提多罗（名）上圆下觉达摩祖师神位，二祖卢（姓）神光（名）上大下祖慧可祖师神位，三祖马（姓）澄池（名）上镜下智僧璨祖师神位，四祖司马（姓）德隆（名）上大下医道性祖师神位，五祖周（姓）友樵（名）上大下满弛忍祖师神位，六祖卢（姓）空我（名）上大下鉴慧能祖师神位。（按：以上六神位，即五祖传六祖之姓名法号，江湖各帮尊崇之。青帮中开香堂，有名"朝参北五台"一种，须摆一百零八炉香，亦当用此六神位矣。）靠左桌上，乃是供着蔡德忠、方大洪、马超兴、胡德帝、李式开、吴天成、洪太岁、姚必达、李式地、林永超十位祖师神位。（按：此十位，洪帮中谓之前五祖、后五祖。其余各种党会中，谓之正副五虎祖师爷。）右边桌上，供着陈近南、苏洪光、胡得起、万云龙、天佑洪、郑君达、黄昌成（以上七人，洪帮及其余各帮中称为开山祖师）、翁德慧、钱德正、潘德林（以上三人，乃青帮中之开山祖师）。每一个阵图都按着海底上的诗句抄录一首，放在旁边。苏二见陈设得一点儿不错，方始放心下楼而去。

直到十句钟敲过，大家同到第一寿堂行礼，这也是苏二弄得花巧，特将寿堂分为四处：第四寿堂专为于家亲邻同族，以及没门槛（个中所谓空子）人而设；二、三两处，凡是辈分小的在帮之人，以及面子、交情两皆不够的人祝寿之所。如今踏到第一寿堂这些人，都是矫矫不群之辈，谁知跑上楼来一瞧时，哪里是寿堂，简直是香堂，而且司香、司烛执事一样派定专人。只是那寿翁于大明子还是没有见面。大家便照例参祖毕，依照香堂规矩，不准开口多问的，所谓"开口洋盘闭口相"，便由贺客公推北京的混混太岁郜青云作代表，动问此是何种性质的公堂。（帮中本有三堂六部，洪帮中之三堂谓之审堂、巡堂、站堂，青帮中三堂则有水旱之分。神堂、香堂、执堂，水三堂也；橄堂、灶堂、厨堂，旱三堂也。）但是也不行开口动问。好在有茶碗阵拔在那里，便走到那八张小半桌旁边，将左手紧握了右手脉门之处，向大众恭恭敬敬弯一弯腰，好似唱一个撒网喏一般，这名自叫作讨差。（差、茶同韵，故亦可作讨茶解释。）

当下便由派定司壶的小太保钱玉，提了一把紫泥坯子，外面用白铜包出许多花样来（在理之人都用此茶壶，为山东青、登、胶、莱四州出产，一称胶州茶壶）的大茶壶，跑到混元一气单鞭阵桌子跟首（按：此阵暗藏求救于人之意。若然自忖有力可以救人，可径饮其茶；如其不能，则弃去其先洒之

34

茶，再自倾茶饮之），把那一只茶杯满满地洒上一杯。郜青云向众一瞧，大众一齐鼓掌，这是分明表示可以同力援助的意思。郜青云便把那杯茶一口气饮尽，即在钱玉手内接过茶壶，走到三教同源三清阵桌子之前，将正中那只空杯洒满了，然后将壶还给钱玉，拿起茶杯来，自己喝去了十分之四，留下六成，向大众一看。（此阵暗藏问讯及争斗两意，以目前论，即为询问帮助何人、到何处去帮二语。如果有人知道的，便来接饮此余剩之茶。）这都是苏二预先分派定妥的。郜青云刚一抬头，便有侯七从人丛中出来，把那半杯茶接去一饮而尽。

当下大家便随着侯七下楼。楼下陈设自有小华佗张景歧喊庄丁前来收拾。他们一行人众一同出了清真寺，外边早有李长泰指挥着，备好许多马匹在那里，顺便和小太保俩留心一检点，拢总五十三人。当下由侯七领头，直到安龙山安龙泉畔夫子庙前，约莫离开四五丈路，早又有人上前伺候着诸人下马。苏二便把手一指道："庙门口又有一个茶碗阵在那里，照此看来，分明是于老三自己告帮，现在我上前代表众位问讯，若是于老三告帮，哪怕血海干系，我也要答应下。众位有义气的，请伸左手赞成，如果不以为然，这种事不好勉强人家的，也请表示吧。"

苏二这句话说完，大家都将左手伸起来。苏二便抢先去问讯，那是和适才一样两个茶碗阵，书中不必重赘。

独有小太保，当大家伸手的时候，暗中留心一数，好似连自己只伸了五十一条手，和刚才动身时候所点数目不符，缺了一人。故此走进庙门之际，悄悄地报告了苏二。无奈此刻乱哄哄的，一时也无法彻底清查，只索罢了。

大家一进夫子庙头仪门，只见御道上竖着一块黑牌，上书"请分帮别会"五个大字。那大殿关夫子神龛前也是悬着一方白布，布的上端也是钉着一方票布，下端却粘着许多小纸条儿。于是，身在于门之下的人都上前去摘下一条小白纸条，靠下首站着。凡非于门之人，大家挨着辈分、山头，依次在上首站着。只见于大明子从神龛后面转到殿上，恭恭敬敬向大众作了一个团圆揖道："俺大明子说也惭愧，三十年老娘倒绷孩儿了，生平对待绿林弟兄，自问也还过得去，况且洗手已经五年，万不料此刻再会有人找到我的头上。虽则我们帮里头有句老话，叫作'黑漆军棍两头红，孙子有理打太公'，但是我和来人从未照面，也不是少爷得罪了人，和我当面提及，我是一味护短，所以他要用这副手段对付我。因此之上，我对于此事觉得实在心有不甘，而且为了我姓于的一人连累同门，也遭龙华内八堂理堂东阁大爷通臂猴仙杨燕儿的嫉视，也实在说不过去。故此不得不向诸位禀明一句，求大家顾念祖爷的灵光、佛爷的义气，相助一臂之力。至于门下怎样去冒犯人家、人家怎样找寻我们理门子弟，横竖活口都在，容他们一一地报告吧。"

第七回

冤诉人前斑斑泪点·
名镖棺上历历粉痕

于大明子当着众人说了一番话后，也向下首一站。只见神龛后面又走出了一个铁头罗佩坤来，身上穿了孝服，走到殿中，向外一跪，连哭带诉，把接到请帖，从汉川动身到大连，在金沟子花下八十块钱购得名马，预备作为寿礼，如何半路遇见杨燕儿行强夺去，并且兄弟佩巽被这厮用子母鸳鸯腿踢中要害，伤重毙命，又如何杨燕儿留下海话，要取于家三叔父首级。"如今三山五岳的英雄、四海八方的好汉都在面前，请大家公断一句，舍弟死得可怜不可怜，这仇该报不该报？如果大家肯念江湖义气、洪门情谊，和着亡过天伦铁背苍虬罗双喜、先师大刀王五的脸面，务恳大家拔刀相助。"说罢，呜呜咽咽地哭个不了。

照江湖规矩，断没有说出如此没种少出息的话来的。实在也是苏二有心教罗佩坤这样说法，说了并且要哭着。果然被他一阵子的哭诉，两旁站立之人有关系的，果然一挥同情之泪，欲得杨燕儿而甘心。就是无关系的，也都义愤填膺，怒形于色，不约而同地说道："罗兄弟，休得再哭，令弟已亡，哭也无益。如今你姑且起来，咱们大家并胆同心找杨小子，挖他的狼心狗肺出来祭奠令弟，总在我等身上，包替令弟申冤雪恨就是了。"

罗佩坤听了，才止住了悲声，又向外磕了四个头道："全仗众位帮忙，俺先行碰头道谢。如果拿得住杨小子，真个是存殁俱感，俺情愿代

37

替亡弟，师事擒拿杨猴之人，以报大德。"罗佩坤拜完之后，站了起来。

只见下手于门生徒之中又走出一个秃尾鳅陈海鳌来，一手捧着一把鬼头厚背刀，冷森森寒气逼人；一手执着一面三角小红旗，旗的中央一个白地黑"斩"字。走到中间一站，高声地道："本山红旗王第五，知法犯法。在下由巡风本职，代行红旗职务。现在听王五当众报告犯法情由，如果天下英雄好汉都道罪在不赦、法不宽贷，在下便在祖爷传下的票布面前宣布王五死刑，立刻执行任务，将犯徒王五开劈，以谢他山。"说罢，便扭项向后道，"上来辩诉吧！"

只听得铁索银铛，穷不怕王五也由神龛后面走了出来，两手虽然散着，颈上也未套枷，不过脚上却拖着一副核桃大小的粗家生，行时铿锵作声，令人听了很觉难受。当下王五走到票布面前，将身跪倒。

秃尾鳅问道："王第五，洪门三十六誓之中第六誓是什么？"

王五朗声背诵道："凡我洪家兄弟，不得做线捉拿洪门弟兄。倘有旧仇宿恨，必要传齐众兄弟，判其是非曲直，当众决断，不得记恨在心。倘有不知者，捉错兄弟，须要放他逃走。如有不遵此例者，五雷诉灭。"

秃尾鳅道："二十一则罚则，第一条是什么？"

王五又背道："犯罪而波及他兄弟者，捕之处以死刑，轻则斫其两耳。"

秃尾鳅道："十刑之中，第五、第七两条又是什么？"

王五道："第五刑是：结识外人以侮辱兄弟者，笞刑一百八。第七刑是：昏醉争斗而起葛藤者，笞刑七十二。"

秃尾鳅道："'光棍犯法，自帮自杀'，你现在已身犯这许多门规，你可知罪吗？"

王五道："知罪知罪，不过可容辩诉？"

秃尾鳅道："在天下好汉前辩来。"

王五道："我在滦州，激于义愤，为着朱三傻子一句说话，帮助捉拿草包刘瘸子。我和姓刘的向来没有见过一面，并无私仇宿恨，所以不能按照第六誓言办理。至于罗佩巽九弟，被人殴死，祸从夺马而起，不能指定为刘瘸一事波及罗九，所以也不能照罚则第一条办理。滦州捕快班头巧嘴金根和蓬头鬼黄三俩人也都是圈子内有门槛的人，并不是我帮着外人侮辱门内，故又不能照第五刑办理。"

秃尾鳅道："你的说话果是有理，但是第七刑你总身犯的了。"

于大明子听到此，忙向大众作揖道："王五身犯第七刑，死罪可免，活罪难逃，但是他在长春衙门当差，乃是替代劣兄。此番东三省总督衙门公事下来，说安武军统领倪道台丹枕走失了一匹良马，据报探告道，是我于门弟兄所盗，故此要着在我身上追还这匹龙驹销案。可怜王五为因代我名字在衙应卯，不能走避之故，所以已受了本官好几堂追比，打得他两腿皮开肉烂，并且还上线下大牢。既已受过官刑，今天这七十二下笞刑要求大家公论，免责了吧。如其一定要依规则而办，那么劣兄情愿代替王五受责。"

大明子这套讲情的话刚说完，苏二正要接口，忽在那上首人丛中钻出一个四十多岁的人来。此人赤色脸膛、广颡阔口、丰颐大鼻、浓眉小眼，嘴上掩着一片小胡子，秃着头，身穿米色府绸褂子、双梁鞋，手中握着一对响球不住地转着，琳琅作响。抢步走到王五侧面，也恭恭敬敬下了个长揖道："在下叫蓬头鬼黄三，北直隶丰润县人氏，曾在滦州府衙充当快班头儿。在去年腊月里头，南京的朱三哥路经敝处，他和敝同事巧嘴金根向来认识，所以留他度年。恰巧王五哥奉了此间长春府太爷之命，解了秋决重犯，到北京法部交割之后，出关回家，在滦打尖，与三哥遇到。由三哥介绍我们会面，彼此一见如故。就是那一晚，刚逢刘瘸投宿在金根所开的合兴顺琴头之内，弟兄们见他来历不明，放龙给金根知道，是俺邀着王五哥和三哥同去瞧热闹。五哥因见俺和金根不是来人对手，那才拔刀相助，初不料闹成这乱子出来。事由俺邀五哥同去的不好，今天的七十二下该由俺代表五哥受责，不能再叫五哥受苦，更不能连累于三叔老人家的道理。大众以为如何？"

侯七忙向众人提议道："既是黄头儿如此说法，王第五受苦也够，不如就免了吧。愚见现在请大家要注意的刘瘸被捕原因，为有那匹好马；王第五受官家追比，也为着一匹马；罗九弟被杨燕儿殴毙，又为的是马。究竟是三匹马呢，还是一匹马？这应该追问追问的，不知众位赞成吗？"

大家听了，自然赞成。

秃尾鳅见用不着他了，悄然退去。大明子也招呼王五起来，因为他两腿有棒伤，站立不便，另外掇一条长凳，放在下首殿角隐风之处，让他去坐着。

这壁厢便由苏二追问黄三道："巧嘴金根哥这回怎么没和足下同来？"

黄三凄然道："说也可怜，敝同事过房的了。大约在今年元宵节后，那一晚，敝同事从赌场中回家，夜色深哩，有两个徒弟伴送他到门口，他一面敲门，一面打发徒弟两个也回去歇息。那两个徒弟才回身，不过走虽十余家门面地步，陡然听得他师父一声怪叫，他两个回头时节，有一条黑影从他俩身畔掠过。他俩忙回过去一瞧，只见他师父倒翻在门首。那时候，门内也有人出来，开门把火一照，只见胸前、腰内连扎两刀。胸前那一刀是从背后刺进，直透前胸，那把刀尚未曾拔去。我们当公事的人，外面难免有仇家，一时也认不准谁下此毒手。第二天，由我等出头，将金根好好盛殓，灵柩送至城外大觉寺停厝。起初三晚有人伴灵，到第四晚没人伴守。第五天朝上去瞧看，不料金根灵柩又被人撬开，将首级割下来，放在灵台之上，而且将两目挖去。那棺木之上用白粉漏着一只燕子。当时在下得闻消息，即代替报官出赏格捕凶，并追缉盗棺狠贼。不料那晚舍间接到一封匿名信札，里头画着一个人，那人身上标着贱名，还判着'罪该肢解腰斩'六字。下面又画着一只燕子，那形式大小和金根棺上白粉漏的一般无二。在下对于此等事司空见惯，不放在心，不过招呼几个人加意防护就是了。就在那天晚上，在下有个师叔姓郝，他本在高阳班内唱花脸的，又特从山海关赶来，叮嘱在下，他在山海关坐地分赃的海砂码子刘二泼天家堂会，那天刘二泼天请个关外朋友叫杨燕子，无意中被郝师叔听来一句密话，说那姓杨的为他把兄刘瘸子报仇，先上滦州收拾金、黄二人，然后再依次地寻去。郝师叔一打听刘家从人，知道这姓杨的熟练金钟罩、铁布衫软硬功，绝非在下和金根所能抵挡，故而黄夜奔来知照。在下得知此信，便想出个金蝉脱壳之计，先装害病，后装过房，把衙门公事辞去，全家悄然搬到了卢龙县，改名更再生，另开馍馍铺过活。所以这回到此祝寿，礼簿上也用的更再生假名。本打算把此事告知王五哥，商量敝同事报仇方法，谁知来了七天，老没见五哥的面，直到昨晚和陈海鳌说明来意，他叫我挨到第一寿堂，才同到此间。再不料五哥也背四脚子的风火，只好求大家帮忙，替亡友雪恨的了。"

苏二又问道："当初你们扳翻了刘瘸，惹起祸根的那匹马又怎么样了呢？"

黄三道："因为动手时候，朱三哥曾受微伤，所以那匹马就送与三哥做了代步了。"

黄三说到此处，大明子把手一招道："请黄兄站过一边，容三傻子来说吧。"

那朱三在神龛后面已经等得不耐烦，听见外边提及他名，也不等招呼，就大踏步出来。侯七仔细把朱三一瞧，暗忖："他如何变了一只眼了呢？难道终日打雁，被雁啄去不成？"此刻朱三已匆匆忙忙地道："刘瘸那匹马是我到手的不错。我从滦州动身南下，到徐州害病，卧在客店中，被那一个囚娘养的暗箭伤人，拿人家代步，招呼也不行。我恼着追赴北上，在德州北八桑园地方又被一个冒失鬼黑夜之中挖了我一只眼珠子去，俺入他的妹子。有朝被俺查明了这盗马、挖眼的毛贼，我非把他捶作肉酱不可，非入他祖奶奶、掘他祖坟不罢！"

朱三正骂得高兴，忽听上首一个湖北口音的人怒喝道："傻小子，自己无能少干，遭了人家暗算，受了一点儿小亏，背后骂门，还带累人家祖宗内眷，到底懂得江湖规矩不懂？现在有你的救命恩人成全你学了救命三拐，怎么你倒不谢谢人家呢？"

第八回

合座生惊惊言失火
刁猴仗胆胆敢行凶

于大明子忙把发话之人一瞧，只见一个壮年汉子，肩背虎头钩、铁胎弓，浑身穿的蓝纺绸褂裤，觉得英气勃勃。虽不认识是谁，却暗暗称赞此人的丰采不凡，气宇压众，一定是个关内有名人物。

这边罗佩坤一听，也是湖北口音，嫡亲同乡来了，自然格外留神一瞧，不由得跳过去，双膝跪倒，扯着那人衣角："艾大叔，我家兄弟去了命啦，您老人家一向很疼俺弟兄俩，这回非请您老人家帮助不可。"

大明子和苏二等一听佩坤叫他艾大叔，已猜着了八九成。依着朱三傻子，还要上前跟人家拼哩，幸亏有韩尚杰用力地将他拖住。大明子忙亲自过去，下礼认罪。苏二也踏上一步道："艾哥昨晚好乐，唱得好歌儿。俺本来怀疑是谁，有这么文武全才，原来就是长江上游的量江水尺双钩将艾柏龄艾大哥。彼此红莲、白藕、青荷叶三教同宗，又道是'三教不分家，铁树不开花'，于老三荒唐，一毫地主之情没尽。早知艾哥光临，应该三十里悬灯，四十里结彩，一请金驾、银驾，二邀、三邀、四请您大哥龙虎大驾，红花亭摆宴，少林寺设席，文从孔子，武学由基，叙叙咱们洪门三老四少的义气。艾哥此来，正合着剑桥誓言上说的：'吾人当吉凶与共，以求恢复天地万有之则，严绝胡虏，以待真命。今日在此地邂逅相逢，彼此不是外人，共当虔拜天帝、地皇，山河、土谷之灵，六恶之灵，五方、五龙之灵，以及无边际的神灵，同商各山头的洪门大事。'"

艾柏龄一听此人一照面就是一套光棍过门，背通草好比温熟书，自然不得不按住怒气，回敬一套春典，心上又暗忖道："久仰闹海神龙苏二是富于通草、熟悉海底之人，江淮泗海一带大大有名。今日相逢，果然名不虚传。"原来苏二不识艾柏龄，艾柏龄却早已认得苏二。此刻经不住于大明子再三再四地打招呼，罗佩坤苦苦地哀求援手报仇，柏龄一时要想向朱三傻子发作，到底发不出来。

当下次第寒温过了一番，苏二又道："'不嘘不亲，嘘嘘骨肉至亲。'如今旁的不说，请艾大哥将搭救三傻子性命一节事和什么学救命三拐一段情事明示一句，可以不可以？"

艾柏龄道："怎说不可以？这一件事全在俺的肚中哩。于三哥，你们东三省有个托什套，你知道这人吗？"

大明子道："略略知道一点儿，此人还在庚子年以后出世，本在奉西一带放响马，后来又到洮辽当胡子。他手下有六十个生死弟兄，号称斧头党。现在他已改名叫陶什陶，做那洮南索岳尔济山的当家，是不是他呢？"

柏龄道："是呀。他有一匹龙驹，是在俄国地方得来，唤作铁蹄跑月小银龙。前年杨燕子的师兄三寸丁丁振宇曾经向他要过，他没有答应。去年深秋时节，杨燕儿的把兄草包刘瘸流落在库伦地方，不知怎样一来，那匹马被他盗到手中，便带进关去。"

大明子道："不错，那索岳尔济的后山是通库伦的小道。"

柏龄道："刘瘸盗取这马，大约就是二人授意也未可知。不料一进山海关，便在滦州出了岔子。故此杨燕儿得了信，格外愤怒，情愿抛了龙华会义气，先找寻金、黄二人出气。金根是祸首，所以杨燕儿把他刺死了，尚死不饶人，要去割首挖眼。其时朱三得了那马，到得徐州，害起病来，这马便被河南归德府的踩毛桃小偷儿范玉西偷到了开封。其时在下适在豫垣，花了一百八十块钱将此马购得。恰巧郑州有几个朋友接得黎天才的信，都要到奉天投军。此黎天才这时不是做第三镇马标标统吗？招呼俺同行出关，俺就将那马托他们带了先走，我自己上一趟天津再行出关。不料到沧州遇见杨燕儿，被他硬拉着南下。到边临镇上，与三傻子碰头，杨燕儿就要下手结果他的性命。在下因为和他师父马献忠曾有数面，与他师兄马哀陆更有交情，所以极力劝阻，好容易得到燕儿答应，只挖了傻子一颗眼珠子。在下便托感冒，和燕儿分道。我知道傻子性拙，恐怕要行拙见，故此代他送信给就近泊头镇的李长泰，因为我知道他们是并过把子的。李长泰在留智庙会见傻子，劝他去到沧州养病，又给他引见了廖合嘴，在望海市学会了合盘手（拳术有插手、切手之分，插、切各立门户，不相联属。唯此项廖派功夫，插、切并用，故名合盘手），而且还学得救命三拐。不知道的人，从今后动起手来，定被他栽几个筋斗。如今他竟背后骂门，你道该训不该训？"

苏二听了，忙向侯七丢个眼色，一面接口道："该训，该训！你们快把目无尊上、不知好歹的傻小子带上来，让艾师父发落。"

当下由侯七、钱玉、李长泰等硬把朱三傻子拖过来，向艾柏龄赔了一个罪，方算了结三傻子骂人的公案。

大明子道："那么艾大哥，那匹马现在如何了呢？"

柏龄道："郑州友人把马带出了关，忽然得知此马来历，恐怕带着不便，就托金沟子的神偷谢八百带至他们乡下喂养着，候我出关，亲自定夺。不料谢八百家中女人认是八百顺手牵回的东西，又到手了八十块钱，卖与两个过路客人。俺初不知道是谁，方才听罗家佢儿提及，原来是他们所买，想要作为寿礼，今被燕儿抓去。那么，此马如今到了姓杨的手中了。"

大明子道："如此说来，小弟方如梦初觉。原来傻子和佩坤两方的马起初听似两起，实在就是一匹马。但不知那倪统领丢的那匹马又是何等脚力，如何也划在俺名下？"

柏龄笑道："何尝有第二匹马过？也就是此马。那刘瘸失风的消息传到了燕儿耳内，那时燕儿不知此马落在何人之手，他心狠手辣，特地派人放龙吃水，让托什套知道此马是长春于家人盗去。恰巧安武军和托什套开火，连打几个胜仗。倪丹忱要托什套投降，托什套便提出几条交换条件，这追究失马亦是条件之一。倪丹忱便申详徐督，徐督便行文到此，追究此事。这是我到了奉天，在总督衙门友人方面得到的新消息，想来不致有错。"

大明子始恍然道："如此说来，一枝摇，百枝动，一了百了，一和百和。如今，我们该上一面坡鸡冠山去找姓杨的说话，并想请艾哥同去帮帮忙，好不好？"

苏二忙道："不，艾哥不便去，艾哥跟燕儿有交情，只好两面不帮忙，否则要做难人了。"

柏龄听了苏二的说话，冷笑一声道："我要是和燕儿合式，今天到此卧底，乐得暗中察听真信，要来露脸出风头则甚？如今俺也不必别人相助，单人独骑，先到一面坡向杨燕儿要马去。倘然能不丢脸，那你们两家免伤和气，就此罢休。如果燕儿不识好歹，那么我和他划地绝交，也许为罗家伲儿关系，暗中再出一点儿力哩。"

苏二听了，便拉大明子忙向柏龄下了个全礼道："承蒙艾哥如此帮忙，真是铭心镂骨。我们准其先听艾哥的回信，在横道河子候着就是了。事不宜迟，请艾哥立刻登程得利吧！"

这么一来，柏龄暗骂苏二尖刁促狭。但是上了马背，没有打退堂鼓的道理，便立刻向大众拱了拱手，说声"少陪"，先自走了。

此刻夫子庙内众人有了头绪，事便好办，即由苏二问明了谁去谁不去，然后支配人数，分队前往。卧底的、发先锋的、充合后的，都分派停当。然后再指定几个人去分请几位老师家来帮助，他自己也要打算上纪家沟去邀请善面大士到来。

正在忙乱的当儿，忽然一个壮丁从后面奔出来报道："夫子庙后面小屋失火！"

那夫子庙，书中早表明是大明子的家后堂，所以那后面小屋中也便是大明子储藏军火之所。一闻走水，知道要闹大乱子出来，忙地招呼大家赶去施救。连苏二这样一个机灵鬼也没想到要受人暗算，便一窝蜂拥到后边，七手八脚地忙着救火。虽在山上取水不易，幸亏大明子平日对于消防工作预备得甚为周备，再加安龙泉近在咫尺，人手又多，所以不多一会儿工夫，已经将火救熄。

毕竟苏二鼻尖，忽在那火里头闻着一些硫黄味道，暗想："不好，着了人家道儿哩！"忙地招呼侯七、钱玉、李长泰等三人一同回到殿上。他并不怕惧别的，只因王五一来为了棒疮，二来足上还拖着家生，行走不便，没随大众往后，仍旧坐在殿角。而今苏二灵机一动，生怕人家混到此地，用调虎离山之策，将人调开之后，对于王五生命有甚不利举动，故此急急地招呼侯、钱诸人回到殿上观察。及回了出来，向殿角长凳上一望时，王五果然不在凳上，却已滚翻在凳下了。李长泰眼睛最最锐利，偶把眼向上一翻，觉得眼前似有毛茸茸一条好像尾巴一般的东西在大殿东角檐上一缩，急忙蹿到大殿天井内，手搭凉棚，向上四周一望，却又没瞧见什么。他是个十分精细的人，不肯冒失单身爬到屋上面去，所以重又回到殿上。其时侯七、钱玉俩已奔过去，将王五从地上扶起，口内连呼："王第五，您怎么倒在地下的呢？"那王五两手紧紧掩着面部，实在痛得发晕咧。此刻经侯、钱等一叫唤，方才悠悠苏醒，声音带着颤，很悲哀地说道："唤我的敢是小掌柜和钱大爷吗？可怜俺王五的两只眼珠子遭人暗算，已被挖了去哩。"

侯七道："怎么说？"

钱玉就将他双手移开些，只见满面鲜血直流，眼眶成了个红窟窿。

王五叹道："你们大家往后救火，俺低头坐在此地，静听后面声息。忽觉屋面上的瓦儿一响，我猜是又有什么夜行人到了。刚刚抬头望时，猛见一只披毛戴骨的畜生已从屋上下地，向俺面前直扑上来。我留神一瞧，尚没有看明是猴呢是猩呢，不料这东西是经人教练过的，直蹿上我的肩头，将尾巴向我项间一围，用后爪握住，一条前爪揪住了我头顶，一条前爪将我左眼珠挖去，即向口内一塞。我喉间被勒，叫喊不能，二足被铐，用力不能，只用手向肩上混乱打去，又偏偏打不着，反被它后爪抓着。我忙把两目紧闭，却已来不及，被它挖了左眼，又被挖右眼，可怜俺痛彻心肺，昏昏沉沉地倒翻在地，似乎听得上边有人打了一声哨子，以后我就人事不知了。唉！快拿口刀给俺，让俺自刎了爽快，免受这种零碎苦楚，往后去做无目之人，苟活在世上，也没什么味儿！"说时，竟呜呜咽咽地哭起来了。

苏二蹬足道："这一定又是杨燕儿来干的事！那毛团东西，说不定就是丁九麻子教的那只玉面青猿哩。"

钱玉道："适才我本疑心，怎会少伸一条手？"

侯七怒声说道："我们于门真惭愧，被杨猴子瞧得一个人都不在他眼内，所以敢如此大胆来做奸细。今天不拿到这厮，我们也不必再在江湖上跑路，以后常戴了鬼脸儿见人吧！"

此刻于大明子也从后面率领大众出来，一见这情形，个个咬牙切齿，心火上冒，痛骂杨燕儿。侯七等几人却都抄了家伙，上屋找寻，无奈四面只有树影儿，没有人影儿，只好搭讪着一同下地。

侯七道："人家欺负我们已经到了怎般地步，如今莫怪我们不顾交情，也不必等甚艾柏龄的回信，有种懂义气的叔伯兄弟、少爷们，快跟着俺侯小坡上一面坡去找寻杨小子吧！俺把这小子拿住了，要抽他猴筋当马鞭，剥他猴皮做猞猁狲马褂儿穿去！"说罢，第一个怒气勃勃先走了。

大家自然都赞成侯七的说话，连那曾经诈死改名的蓬头鬼黄三也为义愤所激，顿然胆大气生，随着大众向一面坡进发。苏二见拦阻不住，自己也赶忙动身，上纪家沟去。于大明子也忙着招呼手下安顿王五，又吩咐人把夫子庙和清真寺内寿堂中的陈设收拾起来。好在张景歧手无缚鸡之力，不必同去，再把陈海鳌留下襄助一切，是以了事。所有到夫子庙来的五十余人，除了奉天四方将和关外的有几位未便露面之人不去，再派几个机灵同志分赴各处，专邀几位前辈老英雄赶来做后援队，以备万一之外，其余众家豪杰都由大明子领着，不分日夜，追赶到一面坡去，和杨燕儿论理去了。

47

第九回

困二竖单身卧逆旅
论英雄并辔历长途

双钩将艾柏龄在宽城子安龙山夫子庙内，当着众人面前怪了朱三傻子一声，罗佩坤便出头哭诉兄弟被害情由。江湖上全凭义气为重，他仗着自己手内这口九炼钢苗折铁刀，腰间三支倒须钩，背上一对虎头钩，所谓艺高人胆大，竟在众人面前答允下，单人独骑向一面坡丁家庄拜会三寸丁并找寻杨燕儿去了。他此行的目的，想跟他们说明原委，叫姓杨的交出那匹龙驹，今后不再跟在理会人为难。至于刘瘸子的仇恨，总算挖了朱三傻子的眼珠，暗暗收拾了巧嘴金根的性命，平白地又殴毙飞腿罗佩巽一命。是刘瘸一命，已有金、罗两命，朱傻子一目相抵，也可将就过去了。再讲大明子方面，既得了那匹龙驹，并由他打招呼，姓杨的不再替刘瘸报复，自然也趁此收篷。好在朱傻子曾由自己暗是搭救过性命，反因之得蒙廖合嘴教会救命三拐，可以称得因祸得福。至死于非命的二人，巧嘴金根并非于门嫡派，他自己有眼无珠，也有取死之道。只有飞腿罗佩巽那条命比较重一些，可是杨燕儿能将龙驹送回，不但保全了穷不怕王五一人，就是大明子自己也好脱然无累。将"利害"两字通盘地筹划一下，觉得这一回出头说话，或者不会丢脸。所以匆匆就道，即离开宽城子，经由米沙子、窑门、陶赖、石头城子、双城堡、交界、横道河子等处，往一面坡进发。

依了路程，自长春到一面坡有五百五十六俄里。艾柏龄要是跨了自己家中豢养的那匹卷毛咬人青，十四天可以打一个来回。现在跨的那匹铁脚枣骒驹，还是在沈阳和奉天四方将一同到长春祝寿，自己说及没带脚力代步，吴堃芳代他在奉天小北关外一家鞭杖行挑的。如果没有柏龄这一身马背功夫，这匹枣骒也好挨上好马队内去了，无如遇着了柏龄这般的功夫，镇日地压在背上，赶路不免就打了折扣，所以走了三天，尚只得经过窑门。好在艾柏龄也不急急争先，由它一脚脚地开慢步。谁知过了窑门近二十里路，老天不作美，蓦地打起阵来。那处地方又是前不巴村后不巴店，只好冒雨前进。及至赶到陶赖，人马都和在水内捞起一般。忙忙地投店宿夜，先收拾了自己身上，然后再收拾那马，自己明知感受潮湿，须购发散风寒的中药服着，无奈陶赖镇上没有大夫，没有药铺，除此之外，或叫店家打他一角上等的真正洋河高粱，预备几色辛辣下酒菜蔬，和着胡葱、蒜黄、咸姜、辣子吃上一顿，然后蒙头而睡，出身畅汗，把那风寒驱出也就好了。可是柏龄也是点理的（点理，乃个中人语，普通所谓在理是也），烟酒不问，现在虽然淋雨受寒，仍不能反理（即开戒吸烟、喝酒，个中谓之反理。相传反理者多不祥，当加盟理门之初，手续较进青帮或红帮简易，不过须亲口设誓。誓言之首条即为"此次加点儿理门门槛，出于自愿，永不违背理门堂规，倘半途反理，必身遭五雷殛顶之祸"云云。此系重誓，轻誓则为"子孙衰败""终身坎坷"等语。故如半途背叛，相传必应誓受灾云）开节。故而只吩咐跑堂熬了些赤豆小米稀饭，喝了便上炕安息。

不料睡到半夜，心头作恶，从睡梦中惊醒过来，竟然大呕大吐了。等待呕吐之后，浑身发烧，害起病来。这一病，足足地睡了十天才能离炕。又休养了两天，身子虽未复原，奈想起受人之托必当忠人之事，不要再延迟下去，他们于、杨两方又闹出稀里哗啦的意外祸事出来，对人不起，所以也不管身子如何，急急地算清了店账，吩咐店伙代将脚力家生配好，扶病登程，向一面坡进发。究竟害了十天病，两腿乏力，只好缓辔徐行。走了好一会儿，大约离开陶赖镇二十里路光景，已觉得困倦非常，在马上两眼半开半闭，身子前磕后仰、左歪右斜地勉强前行。耳边厢忽觉得前面也有马蹄声响，怕是仰面来的，留心两马相碰，故而忙把两眼睁开，将精神振了一振，抬头往前一瞧，原来面前一青一白两马，和自己一样往东进发。青马背上骑着一个猿臂熊腰、虎头燕颔的汉子；白马背上斜坐着一个侏儒，在这侏儒胸前尚有毛茸茸一件东西，却被他的身躯遮盖着，一时看不清楚是什么东西。柏龄见了，蓦然心上一动，暗忖："那渺小之人不要就是他吗？"重又留神上下一打量，果然有几分相似，正想冒叫一声。

在这当儿，那青马上的长人忽然开口道："原来黑党和大哥互通声气的，闻说他们老当家失了风，现在谁把舵呢？"

矮人答道："他们一班人里头，除却文菊林，再有谁比他能干，好掌这颗印？"

长人又道："请问大哥，江湖上都道黑山十虎将厉害，但这十虎将叫什么名字，毕竟有多大的能为，大哥可知道？"

矮人笑道："怎么不知道？大约提明白了姓名，您也有大半相熟的，就是以前专放俄罗斯和日本兴隆票的那班人。文菊林当了家，拔补了一个小幺文金巨进去。陈立成老二，推上去做了老大。底下便是洪骐堂、张鹏、文菊襄、殷锦人、葛超东、唐御林、薛利舟、王招及那新补的小幺文金巨九个人。"

长人道："文小幺好福气，真是一步登天。"

矮人道："你莫小觑了文小幺，人小胆大，福命也比人家大。今春奉天东边道尹张今颇用了个离间妙计，把洪骐堂和张鹏收抚了去，给了他们三品功牌，就叫他们俩去火并黑山老家。幸亏葛超东的天伦老阎王想得到、瞧得透，这时他自己已经病了，便把这班小兄弟都叫到床前说：'千定不要自相残杀，着张今颇的道儿。他既收用洪、张，你们也可投效到他手下当差司去。自己弟兄，常在一起做事，你知我见，到底可占不少便利。'唐御林道：'要去投效，门道是有的，不过先要犯本。如今一时大家手中拮据，可凑不出这笔费来。'那老阎王手内不是很有几个钱的吗？他当下听了，就慨然地拿出钱来，交给唐排七打干去。果然打通了东三省徐制台的脚路，上压下，面谕张今颇派人到高山子收抚这一股弟兄。张今颇没奈何奉令，就委张鹏老三来招呼，唤文菊林去参见。菊林恐怕今颇有恶念，故此跟文小幺俩更调过来，叫他冒名着去禀到。今颇不知谁真谁假，见面之后，着实褒奖了他一阵，也就给了一个都司札子，将全山弟兄编入江防营内当差。并且说文小幺相貌非常，将来后福无穷，远在自己之上。事后方知今颇原意要乘此下手，就为看中了小幺相貌，不忍加害，所以现在和洪骐堂俩都成了道署红人，着实办了几件大案。今颇当他们两条膀臂哩，实在真的文菊林反变成不能出头，只好一辈子和张小幺倒换名字的了。"

长人道："竟有此事，俺真有眼不识泰山哩。不过照此说来，那菊林跟骐堂俩不是犯了心病，解不开的了？"

矮人道："现在表面上总算大家叫明一句，和衷共济着办事。不过骐堂近来拼命和新调来东的什么混成协统蓝秀豪、三镇六标曹标统，以及驻扎在我们吉林的三边统制第六镇吴禄贞镇统、分防黑省的第二镇镇统马龙标打得火一般热，就是扩张自己声势，要借新军势力去压倒菊林的意思。一方既然如此，菊林也不得不和专司剿匪的安武军统领倪丹忱及咱们一班土著军队联络，借以抵制新军。那新军虽然人多械足，但是关东三省的胡子神出鬼没，天下闻名，岂是他们外来新练的兄弟们所能建功？办几起案，毕竟还要让我们占面子。倪丹忱虽也是外来的淮军旧人，隶属武术右军的，总算运气在家，新近办那桩托什套的案子占了上风，把套胡子逼到洮南索岳尔济山内，不是北走呼伦，便只得束手就缚两条路了，故此也是很红。闻说徐制台要入京大拜，此地调赵聱瞽来继任。赵是老倪的老上官，益发靠得住。同一外省调来的军队，红黑之别竟如霄壤。那些什么镇，什么标、协，东奔西走一阵，竟是劳而无功，怪道气得姓吴的发昏，连军事都不问，不是逛窑子玩儿娘们儿，便和女戏子去厮混了。"

长人道："黑山那班弟兄的资格本来都不低微。照此看来，往后去，真不可限量……噢！所以葛子珍死了父亲，要文菊林替他大大开丧，原来老阎王有解囊相助、成人之美这一件大功。菊林这回代子珍主持丧务，倒也是以德报德，理当如此。不过北京的小皇帝为甚要派这许多兵来关东三省呢?"

矮人道:"现在的新军都带着革党色彩，上头不很信任。东三省是他们祖宗发祥之地，当然要特别注意预防。况且三省境内，大大小小，一总有二三十帮胡子，故此把新军调来打头阵，我们土著军队却剿抚兼施，得现成功劳。即使新军死亡殆尽，上头也不见得可惜，反遂了他们借刀杀人的巧计，因此把北洋六镇大一半都开向关外来了。可惜这班新军不肯自己服小低头一些，我们旧军谁愿巴结他们? 所有土地沃饶、形势险峻、能战能守的所在，当然永不容他们新军插足的了。"

长人再要动问上去，后头的艾柏龄却已把适才他俩一问一答的说话听得明白，认定那矮人就是三寸丁本人，所以在他俩身后忙地开口招呼道:"前面线上行的，敢莫是丁振宇丁统领丁大哥吗?"

第十回

玉面玄毛一时俊物
英风豪态几辈能人

　　三寸丁听见有人呼唤，扭项回头一瞧，原来是湖北双钩将艾柏龄。其实他已早知柏龄来意，因为他这回也到过长春，做了于家贺客之一，来替师弟杨燕儿做卧底细作，暗中侦探他们怎样的对付方法，知道了实细，好做准备。

　　前回书中所说的，王五在夫子庙内被人挖去双目，于大明子、苏二、侯七等一班人脑筋里总认道又是杨燕儿来捣乱，其实是三寸丁干的事。因为他久处边陲，少和中原豪杰来往，人既不去求他，他亦无求于人，所以谁都不认识他面长面短。他占了这一点儿小便利，果然被他混在贺寿来宾淘内，而且也落在天达店内住宿，始终没被人瞧破。直到苏二提议，到安龙山去邀请寿翁，他腹内已料到八九分，仍旧附和着大众，一同赶到夫子庙前。遥见庙门口摆着茶碗阵，他完全明白，此来借邀请寿翁为名，其实乃是避人耳目，到此会议。至于会议之事，不问可知，乃是处置杨兄弟那件事情了。因又想起于大明子，江湖上都称他天生神眼，比众不同，自己面貌虽是无人认得，但是身材短小，容易被人识破，再者还随身带着了那只玉面神猿，愈加惹人注目。不要被大明子一照面之后，给他道破玄机。虽说仗了自己这一身软硬功夫，又得神猿相助，未必遭他们毒手，怎奈众寡不敌，好汉不吃现亏，还是小心为上。主意打定，便乘大众推举苏二代表上前受茶忙乱的当儿，私自溜到庙后，飞身上屋。比遥见苏二等由大门入内，大明子踏步招呼，他方又蹿了下来，躲在关夫子佛龛内神座之下。所以他们历叙已往之事，及商量对付策略，都被他听得明明白白。

三寸丁为人较杨燕儿稍微光明磊落，他此次到来，乃是信着杨燕儿一面之词，满拟暗伤于大明子性命。现在窃听明白，才知此事全由巧嘴金根、蓬头黄三二人太觉贪功，穷不怕王五和一阵风朱三傻子俩太喜多管闲事，才闹出这乱子，与大明子不相干涉，更不能为了一二个人的交涉，牵动大众，以致江湖上纷纷传说，什么龙华会与理门结下海阔深仇，两下非拼一个绝根断路不肯罢休。杨燕儿也是为了一点儿义气，方替刘瘸报仇，如今总算占了面子，刘瘸一命已有金、罗二命相抵，朱三傻子又成了单照，大可以收篷哩。不过王五和黄三二人，不叫他们吃些小痛苦，总觉对死刘不住，倒不如如此如此，乘隙下手，不论王五、黄三二人之中有一个遭在我手，我也好回报师弟，并好劝他莫为已甚呢。主意打定，二次由佛龛内抽身往后，在厢房放火，调虎离山。大明子以为在自己窝内，不必十分提防，所以未曾派两个得力之人在后把风，由三寸丁随便出进。他把火一放，便蹿到屋上，仰卧在屋脊旁边侧耳静听。及见大众齐向后去，他便从屋上翻到前面，一瞧大殿之上只有王五一人，而且身上还拖着家生，益发无能为力，便在背上卸下豹皮袋，放出玉面神猿，口内打了一声哨子，那玉面猿便沿屋檐溜进屋子，挖了王五一对眼珠子吞在肚内。正在此时，三寸丁瞧见后面有人退回殿上来了。好在他并未下屋，登高望远，格外灵便，赶紧又打了一声呼哨，将神猿唤回，收拾在囊，覆身卧到瓦上，轻轻滚到旁边围墙跟首，幸得庙屋四围大树甚多，他便隐身树上，觇探究竟。

直待大明子等走了，他方安然下来，自顾自下树出山。天达店内并无紧要东西遗留在内，所以不必回去，便从长春动身，先上了一趟奉天，因为奉天小西门外，他有个干娘在那里，不时要去探望。实在探望干娘是假的，他有两个干妹子，都在清吟小班当姑娘，长成妖冶动人，很使他挂怀不下。可是她们却真的卖嘴不卖身，并且嫌三寸丁长得人品矮小难看，并不十分欢迎。三寸丁有时和她们说说玩话，乘机用强迫手段，偏偏这一对姊妹也懂得武行门道，休想近得身来。本则关东三省地方，这一对姊妹花也是有名人物，姊姊叫驼龙，妹子驼虎（这两个是龙、虎正牌。光复后，又出过两个龙、虎，那是冒牌货了。去年报上的龙、虎被捕枪毙，那是假冒之龙、虎，至于真龙、虎，至今尚在），东省文武衙门官吏、当地贵绅、富商，下至地棍、土痞，和她们姊妹俩都很交好，故此把一个目无难题的三寸丁也弄得无法可以如愿以偿，只好时常借着探望义母为名，到奉天去走动走动。始而未便直说自己行藏，后来混熟了，为巴结龙、虎二女，想讨她们欢心起见，把自己过去和现在的所作所为，以及手下多少弟兄、家中暗藏几处秘密机关，一股脑儿告诉了她们。故此，三寸丁的庄子上，别人不知底蕴，只有龙、虎姊妹什么都知道。

　　这回三寸丁又绕道前去探望，不料她们家中新来了一个女友，叫作什么凤姑娘，那是跑码头卖解为活出身，是南五省人。此次出关，一来从未到过关东放生意，这回想来做一注大买卖；二来凤姑娘年刚及笄，顺便要找个如意郎君，将终身付托。随行之人，男女老少一共有十余个，都是凤姑娘的哥嫂兄弟以及亲戚族人，没有一个外伙，将三寸丁干娘家中占满了，不能再留外客久住。

　　三寸丁一见那凤姑娘出落得一表人才，不免又心动了，怎奈碍着龙、虎姊妹面子，再加凤姑娘的举止真所谓艳如桃李、冷若冰霜，三寸丁有意无意说了句重言，竟被凤姑娘当面唾辱。三寸丁自然无趣，搭讪着辞行回去。

　　走在半路，遇见了这长子，据他自通名姓，叫张长福，山东曹州人氏。久慕吉林丁振宇为人四海，现在当了江防差使，驻守吉黑交界，管理水陆公务，一定需才孔亟，所以不远千里而来，特地去投效当差。三寸丁听说是投奔自己来的，便先试试他的胆量，果然着实有些能耐。心中暗喜，又得一条膀臂，方将自己姓名说出。张长福听了，自然喜出望外，拜恩录用，便同向一面坡而来。其实，此人何尝叫甚张长福，就是朱三傻子的师父南京马献忠。他在家乡得信，自己徒弟受人欺负，连前人面子都丢失，所以动身来至关外，一路在绿林中打听清楚，知道徒弟的仇人是杨燕儿，不过门径不熟，一时无处找寻下手。晓得徒弟曾在长春于家结拜过十弟兄，因此他搭船到了营口，便取道长春，预备前去拜山，结识于大明子。

行至半途，巧遇苏二往请善面大士昆瞎子。他们俩本是熟人，苏二一见马献忠，知道他虽不是童子功，却练过鹰爪功、红砂手，也是铁布衫功的克星，便将于家之事始末根由告诉了他，叫他先到一面坡鸡冠山丁振宇庄上卧底。

事有凑巧，又会和三寸丁途中相遇，假献殷勤，一同进发。今日正谈及奉省黑山党的声威，后面倒又赶上一个艾柏龄来了。柏龄和三寸丁从前未曾过面，只听杨燕儿道及他的形状，故此虽未曾照面，脑筋内却仿佛有这丁矮子影像。今天一瞧前面是个矮子，又听这矮子口若悬河，演述黑山党火并内情，要不是些道中有名人物，如何会深悉黑山党这样详细？再加留神看清，那矮子前面鞍上又有一只老猿躲着，因此心上更猜透了八九分，当即冒叫一声，果然回头观望。所以接着又高叫一声道："前面银鞍背上，那一位敢是一面坡丁振宇丁大哥吗？"

看官看到此地，一定要问道："艾柏龄既然不识三寸丁，三寸丁如何会认识艾柏龄呢？"原来就是新近在安龙山夫子庙内，三寸丁在暗中窥听，因此认识了艾柏龄。事隔只有十多天，怎会忘记？当下丁、张二人的坐骑缓行一步，艾柏龄的脚力已追上前来。再把那三寸丁鞍上那只猴子留神打量，果然好东西。有赞为证：

> 玉面苍毛，人间无两；长臂锐爪，世上少双。偃寒倒挂于危枝，岷山产者，其力甚于猛虎；行止早通乎神明，君子化焉，其啸可惊征雁。目凹视远，不爽秋毫，能避楚弓之箭；善走身长，俨同霜鸷，尝追蜀道之人。鸣啾啾，灵逾恒兽，苦热啼饥；啼嗷嗷，声感畸人，谱传夜泣。合共一江红树，风月旌阳；本来石下三声，凄清巴峡。王氏野宾，输其矫捷；李约山

公，无此雄壮。啮断楚州铁锁而来，梁囿暂驻；狻等土星玉符

之变，越女敢逢。

柏龄不由不暗暗喝彩，默忖："俺曾闻得天伦在日道及，猴子最最名贵而难得的有三种。一种金丝猿，毛片纯黄，远远望去，或是被风吹动，竟和金丝一样；一种玄猴，非但浑身毛片漆黑，连猿面也是黑的；一种玉面猿，白面黑毛，两臂通连，左长右短，左短右长，可以随时伸缩。现在这猴子明明是玉面猿，毛片却带青色，真是头一回瞧见的哩。猴心本来比人心灵活，若是金丝猿等，更较常猴狡狯多智，怪不道三寸丁家里猴、犬两兽几乎天下闻名，今日一见此猴形状，便知确实不凡。若是人和它动手对垒，一来不及它纵跳自如，二来猴臂可倏长倏短，人臂却不能如此，哪怕你一等一的好功夫，终不是它敌手，除非要用暗器取它眼目，或可以取胜。但是，猿目何等锐利，暗器发出去，恐怕十九被它接去或躲开吧。"

正瞧得出神，三寸丁却在马上抱拳带笑，假意问道："壮士尊姓大名，尚未请教，怎么知道劣弟贱名？"

柏龄听说果是丁振宇，也便含笑拱手道："冒昧，冒昧，在下湖北艾柏龄，跟令师弟杨燕儿是多年交好。因为听得杨兄时常道及尊驾大名和相貌身材，适才走在路上，瞧见大哥的后形很似杨兄所道的神气，故而斗胆冒叫一声，望恕唐突。"

丁振宇假作叫惊道："原来足下就是双钩将吗？久仰久仰！从前天伦没有入山修道时候，那时兄弟年纪尚轻，常听见咱天伦和关内友人提及你家令尊的大名，真是人间寡二的好汉，世上少双的男子。后来又听得敝同门杨燕儿提起说，艾大侠的少爷更是青出于蓝，练就一身水、陆、马、步、软、硬功夫，文通三略六韬，武功十长（按：大刀、长枪、戈、矛、戟、槊、棍、钺、楂、铎，谓之十长）八短（剑、鞭、斧、铜、锤、拐、抓、单刀，谓之八短，混称为十八般武艺），真是世间之上不可无一、不能有二的人才。替南皮张香帅看家保院，暗中不知保护了多少江、海、湖三

线上的弟兄，人人称赞，个个道好。今日邂逅相逢，觉得英风豪爽，果然名不虚传，使边陲小卒有相见恨晚之感也。"

柏龄忙道："算了算了，彼此不是外人，何必使小弟挨骂？大哥再往下说，真要使俺置身无地了。"

三寸丁道："但不知艾大哥此行何往？"

柏龄道："小弟此次出关，本想投军，因为有事要和杨燕儿面谈，打听得杨兄现在宝庄，所以赶奔前来。一来想求杨兄引进，恭拜大哥金面；二来要和杨兄了开一件心事。不料天缘凑巧，走在此处，先与大哥遇到，真是如愿以偿。但不知杨兄是不是在宝庄耽搁？"

三寸丁道："敝同门一年之中倒有十个月在兄弟敝庄，此次兄弟出门，杨兄弟比兄弟早走一步，上三十里堡祭扫坟墓，大约这时候必定回去了。艾大哥此去，正好他乡遇故知哩。"说罢，哈哈大笑。

柏龄也跟着笑了一阵。

三寸丁又给同行的那张长福替柏龄拉场相识。长福怕柏龄不知就里，说出自己真名姓，把机关道破，故此先开口道："艾兄弟，劣兄和您在南京马哀陆师父马献忠家中曾有一面，不料又在此处相逢，真个两叶浮萍归大海，人生何处不相逢。近来和马献忠碰头没有？听说他两条腿被江内怪风吹坏，现在老是卧床不能动弹了。这话确吗？"

柏龄顺口答道："我和他也好久不会了，闻说非但两腿受伤难动，性命也在呼吸，迟早怕要过房了呢。"

长福口内答应，心内暗骂小艾促狭，当面骂人。柏龄口内如是说法，心中也在那里暗笑，不过又转念头道："老爷子为何要易名换姓呢？难道是于大明子请他出来相助，向杨燕儿要回龙马，利用他没到过关外，无人认识他的面貌，故此叫他上丁家庄卧底不成？"

当下三人结伴同行，在路无话。

58

第十一回

各显神通三盗龙驹
小试身手乍逢玉面

那天午牌时候，已到了横道河子，距离一面坡只有一百零二里官站。三寸丁提议："今日须赶一个黄昏，务必要赶到敝庄才歇。"艾、张二人自也赞成。

当下连夜赶奔，直到二更多天，方才赶到一面坡鸡冠山丁家庄上。那座鸡冠山并不高大，不过三面靠水，形势非常险峻。丁振宇的庄子分为上下两宅，下宅沿山脚建筑，上宅乃在岭上。当晚到得庄上，三寸丁一问手下："杨爷是否在庄？"

手下忙回禀道："杨爷睡在上宅，今日白天，有一个江淮好汉，叫作闹海神龙苏二前来拜山，说是为着索还托什套那匹龙驹到来。杨爷跟姓苏的斩牲打赌，限姓苏的七天之内前来盗回此马；如盗不回时，姓苏的和着杨爷作对的那个于大明子都情愿端正生帖子，拜投杨爷门下。因此上杨爷送了苏二走后，便到上宅去的，不知如今睡了没有？"

三寸丁听了不则声，先将艾柏龄安顿客房歇息，他却悄悄带了张长福夤夜往上宅和杨燕儿计议去了。

柏龄一到客房之内，略略耽搁一会儿，正想脱衣熄灯，上炕将息，忽听窗外有人低低唤道："艾老叔，睡了没有？请开格子，让咱们进来谈话。"

柏龄听了，惊问道："是谁？报上名来。"

窗外之人道："愚侄小太保钱玉、白面夜叉李长泰是也。"

柏龄闻说是钱、李二人，自然过来开窗。等待他把窗轻轻地推开，窗外接连蹿了四条黑影进来，除了钱、李二人之外，尚有他们十弟兄之中行四的黄面佛高大锁、老十神拳无敌金钟声，一共四人。

当下草草地剪拂过了，小太保不等柏龄开口动问，先行告诉道："那天安龙山会议时候，您老不是先走吗？不料跟手就出了一件事。"遂把王五被挖去一双眼珠子的事情，如此这般地说了一遍，又接着说道，"当下大家怒火中烧，谁也拦阻不住谁。侯七和三傻子先自赶奔一站，俺们三个一群、五个一队，也陆续赶来。我们以为您老已先到此间，及至大众赶至，方知您老未来。昨天傍晚，苏二叔去请善面大士昆化鲲的，却也赶来。一打听，才知三寸丁赴奉公干，只有杨燕儿一人在此。并又得着一个好消息：这三寸丁名为受了招安，做了松江江防营的统领，居然也称大人，其实他还兼做胡子买卖，手下养着不少敢死之士，什么老疙瘩、大王兄、西边好、大金牙、札不死、洋鬼怕、溜溜腿、镇西边、全福寿等（按：上述诸人，皆吉、黑两省著名胡匪，若大金牙、镇西边等，去年方被张作相获捕枪毙），一共有四五十人。这四五十人，也有一人独领着一二百、三四百人，也有两人或三人合领着五六百、七八百人，统计起来，武装齐备，有战斗力量的，足有四十余股，弟兄总数约近三万。这一班人和三寸丁日夕相聚，再加三寸丁为人爽直易与，故此感情甚佳。那杨燕儿虽也挂着一个帮统头衔，却因他过于精灵，那些老疙瘩等都和他冷冷的，不买他账。杨燕儿初不在意，新近忽也想扩张自己势力，拼命地招揽人才。侯七借此机会，因先单身投奔到他这里来卧底，好在杨燕儿和侯七从未会面，竟已坦然把侯七收用下了。侯七并说专能饲马，燕儿就派他管理上庄马号。我们几人也即更名换姓，一起混了进来。不过杨燕儿虽已收用我们，却不许我们到上庄，只准在下庄出入。我们进门以后，方知燕儿回来好久，并未出门，那挖去王五两目的另有其人，论不定就是三寸丁本人哩。我们自得到了老疙瘩等不买账的消息，便又天天鼓吹他们反抗杨燕儿，事情快要成熟。如果三寸丁再迟三天回来，恐怕杨燕儿要被大众轰跑哩。"

柏龄问道："如今侯七呢？"

小太保道："事情正多咧，您老听我说下去吧。侯七既管上庄马号，滦州的捕快蓬头黄三要建现成功劳，也随大众赶到。当夜晚间，上山想去盗马，不料走错了路，跑到猎狗房内。那房内共有三十七条大种猃狮狗，都经丁、杨二人的教练，专门会啮人。可怜黄三本领又未见得如何，身上也没带军器，一人两拳，怎敌得一群如狼似虎的恶犬？一条性命生生地被狗咬死，而且咬死了再被群狗分尸，说也可惨。想来他和巧嘴金根俩都是当衙门的，从前必定伤了些阴骘，所以结果都如此凄惨啊！

"这消息透出去，朱三傻子又发呆性，偷偷地从小道上山，居然被他摸到马厩中，寻着龙马，抚顺了好一会儿。此马他本乘过，所以驯顺非凡，他便把带去的败絮分裹马蹄，俾减轻踏地声息，然后把马鞍索解去，居然又被他冒险牵出门外，超乘上勒，想往山下疾驰。不知怎样一来，朱三缰不能收，鞭不及挥，老在上庄左右前后奔驰来去，一瞬息间已经绕了数匝，把那裹蹄败絮脱去，蹄声渐大，惊醒人、犬一齐出来。三傻子既非燕儿敌手，又怕那一群恶犬，只好把辛苦得来的那马决心丢着，单身跑了。杨燕儿后边紧追，一步不松，幸亏侯七预伏在半路上，假意上前拦阻，算被朱傻打败，送了一条杆棒给他。三傻子既和燕儿照面赛了几下手式，亏有救命三拐展出来，将燕儿扔了个筋斗。要上前结果他的性命时，后面恶犬和庄客等已经追到，傻子无奈，只得再走。不料误到左山，临了水道，如换别人，性命早没有了，三傻子幸有水内功夫，便从山上使了个蛟龙出洞之势，两足腾空，一个倒翻页子蹿入水中，慢慢地游泳回去。

"自从两回不得手之后，直到昨天苏二叔和家师大明子赶来，他们两位老英雄又上山去盗马。不料自经三傻子盗了一盗之后，燕儿已将那马尾上缀上无数鸾铃，家师一一将它解下，很费时候。好容易尾上所系诸铃全都解去，牵了将走，偏偏马项之下还有一个大铃，一牵动，那马将首一昂，铃声大振，惊动守备，都起来喊拿盗马贼。杨燕儿也亲自出来，和苏二叔家师照面，两下一动手，被家师用杨家小八手内一下绝手，唤作饿虎攒羊式，将他抓着，嬲在胁下。不料这厮铁布衫内的二十四套小功夫都会的了，家师一个不留神，被他用了一个黄鳝吞饵把式，竟蹿了出去，仆在地上，一动不动。家师抢步上前，冷不防这厮忽地将左腿缩起，在家师面前虚晃了一晃，家师自然往后退让一步，他跟着一个鲤鱼打挺，翻过身来，用足全身力量，提起右足，向家师左腰猛踢一下。"

柏龄听到此处，撑不住惊道："哎呀！这是咱们天伦的传派，唤作子母鸳鸯连环腿，也是毒门，难避难躲。令师到底被他踢中没有？"

小太保道："幸亏家师眼明手快，忙施展出一个风拢荷花式，向刺斜里一闪。闪虽闪得快，没被他踢中要害，但是肩尖之上已经踢着。这厮穿的是双青布软底翻头鞋，兼那翻头的凹内衬着铁叶，所以着在肩上，分量倒也不轻。家师便顺势侧身颠仆下去，把两条腿伸缩成一个三角形，满望这厮抢进门来掐肾囊时，用万蜂朝王式锁住了他双腿，然后用神鹰探爪势将他掼出去，专待他碰起来，趁势用一下头功，唤作飞鸟投林，把他撞死。不料这厮并不进门，又见随从人等都非苏二叔对手，已经打得七零八落，他便打了一声呼哨，一齐退后，想要放这一群恶犬出来。苏二叔见不是头，也便打了个暗号，和家师退了下来，预备他追上来时，再下手结果他。因为苏二叔到孤店子纪家沟去相请善面大士，可惜善面大士果已两目失明，不能出来帮助。善面大士说：'说起杨燕儿的功夫，却说确实不坏，而且对于轻身腾纵功夫，当年用过死功，能着了钉鞋在竹架上行走如飞，竹上还铺一层油纸，他经过两三个回环，那竹上的油纸可以一丝不破。又能直跃横跳，直跃不必说起，横跳也可以一口气纵五六丈，而且只消两袖摆动，袖口被风吹得像帆饱一般，他便借劲一纵五六丈，因此都叫他为杨燕儿。直是天下寡二，不特关外少双。不过他脚底下有照门，只要力大之人，能够将他揪倒，在脚底心内用力一点，他至少三刻钟不能动弹。江湖上传说他怕我的童子功红砂手，乃是他放的谣言，不过他的破绽确只有我知道罢了。'苏二叔受了善面大士之教，故此预备发一腿鸡心腿将他踢翻，然后点他照门，结果他命，替已死的黄、罗、金三人报仇。偏偏这厮乖巧，不追上来，依旧枉费心力，龙马仍未盗得到手。

"到了今日白天，苏二叔单身到此，和杨燕儿面约，七天之内，必定将马盗走。如过七天，马不到手，便承认燕儿是关东第一条好汉，所有死的、伤的，一概揭开，不再与他为难。这条很爽快的办法，杨燕儿倒也赞成的，特地预备起盛宴来请苏二叔。二叔坦然不疑，入席畅饮。等待兴尽散席，苏二叔有意献一点儿能耐，伸两个指头擎住了一只台脚，平举起来，安置一旁，非但那台上的杯勺盆碗不曾移动半毫，连杯内余沥、碗内残汤也不有一滴倾溢。把台子擎开后，他老人家的座前别无障碍，口内说声'讨扰再会'，人已蹿在七八丈外，拱手便走了。因此一来，那班三寸丁手下之人背地都议论：'燕儿不是姓苏的敌手，咱们当家（指三寸丁）到底身为统领，不是容易得来，不要为着包庇此人，弄出些未便来。'于是他们想结一个团体，把杨燕儿捆献出庄。不料三寸丁偏偏这时候回来，那局面一定又要大变了。况且三寸丁回来，那只玉面猿自然也带了回来，又平添两个劲敌，恐怕是我们于家镖活该衰败，咱们朱三、罗九、王五的冤仇报不成了。"

柏龄道："不，三寸丁和玉面猿虽回来，却还带了个马献忠同归，这明明又是来卧底的……"

正要往下说时，忽见小太保很惊讶地说道："什么响声？哎呀！这不是觺策吗？"

在房五人，除了柏龄初来，不懂什么，那钱、李、高、金四人却都知道，这是丁庄告警的暗号，一定是自己人方面又有人趁夜上山盗马来了。

书中交代，三寸丁领着张长福同到上庄。其时杨燕儿亲在马号之内看守马匹，防备苏二到来下手，不愿离开。三寸丁便亲将猴子安顿在马号之内，替代燕儿，同到密室之中商量要事。一面命人预备床铺，打发张长福安睡。侯七知道三寸丁回来，早在暗中留心窥看，不觉忖道："义父做生那天，此人一定来过的，所以如此面善。那他或者也能认识我，如此我在此间也难站足。好在这几天下来，那马性已经被我弄熟，趁此三寸丁刚才回来，喘息未定之时，不如冒险先下手吧。"

故而专待丁、杨二人一走，侯七便将马牵到槽外。一来他是生长吉省产马之区，生胚尚能弄熟；二来他已将此马性度摸熟，所以把马铃卸去，上到槽外一些不难。谁知那只玉面猿见侯七牵马出去，比人尤乖，竟跳上前来，要挖侯七的眼珠，扠侯七的喉管了。侯七赶紧把绕在臂上的那条纯钢软鞭哗啦啦施展出来，耍成一道滴溜溜银光，保护自身上、中、下三部要害。怎奈这猴子跳东跳西，厉害得很，你把鞭舞动时，它蹲在一边休息，只要你手中迟钝一些，它又跳过来乱抓乱咬，虽没有伤及要害，但是浮伤已不知有了几处，皮破血流，也很难受。人畜相持了一会儿，人力渐就疲乏，畜一毫不觉得什么，况在夜晚，人目终不及猴目便利。侯七暗想："这怪畜生倒也和杨燕儿一般地难打发，今天我的性命论不定要伤在这畜生之手咧！"

第十二回

两针解围梅花瓣瓣
一钩纾难白缨垂垂

正在危险当儿，忽然半空中一声鹰叫，接着有黑魆魆一件东西直压下来。禽中之鹰和兽中之猿一样地刁诈，活泼伶俐，而且猴子最怕的是鹰，故此玉面猿一闻鹰叫，便似人一般，先气短了半截，接着见有一大团黑影从空压下，它便向马号屋内直逃进去。它虽是逃得快，可是臀上早吃着了痛苦，不由得怪叫一声，躲到别一匹马尾之下藏着，再也不敢出来了。侯七此刻也不暇分辨是真鹰是夜行人，只要猴不扰人，便跨着滑背马向外直冲出去。不料猴子一声怪叫，早惊动了屋内丁、杨，知道于门中人又来下手盗马，便传警号出去，所有在上庄歇宿之人立刻都起来举火看视。

侯七见他们都已起来，自知单身难敌，赶紧下落马匹。好在他捕马功夫高人一等，便缩身钻到马腹之下，将身子倒仰着横躺过来，两足反伸出去钩着马项，一手拉住马尾用力扯住，一手也倒伸上去抱着马腰，身子紧贴马腹，头靠住马臂的下面，全身用力，一挺一巇。那马如何禁得起呢，自然也亡命地向外直奔。这手把式名为吴王抱西施，那是盗马的必要法儿。等得那班庄丁、闲汉迎面候上来时，那马吃了痛，像发疯相似，逢人便踢，遇物便咬。

侯七在马腹下暗想："别的没有什么，倒是庄门阻住，今天恐怕我命还是不保。"再加被猴子抓伤的几处血流不住，那匹白马一部分几乎要染成红马了。从马号冲到庄门，距离三进房屋。恰巧假名张长福的马献忠，他所卧的客房正在庄门旁侧，一听里边呐喊声起，知道于大明子那方人来盗马，所以也赶紧起来，把庄门洞开。等待丁、杨二人出来，高喊："大家熄火闭门，省得马见前头有光，望着亮的地方跑去。"不料迟了一步，已经不及，喊声未绝，那马已经冲出庄门去了。杨燕儿一见这种情形，明知有卧底奸细约通所做，不觉愤火中烧，便施展夜行术，直追上去。三寸丁也吩咐大家抄家生，正要一齐追出去，忽然内庄失火，烈焰腾空，火势甚烈。究竟是自己家产完全在此，关着心经的，便招呼大家先行前去救火，只有那个张长福却在威武架上拔了一柄单刀，也出庄门走下去了。杨燕儿功夫本是不坏，将追着动手，不防后边那个张长福也追了上来。杨燕儿正做一个猛虎下山之势，用力抢前去扯马尾，只将马尾扯得到手，他的身子便可跃到马背上去。不料空中哧的一声响，落下一支梅花钢针，正中手背之上。那针尾之上拖着一个小小铁环，环下系着一只绒凤。燕儿明知这又是夜行人的标志，也不暇细想是谁，好在皮厚肉糙，吃着一针，虽也有些分量，究竟不是吃不起痛苦的地方，故此绝不为意，依旧不缩回来，仍伸手上去捞马尾。忽又觉得头顶上冷飕飕一阵刀风，这却不能不避，万不容再顾抓马尾了，忙把头一缩，接着身子向地上一躺，望外一滚，躲过了一刀量天切菜，重跳起来，向后一瞧，怒喝道："你不是丁庄主新带回来的张长福吗？怎么也跟俺动起手来？"

那人笑道："呸！瞎眼贼，连上元马献忠爷爷都不认识吗？枉空常在江湖上跑路的！"

杨燕儿一听，暗道："不好！久知马献忠有鹰爪功、红砂手的功夫，虽是专破金钟罩的，但也可克住我的铁布衫，不能和他交手。本来爱惜名马，如今这马不要了，破釜沉舟，让他们扛一骑死马回去，落一个大家不到手。所以他也不和马献忠动手，仍旧往下追马。一转瞬间，又被他追近马后，约离半箭地步，一弯身在地上拾了一块顽石，觑准了马臀下面和后蹄交界之处，用力打去。他也是盗马惯家，明知马腹下有人用煎海乾法儿和着这马一同逃走，这一石如果打着，不但那马后蹄受伤，连那人的命也没有。此刻侯七正想翻身上骑，满拟杨燕儿爱马如命，不会便下毒手；二来燕儿身后还要防朱三傻子的师父；三来下庄快到，一同到来卧底的共有四人，定有人来接应，所以心倒放宽多了。不料杨燕儿竟动了不望瓦全的心念，一石飞来，侯七眼皮顿时向上一翻，虽已知道不妙，请问如何避去，只得忙把抱腰那手一松，头向腹下一缩，可怜已是不及，虽没有正中天灵盖，打得脑浆迸裂，却着在山根之下、颧骨旁边的颊上，打得他眼前金星直冒，牙齿内鲜血直流，痛彻心肺，一时要翻到马背上，也痛得翻不上去了。马献忠在后看得清明，撑不住骂道："好狠毒小子！前番挖了我徒弟眼珠，害了许多盟侄的性命，今天尚敢出此毒计暗算侯七兄弟吗？俺不杀你，誓不为人！"

燕儿一听这话，方知盗马的是侯七，不觉想道："他是于大明子的爱徒，又是义子，今天我命就丢，能换上他们一个侯七、一骑名马，也不枉生一世了。所以索性丢了后面的那人，一心注意前面。正要下第二石时，不防两旁蹿出四条黑影把他阻住。马献忠见有钱、李、高、金四人车轮般挡住杨燕儿，谅不妨事，自己便抢前去保护侯七，把他在马腹下拖出来，嬲了他一同上马再行。

此刻侯七浑身血腥，痛得有些昏厥，幸亏马献忠将他扶持着，冲到下庄庄后。恰好于大明子、苏二等也由柏龄开了前庄门，一同放了进来。那班庄丁和老疙瘩等闻听上庄警声也都起来，蓦然间见苏二等杀进庄门，知道不能抵敌，再者不知就里，便呐一声喊，四散走了。那侯七和龙马便由于大明子领着罗佩坤、朱三傻子俩保护着先行，径到他们存身所在的横道河子店中等候着。这里由苏二、马献忠领着高福海、韩尚杰等迎上前去，只见钱玉、李长泰、高大锁、金钟声正把杨燕儿盘着交手。凡是于门中人，见了杨燕儿，一个个都恨得牙痒痒的，便一齐蜂拥上前，亮刀厮杀。燕儿见不是头，凭着自己一身功夫，施展出空手入白刃的解数来，居然被他跃出重围，向山上便跑。不防就是标中侯七那块蛮石将他双足一绊，顿时扑倒在地，忙地向外一滚，想要站立起来，却被韩尚杰赶到，趁势抡起手中镔铁棍往下捣去。燕儿一眼瞧见，忙再向外一滚，却忘记是在一条山涧旁边，这一滚，自己害了自己，众目昭彰地见他骨碌碌地滚下涧底去了。

苏二抬头一望时，只见鸡冠山上庄火把烛天，杀声动地。原来三寸丁救熄了后庄的火，又亲自内外检点一番，查到马号之内只少了那匹龙驹，其余马匹都在。却见那只玉面猿缩在一骑马后，兀是攲攲地抖着，知道是受了惊吓，忙把它抱过来一看，原来臀上还中着一支四五寸长的小小钢针，入肉足有三寸。拔出来一瞧，那针尖分作五瓣，和梅花一般，针尾上拖着个小铁环，环下系着小绒凤儿，很像女子所用的暗器。当下把针收过，忙取伤药，替玉面猿把伤处敷好，吩咐平常伺候猴子的人带去喂食将养。忽又惦挂着杨燕儿单身追去，不知怎样，所以率领老疙瘩等追下山来了。苏二远远望见，知道三寸丁率众追来，但是自己龙马已经到手，无心恋战，便嘱咐艾柏龄在下庄大门外左首那棵大榆树上躲着，作为断后，他招呼了一班弟兄先自走了。

那三寸丁一路赶来，不见动静，心上异常疑惑，直至追出下庄门，也不见个人影。正在狐疑之际，忽听空中喊道："'三教不分家，铁树不开花'，丁统领是有官职在身，何苦与江湖上人苦苦作斗？令师弟也叫咎由自取，现已掉在山涧之内，生死不知，快请回去观看。至于龙马，早已物归原主。总之，你我均是局外之人，在下不揣冒昧，留一点儿纪念，与大家解了这结吧！"

三寸丁听了，惊问道："听这声音，敢莫是艾义士吗？你藏在哪里说话，怎么不下……""来"字没有出口，猛听得弓弦声响，一点寒星直奔自己咽喉而来。三寸丁忙把头一低，那件暗器正射在自己头上那顶六棱便帽之上，啪的一声，那帽儿被射落地，却掉在离开身后丈外地上。手下忙拾取过来，三寸丁拿了一瞧，果然是条一尺三寸长、五指阔、扁尖头、旁有一只小钩子、拖一些些白缨的艾家倒须钩。明知还是艾柏龄手下容情，不然明枪易躲，暗箭难防，只消发一支连环箭，自己性命早已丢啦。再把此事前后一想，杨燕儿先后伤了人家四条性命，挖了人家三颗眼珠子，又占了人家不少面子，也正好罢休了，所以忙招呼手下，不用追赶。

回进庄门，略略休息了一会儿，看看天已亮足，便又同着手下到四面山涧之内找寻燕儿踪迹。谁知寻了半天，终究没有寻到，只得罢了。不过，他虽没寻得燕儿下落，却深信燕儿还没有死，故而目前不见，将来定会重逢。

其实，杨燕儿呢，滚下涧去的时候，被荆棘刺破浮皮，山石碰痛筋骨，等得跌到底下，一条左腿被一个戳起的石笋尖一碰，欹斜躺下，左腿竟然跌折，右目又被荆棘刺进眼眶，用力一拔，将眼珠带出，痛得他昏过去了好一会儿。及至被冷风吹醒，自觉无颜再在此间站足，决计到别处隐下，再练软功，预备报仇。所以燕儿的踪迹，直要到民元冬季，三凤争巢的时候，再行出现。眼前表过不提。

再说艾柏龄一箭挡住了追兵，候三寸丁退进庄门，他才下树，追着了大众，一同到了横道河子店中。虽然侯七伤势很重，不宜就道，但是此地未便耽搁。好在侯七受的都是硬伤，便雇了一乘软车，装着侯七，一同回到长春。

在路上得信，托什套又叛变了，那桩马案松了。故此一到长春，大明子便另外弄了一匹川马，到衙门中去销案，顺便将公事饭辞年。王五眼珠是瞎了，从今后却可少闯几件横祸，倒也可聊以自慰。所有相助出力诸人，当然由大明子重重酬谢。那马，大众公议，系侯七盗来，而且为了此马身带重伤，等待伤愈了，此马即归他乘坐。

侯七伤愈之后，仍旧同干娘回到吉林主持店务，调回包瞎子转归长春。苏二瞧见这情形，不是提亲当儿，也就辞别入关，自回江淮去了。

附：茶碗阵诗八首

甲、混元一气单鞭阵诗
一朵莲花在盆中，端起莲花洗牙唇。

一口吞下仁义水，吐出青烟万丈虹。

（哥老会中，则"仁义水"改为"大清国"。）

乙、天地同休双龙阵诗

双龙嬉水喜洋洋，当年韩信访张良。

今日弟兄来相会，暂借此茶打商量。

丙、三教同源三清阵诗

三仙原来清白家，英雄到处好逍遥。

昔日桃园三结义，乌牛白马祭天地。

丁、四季长春刘秀过关阵诗

四海澄清不扬波，只因中国圣人多。

南阳走国汉刘秀，哪吒太子受折磨。

（哥老会中下两句，作"哪吒太子去闹海，戏得龙王受折磨"，与此稍异。）

戊、五族不分家反清阵诗

金木水火土五行，从来万物土中生。

孔明预知天文事，可算千古一高明。

（八卦会中第二句，"为法如来五行真"。

其下则为"位台能知天文事，可算湖海一高明"。）

己、六道轮回苏秦阵诗

说合六国是苏秦，六国封相天下闻。

位台江湖都游到，尔我洪家有光荣。

（哥老会末句，乃作"哥老会中会诗文"。）

庚、七星大聚义下字阵诗

七星宝剑摆当中，铁面无情逞英雄。

传斩英雄千千万，不妨洪家半毫分。

辛、八方无碍天下太平梅花阵诗

梅花朵朵重重开，太平无事二度梅。

冲风冒雪见志气，登台拜将有光辉。

（按：哥老会中，茶碗阵最多。除此八阵之外，尚有梁山阵、太阴阵、六子守三关阵、七神女下降阵、古人阵、患难相扶阵、五虎将军阵、关公护送二嫂阵、赵云救阿斗阵、孔明上台令诸将阵、贫困箪篮阵、复明阵、品字阵、山字阵、争斗阵、顺逆阵、上下阵、桃园阵、龙宫阵、生克阵、宝剑阵、仁义阵、六顺阵、四平八稳阵、五梅花阵、七星阵。其命意用法，另详拙著《会党秘谈》笔记中。）

第十三回

惑流言白马侯拒婚
遭暗算天达店失火

  侯七自从得到了那匹龙驹宝马，自己虽则受了一身重伤，足足养了半年光景方才痊愈，可是江湖上的名气比以前大得多了。而且谁都知道，他在鸡冠山丁家庄上从三寸丁、通臂猴仙师弟兄俩手内夺得一匹千里马，故此又都改口称他一声白马侯。凡是到山海关外的线上朋友，大半要到侯七那里拜会拜会，把他所开的那一所天达分店和隋朝时候山东济南府的贾柳店、清朝时节德州城外李家店一般看待。侯七自己并不为了自己享微名便将功夫抛荒，专门用交际手段去结交三界人物，一面尽管和江、海、河线上那班弟兄往还，哪怕他是黑道小跑腿，也一样地招待，至少一宿三餐。凡是失匹或是背风火的，到得吉林投奔他，他总用血性待朋友，不特效学复壁藏朱故事，还替人家打点出罪洗冤。一面却镇日镇夜仍旧熬练功夫，一毫不肯懈怠。故此侯七的声誉确是实至名归，非那班徒拥虚名者可比。但是，他的年纪差不多了，侯、于两家的后嗣，全寄望在他一人身上，那娶妻问题不可再缓。于大明子夫妇俩尤其抱孙心切。

  在大明子庆五十正寿当儿，曾由闹海神龙苏二作伐，所讲的就是苏二的寄女、安徽双桥镇莲花庵石悟真五师太的徒弟、四川成都青羊宫当家老道士无厄道人孟长海的外甥女儿——玉芙蓉赵凤珍。于大娘暗地里已经将玉芙蓉的八字和侯七的生辰请教星相高手细细地排算过几次，恰巧配成一个"周"字（此系星相家合婚之一种专门名词），再好也没有。当时为了王五这桩案子，谈不到此。

过了半年光景，苏二专差一个徒弟叫小毛豹到长春于大明子那里讨回信。大明子便把妻子接回来，说明此事。于大娘听了，当然很高兴地赶回吉林，和侯七提及。不料侯七一口回绝，一为自己功夫要紧，不满三十岁不娶妻子；二来嫌那赵凤珍是幼丧父母，曾经做过小尼姑，将来娶了回来，不要应着那句"尼姑还俗，不如老妓从良"的俗语；三来听得江湖上有人提及，有个卖解跑码头的凤姑娘，男女不分，在外边混饭，不要就是此女。对了这头亲事，就算自己不做元绪公，恐怕也免不了要做癞头鼋，故而决计不要。于大娘拗不过他，一赌气回到了长春，连来也不来了。侯七明知其故，一时自己铁铮铮回绝姻事，未便自己改口，也只好任凭干爸干娘生气，过了些时再说吧。

那苏二徒弟小毛豹白跑了一趟关东，也只得无精打采地回去禀复师父。常言说得好，好话不出门，恶事传千里。白马侯拒婚消息，不多一会儿工夫，从关外传到关内，在江湖上走走的人几乎全知道了。

实在赵凤珍何尝跑过码头卖过解？侯七这句话实在冤屈好人。江湖上卖解队中确有一个凤姑娘，并不是赵凤珍，乃是凤珍的师兄、石五师太的大徒弟——湖北孝感县的王凤珠。侯七张冠李戴，轻轻地说出这句话来，不料暗中已种下很大的祸根。所以，在外面跑跑的人有一句"开口洋盘，闭口相甫"的古话流传。又道："言出如箭，不可乱发，一入人耳，有力难拔；病从口入，祸从口出。"这些话实在不错。在侯七说这话时候，意谓为了自己的亲事，在干父母跟前批评人家一句，省得再来纠缠不清。谁知一人传俩，俩人传十，十人传百，一路枝枝节节地传出去，平白地发生出烦恼来了。这是后话，容著书人一一道来。

侯七拒婚时候正是秋初，转眼之间，秋尽交冬，不觉又是一年。我们中国人对于夏历正月，从元旦到元宵，无论何处，这十五天日子里头，男女老少都得尽情地乐上一乐。吉林也是个省会，到了新年，当然热闹非凡。那班有钱之人又都在年初五之后、元宵之前，邀亲接眷，招朋唤友，到自己家中大嚼一顿，名为年节酒。越是社会上有名之人，这种应酬越多，人家请他，他请人家，杀鸡打鸭，宰牛屠羊，忙一个发昏。像侯七那样人物，当然也有这种免不了的世故。因为去年干娘赌气转了长春，内里无人主持，所以侯七打算今年自己不出去叨扰人家，自家也不请人吃喝，彼此两便，少找麻烦。无奈人情势利，社会枭薄，现在的侯七在吉林中下社会上也算这么一个角儿，满想不扰人家，叵耐人家三请四邀，硬拉硬扯地拖了他去。只要应酬了一家，便难以回绝第二家了，不然便得招人"瞧得起他家，瞧不起我家""怕沾了穷气，借您财气"一类的闲话。故此侯七这年新年内，虽有两不来去的心，事实上到底没有做到，依旧轮番着出去应酬。不过往年总是他自己在初七、八两天之中先请人家吃喝了，然后自己再去叨扰别人。今年就为了于大娘不在吉林，内里无人调度，变作他先去叨扰人家，一直到正月十三，自己尚未曾请人家哩。

十三那天的午餐，那是离开吉林城二十里路光景，在缸窑附近一个陶家甸子内的陶举人请吃年酒。这陶举人官印树人，号叫柳溪，和侯七生父侯云坡是同榜中式的，所以侯七要称他一声年伯。在缸窑、旧站两处镇集上占着几分势力，专门包揽词讼，多管闲事。年已近六，膝前只生一子，蛮力非常之大，无奈天资特别愚笨，教他枪棒拳脚，一件都学不成。陶柳溪本来以乡绅自负，对于这位开客寓的年侄侯七并不放在眼内，直从侯七得了龙马，享了大名，陶柳溪在外头闻得了这消息，方才借送儿子登门拜师为由，和侯七亲热起来。侯七见那小陶面目，和着生死未明的那个通臂猴仙杨燕儿一般无二，不过杨燕儿面部端正，并非眇目缺唇，这个小陶面部天生歪扯，小时候爬树捉鸟蛋，一失脚跌下来，一只右眼正磕在一只石子角上，一条左腿又夹在树根窟内，小性命去了半条。及至调养痊愈，变成单照，又是拐脚，那副尊容，走到人前就惹人憎厌，天资又笨。侯七哪里肯收这等样子的徒弟，推说："有关年谊，与令郎乃是兄弟相称，岂可收作门徒？承老年伯瞧得起小侄，那么令郎闲来无事，常到小侄舍间走动走

74

动，尽我所能，给令郎检点检点就是了。"故此，在侯七方面，并不承认这个既眇且跛，更兼还是天生歪面的宝贝徒弟；在陶溪方面，却一口认定侯七是儿子的师父，逢人便诉，并且平日里送长送短，往来得很勤。

十三这一天，依着陶柳溪，要请侯七到他甸子上乐一天。侯七不愿意在那里久坐，推说新年事忙，朝上跨马动身，巳牌时候到了陶家甸子应酬了一顿午饭，便即匆匆告别回城。好在那匹龙马四十里一个来回，也不消一半个时辰就两头赶到了。侯七策马回来，腹内寻思道："像陶小柳这种嘴脸，站到人前就惹厌，论那才智文武，一件都不行，可笑柳溪老年伯还把这位少爷当作非常人物看待，硬算我的徒弟，逢人拉场装架子。今天又托我留神做媒，恐怕东三省地方一时要找这么一位既眇且跛的歪面姑娘，和陶小柳做夫妻，倒是很难的呢。"侯七想了一番陶家的话，因而又想起自己亲事："去年不该轻言易出，一口回绝了那赵凤珍的婚事，以致恼了干娘，赌气回去，至今未来。别的还可，倒是中馈乏人主持，所以今天已是正月十三上灯节了，自己吃东吃西，吃了好几家人家，竟尚没有备酒请人家吃哩。照此看来，自己的亲事倒也不可再缓。"侯七在陶柳溪席上喝了几杯闷酒，如今被风一吹，酒涌心头，所以在马上一路胡思乱想，向前进发。那匹龙马真好脚力，驮着主人回去，格外起步快燥，不多一会儿，已到吉林城外商埠西大马路口。侯七蓦然听见路人嚷道："哪里走水了？"接着人都往东奔着。又有一人从东面执着一面小锣，当当当地敲过来。便有人问他何处失火，那敲锣之人高声答道："白马侯家的天达分店失火！"

侯七在马上听了，不禁吃了一惊，抬头一望，果然方向不错。他虽是经过大敌之人，现在骤然得此消息，不觉也有些心慌意乱，忙将马头带过，从小胡同内兜到西大马路的后街。一来街头宽绰，再者人迹稀少，便把两腿一煽，丝缰一催，那匹龙马即把头一昂，一声嘶叫，接着马尾竖起，四蹄放开，好似弩箭离弦，飞一般向东首红光烛天处奔去。

从西大马路到天达分店也有三里左右路程，侯七那趟辔头确实用足工劲，约莫三停中走去了两停，望望前面的火光，非但不退，愈觉烟雾弥漫。那火舌头向天空乱窜，好似金蛇万道，愈加高了。侯七格外着急，两手两腿不住地将马催动。刚走到一个三岔路口，偏偏横街上走出一个女子来，在侯七马前越过。一时侯七想要勒住，哪里来得及，望准那女子身上直撞过去。

侯七忍不住拼命地高喊："哎呀！姑娘，还不让路……"

说时迟，那时快，马头已近女子之肩，一时进退都难避让。谁知她却并不慌张，只将一双小足在地上一蹬，一个白鹤腾空，那身子便好似断线纸鸢般离地约有五尺光景，颤巍巍的一个云里翻，蹿到了侯七马右那家祠堂门口的石狮子上头，一个跺泥跺住了，天然成了金鸡独立之势。竟是面不红、气不喘，口内还娇滴滴地指着侯七背后骂道："瞎狗子，到底跨过牲口没有？今天除了你姑奶奶，岂不是葬送一条性命？即使性命不断送，也得撞倒在地，被这畜生踹个半死哩！"此时那匹龙马却已经跑在二丈以外了。

侯七当喊未绝声的时候，只觉着马前一条黑影一闪，又觉得胯下龙马跳上一跳，意谓一定将这女子撞倒，心上很觉不忍。忽听得身后莺声呖呖，并非极声叫喊救命之音，不禁万分奇怪，忙扭项一瞧，见那女子高高地站在石狮背上，戟指嗔骂，不由得喝起彩来。无如龙马跑得快不过，一时来不及看清面目，只见她一手是个骈指，也未及分出左手还是右手，身上浑身玄色衣裳，鞋儿足有六寸大小，鬓边插着一支翠蓝色纸风。再要瞧时，奈相距太远，看不清楚了。况且有事在身，若在平时，侯七一定要勒马停鞭，仔细把这位姑娘的面貌认认清楚。因为能够平地一跃，跃得有如此之高，绝非无能少干之辈，岂肯交臂失之？但是今天心上却挂念着自己家里烧得怎样了，故而也无暇及此，亡命地奔回来。

及至赶到火烧场相近，只见各处龙社正在那里施救，无奈起水不便，正应着"远水救不来近火"那句俗语。再加侯七这爿天达分店自从于大娘回了长春，内外自己一人主持，一个体己人没有，所有雇佣的那班伙计、跑堂，他们要紧搬取自己行李，谁有好心再顾店主东的家产？那场火从十三未牌时候烧起，直烧到十四上午子初，方才救熄。可怜侯七一切粗细家具，以及店中生财，统被祝融收去。别的不打紧，账簿也烧掉的了，所有别人拖欠的账项无从根据着追讨去，而且自己欠人家的货款等因，却都纷纷逼拢来讨取。虽然侯七历年有些积蓄存放在钱庄里头，不过全拿了出来还债，尚差不少。并且店中有一个隔年住下来的奉天客人，名叫诚则灵，此人是做柳条金（即弹弦子算命。弦子，江湖上切口曰柳条，算命曰金生意）行的。

看官们试想，走江湖吃空心饭的会有好人的吗？非但欠下十几天的房饭金，趁火打劫不会钞，而且说他们的师父了了道人传授他的一卷袁天罡、李淳风、袁柳庄三大家合著的《三才窥秘录》抄本奇书，乃是汉朝管辂先师所作，有诸葛亮、徐懋功、苗光义、刘伯温等序跋。全世界只有两部，一部藏在广东罗浮山，他师父这一部乃是少年时候朝山学道，在西藏地方遇见三国时代的徐庶先师所传，读熟了，可以前知五百年后知五百年的盛衰大事，不幸也被焚在内。若论代价，一时也讲不清楚，哪怕赔他一万块洋都不称心，故此要求侯掌柜只要代他觅到罗浮山那一部藏本，让他朱录一下，回头好在自己师父面前交代就是了。如果办不到，唯有请官厅裁判。这分明是敲竹杠，真正扎手的事情。

侯七无奈，忙写信给干爸，请他老人家到吉林来，代为处理善后。于大明子接了信，老夫妻俩甚为着急，忙同着小诸葛包贤训、小华佗张景歧二人，一行四众赶到吉林，替侯七料理一切。足足办了一个多月交涉，连诚则灵那桩《三才窥秘录》公案，总共赔了他八十块钱，大话小结果，也办妥当了。总共侯七连房屋计算在内，损失了一万多。那片火废场，就算大明子有钱，一时未便就起这新屋，惹人眼红，故只有四围扎了一道篱笆，往后再说。至于今番起火原因，三人说九头话，一时难以断定。

书中交代，实在这场火是暗中有人放的。此人乃是跟杨燕儿新近结成知己，知道通臂猴仙在鸡冠山遇见侯七，栽了一个大筋斗，他是代友报仇。明知说明了动手非侯七之敌，故此暗中下这一手毒策，累得白马侯家亡财散。现在先提一句，到下文再行细述。

第十四回

场头飘拂旗绣蜈蚣
马背翻腾人同蛱蝶

当时于大明子代替侯七诸事办妥，便同着侯七一同回转长春。此刻侯七只剩单人独骑，就是住在吉林，也没有道理，自然跟着干父母一同回长春。虽然英雄性情，这些些事不放在心上，但是遇到这种不幸，绝不会反而开心，所以一到长春，便害起伤寒症来。幸亏有小华佗张景歧诊脉开方，于大娘用心调治。侯七心上着实过不去，暗忖："这回病好了，那娶妻问题益发难容再缓，不然老是劳动干娘日日夜夜受麻烦，为人子者于心何忍啊。"侯七这场病，足足淹留病榻三个半月，方才能够起床。又将养了几时，才能出外行动。

其时已是七月初旬，已凉天气。于大娘说："孩子，这种秋天很容易使人受寒，况且你是病后之人，你若出去，身上宜乎多穿些衣服。"

侯七自然答应。这个当儿，秃尾鳅陈海鳌走进来说道："七爷，咱们对面路北清真寺后头，新到一班走码头钻利子（即变戏法之隐名）的，有男有女，把式很多，咱们俩瞧瞧去吧。"

于大娘见侯七一天到晚闷闷不乐，也不相宜，故也极力怂恿侯七瞧热闹去，并道："好在路近，要是站不动长时候，瞧了一两套就回来。好在你家干爸有事进了城，干娘左右没有事，也许随后要来见识见识哩。"

侯七本不高兴出门，经不起陈海鳌和干娘劝驾，便和着海鳌一同出门。走到清真寺后面，抬头一望，果然围着一个人圈儿，已经在那里献技了。侯七挤进去一望，只见正中插着一根很长的锚子，上面葫芦结顶，月白飘带，一扇黑镶边月白三角旗帜。旗上绣着一条杏黄色蜈蚣，却添着两扉肢膈，成了一条飞蜈蚣。那蜈蚣头上不是有一点儿红的吗？那是另用红线绣成，而且就在这红头上面，用红、黑两色线绣一个"王"字。侯七暗想："这倒像镖局达官树的镖旗，哪里是走江湖卖解的点缀品物呢？"再向场上一望，两个二三十岁的壮年汉子正在那里献技。各人拿着一只小篮，篮内约莫都有十二三枚鸡子，两个汉子先各拿一枚鸡子，互相对掷对接，如同梭子一般往来不绝。掷了一会儿，渐渐紧哩，鸡子数目也加多了，掷到最后五分钟，好似飞鸿列阵，那二十多枚鸡子都在空中往来，篮内反而空空，使旁观的人眼花缭乱，当它两条蛋绳看待，不由得四面彩声雷动。

在这喝彩声中，地上跳起一个四十多岁的黑麻大汉，一声怪叫，两只手向空乱抓，那许多鸡子全被他抓在怀内。于是三人并立，向观众说了一句"献丑"，接着一个鞠躬礼，退下去了。

侯七一见这套玩意儿，暗暗称奇，寻思："看不出这班跑码头的倒有能人在内。"

那陈海鳌是莽夫，撑不住向侯七道："七爷，这不是咱们老头子常练的武当外功空手入白刃吗？"

侯七忙向海鳌狠狠地看了一眼，谁知海鳌发音高大，那班玩把戏的已经听得。那个黑麻大汉特地抬起头来，十分注重地向侯、陈二人盯了几眼。接着地上一个年将七十的老婆子爬起来，把一块白布包裹着头，在场中站立。另外两个近二十岁的少年，手内都执了一柄雪白钢刀，也将白布裹了头面，站在老婆子左右，约莫距离尺半地步，将刀向老婆子身上乱刺乱搠。那老婆子忽左忽右，或上或下，将刀让开，那尺寸真是间不容发。因为彼此都是包着头面，瞎戳瞎让，使得看的人都替这老婆子担惊受吓。

如是者约有三十分钟时候，两少年霍地一个踏步，连身扑进，两刀并刺。老婆子也便从地上一捺，身子直往上蹿，两脚刚刚分踏在两个少年肩上。那两少年又将刀向上乱刺，老婆子蓦地将身子略伛，漫不经意地将两手伸过来，恰巧握住两柄刀柄，一个鹞子翻身，从肩上跃下，把蒙面白布除去。老婆子顺手将两刀向地下一掷，入地约有七尺，直挺挺插在地上，这是表示这两把刀的锋利，方才那套功夫不是当玩的，然后也一鞠躬而退。

侯七见了这套金蝉避刀，知道是宋朝时候西岳华山华阳洞内的希夷老师所传，虽则是套花拳，但是非经名人指点，万万不成。看不出行将就木的老婆子也会这一手，更加觉得这班人不是等闲之辈了。接着又是单刀破花枪，李公拐挡三节连环棍的对子，试了几套。那个黑大汉忽然搬出一只无底木桶，给大众验过，好似老虎灶上加在头镬、二镬上那个木套般一个。让大众验明无底之后，便将它放在当地，口中嚷道："戏法好玩，全仗遮盖；遮遮盖盖，花样频翻；不遮不盖，仙人难产。"一面嚷着，一面将身上一条黑布战裙脱下来，在这桶口上一盖。盖了三分钟，他便接连伸手进去，拿出一盘馎馎、一碗咸菜、一壶高粱、一把大头菜和葱蒜、一小锅子热腾腾的大米饭，拿完之后，顺手将战裙掀开，把桶推翻，依旧是个无底大木箍儿。地上沙土也没有挖过痕迹，不知这些东西是从哪里来的。大汉自顾自招呼同伴四个男子席地大嚼，另有两个垂髫女子、一个半老妇人、两个中年妇人，和着方才献技的老婆子，各执藤匾，向观众要钱。

侯七留神一望，那蜈蚣旗侧拴着三匹怒马，旗下还有一只白毛猿猴。猴子右面尚有一个女子垂首席地而坐，头面都用黑布裹着，看不清楚。此时观众乱了一阵，那六个女性总共收到了四五千文，那五个男性也把馎馎、大米饭等狼吞虎咽吃个一干二净，便收拾碗盏。黑大汉站起来，瞧了一瞧收下来的看资，微叹了一声，回首向地下那个女子道："凤姑娘，你不出相，赚不来大钱。说不得了，请你露脸辛苦一趟吧。"

那女子点点头。黑麻大汉便招呼众人将绳索竹架挣起来，将那三匹马牵过来。四面围的人发一喊道："看，要跑马飞杯走绳索哩！"

侯七本想走了，因为那班女子的能耐尚只见老婆子施演了一下，其余都没有表演，索性多站了一会儿，让她们功夫都施展尽了再走。那陈海鳌更加看得着了魔一般，瞪出一双铜铃眼，张开了血盆大口，口角边涎沫淋漓，瞧得正是津津有味。遂见那两个中年妇人将上下检点了一回，从容不迫走到绳索竹架的东端，只把肩膀一侧，身子一捺，两足一顿，她俩都蹿上了索子。开场徒手往来，一前一后，走了几回。

侯七瞧那个年大一些的这回是跟在年轻一些的后面，一同向西走着。走到了西端尽头，然后一个向后转，年大的领头，年轻的反跟随在后了。这一次，才走到绳索中央，那年大的忽地一个向后转，自顾自向东走去，而且走得格外快躁。等待年轻些的才走到西尽头，年大的也到了东尽头。这回两人并不掉转身躯，彼此倒退走着，等待走到绳索中央，背对背一撞，那年轻的好似力气欠缺般，蓦地身子一歪，向地上跌下去。那座架子比普通走绳索的格外高些，离地约有近二丈左右，这一跤倒拔葱跌下来，虽不致跌死，然而一定掼伤，所以四围看的人不由同声"哎呀"，这是一种恻隐心理的表现。谁知那年轻妇人乃是练就这一门解数，等待身体歪斜转来，那两只小脚同时也交叉拢来，身体似风前垂柳一般，荡漾了一会儿，恰好将身子倒挂在那绳上。专等那年大的在上面跑过，忙又把身子拗将起来，仍然站直了走着。

当下看的人同声喝彩，便有许多人身畔掏出钱来，向着绳上二妇，不管头面腰腿，接一连二地掼下去。那两个妇人见钱如密雨流星般飞来，格外高兴，在绳上愈加做出种种把式，奇险万状。口内还唱着一种小曲儿，因为是湖北黄州口音，侯七听了懂不得，不过暗忖："寻常江湖女子走绳索没甚稀罕，像这种空手上来，而且能在索上装出风摆荷花、点水蜻蜓、双凤穿梭等各样身段，却是头一次瞧见。因为这走索门道和跑冰相似，全仗两条手内的虚劲秤得平匀，脚下步口走得稳正，便不会闹出乱子来了。故此凡是走绳索女子，手内必定握着一根竹竿，竹竿的两端又都系上两个沙包，这就是门槛，这么一来，哪怕失足跌下来，也不会跌伤跌痛，因为分量全借在这根竹竿上面，身子不吃劲了。

好比从三层楼或是城墙上跳到平地，只消撑了一把雨伞，人也不会受伤跌痛，这理由是一样的。不过徒手而能献出这几手，真不容易。她俩确也着实下了一番苦功，才能如此哩。"等待中年妇人走完了绳索，翩然下索，面上颜色都丝毫不变，呼吸也一毫不见喘促，如觉无事地退往蜈蚣旗畔。侯七暗中着实赞叹佩服。

却又见黑麻大汉将三匹怒马牵到场中，接着那个坐在旗侧、始终未曾动弹过的妙年少女娉婷袅娜地站起娇躯，和着适才要钱的那两个垂髫女子携手步出。侯七一见这女子，不觉心摇摇若悬旌，自己做不动自己的主张了。到底那女子生成怎么一个模样儿，有诗为证，赞曰：

> 浑身玄服，遍体柔情。两条眉似远山青，一对眼明秋水神。面似满月，仿佛田家红线；发若堆鸦，依稀张氏出尘。落落大方，真个十三妹转世；棱棱侠骨，竟疑聂隐娘重生。

这样一个人物，莫怪侯七见了心动。不过这女子的面庞好生面善，觉得在哪里曾经会过面来，一时却又想不起。直待那女子走到居中那匹枣骝马旁边，伸出纤手整理鞍缰，侯七忽瞧见她那条右手是骈指，又见她鬓边插着一支翡翠凤头钗，方才想起："此女就是今春正月十三在吉林西大马路后街腾空让避我的那匹宝马之人，怎么倒是个走三关、闯六埠的卖解女儿？"又听得黑大汉呼她作凤姑娘，不禁又想起闹海神龙苏二替自己作伐的那个玉芙蓉赵凤珍来了。"当真她就是玉芙蓉，熬练得有如此能耐，生长得又这样英秀，那么做我侯七妻子，也不玷辱的了。"一面胡乱想着，一面瞧那三个女郎都已上马。好在三个人的衣服颜色各别，一红、一绿、一玄，那三匹小川马也分枣骝、银鞍、大青三样，使看的人瞧过去，无论跑得如何快，永不会眼花缭乱，认不清楚的。

那三个女郎一出马，看的人个个精神抖擞。此刻那三骑马追风逐电，在场内绕了几个圈子，四围瞧热闹的人觉得寻常得紧，没甚稀罕，有的正想拔步走了，蓦地那个骑枣骝马、穿玄色衣服的女郎口中打了一声呼哨，三个人不约而同都站在马背之上。那马跑得越发快了，那马上人的身段也愈加变幻得多了：忽而两手掀在鞍上倒拔葱；忽而一手掀在鞍上，一手放空，两足伸直，身子凌空横卧着，好似蜻蜓点水般；忽而一个腾空筋斗落下去候准尺寸，丝毫不错，仍旧跨在马背上面；忽而三骑马并辔疾驰，马上人又立了起来，手挽着手，互相调换坐骑，快得如同飞燕穿帘、鹞鹰扑兔。临了一套，那穿玄色衣裳的女郎身子高高耸起，那一双六寸圆肤分踏在穿红、穿绿的两个垂髫女子肩上，叠成一个人宝塔，巍巍伶仃，绕场三匝。看的人一个个目眩心荡，代捏一把冷汗。等待第四个圈子兜到一半光景，那红、绿两女都把肩向外一避，穿玄服女子的两足踏空，直跌下来。看客忍不住异口同声喊道："哎呀，不好了！"

谁知坠下去又正坠在那匹枣骝背上，莫说马上人的轻身功夫不是一朝一夕所能练到，就是那三匹驯马要教导得如此娴熟，好似懂得人意，疾徐中鹄，一步不错，也不知要费多少心思才能如此灵便应节。

那班看客此刻既忙着一迭连声喝彩，又忙着掏腰取钱，纷纷向三个女郎身上抛去。有的嫌铜子轻飘，掷不中女郎，竟把毛子大洋当铜子用，用足气力，瞄准了女子身上掷上去，掷中的都向同伴夸奖自己眼力不坏。一会儿，地下边大洋、毛子、铜子堆得厚厚的，数不在少。

那三个女郎也就滚鞍下骑，向四面弯了弯腰，然后回到蜈蚣旗旁边休息去。那两个垂髫女子已有些面红气喘，终究这套三跑马不是当玩的。独有那个玄衣女郎只略略变更了一些常态，依旧翩然矫然地退下去。莫说他人，连侯七这般的内家资格也一味地拍手赞叹。

第十五回

反切词成荒伧辱凤女
空亡课布小侠惜龙驹

陈海鳌看得真乐不可支，操着江湖上的反切隐语，向着侯七道："质候热异则字卜贺呼槐，记异亦艳则乌鸽河雪耀亦衣则字。"（著者按：此系一种谐声作用，每两个字音拼成一个，名为两字反。此二十四字，系"这女子不坏，给爷做个小姨子"十二字之反音。）

侯七听了一笑，没有则声。不料这种两字反切的隐语，那一班卖解男女完全懂得。

那个玄衣女郎向着那黑麻大汉道："折合候则厄合顺真仲，折合实浑滚瓜佘痕旦本文婆顺真质勒厄尔。"

黑麻大汉道："当他下气通，何必和这厮一般见识？"

这套叽里咕噜的说话，别人都不知道说的什么，侯七却懂得这是三字反。定神想了一想，伸手拍着海鳌肩头道："老陈，那女子骂你。"

海鳌道："她怎样骂我？"

侯七道："那女子骂你道：'这杂种说话太不入耳！'并且那个黑麻大汉把你说话当放屁。"

海鳌听了，哪里忍耐得住，大吼一声，打从人淘内直奔进圈子内，向着那班卖解之人道："你们走江湖，吃千家饭的，不该出口骂门。你们也不打听打听、访问访问，这长春地方上，秃尾鳅陈海鳌是何等样人，敢在太岁头上动土吗？"

那个玄衣女郎听了，柳眉倒竖，杏眼圆睁，挺身直前，怒气冲冲地答道："你自己用了线上黑话污蔑你家姑奶奶，你当姑奶奶何许样人，听不出你这匪话不成？你自己吹大气，什么鳅，什么鳌？姑奶奶却早知你只是于大明子的走狗罢了，有甚稀罕？你有种的，你敢动手碰一碰你姑奶奶的身子！"

此刻的海鳌真是三尸神暴躁，七窍内生烟，恨不能一拳对准那女子胸前打过去，打她一个透明窟窿，故此将身子一摇，举拳便打，不料一条手刚才举起，手腕子上早被人家托住。用目一瞧，原来是侯七也从人丛中挤进来，见海鳌已经踏步举拳，所以忙挨身进来解劝。因为老走江湖，在外面闯闯的，对于三等人都避忌一步。第一等是方外，瞧瞧他是游方僧、茅山道士，殊不知此中真有能人，论不定给他犯了一犯，要吃大亏；第二等是小孩子，年纪轻轻，敢和人硬干，绝计有些道理，万一遇到了童子功飞砂手，瞧瞧他身不满三尺的小娃娃，谁知他自小练习专门功夫，已有力敌万人的本领；第三等是妇女，大凡女流家，胆门子小得多，她敢昂昂然和陌生男子汉对垒，多少总有一手，就算她本领不佳，但是男子汉大丈夫，如何同妇女较量高低？即使打败了人家也不稀罕，万一反被她把你战败，传出去真要贻笑天下人。《左传》上说得好："胜之不武，不胜为笑。"有此一层理由，再加海鳌在陆路上功夫平常得紧，而且带几分戆气，呆头呆脑，动起手来，包吃人眼前亏，于于大明子脸上也有关系，故而侯七舍命上前相劝。

海鳌道："七爷，闪开了，俺今天定要把这泼娘一劈两片，才出我心头之恨！"

其时那边黑麻大汉和着自己一伙男女老少也过来把那玄衣女郎劝将过去。海鳌虽然无明火提高三千丈，无奈被侯七挡在前面，碍于小东情面，发不出威来，也只好趁水推船，把那条手软软地放下。当下被侯七做好做歹，且推且劝，一同走了。

那些瞧热闹的始终没明白他们为何吵闹起来，大家都在那里议论猜测。只那班卖解男女也就此收场不练，自然四围站立之人也渐渐地散开。

那个黑麻大汉忽向尚未散去的观众动问方才那个莽男子和这劝解的黄面少年是何等样人、住居何处。那班闲人有的回答不出，有的就住在天达店附近的自然认识侯、陈二位，便细细地说出侯、陈两人履历，并且指出天达店的方向。那黑麻大汉听了，欣然地向着玄衣女郎道："这倒也巧了，正要……"

玄衣女郎把眼一瞪，将头微微地摇了一摇。黑麻大汉会意，也就不再往下说去。却大家动手，将地上陈列的什么铁丸子、镔铁剑、飞龙抓、无底木桶等零星物件，和着大洋、毛子等等，一股脑儿收拾起来。将那扇飞蜈蚣旗从地上拔起卷好，一行五男七女，牵着三匹马，自顾自走了。

书中单表侯七将海鳌劝回店内，包瞎子跟张景歧见了，都笑道："陈秃子又跟谁抬杠，这样怒气勃勃的？难道又打了架不成？"

海鳌不则声。侯七究是病后，此刻已经累得浑身汗出，那口气也不平微喘，慌得在店堂中账柜上坐下，然后答道："老秃又发猴儿腔气哩！"接着把适才事情说了一遍。

包瞎子道："怪了怪了，东北道上咱不知道，谈到西南道上，露天卖艺行中，树标系马，那是楚孝派，没有真实能耐，不敢挂起这样的招牌。"

侯七道："怎样唤作楚孝派？"

包瞎子道："湖北不是古楚国吗？湖北孝感县出来的卖解，叫作楚孝派。不过这一派树的旗帜名为飞天五毒，因为他们的老祖师是在前清雍正年间，南派剑侠十八大好老之中的五个大好老。据说雍正也在这十八数中，排行第三。这种飞天五毒旗还是雍正钦赐的哩。"

张景歧插嘴道："所谓五毒，是不是端午日的巴山子、长虫、千手、墙钉、地搭（即虎、蛇、蜈蚣、壁虎、癞团五物之隐语）五样毒物？"

包瞎子道："是的。我小时候听父老谈及，这五房祖师爷都有名有姓，可惜现在记不清楚了。只记得大房飞虎祖师姓宋，三房飞蜈蚣祖师姓王，其余统忘怀了。"

侯七点头道："不错，他们打的标旗上绣的一条飞蜈蚣，还绣出一个'王'字。照瞎子所说的话，那么一定是王三房一派了。"

张景歧道："恐怕不见得是真的，也许瞎子信口扯大谎。"

瞎子正要分辩，海鳌接口道："瞎子的话多半可信，因为这班狗男女确都是湖北口音。"

他们正在谈论之际，大明子从城内回来了。里头于大娘也出来喊侯七进去吃补剂，把他们的话头打断。

那日白天过了，到了晚上，于大明子夜间常例，必定要圈膝坐在炕上，五岳朝天（即八段锦中之一节，于因前将右足足背紧贴在左足之大膀上，再将左足扳起来，以足背紧贴在右足大膀上，然后以手心徐挪脚底心，每挪满一百或二百次，将两手交叉，用力贴在小腹上，身子凌直，然后昂头向天，呼吸九次，再将手足心按摩。此系武当正宗，吐纳法之第一步。至少须按摩三百下，然后将足放下安睡。每四十九日加按摩一次，每次至少五十。倘能十一二岁未发身时即练此功，始终一日不间断，即不习武，亦可百病消除。而熟练武功之人，每晚照此打坐一次，则肾囊自会缩小，睾丸吸入小腹之内，凡遇敌人用猴拳之煞手海底捞月不足虑矣。因手心、脚心、头顶心都仰面朝上，故名五岳朝天，俗称打坐）着坐功，坐一支香。就是侯七这几天因是病后，故而没做这路功夫，如在平时，也要打坐半句钟才睡。

大明子虽则年过知非，但是功不少怠，这晚坐过之后方才睡下，忽听卧房天井内从屋上滚下一块石子声音来。大明子暗道："不对，这是夜行人投石问讯，分明探探屋中人睡也未，非得起身亲查一下不放心。"

当下大明子忙着披衣下床，上下结束检点，怀中揣了一支折叠千里火（即俗称贼咫尺），手中提了一条镶铁杆棒，轻轻地开了房门，从前面店房内查起，一直查到后面柴房、马槽，却并不见什么动静。倒是侯七和张景歧俩也打从前面进来，说是听见墙外犬吠声乱，恐怕有翻高头的过门拜客，顺手发发利市。大明子索性跳上屋面，趴在屋后那棵大榆树上，向四围仔仔细细地瞧了一阵，依旧不见什么影踪。方才下了树屋，脚踏平地，瞧侯七到槽内将牲口也检点了一过，那匹龙驹宝马和大明子的追风千里驹、陈海鳌的铁脚刺骝马、王五的海东青，另外两匹骡子、一匹驴子，和着寄宿店内客人的七八条牲口，都在里头拴着。爷儿三人方才放心，各回卧房安睡。

这一晚，侯七究系病后，白天瞧卖解，工夫站得久了，故而二次倒头睡下，疲乏不堪，浓浓好睡。自从患病以后，夜夜总是眼巴巴望天亮的多，今晚这种鼻息打得如同响雷，一毫知觉都没有的好睡，到了长春来，要算是第一回。一忽醒来，已经三午日上，听得柜房内的自鸣钟当当正敲八下，侯七觉得浑身筋骨酸酥，暗忖："睡足了反而懒得起身哩，照这情形，好似受了夜行人的鸡鸣断魂香般，俗谈'越困越懒'这句话确有道理。"

正打算挣扎起身呢，还是再睡一会儿，忽听得海鳌的声音在后面大呼小叫地喊出来道："不好哩，七爷的坐骑去哩！"

侯七在床上中报，赶紧坐起身来，披衣离床，开门出去动问。

原来海鳌到后面槽上，预备把几匹坐骑带去放青。谁知一检点，别的马都在，只有侯七那匹宝马不知去向。海鳌当是伙计们带了去，四下一问，附近一探望，都说："这是小掌柜珍爱得比性命还重，谁敢轻便去碰一碰？"海鳌便差他们出了后门，在附近旷野内去找寻一下，也许溜缰出去。谁知也是影迹杳无，故而他才发急直嚷出来。

当下大明子夫妇俩、侯七、张景歧，连那个盲目的王五，和着店中做手、住宿客人，都聚拢来动问。独有包瞎子，他因为养着一只画眉，天天东方发白便起身携着那鸟往郊野去冲鸟，此刻尚未回来哩。

当时大家再四处八路寻找了一会儿，依旧消息全无。张景歧会起六壬课的，叫于大娘报了个时辰，袖占一课，却是空亡。那是叫："空亡空亡，人在路上。"故而一口断定，宝马是被人盗去，带着走了。照课上看来，须往东南方寻去。

他们正在乱哄哄地七张八主的当儿，却见包瞎子打从店外进来，一手提着鸟笼，一手却拿着一纸红柬帖。海鳌便迎上去告诉他道："家中丢了东西哩！正是终日打雁，如今被雁啄着眼去了。"

包瞎子道："敢是七爷的宝马丢了吗？"

于大明子诧异道："你才从外面回来，怎么已经知道？"

包瞎子微笑不则声，却把手中那个红柬授给侯七道："七爷，您看了这上头的话便明白哩。"

侯七此刻气得有些发呆，再加包瞎子这些说话无头无脑，谁都听不明白，也不知这红柬上面写些什么，大家都要紧观看这柬，好明白宝马的下落。大约就是读者，也有同情。但是，著书人写到这里，墨干笔败，手疲眼花，无奈告个罪，让我歇息一下再谈吧。

第十六回

露尾藏头谁邮怪柬
寻根究底争读新诗

　　白马侯七把包瞎子授给他的那纸红柬展开一瞧，却是一张梅红全柬帖子。上面写着六个大字，恐怕连造字的仓颉也不认识它。唐朝的则天后武曌虽也曾造过乬（音正）、囲（音月）、腉（音应）、乑（音人）、璽（音初）、兂（音天）、庮（音幼）、瘷（音载）、埊（音圣）、乑（音年）、罱（音君）、鋆（音证）、夃穷（此二字音义未详）等等怪字，连自己名字那个照字改作曌，一共有十九个之多，《正字通》和《后山丛谈》上都记载翔实。但是这柬面上六个字，也出于武后怪字之外，乃是写的"闇僩饞艸燦柬"六个字。

　　侯七也无心研究，忙把全柬揭开，见第一页上写得很规矩的欧阳率更体，而且是一首七绝。诗曰：

　　　　龙潭虎穴"凤"来仪，"姑"射仙人绝世姿。
　　　　鱼"盗"嘉禾应记取，隐"娘"西去卧江湄。

　　大家念了半天，也是不明白。
　　侯七又把那柬帖底页翻过来一瞧，却又有一行歪歪斜斜的字迹。那句子也都似通非通，和歌谣一般道：

草头右相立门口，火逼可人兽负走。

一耳在余芳草下，来寻老二江淮叟。

于大明子蹬足道："什么江淮不江淮？要是江淮泗的苏二在此，他自己也惯会弄这笔头玄虚，一定解释得出，好明白这东西的用意所在，论不定在这上头讨着宝马下落哩。"

此刻张景歧被大明子一语提醒，想起了苏东坡当初有过夕曚尸（斜月三更门半开）的玩意儿。便将柬面上的六个怪字和着底页上那首歌谣拼在一起，细细地猜详。又跑到账台上去，拿了纸笔，好似戳小黑（即测字之隐名）一样，一阵子拼拼拆拆。霍地把笔一掷，直嚷起来道："这面上六个字，是将另外几个字合并写着，乃是套着新年内人家门上斗方里头写的黄金万两，或者日进斗金的法儿，唯恐别人一时瞧不明白，故后头再用了一首七言注脚。不过面上是拼拢来缩写的，后头是拆开来化长的。莫轻瞧了写这柬帖之人，倒也暗懂得鸳鸯进退格，所以或合或离，变幻不测哩。"

海鳌道："你莫光是瞎吹，你倒把那拆出来再拼上去的道理说给俺听，另外，究竟是几个什么字？"

景歧笑道："草字头一个石字，那是'若'字。门口二字，合成个'问'字。'可人'二字，那是把'何'字分开。马字下面四点，那是从火，这句太累赘了，所以要用一个兽字点清眉目，那马不是兽类吗？一双耳朵在余旁，合成个'除'字。芳草菲菲，有这句成语的，而今芳草下去，单剩一个'非'字。末句'来寻二老江淮叟'，正给老当家说着，就是闹海神龙苏二叔。你瞧柬面上底下两字，不是把'苏二'两字胡乱写着吗？"

海鳌道："你又说另外成功两句话，如今你说了半天，仍没说出是什么。"

景歧道："别忙，我先解释明白了再念那两句。据我推详下来，这柬面上好似猜灯谜的谜面，底页上的二十八字，那是谜面的注脚。至于谜底，恰成'若问马何在，除非苏二来'十个字。请大家再研究研究，我的话对不对？"

侯七听张景歧讲至此处，恍然若有所悟，直跳起来高嚷道："老张的说话全对了！那第一首七字句里头，不是把'凤姑娘盗'四字颠倒隐藏在内？而且末了有'江湄'两字，苏二师父不是家居淮上吗？"

于大娘听至此处，忍不住插嘴道："照此说来，什么凤姑娘、苏师父，与孩子去年回绝那门亲事多少总有些关系。也许人家姑娘们有能耐，无端受着人家腌臜，一赌气将马盗去，所以还遗柬留言，叫我们去找苏二伯。这不是明指一条大路，叫我们追寻大媒老爷说话去吗？"

于大明子点点头道："此话很有道理，但是这张柬帖怎么落在包瞎子手内呢？"

包瞎子道："我清早到市梢外伏虎墩冲鸟，却见一伙走江湖卖解之人从西关大道岔过来，向西小道往南去。我是热心不过的，见他们走错了道儿哩，便在墩上喊他们莫再往头里跑了，这条路是不通的。他们要向南去，除非从这墩后落北，拐弯向东，过了骆驼峰孝乌桥，方是往南大道。他们听了我话，果真折回过来。可惜我目力不佳，只见黑簇簇一伙人从墩下过去，却没有辨清他们面目。内中有一个浑身玄色衣服的女子，胯下一骑白马很像七爷的坐骑，怎奈居高临下，终究没有看得明白。我就忙着下墩，急急地追赶上前，意欲瞧清爽那骑白马究竟是不是我家七爷之物。不料那伙人里头忽有一个黑大汉翻身迎上前来，和我剪拂（山东土语，即作揖之谓。施耐庵所作《水浒》中，此二字恒见）道劳，再四谢我指津之德，并且很殷勤地问我姓氏。我初不肯说，无奈被他一片至诚打动慈心，便告诉了他姓氏。那黑大汉听了，霍地哈哈大笑道：'这真是踏破铁鞋无觅处，得来全不费功夫！'说时，便从怀中掏出这个柬帖，叫我转授七爷。并且说，东篱菊绽时候，他们在湖北田家镇恭候七爷去找寻他们哩。当下我瞧他们人多手杂，自己又是手无缚鸡之力，奈何他们不得，明知家中必定出了乱子，那骑马定是七爷之物，但是好汉不吃眼前亏，只好眼睁睁见他们扯滑了。所以我就拿了这柬帖回

93

来报告。一进门，见大家乱糟糟的，我心上益发明了。又听陈秃子说丢了东西，故而俺张口便说：'敢是七爷的宝马被夜星子捞了去了？'"

此时的侯七又羞又恼，又气又悔，涨得满脸通红，浑身的虬筋暴起。一面听包瞎子表明这束帖的来由，一面却不住地双手乱搓，两足移动，踱东走西。等待包瞎子谈罢，止不住高声怒骂道："这伙混账东西，胆敢如此无礼，将俺侯七当作脓包看待。俺就为提了这倒运亲事，以致家遭回禄，身染重病。但是吉林的天达分店虽被火烧成白地，难道俺的一身功夫，鼠辈也认是被火烧掉了吗？趁这班人离去不远，俺也不用别人援助，凭着那条软鞭，追上去和他们较量一下，抵配连人带马全送在这班鼠寇手中，也是前生注定，毫无怨悔。再隔十八年，怕不又是一条青年好汉？若是胜不得我手中家伙，呵，要他们的好看！"侯七牢骚发罢，真的要回房抄了软鞭出门追赶去。

幸而大明子在场，忙将双手乱摇，喊住侯七道："你向来做事精细非凡，学什么季文子三思后行，季武子四思而做。怎么今天也如此地鲁莽呢？你被人家盗了马去，你便将人家恼恨得如此，你不想想，你夺了杨燕儿的马，你做了杨燕儿，又该怎样？况且盗马之人，据张景歧解释束帖上的话，合着包瞎子的说话，一定是那凤姑娘所做的了。你去年铁铮铮回绝人家亲事，而且去管人家走江湖不走江湖，这话传到本人耳内，难堪不难堪？换了你做了她，又不知跳闹到什么地步。至于论到那匹宝马脚力，果然是好脚力，但是当时如无苏二伯相助一臂之力，代为通盘划策，也许这骑龙马如今还在鸡冠山上丁家厩内喂养着哩。还有一层，她既来下手盗马，马已到手，也许一声不响带进了关去，恐怕一时咱们连找哪儿都没有下手处。现在她留下束帖，并且隐而不露地提及苏二，这是分明献些能耐给咱们一家人瞧瞧，把个现成人情留给苏二去做去。她何尝是爱马而盗？你不要因为她是个女盗马贼瞧不上眼，像这样光明磊落，面面俱到，留下后来相见地步，怕男人中也少见的。你现在仗着蛮力，不知进退，还要追上前去笨干，未免有点儿瞻前不顾后。当那前儿夺马的时候，俺不过无明火提高了些，动了一动三光，就害王第

94

五两目失明。毕竟你家苏师父想得到，按部就班地做去，结果龙马到手，到底不曾吃亏，这都可做得前车之鉴。我本来不想阻挡你的，因为这次分店失火，有人说这把火不是天火，是你的仇家所放。我仔细替你想想，你的仇家除了杨燕儿之外，并没有别人。但是照事实看来，又不像是杨燕儿所为。你有了杨家一家仇人，已经使得你精神上、肉体上都感受着痛苦。若是再结下了几家仇家，恐怕就是仗着我留在外面一些小交情也不济事，所以不得不出来说几句呢。"

当下包瞎子听了，一面暗想："当家现在毕竟上了几岁年纪了，说出来话竟和以前独行独断的精神大不相同。"一面也帮着大明子劝侯七略行忍耐。

这时，张景歧也说道："人家找上门来，自然不能退让。不过七爷你该听你家干老子的说话，大家先商定了一个对付方法的程序，然后依次做去，方才不致再吃暗亏。"

王五也瞎着双眼在旁劝道："小爷毛豹脾气，毕竟要受大亏的。你瞧俺穷不怕，如今'抬头不见青天面，低头不见路难行'，何等苦恼，也就为一晌一往直前，不听人劝，才身受这活地狱的苦楚啊！老实说，那班人敢如此做法，岂有不曾防备之理？七爷单身赶去，怕不又着了他们的道儿吗？"

于大娘也道："孩子，你病才好，怎么可以单身前去？就是要去找马，也得多带几个人。"

当下你一言我一语，倒把一个机灵不过的侯小坡弄得变成浑人了，怏怏地道："依干爸之见，如何办理呢？"

大明子道："依我想来，由他去，因为他们未必全说实话。或者叫我们去问苏二要东西这句话也是胡说八道；或者又就是杨燕儿那方面的人下这一手，一计害三贤的法儿，从中挑拨，使我们和苏二闹窝里犯。故此，现在的上策，应将'镇静'二字对付此事。不管苏二方面是真的知风，还是贼人于中含沙射影，概置不理。好在苏二得了信，这个老枪脾气我所深悉，一定忍受不住，反会为我们出头找马呢。"

侯七道："此策虽好，无奈是可忍孰不可忍，太长了他人锐气，灭却自己威风了。"

大明子道："除了上策，就行中策。那么让我选一个出行日子，挑定几位能干弟兄，一同上清江浦找苏二去吧。"

于是大家又讨论一会儿，决计采取中策，到江淮一带先去找寻苏二。但是计议虽定，大明子一看历本，非但本月份内都是不宜出行的凶日，连出月初旬也没有好日子，须到下月十一二日内，方可动身。其实于大明子何尝真的要拣日出行？也为了侯七病后未曾复原，意欲让他将息复原之后，方才动身。

侯七虽然一百二十个不愿意，可是多数赞成大明子的办法，也只好勉强答应。一赌气，自顾自回到房内睡觉，连这一天的东西都气得不要吃了。

第十七回

离故里呆儿有呆气
怜穷途豪客发豪情

侯七这一觉直睡到晚间二鼓以后，夜深人静，方才苏醒。仔细想想："十三岁出道以来，从未受过这样的委屈，并且还丢脸给女子手内。"越想越懊恼，一会儿又想起，"自己姓侯，自己堂上二老都已过房，为甚如今反被姓于的人做我姓侯人的主张去哩？"想了好久，自己决定立刻上路，去找苏二说话，何必候着大明子同行。主见打定，便悄悄起身收拾一切。不过自己手内现金有限，一时恐怕川资不敷，路上要受困难，一股勇气几乎为了这一层抹杀。

忽又念道："我吉林住身的房子已烧了，此番进得关去，找到宝马，能占得人家面子，将宝马要回，那才准备回乡，重又起造新屋，再在吉省干一番事业。若是找不到宝马，或者找到了要不回来，给人家性命相搏，那自身的生命安危尚在未定之天，又管甚川资够不够？况且我辈出门，义气为重，仗着自己这一点儿小交情，散在江湖上面，或者出门去，不至于一钱逼死英雄汉。就算真的没法想了，也好学古人黄三泰这般指镖借银哩。"

侯七一人寻思了一会儿，临了就把现在手中所存的现款胡乱拴在腰包之内，又把那条十三节虎尾软鞭也围上了，顺手取了几套短衫裤，预备更换。知道南边天气温暖，所以皮大氅都不曾带得一件，仅将小褂子等一股脑儿打了个小小包裹，便眼睁睁坐待天明。

待到东方白光微露之际，侯七便在房内先遥空拜上八拜，这算暗暗地辞别干老子和干娘俩。虽则英雄情性和寻常儿女不同，但是七情六欲，人性大抵相同。常言道："世上两般悲苦事，无非死别与生离。"侯七自小在大明子夫妇两口子手中抚养长成，因为今番出去，前路茫茫，也许一出去就回来，也许今生从此不有回吉之日，与于家二老长别，故而临走依依，虎目中难以再忍，掉下几点英雄别泪。拜罢抽身站起，将那小包裹向上一拴，轻轻开了卧室短窗，两手在窗槛上用力一揿，身子向上一蹿，一个饿虎出洞姿势，早已跳至窗外。回过身来将窗仍旧掩上了，然后再把身子在庭中往下一蹲，两肩一掀一侧，一个白鹤腾空姿势，上了屋面，放轻脚步，绕到外围墙。好在都是熟地，也不用投石问讯，便纵到平地，趁着一线熹微晨光，即便匆匆就道。

一路上晓行夜宿，渴饮饥餐，向关内进发。因为盘缠不多，不能搭京奉火车。好容易到了天津，打听明白了南下道路，再行就道。等待到得徐州，所有带出的银钱快要告罄。

那天晚上，在徐州南关外一家汪家老店投宿下来，寻想一路之上，自己为避免麻烦起见，故而从未露过一回相，现在恐怕免不了。但不知招牌挂出去，人家买账不买账哩。再者地陌人生，不知道这徐州府地界上有几个土码子？要想统檔子，不能不先飞一飞垛子，兜个圈子，才可嘣樱桃哩。（著者按：出面谓之露相；不论行动吃喝、投宿之事，将洪门规矩暗中露出一斑，名为挂招牌；承认曰买账，否认曰不买账；当地习武镖客则曰土码子，亦称土相；借铜钱谓统檔子；帖曰垛子，投帖曰飞垛子；作揖曰兜圈子，下跪曰挂火腿；口曰樱桃，说话曰嘣樱桃。）胡思乱想，足足地想了一夜，也没有想出个妥善方法。

第二天朝上，问跑堂上淮阴去的途程，跑堂道："客人从山东到此，错走了路哩。应该到了大汶口，便走台儿庄、红瓦屋屯，到郯城，然后出重坊、涝沟、东沟、五里庄，便到淮阴了。如今既已到了徐州，却要从磔湾、埠子集、炮车镇、渔沟、王营大宽转才可绕到淮阴西关。论着路程，相去有限，不过那边是大道，这边是小路，而且有几处为这淤黄

98

河的关系，还断了水。加之这条路上近来出了个李四鳗鲤，无论士商经过，须得送他一份常例钱，不然就要对不起。所以现在听说是走这条路勾当公干的客人连小车都难叫到哩。"

侯七一听，倒正中下怀，他想："正愁川资用罄，如今既有这条鳗鲤鱼剪径，倒不如寻上前去，向这厮转弯拿一票银钱来接济接济盘缠。"故此假作吃惊道："哎呀！既然这条路连推小车的全都不肯去，叫俺如何到得淮阴县呢？"

跑堂想了一想，欣然道："人是有一个的，本来也是做小车夫的，怎奈他的食量太大，一顿要吃七八碗大米饭、五六斤白面，生生为口腹所累，把车子都卖了吃在肚内。如今在街上往来，活似乞丐。他曾经说过，谁有如此胆门子，敢走这条路，要是真有其人，那么他倒也不怕死，只要天天请他吃饱肚子，他便肯把性命丢开，保护着此人，冒险去走这条路哩。"

侯七道："很好，既有这样硬汉，连生死都不管，肯走这条路，那么我又何吝这区区饭面钱呢？劳你驾，把这厮唤来，先给俺瞧瞧是怎样一个人物。"

跑堂道："不知道今天寻得到他寻不到他。"

侯七道："不用忙，姑且去寻找了再说，最好是把这厮寻着。"

跑堂应着。才出去不上一盏茶时候，恰巧那个不怕死的小车夫在店门前经过，跑堂便把他叫住说明理由，领到侯七房内。侯七一瞧这厮，三旬左右年纪，七尺上下身材，面如锅底，眉似板刷，两目圆睁，有铜铃般大小。满口短髭，和肥刺猬仿佛。筋虬肉糙，前阔腰粗。正是"虽非拓上开边将，亦是嵌崎磊落才"。

侯七一见此人仪表，便已爱上了，当下动问他的名字。原来此人叫褚三儿，是山东济宁州北乡人。七岁时候父母双亡，随着三个哥哥逃荒出外，辗转流离，到了铜山马沟集，在赵大户家当长工。因为食量太大，生性又不喜弄那末耜犁箭之属，做事未免偷懒些。赵家觉得用他这个长工不甚上进，故此做了不上两年，便将他辞歇出来。没奈何改业推车，又受了大食量的累，连车都吃掉了。

当下侯七听了，便叫他在店门口候着。他自己悄然上街去，把穿在贴身的一件短袄和着一只嵌有银壳怀表拿至当铺中，当了两块大洋。因为自己身上的钱只剩下一块有零，付了自己的房饭金，不能再给褚三儿租车果腹，所以特地当了这两件东西。将当票顺手在腰带内一塞，然后回至汪家老店，将两块钱交给褚三儿，命他去租车打尖，吃饱了肚子，然后推车到此，一同就道。

褚三儿欢天喜地地接着钱，也不道谢一声，自顾自拔步便行。侯七便和店中算清了账目，眼巴巴等候褚三儿到来，便可就道。不料等了好久，还不见到来。

店中人说："这褚三儿孑然一身，真个是条光棍。这一下，客官敢莫着了他的道儿？"

侯七道："我瞧此人很有些血性，或者不会干这种偷天换日的玩意儿。"

正说着，那褚三儿来了，可是依旧两手空空，并没有什么车辆。侯七正要问他，褚三儿先向侯七唱了个肥喏道："小人该死，方才我承您赏赐两块大洋，原想一块钱租车，一块钱果腹，尽有的了。谁知小人跑到向来吃惯的那家饽饽铺内去吃饼，他们向我要起陈账来，不肯给小人烙饼。小人一时恼怒起来，把两块钱摸出来，装一装架子。谁知那开铺子的王老头儿夫妻俩认为我是还账的，老实不客气把两块钱收了去。小人情急，和这两个老不死拼命争夺，怎奈大家聚拢来，都编派小人不是，说什么杀人偿命，欠债还钱，指小人有钱不还，便成了泼皮哩。小人说不过他们，对头人又是两个风吹得倒的老家伙，无奈只好老着脸回来，求老爷再给小人大洋一块，立刻租车送爷就道便了。"

侯七听了，心上连珠箭般地叫苦，暗想："今天糟了！不料竟会合着那句'一钱逼死英雄汉'的古话哩。若在平时，或是关外，莫说头两块钱不算一回事，就是二十块、二百块，既然看对了褚三儿的一表人才，也绝不在这上头计较。但是目下身在客中，无亲少眷，自己身上又已分文没有了。最难的是方才自己夸下海口，如今如何把此话反悔得来？"故而口内虽答应着褚三儿叫他少候些时，心上却好比油煎水沸一般，一霎时不知操了几十条心思。

此时，他正站在店门口的柜台外面，身子斜靠在柜上。褚三儿一奔进来，便张口诉说。此地乃是一店中人出入要道，所以站定脚步，围着瞧热闹的闲人倒有十余人。侯七自思："连当的值钱东西也没有了，只好学古人秦叔宝当锏故事，把腰间围的那条十三节虎尾软鞭拿到当铺子中去试当试当，只不知军器要不要。即使可以当的，又不知道能当多少。"一面想着，一面身子伸直，一伸手要想把腰间那软鞭松下。不料鞭未除下来，那腰带内这纸当票却霍地掉下地去。

侯七自己尚没觉得，反被旁边一个四十余岁、赤色脸膛的中年汉子瞧见了，口内说："这客人腰内有纸头的东西掉下地去哩。"一面却很殷勤地弯腰曲背代侯七去拾这纸条儿。侯七一闻他来关切，明知自己身上的纸条儿除了方才那张当票，尚有何物，故此亦赶紧低头去拾。不料侯七方把头低下去，那个中年汉子已代侯七拾得，正把头抬起来，彼此冷不防，头碰头磕了一下。那人"哎呀"一声，忙把两手向上一递，将那当票递还侯七，接着两手捧头，连连呼哨，退出人圈子，自向店外去了。

这时候，侯七下身穿了条玄色单裤，外罩一双月白湖绉套裤，在这间不容发之际，顿觉得套裤之内有一段硬绷绷的东西被谁塞了进去似的。故他也不及察看那纸条儿是否当票，忙地仍向腰间一塞，急于要抽出套裤内那段东西看个明白。谁知伸手一抽，却是一个圆长纸包。放在柜台上，打开来一数，乃是二十块雪白大洋。此时侯七也不问是谁掉下来的，还是暗有能人专诚以此资助自己的，却先要紧在包内取出三块钱递给褚三儿，叫他赶紧办去。褚三儿又欣然地回身便走。

侯七把大洋包好，暂时仍向套裤内一塞。那些闲人也四散了。

侯七眼巴巴等候着褚三儿，又是好久不见回来。侯七暗想："这工夫白费可惜，现在有了十七块钱在腰，何不把方才当的东西去赎了出来？短褡不值钱，倒是那只喊有怀表，据十娘说，是俺生父侯云坡之物，所以我视同拱璧，常佩不离的，省得当在此处，一不留神当灭了，使自己良心上终生不得安逸。"主意打定，再伸手去把当票取出，展开一瞧，不觉呆了。原来何尝是张当票？乃是和当票大小相似的一方白纸，纸的右角却画着小小的一只丹凤踏在一朵牡丹花上。

侯七忙着赶到当铺中，想喊了地保注失票，不料比侯七早一步，已被一个女子持了原票照价赎去。侯七知道又遇到了掂斤估两的来了，可惜又是暗中摸索，不能算是大丈夫的磊落行为。当下没奈何，回到汪家店内。

那褚三儿已经推了车子，在车旁候着。侯七便和店中人打了个招呼，出门就道。他甫踏出店门，却见方才代他拾起纸来的那个中年汉子自外而来，跨进店门，和他打个照面，却向他似笑非笑地瞅了一眼。侯七一时会意不及，忙着引了褚三儿的小车，一径就道，向清江浦进发。

褚三儿身长力不亏，侯七身躯又不甚笨重，推着那辆羊角的小车，但听叽咯之声不绝。那车轮宛比流星般移动，直往前面进发，快得和天上飞的鹰隼一般。

走了一阵，侯七忍不住问道："褚三儿，咱听说这条路不十分太平，你可知道吗？"

褚三儿低低说道："承情十分厚视着我，故而我不忍欺您老。老实说吧，我自被赵家辞歇出来之后，就想干这没本钱营生，居然聚集了二三百位弟兄，合组成了一副武班子，专在永、夏、萧、砀一带放哨，劫掠那班过路的贪官污吏。金银劫到手内，除了自己弟兄散福之外，余下统分给附近穷苦百姓，替守财虏消消罪孽。一面和山东沂州府地界，苍山、疙瘩山、羽山、磨山四山的当家换了兰谱，结为弟兄，以有福有难、共享同当相约盟。于是，在永城李奶奶庙寨、苏豫交蜀的铁匠棚庄、砀北赵楼寨、沂州木家团四处地方，放了四回大买卖，亲手殴伤赵楼寨的保镖小火神赵隆西、木家团庄团督练官神拳教师伏震东。从此，我的贱名大震。因为我每遇正式临阵开火，我想身先余众扑在前头，故而人家都唤我作没了命褚三儿，又叫作拼命三郎。这消息传入保安山内，被保安山的大大王任小山、二大王金秀山、三大王胡秀山等知道，便派人到我处，劝说我上山落草。那时我当土码子正当得味之际，自然一诺无词，便率领弟兄上山，坐了保安山分金亭上第四把交椅。他们替我改名追命阎王褚玉山。

"如是相安无事，约过了半年光景，我冷眼瞧任小山们好似天杀星下降，立下树、怒、奸、戏、烧、卖、穷等七项杀人名目，把人的性命玩弄得太觉惨酷，与我往日独树一帜时候，劫夺人们，抱定只拿不杀宗旨，非至万不得已刀封不启情形大不相同，决计仍旧率领原来部队干我的老营生去。不料我手下这班小子不愿再随我下山，都推推诿诿地搪塞我。我明知他们的心都被任小山等收买了去，勉强逼着他们随了我去，也不会像以前般用命卖力，所以我一赌气，单身下山，改做车夫。无奈现在年头不好，什么都贵，虽我很愿意做清白良民，安分守己，怎奈为了饥寒两字所累，要做良民而不得。始而百般忍耐，仗着这身子吃苦得起，挨冻受饿。后来连小车儿都换了米面吃在肚内，再加往来之人都是线上弟兄，不照面便罢，要是一见面，承他们美意，总送我几文买东西吃，一面又都劝我重入绿林，依旧去干那打家劫舍的事业。别的不说，单论衣、食两般，总不至和现在这般的鹑衣百结，腹内时常闹饥荒。

"我听了他们的说话，想想诚然不错，不过我既经洗手不干，若去还汤，那就算不得英雄好汉。故而始终拒绝他们，没有依谁的主张再干断路生涯。不过跟他们当面约定，凡是坐我车的客人，要是我没有动手的暗号表示，却不能碰、架、鞭、奏。（按：碰，抢掠也；架，绑票也，亦曰抬；鞭，殴打也；奏，斫杀了。此为淮、徐、沂、兖一带之土匪隐语。）因此上这条路无论如何不太平，我总能够通得过。只要一上路，询问坐车的做何勾当。若是正当商人，或是安守本分的士子，或是小本经济之辈，那我必尽力保护，送到目的地为止。要是贩黑老、淘乱把一类，或是无恶不作的衙门猾吏，任心妄为的地棍、土痞，以及一切有害社会的刁恶凶徒，要是雇了我的车，我非把他们送到黄泉路上不可。我在徐州所说的

103

谁给我吃喝一饱，我就保送保到那句话，也不过试探试探做成我生意的买主是何许样人，慷慨不慷慨，免得拉了歹人，送他的命。因为我洗手之后，曾经天立誓，不愿再由我手直接或间接断送人家性命。不过我推的是小车，究竟少有高人来雇坐，所以虽有宣言，却没有依我话实行之人。

"遇到今日，碰见您老，竟肯叠连二次把钱给我租车果腹，真是第一次遇到。您老放心，包在我身上，安然行到淮阴地方，绝不会有一些风吹草动。"

第十八回

烈火多威盗匪事业
秋云善幻儿女情怀

侯七听了褚三儿这番话，肃然起敬道："看你不出，倒确是个有血性、讲义气的好人。天教相会，定有前缘。不过你方才说什么树、怒、奸、戏、烧、卖、穷的七杀名目，是何解释？我倒听不懂了。"

褚三儿道："这是保安山纲窑（瓦屋曰纲窑）处置肉票的方法。把许多肉票缚在一根绳上，名曰大石蟹。拣那山内沿涧沟，或是生在岭上危峰所在的合抱不交的大树上，将这许多肉票一个个高高吊在树丫枝上，有时活活把他们吊死，有时命小幺端正了锯子、斧头，将这棵大树连根斫伐，等待树根松动，那树身向着涧内或是峰下倒下去。请问，吊在树上的人从离地十余丈高处地方掉下去，怕摔不成一个饼子吗？这就叫树杀。有些被架到山上的肉票，通了风下去，没有下落，或者肉票言语之中顶撞得任小山等恼了，当场便一手枪，或一刀结果此票性命，这叫怒杀。架到了女票，稍有姿色的，便轮流奸污，若是任小山或金秀山第一个奸了此女之后，不愿意给第二个再奸，那么当场执着这女人两腿，用力一撕，有时竟把人撕成两片。就是轮奸之后，他们也有准杀不准卖、准奸不准带的规定，结果免不了一死，这叫奸杀。架来的肉票，年代远了，大约家中无钱赎票，或者少有亲人主持，由这票长住窑内，那么就把这老票作为示威榜样，遍尝圈圈饼（背上燕蚊烟条）、炒肉丝（以细竹丝鞭背）、片儿汤（以竹板答臀）滋味，用来恫

105

吓那些新票，好使他们早催家内备价取赎。有时把请来的财童的小生殖器弄硬了，塞在老妪口内溺，也有时命那龙女解衣袒胸，唤老头儿用口含着伊小奶头，用力呼吸。（凡在二十岁以上之被绑男女，统名曰财神。如在二十岁以下，则男曰财童，女曰龙女。绑曰请。）如其不从，立加鞭笞，或遇性起时，就一刀结果两命。也有不胜铐掠，至于奄毙的，这就叫作戏杀，又名催钱符。有时架到了曾经被架而扯（逃走曰扯）的熟票，或是快票（妙年妇女曰快票，言其家人必急于取赎）的天出头（夫字也），以及曾经代友报官请究，做过鹰爪，或扛枪道中（凡当公事者，统名鹰爪；当兵之人，则曰扛枪道中）、带线、放龙（为向导领捉，曰带线；知风报信，曰放龙）之人，当然恨得牙痒痒的，不问情由，将这人手脚反拗过来，扎在一起，捆成四马攒蹄形，高挂起来。面对下，背向上，那背上不是起了一条肉槽了吗？便在肉槽之内灌满了煤油，用棉花搓成条子，浸在油内，然后点火燃着，名为肉身灯，又叫点天灯。真正鬼哭神号，腥秽刺鼻，往往有好个儿的人，背上烧成了一条狭长焦肉沟，尚没咽气，依旧可以挣扎着。那么再把他丢入水内，让他火毒攻心而死，这就名为烧杀，又叫水火炼度。

"在岱南、徐北、豫东、皖西一带的开山当家，每逢月底，必定要备着全猪、全羊、童男、童女，祭奠丙灵公、哪吒三太子、金回回等三位祖师爷。若是这月月底，自己手内所有存票没有财童、龙女，便花钱向别人山头上购来。照例凡祭过祖师爷的活货，好放他回去，但又恐有智识的小孩儿回去放了龙，那便糟了，所以祭过之后，大抵总是开掘一个六七丈深的土坑，把这一对童男女活埋在地下。说得很好听，名为修来世，保全他俩全尸，免得过铁，致来世没有人身投，所以叫修来世，这叫卖杀。若见架来大帮肉票，内中有几个鸠容鹄面、形神憔悴之人，不像有钱的，立刻就命抓去斫了，这叫作穷杀。这些事情，莫怪您老不明白，就是俺，居然也曾躬亲其役，可是有些奥妙地方尚还不曾深悉哩。"

侯七听到此处，头发根根竖起，真是怒从心上起，恶向胆边生，忍不住将左手手掌在那小车居中两根护轮木上用力一拍道："世界上有这等的事，俺侯七不把这班毛贼收拾得一干二净，誓不为人！"不料用力太猛，把两根护轮木统拍断了。

褚三儿道："您老怎么大发脾气起来，将护轮木都拍断？如今这车轮东歪西斜，又怎生赶路呢？"

侯七道："老实和你说了吧，俺就是吉林的白马侯七，在关东三省专门除暴安良，哪个不知，谁人不晓！"

褚三儿道："哦！您老就是白马侯七爷吗？真是久仰大名！新近听得人说起，云龙山内青草洼的庄主有个干女儿，小名叫作凤姑娘，托了清江浦闹海神龙，一定要招侯七爷做东床快婿，不知有此话没有？"

侯七一听，话儿越说越近情了，不觉很高兴地答道："有此话的，我此来就为这事。"

褚三儿道："怪不道爷要上淮阴县去，想必就是找寻苏二去。"

侯七道："是呀，我本来是到苏师父那里去拜门。"

褚三儿道："那么爷何不早讲？苏二目下并不在家内。"

侯七道："到哪里去的呢？"

褚三儿道："早两天，我在徐州范坟地方遇见苏二的小徒弟小毛豹，才知道苏师父被青草洼庄主请在云龙山商量要事。爷若赶到淮阴，竟是白跑一趟。"

侯七道："既然如此，咱们就往云龙山走一遭吧。"

当下褚三儿依了此话，拨转方向，一路向青草洼而来。因为护轮木坏了，赶不出路，直到傍晚方才赶到。侯七在车上远远望去，只见许多松柏树中围绕着一所大大庄院，四面围墙都是用黄石砌成。一望之间，共有五六进深，三平三楼，一所大庄院，墙外都掘了很深的壕沟。东、西、南、北四方，都装着护庄桥，壕内水声潺潺，一时也瞧不出多少深浅。墙上都砌了炮垛子，遥望过去，非常威武严肃。又见第三进楼房屋上，迎风招展，插着一扇镖旗。仔细一瞧，也是一扇飞蜈蚣旗，和那在长春所见那伙卖解男女的标志一般无二。侯七暗想："照这情形看来，那匹宝马定有下落了。"

书中交代，侯七拒绝赵凤珍亲事，无意之间却说出是憎嫌凤珍在江湖卖解，所以不要。谁知这消息传出去，却恼怒了凤珍的师兄王凤珠，便招呼了表兄满天星米金镖，和着金镖妻子铁头妈妈赵氏，赵氏的两个族弟无毛大虫赵匡忠、卷毛大虫赵匡孝，一同上吉林找侯七。恐怕能力有限，敌不过关东于家将的势头，所以到了奉天小西门，便在王凤珠结拜的异姓姊妹驼龙、驼虎小房子内耽搁下来，由赵匡忠赶到原籍安徽怀远县，想请赵凤珍本人到来，和侯七见个高下。不料，凤珍到山西去朝参五台山，尚未回来。匡忠邀请不到赵凤珍，只把两个堂妹金娇、玉娇招呼着一同出关。金娇闻说是和人家要见高下，便劝匡忠到此地徐州搬请金娇未婚夫孙大元的干爷董长清。谁知董长清自己不愿意劳动，推荐两个徒弟，一个叫病太岁单杰奎，一个叫小太岁单元奎。彼此见面一谈，又不是外人。

原来杰奎妻子刘氏，元奎妻子孙氏。孙氏的父亲乃是金娇未婚夫孙大元的族叔，和金娇可以称得姑嫂。刘氏乃是陕西三原有名拳教师高鹞子的外孙女儿，她的母亲刘高氏就是高鹞子最钟爱的二姑娘。王凤珠虽则未曾嫁人，亲却定过一回，就是定的高鹞子的孙子高桂秋。那高鹞子有个徒弟，叫胡中山，革命党人。

其时高桂秋尚在求学时代，那时候青年学子，十有八九是革命党徒，况且再有自己师叔胡中山的关系，自然高桂秋也常和关中著名党人钱鼎、张凤翔等来往。不料那一年，安徽抚台恩铭被一个巡警学堂监督、候补道徐锡麟刺死了。清廷大震，着各省督抚严行搜捕革命党。那陕西抚台升允又是满洲人中的一个人才，居然被他搜着胡中山等秘密结合、谋为不规的证据，大事搜捕。结果连累了高桂秋，不幸也被升允捕去枪毙，就为此事有功，升允坐擢陕甘总督。所以王凤珠年纪已经二十以外，表面上却尚是个闺女，实在是个望门寡。因此关系，赵匡忠去请单氏弟兄。刘高氏本来住在女婿杰奎家内，听说是自己亲戚之事，连孙氏、刘氏都一齐出关，到奉天会着面，再同到吉林。不料到得吉林，偏偏遇着火烧侯家店，他们未曾下手。因为江湖上有个规矩：不可乘人之危。回头侯七跟干爸于大明子上长春去了，王凤珠等再追到长春。

上节书中，侯七亲眼瞧见的那个玄衣女郎就是王凤珠本人，那两个垂鬟女子就是赵金娇、赵玉娇，那个黑麻大汉就是凤珠的表兄，那个半老妇人就是凤珠的表嫂，那两个少年男子就是赵匡忠弟兄俩。还有两个中年汉子和中年妇人就是单家两对夫妇。那老年妇人，就是刘高氏。瞧瞧他们这一伙人，五男七女，较量功夫起来，确是非同小可，所以敢于下手盗侯七那匹宝马。盗到之后，尚敢留柬遗言。

当下王凤珠盗得宝马之后，一同进关。依着凤珠，要将马送到清江浦苏二家中，叮嘱苏二，若得侯七揣透这柬帖上的说话，到来索马之时，叫他以后说话须得想想出口，莫再胡说乱道。要知道，"泰山虽高，泰山之上，尚有苍天；黄河虽深，黄河之外，尚有沧海"，莫道卖解女儿没有能人。这一回就是显些手段给他看看，叫他下回为人要谦虚些，这在凤珠，原不过争一口气罢了。

毕竟老年人有主意，刘高氏说道："费尽心机盗了这骑马来，如此下场，太觉无谓。凤姑娘现在年纪差不多了，倒不如我们借此马为由，将凤姑娘嫁了这姓侯的吧。他嫌卖解的不规矩，如今卖解的偏偏嫁给他，这么一来，一者为江湖上卖解的吐吐气，再者也算不虚此行了。"

米金镖等听了，自然赞成。就是凤珠自己，和侯七也见过面的了，像这样的人才、这样的名誉，嫁给他并没有甚不愿意。

单杰奎道："既然我们如此办，那么不必到清江浦去了。因为苏二叔曾经为了自己的干女儿赵凤珍姑娘向于大明子当面提亲，现在虽则凤姑娘还是凤姑娘，可是姓王不姓赵，虽则同是石师太的门下，但又是开关不同。我们如今去请苏二说话，常言道'疏不间亲'，恐怕不能偿愿。这样吧，家师董长清和各方都有交谊，如今我们同到徐州，找到我家师父，从中斡旋一切，岂非两全其美？"

大众听单杰奎言之有理，便都依着他的主见，一同到徐州投奔董长清。怎奈董长清是个龙门派出家老道，清静法门，焉肯来管这些俗事？

并且侯七的顶头冤家杨燕儿自从失了宝马，又眇上一目，跛上一足，所以也出家做了道士，恰好云游到徐，慕着董长清的法名，登门造访。

事有凑巧，王凤珠等盗马到来，也到徐州。这一来，冤家路窄，巧又相逢，仇人相见，分外眼红，当然又要发生枝节了。

第十九回

见蜈蚣旗登门牵马
过青草洼通相拜山

王凤珠将侯七龙驹宝马盗得之后，便和同伴入关。依着病太岁主张，一同到徐州投奔通灵真人董长清，请他主持婚事。谁知见面之后，提及此事，董老道一口回绝。"本人和吉林于家虽无瓜葛，不过听人提及，侯七这头亲事有苏二于中说合，侯七已是闹海神龙干女儿赵凤珍的未婚夫。虽说王家姑娘和赵凤珍是同出一师门下，彼此能耐仿佛，她们师父石姑姑也是龙门法派，只要男求女允，本不一定说是姓侯的非赵不娶，姓赵的非侯不婚。怎奈赵凤珍是我家孟师兄的甥女，故而我未便强做主张，替王家姑娘说合这段亲事。"

王凤珠等一班人兴冲冲地赶到董长清面前，不料得到董长清如此一个答复，大家很失望地退出来。那病太岁单杰奎更加觉得丢脸，一时呆性发作，出了丁字巷吕祖庙庙门，便向王凤珠、米金标等道："诸位不用难受，家师天生这种古怪脾气，从未曾从过人家兴，无论哪件事，和家师去打商量，家师总是一派扫人家兴头的话。非得去请曹州孙百万到来，劝家师玉成此事不可。孙百万是个坐地劈把的土老码子，家私足有百万。近十年来，陆陆续续资助家师的香金、愿金，累算起来，也要有五六万金了。家师因为受了他金钱上的援助，故此遇事言听计从。好在掏明这孙百万的海底，并非外人，就是金娇姑娘婆婆家的亲族。论起辈分来，金娇姑娘将来称百万一声大伯，他也是大字辈。金娇姑娘的未来

111

当家唤作孙大元，孙百万官印是叫大隆，和大元俩还是五服之内的兄弟行。百万自负是个孟尝君，仗义好客，最喜成人之美，再加孙大元的关系，只要和他说明原委，请他向家师面前提及一句，决计办得到。那时家师碍于百万情面，少不得出面做主哩。"

米金镖道："话是不错，但求请孙百万，到何处去求请？我们一行人众是否一同前去，还是指定几个人去便得？"

单杰奎道："百万的替地在青岛、烟台、登州、潍县、高密一带，只消到青岛一找便行。而且不必大家同去，只消在下和匡忠或匡孝贤弟二人代表前去就是了。"

米金镖道："那么有劳单哥和匡忠贤弟俩辛苦一趟吧。我们暂且找寻一家大些近头住下了，眼望旌旗捷。"

单杰奎道："找近头住下，男女众多，似乎不便。不嫌怠慢，叫舍弟引路，到家叔无鳞鳌单三英庄上耽搁下了再说。"

王凤珠道："为了奴苦命女子一人之事，要打扰许多前辈老英雄，真是不安之至。"

单元奎道："大家都是一门学道之人，江湖上义气为重，这些话何用讲他？"

当下，单杰奎即便和赵匡忠俩动身上青岛，去求孙百万说情。单元奎便引着王、米诸人，同至云龙山青草洼单庄上住下。三英又认凤珠做了义女。隔不上几天，单杰奎和赵匡忠从青岛欣然回来，已求得孙百万一封亲笔书函，当便递给董长清瞧了。董老道明知是自己徒弟弄的玄虚，只是碍了百万情面，又不能不管这件俗事，故即差单杰奎上清江浦将苏二请来，面商此事。一面叫人留神着，关外可有人追来。那单庄庄主无鳞鳌单三英也是个老成练达之人，便命王凤珠将那扇蜈蚣旗在自己庄上高高插起，倘使关外人追到此地，见了这旗帜，便不难指旗索马。

恰巧那一天，单三英有事到徐州，当晚不回庄，便在徐州汪家客店投宿。天缘凑巧，第二天和侯七照面，瞧出侯七囊中乏钞，故此施展出那封卖功夫，资助侯七二十块大洋，而且是暗中塞在侯七套裤之内，成全他一个面子，又替侯七把当去东西赎出。

　　回头侯七听了褚三儿的说话，拨转车头，赶至青草洼，遥见了那扇蜈蚣旗高高竖起，便知宝马定有着落。当下再问褚三儿一个详细，知道了庄主名姓，便上前来拜山通相。也不管天色早晚，急于要会见庄主。庄丁禀报进去，单三英也是刚从徐州回来，他是江南松江府华亭县有名巨窃马一千的徒弟，江湖上名为走黑道的。他的师父本是华亭县的捕快伙计，因为办理金山高绅家一桩大窃案，遭了冤枉，惧透了官绅两界，索性改做扒手，专门偷富济贫。每年耶稣被难日，俗称外国清明，那些寓居上海、信仰天主教的西商男女到佘山天主堂行大弥撒礼，马偷儿必定要放一票生意，寻常八十、一百块钱的东西，非但不动心念，哪怕搁在他面前，都不要的。动手偷时，起码要价值千金，故而人家叫他马一千。

　　那时，单三英只有五岁，爸爸已经死了。他妈把三英挑在筐子里，跟着大淘伴，往江南逃荒种客田。逃到枫泾，恰巧巢湖帮中的大老班，什么余孟亭、夏小辫子，和着高桥帮的小阿妹等在那里开场聚赌。马一千也在那里，上一晚赢了三百多块钱，恰巧第二天遇见这班逃荒难民，马一千一眼就看中了三英这小孩儿，由余孟亭居间，和这一帮的难民领队开了两三次谈判。言明一千拿出三百块钱来，将这小孩儿买去，任凭为徒为子，不过将来成人长大，娶亲之后，养出儿子来，第一个顶袭马氏香烟，第二个要还给单家。若是养不出第二个，也得一子两祧。

　　马一千自己本生有两个女儿，故此将买来的孩子取名三英，从小就教他爬高上树。等待才能扶壁行走，便替他脚上拖铅，又叫他跳高钻梯。一到七八岁，马一千每日用一张竹梯，两头用两张高凳横搁着，叫三英在这梯框子里忽高忽低地钻着。一面又叫他赤着双脚，全凭脚趾、手指、肚皮三处用力，在这梯上效学巨蛇出洞入洞般游着。如是者几年苦功一用，竟练就一身鳝骨功。人家去抓他身子，凭你一等一气力，抓住了三英的脖颈子或是手臂、肩尖，他只消把身子略略一动，浑身的骨头都移动收缩，人家便抓了个空。而且跑路的快躁，可以追得着跑顺风的走马，哪怕三层四层楼房，离地十余丈高，他只消身子一纵，把三四层楼当作门槛般跨着。因此乡亲邻里都唤他没骨小马，又叫野猫三英。他有了这一身能耐，自然承袭父业，也做这玄门生意。他的办法比马一千还要好：一、不偷孤儿寡妇；二、不偷婚丧喜庆；三、不偷僧寺道院。而且在附近周围五百里之中，绝不出手。在松江地方开了一爿酒店。每年春三秋八，不暖不寒天气，推说出去办货，其实放生意去。回来时节，必定带一船酒回来，谁也想不到，那酒瓮之中一半是真酒，一半是金银财宝哩。

到二十岁那年，他慕名吴江乡下在平望、北坼一带的有个水路同道，叫鳖鱼。他不辞辛苦，特地登门投拜，又学了一身水里功夫，能够在急流巨浪之中蜷伏五日五夜，又能在水底张眼，看清方圆二十丈内的微物，竟成就了水旱两路英雄，所以又叫作无鳞鳖单三英。至于生平偷窃历史，不仅用力，角智得来得很多。如偷取张香涛的貂褂、荣禄的翡翠扳指、庆王的鼻烟壶，都是用心思去换得来的。而且行侠尚义，不欺贫、不怕凶的脾气比马一千还要高一着。

后来马一千死了，他料理丧葬，戴孝披麻，真的和亲生儿子一般。其时马一千的两个亲生女儿都嫁的了，大的嫁一个丈夫叫潘子隆，那是教会中人，前清时候，内地的教友竟也炙手可热；第二个嫁的丈夫叫樊四，那是松江府衙门内当捕快的。两连襟觊觎丈人家私，对于这位大舅子都看得像眼中钉般。三英知道此地不宜再居，倘然再住下去，一定要起内讧坏事哩，故此他私下把值钱东西先运了出去。恰巧两个姊姊异口同声地来责三英以大义，说："我爸在日，买你这野猫头，原是要想假子真孙，传宗接代。如今你年近三十，尚不思娶妻，死守这一所十天九关门的酒店，一毫不转转报答我爸的念头。"

三英便借此因由，推说出外另谋生计，把余剩下的粗笨东西都交还了两个姊姊。他自己只身上京，想干一两件惊天动地的事情。不料，他到京内，恰巧有一个御史叫安维峻，单独上本，参了庆王、荣禄、李莲英三凶，改写了懿旨，被充发到新疆去做军犯。三英为义愤所激，便舍身保护着安维骏到了戍所，博到江湖上一个义士之称。回头到徐州本土，恰巧和单杰奎兄弟相遇，一叙家世，他还是杰奎、元奎五服之内的族叔。他生性好道，即由杰奎介绍给他师父董长清结了个方外知己。他便拿出钱来，在云龙山内青草洼地方建筑了一所单庄。每三年出门一次，做一回大宗买卖，拿回徐州来，专门爱老怜贫，布僧施道。在云龙山一带，提起单三老爹单善人的名誉，真个三岁小孩儿、八十岁婆婆都知道，谁瞧得破他的实在行藏。这一回肯招留王凤珠们住下，也就可见他热心义气，乐于成人之美。

当下得到庄丁通报，黉夜有人登门拜访。他虽和来人尚未见面，心上已猜着了八九分，忙地迎将出来，果然就是汪家客店内雇褚三车子的那个大胆关东客，顿时满面春风，抱拳带笑道："七爷，在下不知你大哥到来，未曾收拾少安排，缺少接驾，休见怪。千朵桃花一树开，应该三十里铺红，四十里结彩，五里摆茶亭，十里摆香案。派三十六大幺、七十二小幺，排队迎接大哥金驾、银驾、龙虎驾，才显我们三界弟兄的梁山义气，方表小弟地主之谊。"

侯七一瞧，此人就是客店中所遇见的那个怪人，论不定那二十块大洋就是他暗助于我的。并且一照面，听他满口门内说话，自己也不得不噱了。忙把左手执着右手手腕，将右手中指、无名指、小指三指伸直，食指和大拇指捏了个小圆圈儿，恭恭敬敬低首鞠躬道："好说好说，做小弟来得鲁莽，漏夜惊动虎驾，实在该死。因为闻得江湖上提起您老人家有仁有义、有能有志，在此宝山兴基立业，拈旗挂帅，招聚天上水旱英雄，栽下桃李树，结下万年红，故此顺风赶到宝山，特来与您老人家随班请安。本则初到宝山，当用草字单片，升至您老龙虎宝帐，请安投到，禀安挂号。怎奈小弟交结不到，理路不周，子评不熟，钳子不快，衣帽不整，过门不清，长腿不到，短腿不齐，跑腿不称。所有宝山的金堂、银堂、卫字开堂，上四排叔伯大哥、中四排兄弟底佬、上下满园的哥嫂，一时不及请安拜会，只好低头拜伏在宝山的金阶、银阶、珠玉阶前，烦劳您老代小弟出上个满堂龙符，诸多要求，高担贵膀，恕过小弟左右。"

单三英道："岂敢岂敢。请升红花亭上虎皮交椅吧。"

当下两人都用着洪门中极客套的拜码头结交回条嘘过一阵，所谓"不嘘不亲，嘘嘘骨肉至亲"，礼当如是。然后手挽手，一同到了厅上行礼，分宾主落座。

三英又即吩咐庄丁道："快到外面，将七爷坐来的那个车夫好生款待。他也是当家的身份，千万不可简慢一些，惹人笑话。"

庄丁应着自去。然后他们俩重重寒暄，先客套了一阵，渐渐谈及本题。侯七便先自认出言无状，以致恼怒人家。"至于那骑宝马，人家见爱，相送何妨，不过彼此总得当着面叫一声，所以不远千里，追赶到来。好在此事有苏二师父在内，'树高千丈，叶落归根'，得他老人家出来调处，谅来总不使何方吃亏。并且不要说苏师父了，就是您大哥有甚主见，只要不失一个'公'字，兄弟也无有不遵。如其对方不是为了兄弟拒婚之故，却是诚心要犯上一犯的，那么姓侯的身子不是租赁得来，胆门子虽不见得大，可是刀山剑树、火坑冰池，曾经亲历，哪怕豹子心肝，惹俺性发，也要尝上一尝。明人不做暗事，有胆量、有种的，请出来较量一下吧。"

单三英听了侯七一番说话，肚中暗暗发笑："原来这姓侯的还认道盗马之人就是苏二曾经跟他提过亲事之人，谁知内里头还不是这样简单哩。"当下便笑答道："七爷，这一回事真是'大水冲了龙王庙，一家人不认识一家人'。兄弟也不过居间一分子，因为久慕你们吉林于家镖的威望，心爱结交你们爷儿俩，所以才挨在里头凑热闹。至于这事的谁是谁非，究该怎么办理，方不失一个'公'字，那是上四排当家责任，兄弟断不敢参加末议。好在出头担任调停之人自有董长清道兄负责，已差舍侄动身，到淮阴相邀苏二师兄到来，讨论此事哩。"

侯七道："究竟兄弟那骑代步在此地不在此地呢？"

三英笑道："您大哥也是聪明人，光临敝庄，想必已曾瞧见那扇飞蜈蚣镖旗。只消苏二师兄到来，万事皆有着落。"

116

侯七听了默然，也未便再往下问。

三英便端正筵席，请侯七用过晚膳，很殷勤地让侯七到客房安歇。并由三英亲送侯七入房，帮同检点窗户上铁钮可曾扣好，用火照着床底、凳底下有无歹人伏着。这是江湖上名唤静房，也是老在外面跑码头、背风火过日子之人的日常功课。

第二十回

盗中盗一驹遭磨折
婚外婚二凤费调停

　　单三英四下照看过，又和侯七横躺在床上，谈及自己以往历史道："那年护送安都老爷到了新疆，曾由外蒙古绕道过来，大宽转地到得关东三省。什么五站、一面坡、双城子、绥芬河等处的求火二哥，和着沿中东路线的长江、江东、龙山、刘乡视、半山、公平、青山、双洋、满天飞、扫北、天照应、老靠山、红胜、占北、得胜、天龙、边县、赦文、老里山、戴国维等二十股，吉林县的大法国、同乐两股，长岭县的上汤、地龙、独脚虎三股，五常县的老五、老六两股，农安县的中华一股，舒兰县的德字、草上飞两股，以及长春、滨江、伊通、桦甸、磐石五县的统办，仁义军内的红字、通德、大中学、大林字、天顺、双龙、野猫、长山、常山好、长胜、靠山、平江、征东、四海、天狼、好朋友、关东、太平、小杨知事等十九股弟兄们，都曾拉过场、通过相，受过他们一宿三餐的恩惠。这一班好汉子，七爷大约总都有交往？"

　　侯七道："这一班人名唤宣统四十九，一共四十九个头领，散处北满洲一带。统计他们手下弟兄，最多的二三千人，最少的也有二三百人，总数约在二万五千人以上，却都是宣统登基以后才出世的。兄弟在本土上，仗着义父于大明子的老脸，连关东一霸天老疙瘩们的常例也还不愿收受，莫说这些光杆胡子，时常哭穷道苦，一些不痛快的。所以兄弟虽知道他们，他们也该知道兄弟，但是连一个本子的来往都没有。"

三英笑道："如此说来，七爷真是小老头子了。"

当下两人你谈我讲，滔滔不绝，谈得非常投机。直谈到三更时分，三英方告辞进去安歇。侯七送过之后，将房门关上闩好，人也觉得乏了，宝马虽尚未见，可是有了一些眉目哩，故此很放心地卸去长衣，吹熄了灯台，便爬到床上，坐过一会儿功，倒头安睡。刚才合眼，却被防夜的猎狗吠声惊醒。隐隐间好似听得有人打门，接着好似有人收了家伙。

侯七又将合眼，忽然人啸马嘶，从里头出来的脚步声甚多。有一个女子声音道："追着了这厮，把他那只亮眼也取出来喂狗，问他下回再敢干这不讲理的事情不敢！"

接着又听得三英的口音道："深更夜静，何必如此大嚷高呼？你们大家分头赶上，拿翻了这厮，尽干好哩。我早就料到，搁在那里不妥，如今果然出乱子哩。幸亏老道动了三光，这厮虽然是个扎手货，想来总不是老道的对手。大家噤声些，各自奔前程，休要惊动了贵客。"

侯七听到此处，心上突然一动，忙地从床上直坐起来。见窗上果有几道微细的灯光，因这客房僻在一隅，不是出入要道的厢屋，内中隔开几层院子，那火光又是完全从最高的烽火墙上反照下来的，所以一条两条，微细得很。就是人声虽能听见，却也隐约之至。幸而侯七耳聪胜人，再加夜清心静，还能分辨出男女口音。换了别人，恐还辨不出字眼儿哩。等待侯七身子坐起，正想取灯上火，开门出去动问甚事，却又众声齐欢歇，光亮全无，和方才睡时一般沉寂。

侯七呆坐了一会儿，只听得台上摆的一只自鸣钟走动之声，蓦然间又叮叮叮地打了四响。侯七暗想："寄居在人家庄上，黑夜去搅扰人家，也说不过去的。好在已是四句钟，天明了动问未迟哩。"主意想定，重又倒身躺下，蒙眬睡去。

一忽醒来，已经日上三竿。侯七忙着起身，三英已经派人来看过几次了，恰巧又遣庄丁来窥视客人醒未，听见侯七拔闩开门，那庄丁便把脸水盥具送将进来。侯七暗想："单三英待朋友真要脸，和咱们义父手面差不多。这种朋友多交结几个，彼此有照应的。"当下，侯七一面想着，一面便徐徐地洗脸漱口。一路上为着短少盘费，所以起居饮食都将将就就，连口都没有称心适意漱过一回。故此今天梳洗格外道地，自然时候也费得多了。刚才舒齐，想喊庄丁带路到外边去和三英相见，只听得房门外一阵脚步声响，接着三英打头，领了一群人前来，黑魆魆挤了一屋子。侯七定睛一瞧，不是外人，原来是自己的义父于大明子，和着把兄白面夜叉李老二长泰、金眼神鹰高老三福海、镔铁塔韩老五尚杰，以及秃尾鳅陈海鳌、小华佗张景歧等一行六人。侯七一眼瞧见，便知道这一班人乃是追赶自己来的，不过如何会知道我在此间，也找寻到此，可以说是会寻的了。又见闹海神龙苏二和着他徒弟小毛豹俩也在一处，更弄得不明白了。本来苏二来到此地，昨晚三英已说过，那是派人去邀他到来的，但是如何会和义父、盟兄等一同到来呢？

　　这一下，莫怪侯七茫然，就是读者也急于要问个明白，究竟是怎么一回事。实在侯七那天黎明时节悄然就道，等待天亮足了，包瞎子出去冲鸟，忽得到一个打更的报告，说在东方发白之际，他从市梢上打过四更，挟着梆锣睡眼蒙眬地跑回来，预备到更棚内去安睡，猛一抬头，却遥见于老掌柜店房围墙上似有一条黑影蹿下来，可惜距离较远，又在昏昏欲睡之际，所以没有看清楚是人呢还是猫，心上却含着一百二十个"疑"字。回到了更棚，仔细想想，又想着白天闻得天达店丢了一骑好马，怎么如今又会瞧见这一条黑影？越想越不放心，所以特赶来报告一声。包瞎子听了，心上别地一跳，鸟也不冲了，二次回进店房，招呼大家起身，里里外外四下检查，东西却不曾丢失一件半件，单不见了侯七一个人。

　　大明子道："这顽童又发脾气了，不消说得，定为了那匹马，只身追赶上去，和人争强斗狠哩。"

　　于大娘听了，格外着急，催促丈夫派人寻去。当下大家一商，决计留下包贤训和王五看守店房，大明子同着陈海鳌、张景歧俩去追侯七。好在盗马之人留下束帖暗示去处，也许侯七是往苏二那厢去的，便打点行装，一同入关。临走之时，那韩尚杰恰巧自奉天到来，探望侯七，得知私自动身消息，为了同盟义气，所以也随着大明子入关。

过了天津，韩尚杰说起："七弟并非鲁莽之徒，暴虎冯河的事绝不会干。恐怕他是到沧州去邀请二哥，好在顺道，咱们何不到沧州问一声？"

大明子一听言之有理，便到沧州停留，去问李长泰。可是侯七并没有去过。李长泰也为了个"义"字，便也跟同南下，找寻义弟。及入鲁境，又想起曹州高家二杰，故再绕道前去探问。老四黄面佛高大锁保了银镖上河南，不在家。高福海因为妻子有孕，快将坐蓐，故未出门。及闻侯七失踪消息，妻子临盆也不顾，要追随大众去找苏二。李长泰劝他："候妻子轻身了，随后追来未迟。"高福海却抱定刘备"妻子如衣服，兄弟如手足，衣服破可以补，手足断不能续"的四句话，找寻七弟要紧，家中妻子养不养事小，定要同去。

当由曹州动身，到了清江浦苏二庄上，方知侯七尚未曾来。一时再往何处找寻？不要路上已经闹了乱子呢，大家都甚着急。

据张景歧掐指抢算，说是绝无妨碍。无奈无处追索侯七这人，对于张景歧的六壬卦，大家也就将信将疑。苏二劝大明子不要躁烦，静候七八天再说。

到了第五天清晨，病太岁单杰奎奉着师命到来，相邀苏二上徐州。大明子等左右无事，便和苏二一同到此，昨天已和董长清见面，故而今晨一同来到单庄。侯七哪里会明白内情，莫怪见了于、苏诸人在一处，便奇怪起来。

当下一一上前见过。侯七正欲开口动问，苏二却先向侯七道："你这个孩子，真是淘气胚！去年如果遵从了你们天伦之命，买了俺干瘪老头儿的账，一口答应了赵家千手圣母凤姑娘的亲事，待到现在，怕不已经成双交拜，快要生小孩儿，咱们一杯喜酒也喝入肚内，岂不大妙？偏偏装腔作势，以致把那骑血肉换来的宝马又丢失了。自己又好胜性大得很，真正胆子包身，将义父义母养育之恩全丢在脑后，一个人跑到此地。你自己想想，对得起人对不起人？"

苏二这番说话义正词严，侯七一时无言可对，只好低着头受埋怨。

李长泰道："于师父到了我家，劣兄闻得贤弟失踪，心上急得什么似的，连高四弟把他媳妇的生产都不顾，也一同南下找寻。到了苏师父那里，道贤弟没有去过，我们真和孤舟入海，遭风吹断了桅子般。这种滋味，生平尚是头一回尝到。七弟，下回这种使小性子的猴儿脾气千定不可再发了。我们结义弟兄十人，不幸佩巽九弟惨遭殴毙，现在闻说朱三傻子又病重得很，雁行折翼，何等可悲。老七呀，以后须得各自珍重，千万不可如此了。"

侯七听了二哥的说话，打动天良，亲走过去，向于大明子磕了个头，自承鲁莽。大明子笑着扶他起来，向苏二道："这孩子多了不少怪礼节哩，俺一生就怕这个玩意儿。"

苏二道："现在不是说闲话的当儿，到底小坡对于这亲事，心上赞成不赞成呢？"

侯七道："俺总听凭义父做主。"

苏二恨恨道："呸！你早就说了这话，小徒小毛豹前回也不致白白在关东道上来往几回，目前的事也不会发生。你可知盗马的凤姑娘还是我先说的那凤姑娘哩！"

大明子道："本来我要问你，昨晚董老道和你在云房内，从二更一直谈到三更，到底谈些什么？怎么谈过之后，他又会连夜出门云游去的呢？"

苏二叹道："唉！总而言之，在江湖上做事，做不得真心冤家的。你们道是怎么一回事？"

当下，苏二先将侯七拒绝婚事，对于卖解的说了句闲话，恼了王凤珠，下手盗马进关，投奔董长清，求他做主，愿嫁侯七，邀我到来，一者和我打商量，叫我不必坚持我家义女赵凤珍的亲事，二来就邀我作伐为媒，所有各情详细说了一遍。

陈海鳌听了，撑不住鼓掌笑道："好哇！那王家姑娘长得模样儿真好，我和七爷都见过的了。那么准烦劳苏师父，就把王家姑娘说给七爷做了媳妇吧。"

张景歧道："你的外号叫秃尾鳅，真有些鳅味儿。又不是替你娶媳妇，要你这样起劲儿？也许你看得中，七爷的目光和你两样，倒看不中哩。"

大明子道："小坡，你爽爽快快说吧，要王家姑娘呢，还是要赵家姑娘？"

侯七此刻的心事被海鳌一语道着，所以毅然对道："王家姑娘的也好。"

海鳌向着景歧瞄了一眼道："如何？"

景歧也不响了。

苏二道："可知目前又节外生枝哩。"

大明子讶异道："又发生了什么乱子？"

单三英在旁接口道："只因我那义女和赵家姑娘是同门姊妹，再者又有苏师兄的关系，所以由舍侄单杰奎打主意，请董师父出面打招呼。又恐出家人不肯管俗事，故又上胶东孙百万那里求了一封书信，因为孙百万和董师父的交情真够得上。果然书信一到，老道便一诺无辞，就命杰奎再上淮阴请苏师父。不料孙百万家中养着一个帮闲的跛足道人，又是折臂，又是眇目，和《三搜苏府》戏内的施不全一般。他听得舍侄要求孙百万出信说话，他便赶到徐州来，和董老道相见。彼此是出家人，当然招留住下。谁知这厮心存不良，第二天乘人不备，就把那匹寄养在董老道庙内的宝马盗着走了。一时不知他的来踪去迹，找寻都没处找寻，没奈何，差二舍侄单元奎再到胶东运动去问孙百万，才知此人是侯大哥的顶头冤家，叫作什么通臂猴仙杨燕儿。他所以残废，就为在你们于家镖行手内栽了筋斗，以至手、足、眼珠皆受了害。他无颜再在关东争胜，所以出家学道，云游进关。知道百万好客，外号人称小孟尝，他便望门投止。这些过去历史，是他亲口和百万说的，并且道他有个新结义的义弟，乃是湖南草包刘瘸子的胞弟，叫作八臂哪吒刘万通，和你

123

们于家也有仇恨，已经到过吉林，将侯大哥的……"

说到这里，苏二插口道："单哥，彼此既不是外人，下回你叫小坡不能再是弟兄称呼了。"

侯七道："不错，这是小侄出言无状，初次见面就很放肆。往后请单师父正定称呼者。"

于大明子怒视侯七道："你不要往这浮文上啰唆，打断单爷话头。请问单爷，那刘万通到了吉林，又怎样呢？"

三英道："据说私下放了一把火，将七爷的店房烧去。回头再买嘱一个吃空心饭的，敲了七爷一下小小的竹杠。刘万通自己呢，却上南京去，用鸡心腿踢伤了一个姓朱的，说也是他不共戴天的仇家。他们把弟兄俩约会在河南嵩山少林寺碰头，只是这个残废东西盗了马，是不是上嵩山去的，百万却没有知道。二舍侄探听明白，回来告诉，董老道也动了三光哩，命二舍侄和赵匡忠、赵匡孝二弟兄先赶到嵩山，在憨玉环、憨玉琨等十九个党寨中，投递音书，请他们留意这个残废的人和这宝马，把来一并扣留。他自己真候到昨天下午，苏二师兄来了，说明原委之后，漏夜再到敝庄，招呼王姑娘和王姑娘中表姊妹的米金镖夫妻俩，以及赵家两位姑娘、大舍侄夫妇、二侄媳等人都追寻此马去了。王家姑娘说，在人家厩内盗了来，非得原璧归赵不可。想来董老道和苏师兄谈了一个更次，就是谈的此话了。"

苏二点头道："正是。"

当下大明子闻说马又被盗，不禁暴跳如雷。依着心上主张，恨不能立刻一步跨到嵩山，抓住杨、刘二人，出口鸟气，仍将宝马取回。侯七等自然也是如此设想。独有苏二不赞成这个主张，不住地双手乱摇道："不用我们自家去，这一路有董老道领头，不怕马夺不回，人拿不到。我们自也有我们应为之事，昨晚董老道亦已和我商妥，我们也得立时出发了。"

侯七道："我们往何处去呢？"

苏二道："朱三傻子不是病在垂危吗？据董老道说，刘万通本人尚在南京，他要候三傻子咽了气才肯离开白门，上嵩山赴约。傻子的师父马献忠又不在南京，所以由得刘万通张牙舞爪。我们如今不如就赶到南京拿到刘小子去。"

侯七听了，第一个先赞成，说："事不宜迟，我们就去。"

苏二道："你吗？那可用你不着，你自有你的去处。照你心上，如今是要娶王家凤姑娘，不要那赵家凤姑娘了。虽则是一样的，不过千手圣母的脾气比着王凤珠还要娇些，并且她是你的救命恩人。你在鸡冠山上下手盗马，和那老猿较量之际，若没有赵凤珍暗助二针，你不丧在猿子手内，便死在杨燕儿的飞蝗石上。她若知道了你和王凤珠结婚，一定要不舒服。恼了她，跟你在江湖上作对，不是耍的。所以我和董老道昨晚也曾计议过了，由老道出的主张，叫凤珠赶到她师父石道姑面前，求老道姑出口一声。那么赵凤珍碍着师父、师兄的情面，不会再有什么变端发生。你呢，也得拿着我一封书信，到安徽怀远县龙亢巢赵庄，面见赵凤珍家的族长赵子丹，托他代向凤珍道谢一声救命之恩，方才可以和王凤珠结婚。不然受累无穷，后患不浅哩！"

此刻侯七信仰苏二的心比前加了好多，所以苏二说出来的话不敢违拗，诺诺连声。

第二十一回

鹰泪长空传书告警
变生午夜挟刃寻仇

　　当下苏二便拿出一封书信交给侯七，彼此约定日期，仍在此地会面，谁先到就得先等。

　　其时已交初冬，侯七身上衣衫单薄，腰内盘费又所带不多，一时当着众人，未便向义父开口。幸亏张景歧想得到，忙到外边把带来的一只藤箧拿进来，交给侯七，说："这是你家干娘托我带来的，你的棉皮衣褂，一切应用东西都装在内。如今又要分淘，故此拿来面交予你。"侯七一面领受，一面心感于大娘的体贴周到，愈觉这回不别而行太觉鲁莽，不由不打动孺慕之情。张景歧交代藤箧已毕，单三英也想起来了，向着侯七道："七爷，你的霍血和玲珑子（凡短衫褂属，名为霍血；表曰玲珑子），昨天是命元奎媳妇去赎的霍血，如今他们夫妻俩也随董老道追赶姓杨的去了，东西没有交付出来，须待二次枉顾敝庄，再行璧赵。"

　　侯七当然应着，不过心上暗忖："单三英的功夫真不含糊，弯腰拾取起来，便双手递还给我，在这一些些时候之中，已把当票换去，手脚实在劈脱。莫瞧不起他文绉绉、瘦削削之人，倒有如此的功夫哩。"

　　那时，于大明子不放心侯七一人赶奔龙亢集，想命张景歧陪伴同去。横竖大家上南京抓刘万通，好似唱全武行打出手的武戏，用不着景歧这样人，便把这意思告诉苏二。

　　苏二道："不用，有人陪了小坡去，在赵子丹眼中看来，倒好似搭架子。必得小坡一个人前去，方显得出至诚来。至于我们到南京，既用不着景歧，那么就叫他和海鳌俩先行回一趟长春，报个喜信，说小坡已经寻着，免得于大嫂子撑着眼珠子盼望。再者，叫景歧和包瞎子俩把小坡喜事费用预算一下，然后请大嫂子带了这笔款子一同进关到此。大约我们各事完妥，就该在此替小坡成婚，满月回门，才好出关哩。"

大明子一听苏二言之有理，便照此指派，正是："将军不下马，各自奔前程。"

不说大明子和苏二、李长泰、高福海、韩尚杰等往南京去，也不说陈、王二人出关，单提侯七一人，仍旧用褚三儿推车，径向怀远县龙亢集进发。及至到了那里，面见赵子丹，将苏二的信札双手奉上。子丹看了，知道是为族孙女赵凤珍之事，乐得做好人，一口允承无二言。侯七便欢欢喜喜辞了子丹回徐州。不料这一封信被子丹嫡亲孙女赵凤瑛瞧见了，不由得怒从心上起，恶向胆边生，替凤珍族妹打起抱不平来。瞒过了祖父，仗着自己两膀有千钧之力，练就一身蛤蟆功，谁都不怕。虽则左目病眇，右足患跛，又是满面黑麻，却女孩儿生就了男子情性，一毫不会忸怩，一被血性冲动，竟私自追赶上来。可是侯七本人如在梦中，还一毫不曾觉得。

当下从赵庄出来，天已过午，仍由褚三儿推着，向彭城进发。走不到一里路，那天上本已彤云密布，大有雪意，此刻竟和鹅毛飞絮，随风起舞一般，一片大于一片，一阵紧似一阵，下起大雪来了。

褚三儿道："糟哩！本来今天任他风如何狂大，总好赶到怀远城外宿夜，如今只能到上窑投店，候天晴了再走。别的不怕，汊河小港多得很，地下堆了雪，白茫茫瞧不出来。一失足掉下去，咱们都是旱脚黄牛，怕不要做杨再兴错走小商河了吗？"

侯七本无可无不可，此地路径不熟，推车的既不愿冒雪前进，只好任凭他上窑下窑，投宿打尖哩。那雪却越下越大，好比连天倒下一般，只见：

片片冰冰，宛似仙人剪水；霏霏玉屑，恍同天女散花。深堆古岸，打老树兮无声；重压茅檐，敲纸窗兮欲破。玉楼冻合，却当煮茗之初；银海光摇，漫作撒盐之拟。频侵侠士之襟，牵裾宛若；倘袭玉人之袖，握手浑如。讶柏张于空际，草阁谁凭？看盘舞于林间，柴屏孰叩？纵横无迹，撒成万树梨花；风雪载途，独剩一车辙路。

好容易冒雪前行，赶到上窑。侯七和褚三俩衣履尽湿，积雪满身，和磨坊内司务一般，连眉发都成白色的了。故而一进上窑，便找寻宿店。谁知此地是个打尖所在，一共只有二三十家人家，向来没有客寓。这时候又十家九关门，街上人影子也没有。好容易找到了一家铁铺，千声告求，万般讨搅，勉强招留他们两人住下躲雪。这所铁铺门面只得小小一间，里头却有好几进房子，虽则乡下地方大都劈竹为篱，编茅盖屋，收拾得倒也很精致。店中人招呼侯七等在第二进的客堂内架起一扇旧板门，摊上一捆稻草，便算是炕了。至于赶车的，只好席地而卧，不过恐怕受冻，也摊了一束稻草，已算十二分情面了。将客堂当作卧房，他们自己出入，却从左首耳房往来。依着侯七心思，想要些热汤暖暖肚，弄些热水擦擦脸，无奈此间不是客寓，用情面告宿下来的，一切不备，如何可以如愿以偿？

侯七正胡思乱想着，却有个年将近六的老头儿从后面出来，和侯七照例寒暄几句，并问及侯七的姓氏。侯七不防什么，当然直言奉答，谁料这老头儿一听到"吉林白马侯七"六字，似乎感触到什么伤心之事，面上顿露出一种很不自在的神色，便匆匆告辞进去。侯七也不在心，接着里头却送出热汤热水来，请侯七洗脸润喉，一会儿又是四个碟子、一壶陈酒送出来。侯七是点理的，烟酒不闻。倒乐了褚三儿一个人，畅饮大嚼。侯七瞧瞧天色尚不到晓膳当儿，呆等褚三儿喝酒，等得有些不耐烦，便走到窗前，向天空望望。此刻雪虽仍下，可小得多了。侯七希望今晚便晴，明天可以就道，哪怕泥路泞滑，不妨赤足赶奔的。一个人正在这样地胡思乱想，蓦听得空中一声鹰唳，接着打从虚空掉下一张白纸来。侯七忙抢步上前，伸手抢住，展开一看，那张白纸的左角下方有朵牡丹花，花上栖着一只凤凰，那右角上端却写有一行字迹道：

出门最忌道真名，相见仇人眼倍明。
罗网自投犹未悟，客中雪夜记三更。

侯七见了，不由得心上别地一跳，暗想："难道这家铁铺又是我的仇人不成？"一会儿又想起："鸡冠山上和猴子交手，也是空中似乎有一声鹰叫，接着那猴子便同中了什么暗器似的，躲入厕内，不再阻我盗马。今正又是一声鹰叫，接着掉下这张纸来，看将起来，不要又是她特来通风报信，叫我好做准备吗？也罢，天色虽已将晚，雪却下得小些了。咱是关外雪窖中出身的，怕什么？走吧！"主见打定，忙回身要想招呼褚三儿拉车就道，只见褚三儿倒在地下，鼻息如雷，台上杯盘狼藉，原来已经醉倒在地了。侯七暗忖道："褚三儿的酒量素来很好，莫说一壶黄酒不会醉，就是一壶白干，也不会如此形状，怎么今天变了呢？"又把心思掉过来一想，暗暗道声惭愧，"这一定是酒中或是菜内下了麻醉性的药品，预备将我们两人一齐麻翻了下手的。幸亏俺是理门弟子，涓滴不饮；贪看雪景，菜也未尝。褚三儿却馋不过了，狼吞虎咽，将酒菜一阵乱嚼，全吃光了，所以发作得如此快躁。但是现在怎么办呢？要是用凉水救醒了褚三儿，一者惊动贼人，恐怕招呼羽党，不等三更就动手，一时未知敌人虚实，打草惊蛇，不是道理；二来褚三儿的脾气毛躁异常，等待醒后，知道着了人家道儿，先要直嚷起来。不过若是丢了他在此，俺自顾自走着，回头贼人进房动手，褚三儿定做俺的代表受罪，万一有个三长两短，就算江湖上不知道褚三儿这厮，没有人议论俺不义气，俺自己良心上总觉说不过去。"此刻，侯七着实想了一会儿，最后决定在此守候，料想凭着自己这一身能耐，留心提防着，或者不会闹大乱子。就是劈在贼人手内，也是命中注定，无可挽回的。

当下，侯七先把前面的窗关上闩好，回头又把堂后的门拉上。可惜是在中一间，那门闩在里面，这一边无法可想。再者自己搭铺的地位是紧靠左耳房的门口，推推那两扇耳房门，现虽闩着，可是少停也得提防这里头走出人来。一共贼人有前、后、左三条来路，万一三面齐有人来，自己只好躲到梁上去。现所希望的，到了三更时分，褚三儿的药性或者也过了，那时他也就可自保自哩。一个人计划妥帖，天色已晚。果然里头也无人拿火出来，也不来问要不要添酒、取晚膳。前头店堂里也是声息全无，望望黑黑无光。此刻侯七身临险地，真是履薄临深，危急万状，用足全神防备着，一刻不敢懈怠。

约莫到了二更光景，地上的褚三儿却醒了，有声息哩。侯七虽坐在暗中，却有空外的雪光映着，看得分明。想悄悄地过去告诉他，又恐怕褚三儿是浑人，大呼小叫起来，反而不美。所以装假睡着不则声，心事却丢开一半，少顷不必再惦挂褚三儿，可以一个人管一个人了。那褚三儿在地上嗽了几声，觉得饥肠雷鸣，满拟侯七应声了，想叫东西吃哩。如今侯七悄没声息，他也未便多嚷，便趁着雪光，摸到那边摊稻草的地上，又横躺下去睡了。两人各有心事，都睡不着，彼此翻来覆去，那卧在身下的稻草自然也窸窣有声。

却不防在这时候，那店堂中睡的两三个打铁汉子奉着店东命令，也悄悄地搬了许多稻草树柴，将这第二进中间外户堵塞断了。因为侯、褚俩自己身下有了同样声息，所以不曾听出外方的声息来。

又过了些时，大约三更到了，褚三儿忽然腹内作痛，在地上爬起来，想开窗出去找茅厕拉屎。谁知拔闩推窗，一时竟推不开来。他便踏了一个"工"字步，定一定神，将左手扶着右手，右手搋在窗上，用尽两膀之力向外一推。那堆在窗外约有一人一手高的稻草树柴，被褚三儿这么在窗上一用劲激动了，便向庭心中雪地上坍下去，那窗却只推开了一条缝儿。在缝儿内向外一觑，见这情形，谁也看得出不妙。

褚三儿忍不住嚷道："不好了，上了铁门槛的道儿哩！"

在这褚三儿高嚷之际，紧靠侯七那张板床左厢的耳房门忽然呀的一声开出来，蹿出一个近四十岁的妇人，手中执了一柄雪亮钢刀，恶狠狠向侯七卧的床上便剁。幸亏侯七早有防备，将身子用力向外一滚，滚到地上，接着身子从地上直蹿上去，蹿近屋顶，用手抓住正梁，低头向下一望，只见褚三儿浑人已从身上掏出火种来，向柴上点着。侯七正想喊他住手，不料自己头顶上边哗啦一声，那屋面上不知被谁将盖屋的茅草揭去了一大块，耳边厢又听得一个女子声音道："呆鸟！好男不与女斗，还不趁此走吗？"

侯七也辨不出是谁的声音，不过被这话一提醒，自然就从这屋顶上的窟窿之内腾身而出。

但是这家铁铺主人为何要害侯七？动手的妇人和揭开屋面搭救侯七的女子姓甚名谁？褚三儿的性命究竟如何？此事最后怎样一个结果？都是看客们急欲知道的，统在下回书内交代。

第二十二回

救危亡屋顶来娇娃
叹报应井中葬恶汉

上回书中述及白马侯七在龙亢集赵庄赵子丹那里投了苏二一封书信，不料触怒子丹的孙女赵凤瑛，代族妹凤珍大抱不平，漏夜暗中随上。书中姑且暂搁。

单道那侯七坐了褚三儿的车上路，半途被雪所阻，投宿在上窑一家铁铺子内。谁知开这铁铺子的店东叫冯有成，就是曾经走出来和侯七交谈的那个老者。他养着一子一女，儿子叫冯小辣子，成亲之后，生百日痨死了，遗下一个媳妇，守不住，已经另抱琵琶。小辣子的姊姊小凤子，当年嫁给一个丈夫，是在缉私营内当侦探的，姓刘，后来因为做事鲁莽，误了公事，开革差使，就此变作飘荡江湖，打光蛋过日子。自己在外打溜度日，当然无力赡养妻子。恰巧那小辣子死了，小凤子便回到娘家来，伴着老父过活。好在她和丈夫的感情平常，所以安居在母家，并不挂恋，由得男人在外混着。

看官们，你道小凤子的丈夫是谁呢？原来就是草包刘瘸子。江湖上有句俗语，叫作："酒肉朋友，柴米夫妻。"言其有酒有肉，请人吃喝，阿猫阿狗都是朋友；有柴有米，拿到家内去开支，夫妇间感情一定很好。若是你想去吃喝人家，或是家用常亏，那么人家对于你，大都远而避之，不愿与你为友。即使家里头的老婆，也只要男人生计困难，便另有一副面目对待着你了。当初冯小凤子嫁给刘瘸子的时候，也完全是爱

132

上了"财势"两字。因为那时的刘瘸子在两淮缉私营内当了一名机要侦探，常年驻在盐淮关办公，一共要统办苏、皖两省十九县地方公事，自然多少威风。每逢到上窑来一回，一样前呼后拥，势焰滔天。冯小凤子是个铁匠店内的女儿，见了焉有不眼红之理？所以也不管是瘸子，很愿意地嫁给他。不料当公事的人，大抵一个虚场面，实在都不见得如何的。在小凤子意中，以为刘瘸子有如此场面，手中至少总有一千八百的积蓄。初嫁过去，提及此话，刘瘸子说没有积蓄，小凤子还认是诈穷，不肯说真话给妻子听。大约夫妻淘伙，须过了三个黄梅四个夏，才肯有真心说话告诉哩。好在刘瘸子那时正在马上，纸糊老虎始终没把来戳破。回头刘瘸子鲁莽误公，恼了缉私统领，权势一天不如一天，平日间吃过他苦的灶户、私贩便乘势踏沉船，都纷纷地向统领那里告发他的劣迹，状子和雪片一样呈上去。这么一来，弄得差使开革。

在家内坐吃不到两个月，海底完全献出。小凤子方知以前那句没有积蓄是真话，懊悔自己贪慕虚荣，嫁了这样一个银样镴枪头的丈夫。一存这条心思，就觉得他走路一跷一拐，实在难看，便渐渐地由怨生厌，由厌生恶，由恶生怒。同时度日也一天难似一天，渐至吃尽当光地步，自然天天和男人寻衅口角了。刘瘸子实在受不住床头人的聒噪，把心一横，便自顾自出门打光蛋，由妻子在家怎样吧。

刘瘸子抛妻出门之后，小凤子便收拾了些破烂东西，回到娘家居住，倒也一毫不有留恋心肠。但是终究做了好几年夫妻，总有一点儿情义，老住在爸爸家内也觉得乏味，日子一久，不由得又想起刘瘸子来，渐渐地出外打听。有人说："又当了红差使，在东三省得意了。"有人说："回到了湖南老家，依旧没有事情，孑然一身地混日子。"三人说了九头话，一时得不到真确消息。

直至最近，刘瘸子的兄弟八臂哪吒刘万通路经上窑，特地来给嫂嫂报信，小凤子方知丈夫已经在滦州劈了。一问仇人名姓，刘万通背了一大批人名，什么蓬头黄三、巧嘴金根、朱三傻子、滚马侯七等等。小凤子别的名字记不清楚，却把"侯七"二字牢记在心，一口认定这是杀夫仇人，和爸说了，想怂恿着冯有成一同到关外去寻侯七报仇。

那冯有成少年时节也曾在绿林度过生活，现在名色是开一所铁匠店，实在还是靠代销盗赃物过活，有时干干断路事情。好在上窑镇上没有客寓，万一单身孤雁错过宿头，到上窑镇上投宿，冯家觑见这孤雁血旺，便很殷勤地款留酒饭。谁知酒里头那是用闹阳花浸过，那闹阳花这件东西像喇叭花洛阳花一般，玩把戏的有一套叫作一杯醉倒戏法，就是用这件东西。人若饮了闹阳花浸过的酒，至少要晕去三四小时，酒量大的，越喝得多，越晕得长久。冯有成用了这种酒将人麻翻，失去知觉，便捆扎起来，抬在屋后。有一口眢井，据说是前朝皇帝的陵寝出气洞，故而上面井口不大，下面水也不多，却是黑魆魆的一个大窟窿，也不知究竟有多大多深。冯有成事先布置，推说这井里头出了怪异，便用一块磨盘大石把它盖了，等到麻翻了客人，便将此石移开，把人整个儿地向下一抛，再把石盖上。谁想得到，这个所在成了冯家黑店的陷人坑。

自冯有成四十岁那年干起这玩意儿来，今年五十八岁，足足干了十八年。这十八年之中，一共被他断送了男女三十余人了，故此虽不能算他走关东、闯关西的绿林好汉，却也好比梁山上的地煞星官，何尝不是杀人不眨眼的魔王？所以女儿和他说了，仔细一划算，跑到关上去，"毒龙难斗地头蛇"，那不是自寻烦恼吗？但又未便回绝女儿，只好一味地用话稳住小凤子，一天一天地敷衍下来。

这一天，小凤子有一个女朋友路过，因为天下雪了，便把她留住。回头侯七和褚三儿到来投宿，冯有成特地亲身出来签相，不料一闻名姓，便是杀婿仇人，所以回到里头，和女儿说了，立刻端正加料闹阳花酒送出去，预备将他们俩麻翻了，挖取心肝，祭奠女婿。不料他们父女说话之际，没避那位女客，在小凤子以为，这是自己的朋友，无用瞒蔽，谁知这位女友和小凤子的仇人侯七却有深切关系。你道是谁？

原来就是那新从五台朝山回来的千手圣母赵凤珍姑娘。常言道："事不关心，关心则乱。"一闻他们父女定计，她便向小凤子要了纸墨笔砚，明欺他们父女俩都认不得字，和盲子一般，托胆放心，当着他们

134

面前，胡乱诌成一首七言歌谣。写罢之后，口中打了一声呼哨，在她哨声未绝之迹，便从屋上飞下一只火眼神鹰，衔了台上那张字纸，腾空飞去。小凤子不知这只神鹰是赵凤珍豢养的，教得已通了人性，竟做了凤珍一条膀臂，无论到何处，总带了它同行同止。凤珍便道它别有一种特殊的音韵，故而小凤子忙着替凤珍赶鹰抢纸。凤珍也假意恨恨道："这怪东西，难道要把我才缮好报告师父的纸条儿衔去充饥不成？小凤姊，不用忙，俺有真言咒它，包管它飞出去，冻毙在山谷之内。"说罢，便把右手中、食两指向外一指，接着高声朗诵道："弥萨弥哒，弥哒弥萨，哒喇哪吧，哔哪嘶啦呀嘛，吽咩嗡哗，哒索吗，哒索吗，哈哩哈哒，噜哩噜札，萨诃庵萨诃。"

说也奇怪，这时那只神鹰飞同檐齐，停翅在庭中上面，两只鸟眼注视凤珍，好似专听她念咒似的。等待凤珍口内念完，那只鹰便衔着那张纸条，两翅展开，冒雪翱翔，直向天空飞去。

约莫隔了三分钟时候，半天云内，又似闻一声鹰叫。小凤子道："这扁毛畜生还没飞开哩？"

凤珍听了这一声，知是神鹰特来回复一句，事已办妥，芳心稍安，口内却又假意道："大约被俺咒中，遇着了罡风，不多一会儿工夫，定就打下山涧沟内冻毙哩！"

小凤子一来信以为真，二来今晚替丈夫报仇心切，所以也不再往下诘问，反和凤珍商量下手法儿。凤珍如何肯多饶舌，一味唯唯否否。最后，仍由冯有成决定，悄悄吩咐外面伙计，把柴草堆了前窗户，又由自己动手，在屋后搬了许多大石头，堆堵了中间、后面门户。好在那张临时板床搭在耳房门口，少停即由小凤子动手，开了耳房门，用刀向板床上乱剁。预料那侯七为酒麻倒，一定睡得同死人一样，这一剁，若是剁中了头部，性命便已结果。就是剁中了下三部，也受重伤，无能为力。万一酒性已过，却知道侯七是个扎手货，不要打蛇不死，反被蛇啮，那么索性拼着把那第二进房屋牺牲了，在堵窗柴上放上一把三光，将侯七和车夫活活烧死在内，才出胸头之恨。计议妥定，冯有成便动手搬运石

135

头，去堵塞中间后门。凤珍也帮同搬移着，谁知她不知就里，却把那块遮盖眢井的磨盘大石也搬了进来。此刻冯有成正忙着料理一切，却不曾理会到那块石上。这也是他恶贯满盈，故而会鬼使神差、不先不后，内里招留个凤珍暗中援手，侯七毫毛都没伤半根，反害得他自己家破人亡，断送一条老命。这真是天网恢恢，疏而不漏了。闲话休提。

当晚三更时候，冯有成父女二人便往外边动手。赵凤珍也悄然上屋，施展夜行术，来到前埭屋上，将屋面揭开，放走侯七。下面冯有成在后执着灯球，小凤子在前，将左手拔开耳房门闩，右手举刀便剁，总道趁睡在板上之人睡熟着，杀他个措手不及。不料一刀斫下去，人没斫着，却斫在搭铺的稻柴和板上，斫得稻柴塞窣，板铺叽咯，同时作声。可是小凤子手脚也很利落，见第一刀没有斩着，忙将刀折转，刀口向外，趁势在板上斜劈过去。这一刀名为饥鹰掠食，是宋代周侗老师传下来的，乃是鬼头刀刀法之中的一着杀手。小凤子满拟仇人侯七就算让得过第一刀量天切菜，第二刀总难躲避，保管这一刀把那杀夫仇人的脚背、臀尖一齐削成一条血槽来哩。

书中交代，侯七要是没有凤珍那张纸条关切，就算他点理不喝酒，不至被闹阳花酒麻翻，可是高卧在床，这两刀也确是难躲。如今有了准备，等不及小凤子第二刀出手，侯七的身子早已腾空跃上。小凤子两刀斩空，忙向板上一望，连人影子都不见了。

此刻褚三儿正在用力拨开窗前堆的柴草，忽闻七爷床上有单片子声音，扭项一瞧，不觉失声道："哎呀！"他毕竟是个浑人，竟忘了江湖上"男不与女敌"，又道是"好男不与女斗，好鸡不与狗斗"的旧规，忍不住怒从心上起，恶向胆边生，口内大吼一声，退一步进窗槛，顺手抓着一条板凳，提起来向着小凤子身上用力直掼过去。小凤子正为剁侯七没有剁着，无明火加高三千丈，便迁怒到褚三儿身上。见那条板凳如飞一般过来，忙将身子一闪，避过板凳，接着身子一蹿，蹿过板铺，向着褚三儿举刀便斫。褚三儿手无寸铁，如何招架？幸而天生蛮力，再者马鞍石上的功夫也很不浅，一面腾挪躲闪，避过刀锋，一面将束在腰内的那条绵绸衣带松下来，运用两膀功劲，执在手中，和一条铁扁担仿佛。有了此物，尽可抵敌。小凤子虽也有几手功夫，到底女子力薄功浅。两下走不到十个照面，那口单刀已被褚三儿的绵绸带磕飞了。

冯有成在耳房门口看得清楚，口内说声"风紧"，先把灯球吹熄，撒腿就跑。小凤子自然也翻身便走。冯有成以为没有火光，敌人无从追赶，自己女儿熟门熟路，不愁逃不出重围，只消退出中间屋，便放一把火，将这两个杂种活活烧死了事。

谁知屋面上的赵凤珍救了侯七，命他速走，她却在如意百宝豹皮囊中取出火刀、火石、火绒、火镰，取了一个火种，代替冯有成下手放火。当冯有成吹熄灯球，那屋面上的火势刚刚旺了起来。褚三儿在下面借着火光看得分外亲切，他本在那里嫌比屋内地方狭窄，难以施展能耐，如今一见小凤子跑了，正中下怀，让她二次蹿到板铺之上，褚三儿便将手中腰带紧一紧，用了一手流星赶月解数。那条带和暗器中甩头用法一般，就直奔小凤子下三部，一壁吆喝着道："泼娘，站稳了！"

喝声未绝，那带已经打着小凤子的膀弯和脚踝骨，一个顺风倒，身子直向耳房门内跌下去，那颗脑袋刚巧碰在门口地上褚三儿适才掼过来的板凳上。小凤子口内要道声"哎呀"，心上忙想挣扎避过，不料偏偏左太阳穴已跌在凳之上，扑的一声响，可怜脑浆迸裂，两足伸了一伸，竟呜呼哀哉了。那张嘴还开着没合，因为单喊出了个"哎"字，那"呀"字尚未出声，所以口尚张着。

此刻褚三儿见打中敌妖，忙在地上抢了那口刀，蹿过板铺，一瞧见人已没命，自己要紧找寻七爷，由她去吧，保留了她一个全尸，便左手提了腰带，右手执着钢刀进了耳房，向后寻来。

此刻冯有成正因女儿恋战，未曾随在后面，想回一步过来招呼，不料自己女儿未来，那推侯七的车夫却往后寻来，吓得他掉头又跑。褚三儿见是盗党，便在后大嚷大叫地没命追来。那屋上的赵凤珍却都看得明白，趁此落下屋中，将侯七的行李杂件收拾妥帖，携着也向后追来。及追到屋后，只见褚三儿已追在后门外面，站立在那口智井旁边呆瞧着。

原来冯有成自知力弱年衰，不敢动手，专想逃生。及逃到后门外智井旁边，心慌意乱，忘记了那盖井巨石已被凤珍搬去填塞中间后户，还认道盖着哩。等得觉着脚下踏空，已经不及，一个囫囵身子生生掉下智井去了。褚三在后瞧明，不知这是井呢，还是地道的入口，正在踌躇着，凤珍赶到了。一见这种情形，料想冯有成已掉下井去，芳心一动，忙将手中物件放下，回进屋去，仍将那块磨盘大石搬回来，放在原处。

此刻火势冒穿屋顶，愈烧愈旺，再加天井内填的柴草都是引火之物，一时烈焰腾空，像火山发火一般。

褚三儿急得双足乱跳道："不知七爷到底如何了？"

凤珍先把侯七的东西交给褚三儿收去，口中又打了声呼哨，这是关切空中神鹰动身，然后安慰褚三儿道："你家七爷已经走了。"

接着便领了褚三儿到了上窑市梢头松林内去，找寻侯七，这是凤珍在屋上放走侯七时候所约定的。至于凤珍放的这把火，隔不到许久工夫，已经烧得满天通红。上窑镇的居户忙都起来设法扑救，结果冯有成的铁作铺前后烧光，连小凤子的尸身也火葬在内。且喜没有累及左右邻居，单烧得冯家人亡家破，冥冥中好似有人计划着此事。冯有成一生用闹阳花酒谋害了许多良民，今番自己也平白地破家送命，可称天道好还。书中表过不提。

第二十三回

雪夜长途偏逢丑女缠
异乡逆旅又被病魔侵

且说褚三儿当时随了凤珍往市梢上赶去，及至寻到松林之内，哪里有侯七的影子？褚三儿几乎将喉咙喊破，也没人答应，不由得又发急起来。

赵凤珍道："你急也无益，也许七爷先走了。你可曾听七爷提及过打算往哪里去？"

褚三儿道："听七爷说过的，预备先到徐州云龙山青草洼单庄上，因为七爷和他干爸约会在那里。如其他的干爸尚未曾从南京回来，他便迎将上去。"

凤珍见褚三儿也懂得江湖义气，便指点他道："既然如此，我同你在这林内守候到天明，好在已近四鼓，不久就要天亮了。你可知雪后的地上有足影可寻，待到明晨，顺着足影找寻，寻得到七爷最好，如其寻不到，我自有我的事要去办理，你可将七爷的东西先送到单庄。倘然七爷还未到那边，那么一定在此间误了方向，往南走去了。你可把七爷行李寄顿在单庄之后，空身再上南京，包可与七爷会面了。"

褚三在此刻也叫无可奈何，只好诺诺连声地答应着。不料待到天明，却见地上足迹很乱，哪里辨得清楚？又只能依着凤珍嘱咐，两下分手，替侯七送行李到单庄。

凤珍自顾自回去参见师父，报告经过情由，了却五台山一段朝山功行。

石道姑见了赵凤珍，果然印堂内天喜发现，大徒弟王凤珠赶来请求婚事的说话果然应在凤珍身上。即便打发伊上徐州去探望董长清，其实暗暗就是命她到徐州就婚去，不过没有说明白，恐怕直说了，凤珍面嫩，要发臊不去。慢表凤珍随后来。

再说褚三儿丢失了自己雇赁来的一辆车，又不知侯七究竟到了哪里去，姑且依着那女子的话，将七爷东西送到了单庄再说。不料东西送到了单庄，侯七的人还没踏到彭城地界哩。于是褚三儿交脱行李，忙又只身赶到南京，探听消息。

其时南京方面，可怜朱三傻子中了八臂哪吒一腿百日鸡心腿，果然到百日上伤发身死。于大明子、苏二等赶到，已经来不及。三傻子家内本无什么人，他师父马献忠又出门去了，一切丧葬等事都是于、苏、李、高诸人办理。一面在南京城里城外找寻八臂哪吒这人，预备替三傻子报仇雪恨。怎奈一时寻不着，便只能惊官动府，由朱三傻子表侄龙无畏出名顶告。偏偏官厅怕事，不肯受理。日子多了，原和侯七有约的，还恐怕他盼望，所以大家商量定妥，一行人众准备回徐州。

就在这一天上，褚三儿来了，方知一波未平，一波又起，连侯七的人又跑得无影无踪，大家自然又添一番心事。还是苏二有主见，便派徒弟小毛豹陪着龙无畏上扬州，走徐宝山的门路，叨在同是袁门弟兄，务必托他说情，告准词状，将刘万通拿来抵命。又派李长泰和褚三儿二人再向上窑、龙亢集一带地方找寻侯七下落。他们还在江宁守候消息。

究竟侯七在冯家店屋上出来，怎么会违背凤珍松林之约，一个人竟先自跑掉的呢？这也是侯七命途多舛，又岔了乱子出来。

原来当他在冯有成店面屋上和赵凤珍暗面的时候，在赵凤珍固已知这男子是侯七，在侯七却不知道这位姑娘就是苏二曾经替自己提过亲事的赵凤珍。不过自己身入虎口，未知敌方虚实，断不肯贸然出头，恐怕失败了，有损自己威望事小，倒是累及义父于大明子一辈子英名，付于流水事大。江湖上人家谈论起来，怕不众口一词，笑我们关东汉子只好在山多屋少、树广人寡的东三省撒野，跑到关内来，就容不得他逞健争胜，活该丢人哩。侯七存了这层心思，故此对于那位拔刀相助、不知名姓的女英雄所说的话都肯依从。"她既嘱咐先走往市梢上松林内候着，褚三儿的人和行李等件由她负责，保能安全携出，那又何必定要在此险地争强？况且下面动手的又是个女流，江湖上好男不与女斗，所以决计先走，上松林去候着吧。"

当下由冯家东墙下屋匆匆奔出市外。好在他生长在吉省，雪后严寒倒也经惯不怕。那时虽在夜间，有那雪光映着，依着方向走去，路生路熟也就不成问题。一路走着，一路暗忖："那女子是否就是预先写示纸条，令俺得有防备之人呢？如果是的，那一定是赵凤珍姑娘无疑了。适才在百忙中，实在无暇通道姓名，只好到了松林之内，候伊救了褚三儿到来时，再行请问。不过倘是赵凤珍姑娘，如何会在黑店耽搁？新闻苏二师父提起，好似说凤珍上山西北五台朝山未回，如何又会在此？"侯七心头此刻兔起鹘落，想个不定，顺着脚步往前走去。实在从冯家东墙下来，该折向西面前进，如今侯七顺脚便走，出了东市梢，一时找不到那所大松林，越走越远，却向从上窑回龙兀集的那条路上走过来。

正走之间，耳边厢听得一个女子的声音道："线上的合字留名！"

侯七一听那女子的声音，只认道是适才救己之人，便接口道："关东白马侯七。"

不料那女子一闻"侯七"二字，忽然厉声吆喊道："姓侯的，你站着，姑奶奶要瞧瞧你的心肝五脏是不是和禽兽一样？你在鸡冠山，若没有姑奶奶暗助一臂之力，你的狗命早送在三寸丁手下、玉面神猿之手。你现在倒和王家望门寡想成婚吗？嘿！姑奶奶不答应哩！你敢上前来较量较量吗？"

侯七一听话不是头，又在夜间，看不出来人面貌，不过知道绝非适才救我之人，也不似扬刀斩我之人。忙伸手在百宝囊中取出千里火来，顺手一晃，晃亮了，向前一照。只见那个拦路女子一跷一拐，正也迎上前来。原来她右足比左足短去寸许，乃是个跛足。再一瞧她面部，左目的眼珠子又是没有的，竟是右跛左眇。侯七忽然想起："家乡陶柳溪的儿子乃是左跛右眇，倘和这女子配了夫妻，倒大可相互为用。"想到了这一层，几乎笑将出来，忙把千里火熄过藏好，抱拳带笑道："姑娘既知侯某鸡冠山事，谅也不是外人。侯某自知年轻无状，江湖上少留交情。不过与姑娘素昧平生，有何开罪之处，值得夜深雪后，要和侯某较量呢？"

那女子厉声道："为了我们自家人事，怎肯轻易放过你这小子！"

侯七道："如此说来，姑娘敢莫是赵家的凤姑娘吗？"

那女子道："既知你姑奶奶的威名，可立刻跪下来磕四个响头，让姑奶奶慈悲你几句，放你一条生路，警诫警诫你下回。"

侯七听了，不由得火往上冲，心想抽鞭出手，一转念间又想着："她是女流之辈，何苦跟她一般见识，让了她三分吧。"想往左右两面小道上避开时，谁知雪夜地上一片白茫茫的，瞧不清是水道是陆道，不免有些胆小起来，不要误走入水，就算不致浸死，像这种寒冷砭骨，自己又不善泅水，却有些不上算。只好硬一硬心肠冲了过去，寻得松林暂躲，候那个女子和褚三儿来吧。主见打定，口便道："侯某并非没种，不过瞧你是个残废之人，不同你争王夺霸，让路吧！"说着，便做一个金雕抓兔姿势，向着这女子冲上前来。

在侯七此时，将此女当作了赵凤珍。谁知这是凤珍的族姊，赵子丹的孙女赵凤瑛。虽是目眇足跛，但是天生神力，并由子丹亲自教导，练就一身水火龟蛇功夫，着实有些能耐。当下见侯七用金雕抓兔姿势扑上前来，便将身子向侧一偏。她出手的把式乃是五指并头尖势，俗唤猴形拳，外表漂亮得很，不道穷凶极恶。瞧明侯七身子已经扑进己门，先曾闻得关东于家威名，也不敢怠慢，忙起一条左手，接着侯七右手，再将自己右手在侯七左肘旁侧用力一抬，一个浪里抽篙之势，索性运用全力向自己身后一抽一抬，口中喝声："小子站稳了！"侯七一来轻视她是个残废女子，二来在陌生雪地，三来无心恋战，冷不防遇到这么个女行家，故而会手被人家接住，接着又被这一送，侯七身不由主，往前直跌直冲地掼出了五六尺地步，然而还幸亏是侯七，若换了寻常之辈，早已掼跌的了。

此刻侯七不禁怒火中烧，暗忖："这贱丫头竟用七星连环手，想把俺掼几个筋斗吗？倒不如回手给她一点儿颜色看看，让她也明白俺姓侯的不是无能少干之辈。"忽又转念道，"既然已经退让了，看在鸡冠山暗助一臂的恩惠上，扯了完事。"所以口内说道："算俺侯小坡没种，好鸡不与狗斗，后会有期，再见吧！"说完，拔步便跑。

赵凤瑛哈哈一笑道："好小子，你亮功了，今晚凭你逃上焰摩天，姑奶奶也要追上你灵霄殿。小子，你候着，姑奶奶来矣。"说着，也施展夜行术，自后追来。

侯七见这女子懂不得交情，还要追赶上来，是可忍孰不可忍，便想停住脚步，和她较量。忽然眼前一亮，发现一座雪山似的，定睛一看，原来在一箭地外有一座大森林，那树上堆满着雪花，故此白茫茫融成一片，一时倒看不出是什么树来。侯七暗暗道声惭愧："原来冯家店内那个女子约会我候在那里的松林，此刻方才走到。计算路程，约莫要距离上窑街市七八里了。既有森林，不管是松树不是松树，何不趁势躲了进去？一者等候褚三儿押行李到来，二来不必再和那赵家蠢婢出手，回头见了苏二师父，也好抵销鸡冠山那次受伊的恩惠了。"一壁想着，一壁跑着，那森林已在面前，侯七便向树荫深处走了进去。

按着规矩，名叫"逢林不追"。逃的人逃进了树林，乃是一种认输的表示。再者也许是逃的人熟悉此道路，林内挖有陷马窖，或是擅用暗器的，埋荡大路，不能躲闪，虽有掼头、镖、弩、飞蝗石、抓、铁蒺藜等等，不好出手。进了林子，左旋右转，借着树木隐身，便可暗箭伤人。有此两层缘由，所以逢林不追。不料侯七今宵遇见的这个赵凤瑛却带上三分傻气，再加在这条往来龙兀集、上窑的路上，好比在门槛之内一般，她倒不管江湖上什么规矩不规矩，还是一步不肯放松，追了进来。侯七此际真恼得三尸神暴躁，七窍内生烟，暗骂一声："不识抬举的蠢货，真认小爷惧怕你不成？"忙把腰内那条十三节虎尾软鞭卸下，准备她走进树林，给她一手辣味尝尝。

谁知凤瑛正要追进树林，林内倒又蹿出一条黑影，接着道："凤姊姊，住手吧，彼此不是外人，何必这样认真？"

凤瑛一听口音，忙道："敢是凤妹妹吗？"

那人道："正是。今天打从家师那里回来，路逢下雪，才绕道到府上借宿。不料一到尊府，叩见令祖，却不见姊姊，回头询问了你的贴身侍婢小慧，方知你又发了兽性，追人打抱不平。但是你只知其一，不知其二，现在事情又有变化哩。姑且回府去，待小妹细细地告诉你吧。"于是两人谈话的声音渐渐地远了。

侯七在林内白准备了那条鞭，那女子竟没有追将进来，喟然而叹道："便宜了这泼贱货！"

此刻已将四鼓光景，向来的路上望望，却见红光烛天，烧得半天绯红，映着那皑皑白雪，更觉得触目惊心。等等褚三儿又不来，身上却一刻寒冷一刻，便抄出树林，心想候上去。不料在夜晚间心事满腔之际，转出树林，又跑在另外一条岔路之上，侯七却还没有省悟着，一路信着脚步赶路，直赶到东方发白，却又到了一个市集。

这处地方名唤炉桥，乃是定远县管辖，和龙亢集、上窑两地恰成一个三角形势。侯七不知这里是什么所在，毕竟大病之后，路上迭受劳烦，昨日既遭大雪冻身，晚上又跑了许多冤枉路，黎明时又中了些寒，故此满身发烧起来，一刻难挨一刻。幸而炉桥有两三家小客寓，侯七身畔倒还有一二十块大洋带着，便投宿下来，足足卧了一十七天，方才可以离床。又将养了两三天，方稍复原。因为病中梦见朱三傻子到来告别，心中放不下来，等待病体好了，便询问店家，往南京去如何走法。那店家便指点侯七道："由此往藕塘到滁州横山集，然后越过张八岭的尾闾，便是江苏省江浦县该管的东葛、西葛。再过了花旗营到浦镇，便可从浦口渡江到南京了。或者到了张八岭，怕走山道，打从明光三界绕道舍山，到张公桥，渡采石，然后进慈湖，一半水道，也可到南京，不过路遥得多了。"

侯七问明路径，也不顾身子受得苦受不得苦，结清店账，匆匆上道。本来他走了这条路上去，莫怪李长泰和褚三儿俩找寻不到的了。

　　在侯七的初意，要越过张八岭的，怎奈到了乌衣一打听，这条路太难走，非有土人引路不行，因此决计走水路赴宁。谁知一到明光，才知张八岭的山口已经开辟，不必绕道采石，仍可沿山进发。侯七听了，再好也没有，那才按站前进。过了管店、三界、张八岭、沙河集等地，到得滁州，天也快晚了，身子觉得乏了，便在一家泰来客寓投宿下来。一问到南京路程，才知只得一日，暗想："明天这时候，定可和苏师父、干爸等晤面了。"

第二十四回

恨灭仇消一狼授首
郎才女貌三凤完姻

　　他正在房内思想，忽然店小二进来问道："爷真的姓侯，是徐州人，不是关外来的吗？"

　　原来侯七住店之际，说了个真姓，却把籍贯调到了徐州。现在店小二如此动问，话出有因，口内虽竭力否认此话，心上却生了无限疑惑，故而追诘店小二，怎么凭空问起此话来？

　　店小二道："并非小店中要问，因为龙蟠山虎跑泉畔的刘二员外今天从南京回来，他一眼瞧见了客官，才命我来问的。"

　　侯七再要往下诘问，那店小二已经退了出去。等待晚膳过后，那店小二又来和侯七商量，说："今天小店中客人实在多不过，恳请客人不要包房吧！"

　　侯七见他说得至诚，随口答应了。这种店规不单滁州如此，大约以前内地的客寓家家如是。每间房内预备两只卧床，一横一竖铺着，俗名钥匙头铺床。每铺每夜代价一百或是八十文（现在贵了，讲角子数，或是洋码，但是至多也不过二角），外加被褥、茶水、灯烛等费，拢总算来，每铺连着小账，大约二三百文左右一夜。如其生意好的当儿，将房内台子等搬去，再加搭一铺或是二铺的临时床。如其客人包房，每间每夜要照三铺或是四铺计算，合算起来，须八角或是一元代价。（现在洋价加涨，他们的铺价也加倍。）侯七睡的那间客房本是两铺，为图清爽起见，进店时关切包房的。如今店中生意兴隆，临时和侯七商量，让出一铺。侯七现在的脾气比以前好得多了，并不刁难，一口允许。自己占了对门铺的那张床位，将旁边的一榻让给店中另外卖钱。店小二再四相谢，欢天喜地而去。侯七再把那两张床一比较，中间一铺虽然大些，却是竹榻；旁侧的一铺虽是独人睡的，却是棕垫铺，所以结果侯七却睡到了那小床上去。因为身子乏了，那店小二去不多时，他便卸去长衣，蒙被而睡。至于房门呢，因为他们另外要招留同房客人进来，所以虚掩着。

约莫到将近三鼓之际，果然店小二又招呼了一个河南口音的客人到侯七房内，睡了正铺。那位后来的客人认道睡在边铺上的客人尚有同伴在外未回，故而仍将房门虚掩，没有下钥，也便睡了。

不料到了三更时候，侯七忽从梦中惊醒，听得正铺中的河南客人骂道："狗杂种，你敢太岁头上动土，行刺你家金老爷吗？"

侯七一听口音甚熟，又听见有兵器之声，吵吵嚷嚷，已是扭出房外。侯七怎敢怠慢，忙地坐起身来，上下检点一过，离床取火，提着软鞭，走出房门一瞧。只见两个人在院落中动手，一个拿刀的不认识，一个赤手空拳的果然是自己结义弟兄之中排行第十，河南光州的神拳无敌金钟声。

侯七见了，便高喝一声道："十弟休慌，劣兄侯小坡来矣！"

那金钟声一听侯七的声音，便道："七哥快来捉拿这贼，这就是草包刘瘸子的兄弟，放火烧毁七哥吉林天达店，又在南京用鸡心腿踢死朱五哥的八臂哪吒刘万通。"

侯七一听，气往上冲，抢动手中软鞭，跳到院中动手。

那刘万通刚从南京逃来，他有一个盗窟，在此地龙蟠山虎跑泉畔，因为被于大明子、苏二、李长泰、高福海、韩尚杰等五人逼得不能再在南京容身，所以才逃回老窝。及至滁州，也到泰来店投宿，一眼瞧见侯七，便命小二进来探听口吻。侯七虽没承认是关东人民，八臂哪吒却已看透了八九分，回头问明姓侯的睡在正铺之上，所以三更时分进来行刺。一推门却未上闩，便挨身而进，暗暗道："这是哥哥有灵，天叫这厮自投罗网！"便直奔正铺面前，一手掀开帐子，一手举刀便砍。不料侯七却睡在侧面铺上，正面却换了金十。他也是从南京吊了朱三傻子的孝，闻说李长泰往皖北一带找寻侯七，所以他也渡江过来，想寻到了侯七，共商替三傻子报仇的方法。到了此间，虽然投宿，却一时睡不着。当刘万通推门进来，金十是天生一副电光眼，早已瞧见。及至贼人赶到床前，金十早有预备。刘万通一刀没有砍着金十，反被金十用黄蜂出洞之势在刘万通额上踢中了一腿。刘万通负痛逃出房门，金钟声才嚷着下床追出去，将侯七嚷醒，见是自家兄弟，便上前助战。

刘万通本不是金十对手，幸亏手中多一把钢刀，勉强战住。如今添上一个侯七生力军，再加侯七听说是放火烧店，又是踢毙朱三傻子之人，真是仇人相见，分外眼明，抡动手中那条十三节虎尾软鞭，鞭花如栲栳大小，使得风雨不透，更使刘万通吃惊不小。两下走不到三个照面，砰的一声，刘万通的那口刀已被侯七软鞭磕飞。金钟声看得真切，便抢过去，先把那把钢刀拾在手中。刘万通见不是头，便口中虚嚷一声"着打"。侯、金二人认是暗器，彼此往侧边一闪，刘万通便乘势跳出圈子，上屋逃遁。金十眼快，忙跟着蹿上去，却被一件黑压压的东西打中额角，打了下来。停睛一瞧，原来这厮发极，将脚上的鞋儿脱下来，当作灰瓶石炮般掷下。两只鞋子掷掉了，又在屋上揭了许多瓦片乱抛。一时侯、金二人倒也无法上屋，又不敢躲进屋子，明知一躲进屋，这贼必然逃遁。并且侯七知道他一定是土相，因为此刻阖店中人都已起来。那泰来店中人见了，高喝："客官住手，这是刘二员外，不是歹人！"分明他此间有一部分势力，万一放松一步，他躲入了人家家内，一时再到何处找他报仇。正想和金十商量，预备一个人在这院内稳住屋上这贼，一个人抄到前院，或在后院上屋兜捕。谁知侯七正想着这条心思，已有人上屋了。是谁呢？原来是王凤珠的表兄满天星米金镖和单氏、赵氏二弟兄，一共五位。他们是跟随董长清往豫、陕一带追赶杨燕儿夺取龙驹宝马，居然不曾费力，宝马到手。

回至徐州，董长清叫他们迎上南京，找寻于、苏诸位，今晚也住在泰来店中，此刻也惊醒起来瞧热闹。他们和金十虽不认识，和侯七是认得的，正要上前相助，却见贼人上屋，便由米金镖出主意，他们五人退至前院上屋，由单、赵四弟兄分布四方，米麻子独自绕到贼人背后，将他连肩带背一把揪住。病太岁等四面围拢来，便将他腰内大束腰解下，将他四马攒蹄捆着，丢下屋来。下边侯、金俩见屋上没有瓦抛下来，认是贼人逃去了，正要上屋追赶，却见这贼捆得五头聚会，丢下地来。二人也不问这贼如何被缚，先把他毒打了一顿，接着屋上跳下五个人来，彼此相见。不料店主人出头说话哩，说："这是此地有名的小孟尝君刘二员外，你们怎么胡闹，当他贼用，打得寸骨寸伤？小店可吃罪不起。快先把他放了再说。"侯七等出头承当，并且说此人在南京犯着命案，要他归案偿命。店主人便向侯七讨取犯案捕人的公事，怎奈侯七又拿不出来。

扰至天明，尚无结果，却惊动了滁州地方上的土痞，内中大部分是刘万通死党，都围拢来说现成话。侯七等不但不能押着刘万通上南京，自己连金、米、单、赵六人反被他们指为诬良为盗，要被店主人等捆送了。

正在为难之际，恰巧于大明子等从南京来了。因为小毛豹伴着龙无畏到了扬州，先见了徐宝山的红旗李大个子，哭诉原委。由李大个子私下告诉徐统领，徐宝山极重袁门义气，即便派李大个子拿了他亲笔签字的书信，同小毛豹、龙无畏俩回南京，在江宁府衙门投书，一面再命龙无畏补了词状，分至上元县江宁府台下控告。这一来，自然批准了。

这时候，三傻子的师父马献忠也回来了，再由他向江防营里一走门路。时江防统领恰恰是江西张少轩刚接任，手下一个亲信叫林锡祖，也是马献忠的门生，自然要买老头子的脸，便打干到各省通缉公事，并且即由林锡祖承办此案。马献忠知道刘万通的丈人家在滁州龙蟠山，所以公事一下来，便同于、苏诸人上滁州来捕捉。刚才赶到，听得路上闲人谈及泰来店内出了新闻，他们便找寻到来。店主人见了真正拿捉刘万通的公事，倒吓得躲开了，面都不敢露哩。那班土痞自然也散了。

当下林锡祖在当地文武衙门投过公文，便将刘贼解回江宁。恐怕路上有羽党行劫，将他脚筋挑断，用胡桃练穿了琵琶骨，押到江宁。由上元县审实口供，定了斩立决罪名。行刑时节，三傻子表侄龙无畏花钱买通了刽子手，偷取了刘万通心肝去祭奠朱三傻子。因为傻子无后，便由龙无畏顶袭两姓香烟，后来由朱三傻子师兄马哀陆收龙无畏做了徒弟，又到沧州去，投拜李长泰门下，学会廖家救命三拐，又练习了一身水内功夫。以后江湖上提及南京三步两桥的巡江海蛰龙无畏，倒也颇有名。这都是后话，表过不提。

再说于大明子、侯七等将刘万通解往江宁，总算替三傻子报了仇，便动身回徐州。在路上问及米金镖等如何夺马，米金镖说明经过情由："原来龙驹寨的柴老八接到董老道书信，便派定弟兄留神此马。那杨燕儿自知不敌，乐得做人情，将马亲送到柴老八那里。柴老八受了他马，即派人送回来，我们追上去，在巩县地方两相逢，已将马带回徐州了。"

大众听了，甚为欢喜。

谁知杨燕儿抽心烂，他盗了宝马，却冒着白马侯七名义，在许昌五女店娄家集做了一起血案，抢了人家财帛，奸了人家寡妇，杀了人家事主，然后将马送给柴老八。至于他的身子呢，到嵩山候刘万通不到，便投奔鲁山二郎庙的红枪会首领樊老二去了。

那樊老二和王天纵、白狼诸人都是关东道上的有名人物。杨燕儿到了樊家，渐和这些人认识，他们的团体总名半段枪会，供奉的老祖爷乃是唐朝的潼关总兵哥舒翰。因为哥舒翰当年曾持半段长枪杀退三路吐蕃兵将，名震中外，才留下两种半段枪法，一半叫红枪，一半叫黑枪，又唤作红门、玄门。樊老二与柴老八等同出红门，只有白狼是玄门。当时那豫西一带有一首歌谣是：

半段玄来半段红，关西大汉走关东。
有朝铁树开花后，天下和平五谷丰。

杨燕儿见樊老二并无大志，那白狼却想干大事业，所以最后他便追随了白老五去哩。但是许昌做的血案，尸亲不知就里，便在许州知州衙门内将白马侯七控告下来。自然一样申详上宪，行文到吉林拿侯七。直待吉林方面查明侯七等其时又上的徐州，回文转来，再动公事，到江苏来捉侯七。幸亏这桩事情发生之际，他们十弟兄当中的老四黄面佛高大锁恰恰保镖经过，瞧见杨燕儿浑身血迹，跨宝马过去，才好到官证明侯七冤枉。然后邀齐众家好汉，上鲁山捉拿杨燕儿归案。这都是后文中的事情，现在不过提及一句罢了。请问侯七等当时只知宝马重又到手，谁能料到杨燕儿又暗施这条移祸江东的毒计？

　　单表大家当时同回到了单庄，褚三儿和李长泰也来了。他们俩因寻不到侯七，非常含惭，并且着急。及至回来见侯七已经先在，才把心上石头放下。单三英便将马交给侯七，侯七也便多给些银钱与褚三儿，叫他回徐州去，暗偿车行中那一辆羊角小车。因为那辆租来车已在上窑冯家店内烧去了，并且劝他投军，报效国家，因为其时已在清民交替之际。褚三听了侯七的说话，自去办妥私事，投军效力。此人后来做到封疆八座，独当一面，全亏侯七一臂之助，所以侯七将来遭了血案嫌疑，还有用他之处。

　　当下诸事妥帖，便又重提亲事，苏二去问董老道，说要待王凤珠来了再说。候了不多几天，王凤珠回来了，带着师父两封书信，分递董、苏二位。及至拆开一看，那石师太信上说得明明白白道：

　　　凤珠是高家望门寡，仍旧要做高家的续弦，不宜做他家花烛夫妻，反而大家有碍。侯七贤侄的赤绳系定在凤珍身上。并且三徒弟杨凤英的终身大事也趁此托给董、苏二位师兄，替她撮合成金玉良缘。

　　这一下可把董长清和苏二俩愕住了，同时要解决这三凤姻缘才行，不然一定又要暗中发生争执。而且侯七听了，又明言不要赵凤珍，一时却又说不出一个不要的理由。只有王凤珠肚内明白，这是龙亢集赵子丹孙女儿赵凤瑛干的事。因为雪天黑夜，分辨不清，侯七只当赵家凤姑娘是个既丑且泼的人物，所以不要。论理应该说明，无如为了自己婚事落空，所以故意不说，这可糟了。

那陈海鳌和张景歧俩却从关东请了于大娘，带了侯七做亲费用，已从长春赶到了。可是这边亲事越说越远哩。

正在为难之际，苏二预备上双桥镇莲花庵和石悟真去打商量。山东曹州方面，金眼神鹰高福海老三家内却追了个庄丁来了，说高庄主的妻子产后中风，连小孩子双双毙命。二庄主高大锁保镖出外，又不在家，自然高福海要赶回去料理妻子丧葬。苏二至此忽恍然大悟，说："高老三为了兄弟义气，所以丢家出外，如今害他断弦。石师兄真有先见之明，我们该把凤珠姑娘说合与高三做了续弦哩。"

大众自然赞成，由李长泰、单三英做媒，说成此事。因此苏二又想到金钟声身上，一问他尚未对亲，而且他的小名叫玉哥儿，便写信到光州金冕英那里，将杨凤英亲事说妥。独有侯七亲事尚未解决。

幸亏由于大娘盘明了侯七心事，此刻王凤珠也把雪夜之事说将出来。苏二便要差小毛豹上双桥镇去将赵凤珍请来。刚要动身，恰巧赵凤珍也奉了师命到来。侯七见真的赵凤珍就是冯家店内救护自己性命之人，方才要了这头亲事。谁知凤珍风闻侯七拒婚原委，又不答应起来。幸亏有众人相劝，方始无事。可惜著书人无此本领，不能将当时男女双方的误会经过细细写出，只能如此草草结束，不然倒好玩哩。

侯七既和凤珍结婚，在徐州住满了月，回至吉林，重又备酒告庙，邀请亲友。恰巧陶柳溪前来贺喜，又托侯七替他儿子做媒。侯七便想起那赵凤瑛来，便从中说合。彼此都是眇一目、跛一足，而且一左一右，天生奇偶阴阳，合该配成夫妇。这一对贤梁孟，后文中也有用处，所以要特地表明。

侯七成亲的第二年，赵凤珍一胎双生，养了两个孩子。大明子夫妇非常欢喜，取名叫作云孙、明孙。将云孙顶了他祖父侯云坡香烟，明孙自然顶袭自己于氏香烟。依侯七心思，还要到吉林造屋开店。大明子劝他不必，把自己长春的那所天达老店传给侯七开了。至于王凤珠和杨凤英，不久也和高、金二人结婚，自然也有一番热闹。他们十弟兄之中，虽然死了朱三傻子排六、罗佩巽排九，但是新结识了米、单、赵氏诸人，而且都又沾亲带眷，实力上非但不减，并且比前有得增添了。

第二十五回

开赌场大流氓抽头
借盘缠小秃子割肉

且说河南省得坳内，有一处地名蔡家汇。那是汝州、宝丰、鲁山三县交界，四围有八八六十四个土墩围着，名为黄家八卦墩。据说是三国年间，曹操八十三万大兵下荆襄时节，痛恨诸葛亮，特派夏侯惇到南阳三搜卧龙岗，想提拿孔明家属。初不料孔明的泰山黄承彦早已料到，吩咐女儿率领家中男女老少，早早迁避到鲁山山人暂住，独恐曹兵到了南阳扑个空，再沿着汝水从南召一路寻过来，所以黄承彦按着八门金锁阵的休、生、伤、杜、惊、死、景、开方法，造下这六十四个烽火墩。如其客边人到了这地方，不雇土人带路，任凭你在内行走一年半载，仍离不了蔡家汇前后左右方圆三十六里另一步范围之内。

谈到我们中国民风的强悍，第一要推中原子弟。照地理上研究起来，潼关以东，黄河以南，江汉朝宗之地确居天下之中，那么湖北、安徽、陕西、山东、山西、直隶六省都不过带一只角，河南却好算全省都是中原区域。就河南一省研究，要推豫西一带，民俗愈加蛮横。就豫西而论，河洛道道区内的宝丰、鲁山、汝州、伊阳、卢氏、嵩县都是难以临治的硬县。何况蔡家汇这处地方占着八卦墩的地理形势，又是三县交界，在路东闯了祸，只消跑到了路西，就算是邻县人民，一时未便动手找他的了。所以豫西小儿有几句童谣道："做了卢鲁民，杀人不偿命。""跑进蔡家汇，有天无日头。""鲁山百姓架子大，皇帝到来不接驾。"

154

从这三种歌谣上推想，也可以明白那处地方民情风俗的大概了。

那一年是前清宣统三年辛亥四月底边，蔡家汇东市梢关帝庙内有一个破落户叫蔡枭，和一个陕西客民叫赤阿五，俩合开一局赌，输赢做得很盛。本来这种天高皇帝远的地方，遇着初夏日长时候，真个是兴赌涨麦天，只要有输赢，尽管一口气赌下去，用不着歇手。好在地方上的乡董也一鼻孔出气的，这局赌里头，他也有一份赢拆输不管的干股。至于驻防在蔡家汇的一个把总，和着手下七八个弟兄，当然都有香烟鞋袜钱到手，他们非但不说闲话，来空做闲冤家，还希望赌得热闹。那么日脚好久长，他们外快也捞得足些。不料天不从人，鲁山、汝州、宝丰三县都有告示发来，说是省里公事，因为广州闹了革命党，虽未酿成巨变，但是党魁赵声、黄兴、孙文等都在逃未获，故此宣统有密旨谕各省督抚，叫他们将该管地方无形戒严，防范革命党。各州县奉到上峰札子，自然也分函各乡董，谕话各地保，一面晓谕示众，第一就是严禁聚赌，恐怕党人混杂。这么一来，蔡家汇这局赌只好休息几天，避避风头再来。

如是者约莫歇了十天光景，见县内不上紧了，这班爱赌之人正赌得心手热辣辣的当儿，一旦戛然中止，好比年轻妇女死了恩爱情人一般，哪里守得住，自然又上局了。不过停了一停，那台面终究要疲乏一点儿，不像前几天那般踊跃。恰巧蔡枭摇过了头场，本来分开大小台，大台上摇筹码，小台上摇牌批，因为卷土重来，输赢不佳，所以只开了一张台子。头场摇过牌批，结过了，二场换筹码，如果有输赢，一场场摇下去。倘然没有输赢，便收过筹码，再摇牌批，名为雨夹雪。

那晚，蔡枭头场是扫的。赤阿五坐下去摇二场筹码，见人头不多，索性摇畅口，不做满头，下风尽押尽赢。不料骰子不争气，开场二夹三四滩，没甚大进出。后来逢四必伏，被下风摸着了路，一见开出四来，大家都拼命地押么。连捉两次，上风已沉了二三百块钱了。如果坐下来说了个满头，倒好换骰子或者扳断了重摇，无奈摇的是畅口，未便如此急干。等待第三个伏么来了，下风一条边押着那个么门。

155

赤阿五一打量台面，如果开了重门，配钱要八九百块，自己口内未便说什么，便喊蔡枭来道："摇三坐七，我是不过三份，公账内要七份，这一宝输赢比不比，请你们说话。"这是一种打过门。

蔡枭假意说："我也不能做主，让我到账房内征求大众公议。"于是匆匆退出人圈子，故意跑出去一转，然后回进来道，"账里只领三成，我个人领一成，做四成输赢。"

赤阿五道："那么我也加领一成，照台面八折输赢。"

当下那个做二相帮的便高喊一声："四门八折，大家愿意吗？不愿意的快收注。"

此话一宣布，顿然间人声喧杂，骂上风不漂亮的，笑上风怕做输赢的，有的怒声诘责道："我们输了钱，全仗这一宝反反本，不要脸，打折头了。那么我们袋内的钱你们抢了去，倒痛快得多。"

赤阿五一味干笑不则声，做相帮的却赔着笑脸，和那人说去。

这一番骚扰之后，接着又是收注头的，加注头，通注头，收住又押，通了再动地乱上一阵。这阵乱过，重门还是幺门白虎。做相帮的，本来青、进、白、出四门，用看、开、亮、掀四个字代表。此刻白虎重门，自然"亮"字不喊，单喊掀起来开看吧。如果上风沉得大了，四门押钱相仿佛，也许彼独拣重门喊。不过喊要喊三次，头二次喊后，必接一句阿有，要待第三次喊过之后，上风才伸手去开摇缸盖头，此所谓三邀三喝。如其下风下注，在三喝之后，名为拉轿杠，万一开了轻门，下风要怪着拉轿杠的，开了重门，又要受上风闲话。故此经过三喝之后，不再会有人下注，况且今晚是打折头，上下风比交锋，这一宝辰光也格外歇得久了，更不会有人拉什么轿杠，所以帮闲的喊罢三喝，肚内已经在那里打算折头扫配了。

不料人丛中忽然有个客边人的口音喊道："慢开，押啦！"

大家甚为诧异，不约而同地都向那个拉轿杠下注的人望去，却是一个粗眉大目、年约四五十岁的秃头汉子。身上穿着也不见得怎样，一望而知是个老串客，不像会下甚大注头的。果然他摸出三个铜子来，亲自授到台面上道："两串一搁白横。"

那班下风见了，撑不住笑起来道："这人眼睛内塞土，耳朵内填泥，所以瞧也瞧不清，听也听不出。这是摇的筹码大台，铜子不上台的。"

赤阿五见了，更是忍不住心头火发，亲自站起来，伸手把那三枚铜子抬过来，便向人圈子外一撩，口内骂道："见你妈的鬼！老子在此散散心，尚有人敢来捣蛋吗？"又向帮闲道，"你去睬他！他有种的，当众在身上割下来押，押中了一块赔他三块！"

于是赤阿五重又坐下，自顾自开盅盆。这一宝却开了个头飘门青龙，上风占着便宜。自然帮闲的把下风注头照八折吃配开了。赤阿五重又盖盅盆，再摇下去。恰巧凤凰三点头摇罢，摇缸放平，那个拉轿杠的秃子霍地开口问道："我的注头呢？"

大家听了，又笑骂他道："这人真是呆的，怎么宝官方才撩钱说话，他一毫不知道，还会问他的注头哩？"

那个秃子道："不，俺有道理，方才俺是送轻门。如今开了轻门，该给一句说话给俺。"

赤阿五听了，明知此人是来寻事生风，想好处来了。送轻门这个规矩本来是有的，但是和此人面不相识，再者听他是客边口音，明欺他地陌生疏，故而索性蛮横到底，厉声回答道："老子爱做交锋，谁要你来讨什么好！"

那秃子冷笑道："既然爱做交锋，为何要打人家折头呢？欺生吃相，太不讲理。"

这话一说，赤阿五臊得脸上绯红，愈加恼羞成怒，恶狠狠地道："小子是有种的，就割肉下来押！"

秃子道："真的吗？割肉有甚稀罕呢？"说罢，便把身子挨上一步，靠近台边。

好在他的身躯长大，便把大褂下摆撩起，将左足跷起来，踏在台子边上。一伸手，在打腿布内抽出一口锋利雪亮的牛耳尖刀，横过来衔在口内。然后自己将打腿布褪下，裤管儿撩到膀弯上头，露出一条毛茸茸的黑腿，将左手挡住衣钩裤管，防它拖下来，右手在口内拔过尖刀，照准着自己腿上，嚓的一声，竟然血淋淋削下一片肉来，掉在台上。两厢那些押宝的下风，胆门子小的已经一声呐喊，掩目跑开。就是胆大之人，虽仍站在那里观看，但都免不了啧啧连声，皱眉挤眼。反是自家动手削肉的那个秃子，谈笑自若，创痕上血流不止，他好似不觉得的一般，却从容不迫，把那口尖刀倒过来，刀尖向下一戳，把那片肉挑在刀头上，抬起头来道："押进门！"一壁喊押进门，一壁把那片血肉连刀向着赤阿五面前掷去。说也奇怪，那口刀飞到进门当儿上，好似有知觉一般，竟会落下去，不偏不倚，直挺挺戳在台上。秃子又行所无事，笑向大众道："这一宝准是进门，大家快下注吧！"

请问闹出了这个把戏，再有哪一个敢下注做输赢？自然一味地胡扰，乱哄哄闹上一片。本来赌场内有一种天然秩序，上下风无形严守着，丝毫不乱的。如今你喊我叫，把那秩序完全翻扰得没有了。

赤阿五此刻势成骑虎，脸色铁青，两眼发赤，也预备和那捣蛋秃子拼的了，所以把心一横，竟要伸手上去开盅盆了。幸亏蔡枭得信，赶到台面上，丢了个眼色。先有人劝赤阿五暂时离开宝官位子，避过一边，然后蔡枭再赔着笑脸，向那秃子连连打招呼，加着那班帮闲的也在旁帮着做好做歹地相劝着。开场秃子铁铮铮不受人劝，但道："妈拉巴子，俺路也走得多了，人亦见得多了，什么三头六臂、赤发红须的，都曾见识，却从来没有瞧见这种不讲理囚娘养的，枉恐他做上风，摸和尚头，一点儿打光棍过门不懂。如今俺肉割下来押的进门，唤这囚娘养的有种来开这一宝，被俺押中了，赔俺个三刀六洞。如果押不中，俺今天拼着这身肥肉，和他分个输赢。好在俺的身躯不是租来的，就连心肝五脏挖出来输掉了，也活了四十多岁哩。"

此刻蔡枭一味打躬作揖，赔笑认错，正不知费了多少唇舌，好容易秃子的口风落软了，便在进门上头把尖刀拔起来，在刀头上除下那片血肉，亲自弯腰动手，将那片肉在秃子腿上原痕子内掩上去。有几个聪明些的帮闲便去抓了把香灰来，渗上去，止了血。又拿了几张纸，把一块揩台子抹布撕成两条布条，帮着蔡枭，七手八脚地替秃子包扎好。然后秃子自己将裤管折好，塞在袜内，再把打腿布缠上，仍将尖刀插在布内。收拾妥当，蔡枭便硬拉着他到账房谈话去。只要秃子一走，这厢自有帮闲收拾台子上和地上的血渍，打扫干净，重请宝官复位，再做输赢。

单表蔡枭邀那秃子到了账房，自然用上好酒饭，很殷勤地款待。在饮酒当儿，慢慢地请教尊姓大名、来踪去迹。方知这秃子是吉林于大明子的得力伙计，当年在伊通河内干过没本钱独脚营生的秃尾鳅陈海鳌。此番是奉着大明子的使命，到陕西三原拜访高鹞子，有书投递。不料却和鹞子未曾会面，回出潼关，又错入鲁山歧路，白白绕了几天冤枉弯道。因为身上盘缠用罄，所以到乱把场内来想法的。蔡枭瞧这秃子的神情，不像哀怜党放截头，况且在外跑跑的，山水有相逢，资助几文川资，极寻常的事。再加吉林于家镖也有许多人提及过的，故而当晚安顿他好好睡觉。

到了第二天清早，送了他十块大洋路费，又派一个帮闲领他出了黄公八卦墩，指点他一条上郾城的大道。到了郾城，便好搭京汉车，不愁再无路可行哩。方算了结这件割肉押宝的公案。

从此以后，豫西一带都知道吉林于家有个硬汉子伙计陈秃子，而且传扬开去，将陈海鳌割肉押宝情形格外说得有声有色，凡是欢喜弄拳棒或是爱赌的，都把这件事情当作故事讲哩。这虽已是前清宣统三年份上的事，但因为蔡家汇这处地方和赤阿五、蔡枭俩下文都有用处，所以著书人先把这件事情郑重其事地叙述清楚呢。

第二十六回

遭绑劫香饵是佳人
受诬攀祸根由骏马

却说民国四年份上，驻在许昌的一个王玉墀旅长，那一晚已经十一点敲过，他正独坐在房内，抽罢了大烟，预备睡觉哩，忽然手下送进一张字条来。王旅长一瞧，却是"刻在鼓楼后街第十七号门牌屋内，有要立候移玉一谈。哒哒"这几个字。原来这署名的"哒哒"二字，乃是王旅长与此间一个卖嘴不卖身的土娼张小鸭子俩定的暗号。王旅长对于那张小鸭子直爱同性命，恨不能用碗水调了，一气吞在肚内。屡次要想魂销真个，无奈小鸭子狡猾得很，竟同海上神山可望而不可即一般。凭空半夜三更来条相请，王旅长心上说不尽的快活，真和得着擢升了师长消息仿佛。立刻更换衣服，喊卫兵打灯，轿不乘，马不跨，匆匆忙忙，悄然出离旅部，向鼓楼后街来，寻觅十七号门牌的屋子。恐怕接到了大总统或督军的开拔命令，倒没有这样不候驾而行的快躁啦。

工夫不大，转眼之间已到了鼓楼后街。惜乎是个荒僻所在，再加夜静更深，一时信都没有问处。在那条街上走了几个来回，总算天可怜的，寻着那十七号门牌的屋子。王旅长急于要见张小鸭子，所以自己上前叩门，一瞧四扇黑漆墙门，靠上首那扇门上钉着一块洋铅皮，一瞥之间，好似"开封范"三个黑底白字。王旅长把下首那扇门一推，里头却没有上闩，乒乓一声，那门开了。王旅长便带了卫兵，跨进墙门。只见门房内有两条长而且阔的板凳，便吩咐卫兵把门推上，将马灯火光转

160

低些，就坐在此间凳上守候吧。他一个人走将进去，穿过一层院子，到第二进内，正屋内黑暗无光，靠右首次间屋内却有灯光漏出。王旅长便忙着跨进次间屋内，只见一个精壮健妇坐在洋灯旁侧补袜，一见王旅长进来，便抬头问道："您莫非是王大人吗？"

王旅长点点头。

那妇人笑道："怎么来得这般迟？怕小鸭子眼都望穿了。"

王旅长道："人呢？"

妇人把嘴一努道："后面。"

王旅长顺着她努嘴的方向一瞧，见有一道腰门，自便匆匆地走进去。一脚跨进那门，耳边厢好似听得带来的卫兵声音在外边高声叫喊，却没听明白是喊的什么。他也不去管账，一心要和意中人照面，急急地走进那屋一瞧，空空洞洞，又不见人。王旅长心上一动，正想回身退出去，追究那个补袜妇人。却又听得对面屋内有一种娇声喊道："怎么还不见来呢？把人等死哩。"

王旅长一听，好似小鸭子的声音，不顾三七二十一，直闯进去。又过了一重院落，踏进屋子一瞧，是间卧房形式，中间一张床上，帐子放下，露出一双女足。

此刻王旅长的一颗心别别别跳个不定，喉间发腻，两腿微微颤动。好容易镇定六神，走到床前，双手把帐子掀开来，口内想喊一句："小心肝儿，你家达达来了！"

谁知他的手刚搭到帐上，觉着那只女足向床上一缩，接着一阵子脚步声响，门外边、床背后、床顶上、台子底下、衣橱里头，都钻出五六个彪形大汉来。手中都拿了手枪，对着王旅长，齐声喊道："手举起来！"

此刻王旅长欲念全消，软洋洋将帐子放下，回转身来，愕住着由他们摆布。那些人聚拢来，由一个黑麻大汉动手，把王旅长上下通身搜检一遍，倒并没有带手枪。至于一叠钞票、一只打簧金表和一条金表链，他们这班人也志不在此，并未搜去。

161

此刻床上却走下一个英爽的女子来，把帐子挂好，道："请旅长床沿上坐地吧，我们今晚迫而出此，相请虎驾光临贱地，不过简慢得很。"

又向着那几个大汉道："你们也太鲁莽，擅敢如此地惊扰贵人，还不退出去哩！"

此话甫毕，那几个汉子有的退向门外，有的仍旧向床背后隐去。最奇的，两个从衣橱内走出来的，此刻也仍开了橱门，走进去，把橱门闭上了。

此刻王旅长惊魂略定，叹了一声气。

那女子忙道："请旅长噤声些。倘然不住地长吁短叹，恼了我们伙伴，都是鲁莽之夫，万一把卫生丸奉敬旅长，小女子一个人恐也喝不住他们。"

王旅长心上虽然恐惧万分，口内却不能不说几句硬话装装门面，故而开口道："你们有话，尽可和我好好相商，何必施出这种手段？至于'生死'二字，我们当军人的，不知道怎么叫生，如何叫死。况且我十八岁投身行伍，从一个排长在小站时候做起，一直做到现在地位，完全是把性命换来，岂有二十多年的老军务还会怕死的吗？究竟你们这些人哪一个是当家头领？究竟把我哄骗到来为了何事？快说吧！"

那女子听了，便跪在地上哀求道："求旅长高抬贵手，救救小女子拙夫性命！小女子名唤赵凤珍，拙夫侯小坡，匪号人称白马侯七。因为有一家仇人与拙夫暗中作斗，盗了拙夫的坐骑，名唤铁蹄跑月小银龙，冒了拙夫名姓，在此间许昌县该管的五女店娄家集地方，黑夜抢劫娄家集首富娄大忠家内财帛，又强奸事主娄家一个二十九岁寡妇。娄大忠极声喊叫，又被这贼在要害上戳了四刀，受伤过重，立时毙命。这贼临行之际，在墙上书了'杀人者，吉林侯小坡也！'九个字。故而出事的第二天，娄家集的图董、地保和着娄大忠的妻儿等在许昌县衙门内，联名将拙夫控告在案。许昌县知事备了公文，到吉林去关捉拙夫。其时拙夫适因有事羁留在江苏徐州，故此许昌知事得了吉林的回文，又行文到徐州去捉拿拙夫。拙夫见了公事，便自行投到许昌，分清皂白。恰巧在半途碰见一个拜把子弟兄姓高的，娄家集出事的第二天清早，姓高的亲眼瞧见拙夫仇人跨着那匹铁蹄跑月小银龙，浑身血渍，在五女店经过，故而随同拙夫到案做证，证明拙夫并非杀人凶犯。许昌县知事拟了个公平办法，就命拙夫办理此案，限一个月内将凶手拿到正法。拙夫领了公文下来，查缉了三四天，毫无眉目。又亏此屋的主人范玉西得到消息，告诉拙夫道：'这作案首犯现在鲁山地方隐居着。'拙夫得闻此信，便上鲁山去拿人。不料路经襄城，被贵旅所辖的第二团步兵团长李金印瞧中了拙夫那骑马匹，硬指拙夫是白狼羽党，诬说拙夫要运动军队，希图扰乱治安，不由分说，拿到团部里滥刑敲打，不认不休。昨天已将拙夫解到旅部，闻说是李金印亲自解来，并将拙夫那骑龙马送给了旅长，所以许昌知事到旅长那里要求保释拙夫出去。旅长就为得了李金印那骑龙马关系，不肯把拙夫交给许昌知事，说要待军法处严讯下来定夺。因此上，小女子得闻此信，没奈何，冒昧邀请虎驾到来，恳求将拙夫释放，薄惩李金印这厮。谅来旅长总肯赏脸，应允小女子的要求的。"

王旅长本来是个色鬼，听那女子低声辩诉，如同出谷流莺，娇音刺耳，不觉心上又动了妄想，两手不住地在人丹胡子上捋个不停，沉吟了好久，才道："只要你明白了害你家丈夫并非本旅长主动，事情就好办了。"

凤珍听了，在地上霍地站起身来，欣然道："既承旅长俯允小女子的请求，那么事不宜迟，就请办吧。"

王旅长道："今晚怕办不成了。"

凤珍笑道："有什么艰难今晚不可以办呢？好在字条儿已经写就，旅长手上那颗金约指不是镌着旅长的官印吗？只消在纸上加盖一颗私章，烦劳带来的那个卫兵分头跑上一趟，事情怕不立时解决了！"

凤珍话罢，便在床前那张台子上的抽屉内拿出两张纸条来，授给王旅长道："请过目了，盖章吧！"一面又在那一只抽屉里拿出一只玻璃印色缸来。

王旅长一瞧，一张是给军法处长的，上面写："襄城李团长解来之白狼羽党，因有要事面诘。着即派弁押送至鼓楼后街十七号门牌鄙人新寓候讯弗误。"一张是写给李团长的，乃是"顷有机要面谈，请速驾鼓楼后街十七号门牌新寓为盼"二十二字。

王旅长瞧了那两张字条，犹豫未决，尚在沉思默忖。

凤珍催道："快盖章吧！待拙夫到了家，小女子尚得重重地酬谢旅长大恩哩！"

王旅长经这一下米汤灌着，不觉搭讪着将左手无名指上的名氏戒指除下。凤珍便伸手过来接去，将印色缸放在台上开去盖儿，用力揿上两揿，然后授给王旅长道："请盖吧！"一面又伸手在墙上摘下一本历本，衬在纸条下边。王旅长便在署下款的地位上盖上两章。凤珍便将印色缸藏过，历本挂好，又在抽屉内取出一团乱纸，让王旅长将戒指揩净戴上。凤珍口内打了一声哨子，门外那两个汉子便走了进来。

凤珍道："旅长的卫兵呢？"

一个汉子应着退去。不多一会儿，领了那个卫兵进来。那卫兵是安徽怀远县人，今晚无意之间在外头遇着两个亲同乡请他喝酒，吃得脸子通红，脚步跟跄，走进屋子，见了旅长，连立正都忘怀的了。王旅长暗暗恨骂这个蠢牛倒喝得和醉猫一般，全不想身临何地，倒丝毫不知危险。王旅长只管忖量心事，口内却没甚吩咐出来。那卫兵也喝得头晕目眩，两眼蒙眬，单想找处地方安睡，所以也不问旅长呼唤有何差遣，彼此呆视了半天。

反是赵凤珍先开口道："旅长有两封书信差你立刻送到军法处和李团长耽搁的栈房里头，叫他们照书行事，以速为实。"

说罢，便将那两张字条交给那卫兵。又向着方才动手搜检的那个黑麻大汉道："怕这醉汉一人误事，有劳米大哥和赵氏昆仲协同前去，辛苦一趟吧。"

黑麻大汉应着一声，便领了那卫兵退出自去，其余几个彪形大汉也陆续退去。王旅长毕竟乖巧，想趁势溜哩，故而站起身道："如今事已照办，我也得回去了。"

凤珍笑道："既老何憎一岁，索性待拙夫回来，拜谢过救命之恩。就是李团长到来，不见旅长在座，他决计不肯低头服小的。既来之，则安之，有屈旅长再等一会儿吧。想必旅长贵人熬夜吃不起这苦，好在这里有件东西，拿出来给旅长解解闷吧。"

说着，便去抽开大橱底下那只大抽屉，拿出一副烟灯家生，将灯点着，忙着把床上被褥、床儿收拾妥当，请旅长躺下烧烟玩了。她又喊了一声："金娇妹子，快拿茶来！"

接着，又走进一个年轻女子，身上也是穿着一身玄色衣裳，姿首倒也不坏。拿着一把哈尔滨小茶壶进来，放在台上，向王旅长看了一眼，匆匆地退了出去。凤珍便靠在床前那张台上，和王旅长有一搭没一搭地瞎谈，一面又苦苦相劝王旅长抽烟。王旅长生平嗜好，第一是色，第二是烟。如今既有美人陪伴，又有乌烟烧吹，竟也忘了身在虎窟，反不住地盘问凤珍年纪多大，嫁了侯七几年，上头有无翁姑，膝下有无儿女，像老年妇人般大谈起家常来了。凤珍口内和王旅长对答，心上却时时刻刻留意外面声息。

隔了些时，那军法处长派了八个马弁把侯七送来了。凤珍又强迫王旅长拿出一张名片，加盖一颗私章，交给那军法处的卫兵，打发他们回去销差。等待卫兵一走，外头自有李长泰、高大锁、韩尚杰、金钟声等七手八脚把侯七身上刑具除下，便走到房内，向王旅长道谢。王旅长一瞧侯七那副外表，相貌堂堂，英气勃勃，虽在襄城团部受了李金印的非法严刑，如今仍旧挺腰凸肚，一毫不有愁眉苦眼的穷极形相露出来，不觉暗暗喝彩，心上倒很合适。故而反用话去打动侯七，想叫他投效本旅，做名差遣，有意提拔侯七起来。

侯七暗中真是又气又好笑，口内却推说："娄家集这件案子未曾办了之前，公仇私恨，俱未消释，等待此案办妥，一定到旅长跟前效力，求旅长栽培。"

他们正谈间，外边米金镖和赵匡忠、赵匡孝同着那旅长的卫兵，已把在县署大街交通旅社内住宿的那个李金印团长邀请到来。

凤珍便道："请旅长快出去发落。"

王旅长道："叫俺如何发落他呢？"

侯七道："容易得紧，只消旅长出去，和这厮照一照面就行啦。"

此刻王旅长身不由主，只得慢腾腾走出房外一瞧。原来外边的情形和适才进来时候大不相同，点得灯烛辉煌，活像一个公馆摆场，所以方才军法处的卫兵肯把侯七留下自去。而且进进出出的男女倒也不少，也有几个穿着陆军制服。王旅长暗忖："此间究是什么地方？明天回到了旅部，倒要派人来彻底查它一查哩。"不料走到第二进正屋里头，只见李金印站在那里。王旅长正要开口招呼，随在身后的赵凤珍却已先开口喝道："拿下了！"

说时慢，彼时疾，米金镖和赵氏弟兄俩便蹿上去，三个人服侍一个，将李金印掀翻在地上，用一条麻绳将李金印四马攒蹄捆起来，捆成一团。本来他职分是团长，如今却只团不长了。李金印要高声叫喊，又被米金镖在身畔掏出一团棉絮来，向李金印口内一塞，他要喊不能喊。

王旅长见了，口内忙道："有话好说，这算什么呢？"

不料口内不曾说完，自己身后也钻出单杰奎、单元奎弟兄俩，把他两条臂膀反过来，推到庭柱旁侧反剪起来，口内也一样塞了棉絮。那个喝醉的卫兵此刻已经睡着在门房内的长板凳上。单元奎剪好了王旅长，便走到门房内，把那卫兵也就加上一道绳索，捆在板凳上头，口内也塞上了棉絮。然后大家忙忙碌碌替范玉西家内收拾细软东西。收拾妥当，时候已有三更多天，派往旅部马厩盗回龙马的范玉西也将马盗了来哩。于是大家饱餐一顿，然后齐到正屋里头。

王、李俩手足虽然被缚，口内塞了东西，眼睛没有扎，瞧得很是清楚。见男男女女、老老少少，一共有二十个人。

侯七把李金印恨透了，指着他骂道："你这狼心狗肺的杂种！你自己是白狼爱门生，一点儿义气不讲，倒了师父的戈，把同盟弟兄的血肉倒换了个团长！姓侯的和你往日无仇，你瞧上了俺的坐骑，便硬指着俺是匪党，谋为不轨。及至打听明白了俺的来历，又怕担当不起，移祸江东，将俺又解到旅部请功。本来你这种东西，留在世上害人，今晚该一刀结果你的狗命，但是俺的宝刀不斩负义忘恩的无名小卒，故而也不屑污俺宝刀，将你这颗狗头权寄在你颈上。照你这种行为，迟早总要恶贯满盈，自有人来收拾你的狗命，如今侯老爷替你留些纪念吧！"说罢，便将他左边一条眉毛用剃刀剃去，又把他两耳削去，再将鼻尖削下来，用刀戳破了他的额角，趁热血流出来的时候，把那鼻尖替他嵌在那额上。又恐他流血过多，性命不保，所以嵌好了鼻尖，倒又拿出金枪药来，替他鼻上、耳上、额上都渗了些上去。摆布舒齐，又回身向着剪在庭柱上的王旅长道："此事与旅长毫不相干，故而今晚决计不伤旅长半根毫毛。不过旅长贪了李贼供献的龙马，便胡乱将人发交军法处审讯，所以今晚要有屈旅长受点儿小磨折。奉劝旅长，从今以后，办事要精细一点儿，像李金印这种东西，以后贵部下也少收容些。因为收容了，与旅长名誉上、事实上，都是损多益少。我们要走了，暂时奉屈做庭柱伙伴，大约至多三五天，自有人到此找寻旅长。今晚多多累及，俺侯小坡这厢有礼了。"说完，一躬到地。

米金镖喊道："七爷，咱们上路吧，和这些人有甚多啰唆？"

侯七便将屋内所有灯烛一起熄了。顿然间内外墨黑，寂静无声。其实他们在黑暗中再要静守了一个更次，然后都悄然出了后门，独留金钟声在内。将后门闩上，至于前门门上已把招租帖子贴上。那块"开封范"三个字的铅皮牌子亦经除下。门内大闩、小闩、挣头、塞头都已拴上。屋内虽还有点儿粗笨家具，不过也值不了许多，预备丢掉。

金钟声闩上了后门，然后飞身上屋，跳墙出去，会着众人到城门口。待天明开了城门，他们便出城上路。请问谁人想到这所前后门紧闭、门上再贴着招租招贴的屋内倒有一个旅长、一个团长、一个卫兵三个人缚在里头呢？

第二十七回

如梳如栉嗟嘴妙喻
亦兵亦匪苦我小民

这回白马侯七上许昌投案，他单身走后，大家不放心，所以白面夜叉李长泰、金眼神鹰高福海和着新夫人王凤珠、镔铁塔韩尚杰、神拳无敌金钟声和着新夫人杨凤英、满天星米金镖和着妻子铁头妈妈赵氏、无毛大虫赵匡忠、卷毛大虫赵匡孝和着金娇玉娇两个妹子、病太岁单杰奎、小太岁单元奎，以及侯七的义父电光眼于大明子、闹海神龙苏二、侯七新娶的妻子千手圣母赵凤珍，连那徐州丁字巷吕祖庙内的通灵真人董长清、青草洼单庄庄主无鳞鳖单三英，也为杨燕儿欺人太过，动了无名三昧火，都随后陆续追赶到许昌，帮助侯七捉拿杨燕儿。男的只有小华佗张景歧和秃尾鳅陈海鳌、包贤训三个人未来，女的只有单家弟兄的妻子刘氏、孙氏和杰奎的岳母刘高氏未来，此外全都追到许昌。

不料侯七在路上和黄面佛高大锁碰到，同到许昌县衙做证。许昌知事就着在侯七身上要这凶手归案，好容易得到范玉西的报告，预备上鲁山去访拿，又闹出襄城李金印这桩岔子。幸有范玉西的地理鬼熟悉许昌各界情形，闹海神龙足智多谋，便借范家屋子做了幌子，总算王旅长上钩，侯小坡得释，宝马盗还，仇恨报复。他们一行人众专待第二天天明开城，便安然离开许昌走了。

直到第三天傍晚，旅部副官处接到一封书信，是本埠邮递，封面署的是"本城混成第三旅旅部副官处处长并启　王缄"。副官长拆开来一瞧，里头写的是：

余与李团长金印，现被缚于鼓楼后街十七号门牌屋内。性
命在呼吸之间，望速派人来救为要。

玉墀便白。侠客代笔。

副官见了，将信将疑，一面派人上鼓楼后街窥探十七号屋情形，一面到旅长房前观看动静。谁知旅长房门反锁，人影杳无，怪不道这三天里头，旅长的面都不见。查问伺候他的亲信卫兵，方知尚短少一名叫王得胜的。照此情形，这封怪函不像是闲空之人弄笔头闹着玩的，怕是事实了。偏是探听十七号屋的人回来报告，是所空屋，前后门都紧闭着，不像有人居住，而且四邻八舍都是人家的祠堂，里头无人居住，一时打听都无从打听。副官长得了报告，倒又疑惑，忙派人召集各处处长和同驻许昌城内的团营长共商此事。幸亏军法科长提起前三天晚上曾接到旅长盖章字条，提讯白狼羽党，也是鼓楼后街十七号屋。好在押解前晚匪党前往的卫兵此刻也保护着军法处长到旅部内来会议，他们伺候在外面，立刻都传唤进来，大家七张八主地诘问。

那几个军法处长的卫兵答道："那晚前去，十七号屋的场面很大，装着门灯，有全副武装的弟兄站岗守卫，我等虽未曾得见旅长之面，但是旅长谈话的口音听得清清楚楚。本则咱们也不肯擅自把匪犯留在那里，因为有旅长的盖章名片，咱们才敢回到处长跟前销差哩。"

副官长听了这话，忙道："如此说来，这十七号屋定是匪窟无疑。事不宜迟，我们不管旅长是否和李团长被拘在内，先去抄了一下再说。"

此话大众赞成，公请参谋长代表旅长发令，居然也派着前锋先遣队伍，谁是后援掩护骑兵，所有驻在许昌城的第三旅舍、佐、目兵，全体动员。由副官长发了秘密口号，大家荷枪实弹，共分左、右、中三纵队，向鼓楼后街出发，包抄那十七号屋，小题大做，如临大敌。时候已经黄昏交过，况是三月下旬天气，墨暗无光，春风刺面。及至各队齐到

169

了目的地，还不敢破门而入。由第一团团长在最前线指挥弟兄们先朝天开放一排枪，哨探哨探屋内动静。他们这样地见神见鬼，当着一桩大事干着，连累许昌一班小百姓从睡梦中被枪声惊醒，吓得都爬起来探听何事开枪。神经过敏的和着善于造谣生事之徒便道第三旅兵变，扬言要掳掠全城。也有的说是匪徒夜袭许昌，和军队开火。这话沸扬开去，顿时男啼女哭，忙着逃命，自相惊扰，秩序大乱。

单表第三旅官佐目兵放了一排枪后，见屋内毫无声息，大家胆门子便大了一半，争先恐后上前打门。打了几下，并不见有人答应。那些弟兄们便把步枪倒过来，用枪柄狠命地敲打，也有把刺刀用力挖撬。人多手杂，一刻工夫，前后门都已打开，一拥而入。好一所五开间四进的大房屋，除了长凳上缚的卫兵王得胜，庭柱上剪的旅长王玉墀，地上捆成一团、耳鼻都无的团长李金印三人之外，余外连猫狗影儿都没有，不要说匪党哩。当下由副官长指挥众人先把他们松绑。

李金印是受了伤哩，动弹不得。就是王旅长，伤虽未受，但是整整两天两夜四十八小时没有东西吃喝，没有大烟抽着过瘾，再加手足被剪，口内还塞着棉絮团儿，故而也面无人色，神志昏沉。三人之中，还是那个王得胜倒还能够开口嚷肚子饿。参谋长便喊军医前来，先看治旅长。军医细细诊察过了，道并非受伤，亦非内病，完全饥饿烟瘾迫成如此的。又看那李团长，耳鼻都被匪割去，额尖上倒又翘出一些尖头，伤势匪轻，身上已有寒热，立刻送往医院调治。一面招呼旅长亲信卫兵也速将旅长抬回旅部。王得胜也有要好弟兄扶着他回去。参谋长酌留一排目兵暂守匪窟，其余弟兄尽各归队，一样吹着得胜号，嘀嘀当当吹回去，他们也算功成凯旋。至于军官军佐和八大处职员，都要回到旅部探望旅长。并且人同此心，都急于要知道旅长如何会被缚在这所空屋里头，怎么又会和李团长在一处，李团长的耳鼻又是怎生削去的？

当晚王旅长回到了旅部，手下在他身上掏了钥匙，开门进去。先开灯过瘾，然后再端整稀饭充饥。一切舒齐，也急于要将息精神，大家只好散去。

待第二天，重又齐赴旅部请安，实在还是要探旅长经过的情形。自营长以下，不过跑来凑凑热闹，轮不到他列席旁听。只有参谋长和副官、军需、军法等处处长，都是王玉墀的亲信人，才有请问资格。王旅长一时颇难启齿，只好推说是宴罢经过该处，突被乱党劫入，夺去指上戒约图章，印在字条上，援救同党，陷害李团长。大家听了此话，瞧瞧旅长指上那颗名讳戒指依然套着，难道匪党如此文明，夺去用过了，还原璧归赵吗？明知这是旅长遁词，但也未便穷诘，只好姑妄听之。

直待大众散去，王旅长单把参谋、军需、副官三处处长邀留到内室密谈，方才说出真情，商量对付方法。依着副官长主见，简直行文各处，悬赏缉拿。还是参谋长有点儿主见，再加听旅长口风，对于这班人甚为惋惜，故而便顺着说话道："这些亡命之徒出没无定，就算行文广捕，恐怕未必见得拿到。反不如示以自省之路，叫人传扬出去，许他们投效自赎。如果这班人来了，民间既少了害马，我们又得到几个好部下，岂非一举两得？"

于是副官长主战，参谋长主抚，你说你的理，他道他的理，反把王玉墀蒙住了，一点儿主张没有。

正在争执的当儿，忽然省里头有电报到来，乃是：

督军密保，已蒙大总统照准，委任河南第三混成旅旅长王玉墀兼了豫西剿匪司令。

此电一到，大家忙着向王旅长道贺。接着同城官绅得信，也都赶来道喜。王旅长照例要和各方面酬酢一下，只好把对付这侯七等一班人究用何项计划的事情暂时搁起。等待这事才了，接着督军又有公事到来，道"据汝州、鲁山、宝丰三县士绅来署控告，该三县交界蔡家汇地方，有土痞蔡枭、赌棍赤阿五等，始而开场聚赌抽头，近复与白狼羽党杨燕儿勾结，啸聚不逞之徒，数约两千余众，械弹俱全，四出掠劫，掳人勒赎。该处附近平民不堪骚扰，故而联名来署呼吁。按汝州、鲁山、宝丰

171

三县，属于河洛道区，皆隶于第三旅剿匪范围之内。迅即派队痛剿，务速肃清匪类，俾该地平民得各安生业"云云。王旅长接了这件公文，自然又召集部属，郑重其事地先开了个军事会议。会议下来，多数主张将这剿匪责任委给第二团担负。因为该团现驻襄城，鲁山、宝丰都是邻境，就近开拔过去剿匪，一来可以军费节省，二来民可以少张皇惊恐一点儿。至于该团所遗防地，另调一团三营填补。议决之后，二团全团和一团三营官佐目兵便分别开拔。

其时二团团长李金印尚在医院中将养，得着本团开拔消息，所有开拔费和补充械弹都由团副具文代领到手，一时未便违抗旅长命令，他也只能出离医院，驰归襄城团部指挥一切。他对于王旅长这回对付侯七等办法不肯雷厉风行，替自己出气，觉得大不满意。他部下各营军官又都是白狼旧部，被宏卫军分头兜剿，逼得走投无路了，才和王玉墀接洽，受抚改编。现在就命他做剿灭白狼余孽的先遣队伍，和一家人火并仿佛，加着有侯七的事情横夹在内，故而李金印回到了襄城，便托名遣派联络，侦察敌情，实在是派的全权代表到蔡家汇去，和为首的匪魁杨燕儿接洽妥当。等待在襄城开拔，先纵容部下恣意骚扰。及至开到鲁山、宝丰、汝州三县，对于军纪风纪一毫不讲，民间的杂用物件予取予求。借着戒严名义，对于商旅往来都要检查，实在冠冕地搜劫。吵得地方上鸡犬不宁，对于剿匪事宜反提都不提。如是者半月光景，三县士绅不堪其扰，自又联名上控，分向督署、旅部把李金印和所部营连长等告上一状，督署自然向王玉墀发话。王旅长明知李团不稳，便赶紧把第一团步兵和着骑、炮卫队各营一齐集合起来，想把李金印团长和几个不法军官目兵一体拿下正法，然后将其余军士缴了械，调到后方改编。不料李金印消息灵通，早有准备，乘王旅长亲信部队尚未布置妥当之际，索性在驻防地点大肆抢掠，奸淫烧杀，闹上一下，然后改换旗帜，投到蔡家汇杨燕儿那里，仍旧做土匪去了。

这么一干，王玉墀脸上大大下不过去，为保全饭碗起见，不能不亲临前线，身先士卒，把匪党叛兵设法痛剿。不然不要说剿匪司令做不成，连那第三混成旅旅长位置也要动摇。局势如此，逼得王玉墀不能不拼性舍命干一干。幸亏第一团步兵和那骑、炮、卫队各营的士卒都是他亲信部从，平日间训练得也认真一点儿，枪械较精，弹药充足，一切军用物品如电网、电话等等，也都完备。加着旅长亲自临阵指挥，士气自也振作一些。连打了几个胜仗，把蔓延在鲁山前后左右各市集的几股土匪都打得跑回鲁山老巢，总算剿匪得手。自然一面通电报捷，一面把鲁山包围起来，徐图捣巢灭穴的方法。

　　王玉墀的司令部也移设到鲁山县县城之内，以便就近指挥。不过胜仗虽打了好几次，著名的股匪首领一个不曾拿住或击毙。就是为首为头的匪魁，也只知道名叫杨燕儿，并不知道杨燕儿的面长面短。等待将匪巢包围之后，照例悬了千金赏格，缉捕杨燕儿。因为鲁山的山势险恶，一时又不知山内匪众实数究有多少，虽已知道盗匪的大本营是设在蔡家汇市上，无奈蔡家汇四周有黄公八卦墩围着，地理陌生，为行军所忌，未敢贸然进兵。要想找几个土人来做向导，无奈这班老百姓本来为着匪过如梳、兵过如栉的关系，只消得闻兵到，都已躲开。现又为着李团叛变，纵兵焚掠了一次，百姓们对于兵八太爷格外恨如切骨。总算王旅长军纪严肃，剿匪认真，老百姓不帮助了匪徒来暗算军队，已经算十分客气。至于军队要想招几个土人做向导，领进黄公墩剿匪，一来不愿，二来不敢，所以竟找不到一个人影儿。因此王旅长的剿匪军务反无形地停顿起来了。这也是环境逼得他如此，并非王玉墀有意要稽延时日，耗费军饷。

第二十八回

将机就计燕子显神通
接木移花盐儿遭厄运

河南第三混成旅旅长兼豫西剿匪司令王玉墀，上文已经提及过一句，也是小站练兵时候投身行伍，原本是在北洋第二镇骑兵里头当执事官。所以他对于马的好歹，受过几年专门学识，和历年来的经验，很有几分把握。

书中交代，他上次受着侯七们的暗亏，事后并不上劲追究，实在也不全是爱上侯七的一表人才，乃是爱上他那骑龙马和着他妻子赵凤珍的姿色，所以姑示宽容大度，想引诱侯七等入彀，心思很深很深。无奈接着就发生剿匪军队和李团叛变等事情，只好把侯七那件事搁过了。

如今司令部设到了鲁山，他所有的家私自也从许昌迁移过来。他本来有一骑阿拉伯种的高头大马，尚是民国元年新疆伊犁副都统杨大个子送给他的哩，他非常钟爱。不料这次带到了鲁山，不到一个月，那匹马忽然不见了。王旅长知道了，自然摆出旅长架子来，在几个马夫身上追比。始而骂，继而喝，骂喝了再没有找回原马，老实不客气，请马夫吃马棒了。可怜几个马夫，两腿都打得皮开肉绽，鲜血直淌，但是这马的下落还是消息全无。

直至失马后七天，忽然有人送封信给王旅长。信上写道：

尊骑暂借试乘，十日后当送还也。

下面并没署名，单画着一只燕子。王旅长接了这封怪函，忙召亲信传观密议之后，众口一词道："莫非就是这盘踞在蔡家汇的盗魁名叫杨燕儿的前来盗去此马？所以信上画着一只燕子。"

　　这话一说，把王玉墀吓得面无人色，忙传令加紧戒严，司令部门岗和四城门守卫加添双班，派驻在城外的一半卫队营弟兄也全数调到城门，保护自己生命，至于那件失马公案，反松懈下来。在王玉墀本意，认道鲁山城内必有匪窟，加紧搜查，定能破获，不料一点儿影都没有。

　　如是者又过了五天，那晚已经九句敲过，为了戒严关系，阖城灯火都已熄了。忽然间，司令部内失起火来，大家从睡梦中惊醒，乱哄哄赶紧施救。幸而未曾烧成巨灾，只烧去了一只屋角，副官长严查起火原因，方知有人在墙外丢了一束稻草进来，稻草之中满裹着松香、硝黄等引火之物，所以才烧了起来的。自然要派人在屋内、屋四面巡查，搜捕放火之人。不料放火之人没有查着，却在屋后查见了旅长失去的那骑阿拉伯马系在一棵杨树上，浑身是汗，四蹄皆用破的毡帽包扎着，所以走起来绝无声息。当下报告旅长，尽道奇怪。多数猜详，又是那鲁山盗魁杨燕儿干的事。当下将马仔细察看，果在马尾相近的臀上又见烙着一个燕子式火印。王旅长见了，一口认定送马来城的匪徒尚匿伏左近，快些搜捉，也许可以拿到哩。于是一声令下，那两营卫队弟兄都想得那千金赏格，好在关门打瞎子，就在城里动手，真个笼鸟釜鱼、圈猪断蟹，容易到手的。不料在鲁山城内挨家比户地搜查，只少把鲁山全城街道房屋翻过来，也查不到半个匪徒，白辛苦了一个全夜了。累那鲁山百姓也吵得没有安逸，背地里怨声载道，把第三旅的官长尽情地咒骂。

　　经过了这番惊扰之后，王旅长才知鲁山匪徒确有能耐，非平常土麻子可比。再加测度民间对于军队的感情也坏到了极点，唯有严肃军纪，徐图补救。一面调遣精兵，防堵要路，车轮战守，步步为营，实行坚壁清野计划，把匪窟四面围困住了，断绝了他们外来粮食接济的道路，迟早总可杀入匪巢，宣告肃清的。王旅长自己每天清晨八时离开司令部，驰赴军前指挥弟兄们入山搜捕。无奈地理不熟，连攻进了山坳几次，似乎路径前进了不少，实在仍是抄来抄去，始终在那山口左右绕了几个弯儿，并未曾进得匪窟要隘。想把前锋移驻入山呢，可恨那些刁恶的土匪，只要这边有扎营动作的准备，他们便三三两两借着山石森林土墩等排斥暗来抄袭，使他们不能在山内占据尺寸土地，立定脚跟。等待这边回枪迎敌，那匪徒又躲得影踪不见，一时未知虚实，谁都没有这胆量孤军深入，敢在山坳之内安营，仍都退了出来。几次入山，结果皆是如此。王玉墀也真有火没发处，只好耐着心思，姑且围着鲁山。待他们粮尽自溃时，再行乘机攻入山坳去。故而他天天上午八时到营，下午四时或五时回司令部休歇，活像吃行家饭的上写字间般，日常做这例行公事。

一天一天挨过去，那一天，从军前回转司令部，前后有四百多名卫兵拥护着。他在中间，跨着那匹失而复得的阿拉伯马匆匆行走。这天少吞了一些烟泡，走到半路，忽然烟瘾发作，在马背上呵欠连连，无精打采。行至鲁山县东门外吊桥堍，手内一根粗藤马鞭子无端会失手掉地。王旅长正想喊卫兵拾取，恰巧那桥堍旁边站着一个衣衫褴褛、须发雪白的老民，那根鞭子恰巧掉在他的面前，他便伛下身去，将鞭拾起，赔着笑脸，很殷勤地送给王旅长。王旅长因为部下和民间感情不佳，再加这人是老年耆民，他想收拾收拾名誉，所以接了鞭子，特地伸手在袋内摸出一块钱来，赏给那个拾鞭老者。那老民接了洋钱，顿时笑逐颜开，向着王旅长不住地唱喏。旅长策马过桥，回头望望，见那老民尚在那里合掌作揖。王旅长暗想："照此玩意儿多要几回，或者民众的感情可以挽回，不至再像现在这样恶劣。"这事虽极琐微，王旅长干得很高兴，回到了旅部，便告诉参谋副官秘书等哩。

不料事隔三日，从宝丰方面邮递到一封书信，是寄给旅长的。拆开瞧那信上，写的是：

　　昨拾坠鞭，得识旅长尊容，并蒙惠赐番佛一尊，足敷一日醉饱之需，无任感谢。从此以后，与旅长不至交臂相失，当日夕周旋左右，为旅长谋安返乐土之计。谨先函告，幸免贻暗箭之讥笑也。

下面署名，又画着一只燕子。

王玉墀见了，吓得口定目呆，忙和手下商议道："那拾鞭老头儿再不料就是鲁山土匪的首领。"

当下有参谋长献计，立即召集十几个精细卫兵，由旅长面授机宜，分头出去办案。不消半天，在鲁山城厢内外将所有穿破衣裳的伛背老人全抓到司令部内，请旅长亲自辨认。人倒抓来了有三四十个，但王旅长挨顺着一个个详细审问，竟没有一个像前三天那个拾鞭老人。别的记不清楚，好似那拾鞭老人一只眼珠子已是瞎的了，如今抓到的许多耆民，内中有一个年纪八十以外，非但双目失明，并且两耳重听，其余都是两眼黑白分明，没有眇目者。而且皆有住址、职业，完全是本地安分商民。又白忙了一阵子，只好一个个取保开释。

经此一番惊扰，民间对军队的口碑格外不好听了。王旅长花了一块钱，原想挽回舆论，联络军民感情的，再不料得着一个反比例的结果，花钱买怨骂，也只好忍气吞声，自怨自艾。

那参谋长又献计道："重赏之下，必有勇夫。赏罚分明，其计必成。旅长为何不把缉拿赏格的范围扩大些，将赏金也加得大一点儿，少不得蔡家汇附近士民会投营报告。或者匪党闻知，贪图重赏，也会自相火并，将罪魁缚献军前咧。"

王旅长听了，点头称许。便和副官长等商酌妥当，命秘书处拟就檄文，发交各连司书生，誊写了三百多张，在鲁山、宝丰、汝州三县城乡市集张贴。这檄文大略谓：

本旅奉令剿匪，歼厥巨魁，胁从罔治。除匪首杨燕儿、犯官李金印等须按律定罪外，余众一概免究，予以自新之路。如

177

其能把杨燕儿等缚送军前，非但不究已往，一例赏给大洋二千元。若通风报告，因而缉获巨憝，赏洋一千元。

这道檄文发贴出去，不满十日，果然有一个乞丐清早赶到鲁山城内司令部报告道："匪首杨燕儿，因为粮食告匮，故而潜出鲁山，在一处地名大王庙集上采办粮食。那是昨晚五六句钟时候，报告人亲目所睹的。并知这票粮食约定今午成交，故而赶来报告。请官兵速即派人上大王庙掩捕，包可将匪魁生擒活捉，归案究办。"

王旅长得此消息，异常高兴，忙令自己的卫队长带领三百名卫队，唤那乞丐引导，赶往大王庙去拿人。卫队长一打听路程，大王庙离开鲁山县城有三十六里足路，怕那乞丐跑不动，给一骑马给他跨着，谁知那乞丐是不会跨马的。至于跑呢，那乞丐一只脚又有毛病，一瘸一拐，跑不快的，没奈何只好叫弟兄们轮流驮着他，飞向大王庙奔去。及至跑到离开大王庙半里路光景，有条小木桥，那乞丐忽然要小溺了，便从人背上下来，立在小木桥堍上，向着河内解手。不知怎样一来，那乞丐竟失足掉向河内去了。欲速反迟，急得卫队长在马上跳足。正要命会水性的弟兄下去救那乞丐，乞丐忽从水内伸起头来道："请大兵快快沿着山道前进，不上一里就是大王庙了。捉拿盗魁要紧，我随后就来的。"

卫队长听了，自然吩咐弟兄快快前进，也不问这乞丐生死了。

及至赶到大王庙，那是坐落在鲁山山套以外的一个小村集，太平时代或者有些市面。如今为了兵匪交哄，此处也在火线以内，居民都已迁避他处，十室九空，哪里有什么粮食店？何处去拿什么杨燕儿？分明着了那乞丐的道儿。卫队长空欢喜了一阵，只好拔队回去，心想："遇着那乞丐，定要抓他到司令部，问他个谎报军情、希图邀赏的罪名哩。"

不料回到那小木桥所在，非但乞丐踪迹不见，那条小木桥的桥面不知也被谁抽掉的了。卫队长明知不妙，忙吩咐弟兄们分头往上下流找寻有无渡船或桥梁，好渡往对岸归去。

这个当儿，忽然鲁山山坳内吹起冲锋号来，约有七八百个土匪从山内呐喊一声，杀将出来。幸亏这班卫队平素训练认真，忙把密集队伍散开，各个作战，上前抵敌。无如人数众寡悬殊，再加措手不及，归路又被截断，总有些心慌。相持了二十分钟时候，有些抵挡不住了。幸而驻在附近的机关枪连得着消息，赶来助阵。土匪见有大队救兵来了，又是一声呼哨，退入山内去了。这边吃亏了路径不熟，不敢追入山去，机关枪连自回原防。卫队长带了卫队，也忙着觅路回去，进了鲁山县城，方检点手下，三百名弟兄倒死了二十余名，伤了六七十人。回到司令部，告诉旅长。王旅长明知这乞丐又是土匪差来的细作，匪首没拿到，反死伤了近百名弟兄。

隔了两天，邮局内送到一封书信道：

　　昨与旅长作要，部从鲁莽，开罪贵部，歉疚殊甚。本当趋前负荆，奈因入水感寒，体微不适，容暂调摄。一俟小恙告瘥，再当走领大教也。

署名又是画的一只燕子。

王旅长见了，真个羞愤交集，把一只蜜蜡香烟嘴恼极了碰成两段，恨恨地道："不杀此贼，誓不为人！"

依着他一时怒发，主张亲领部下，管他八卦墩不八卦墩，冲进去屠洗蔡家汇，才出心头之恨。手下亲信却都不赞成，意谓如此太觉冒险，行军大事，切忌意气用事，宜三思后行。况且暴师在外，日子已经不少，锐气磨尽，万一冲出了岔子，不当稳便。为今之计，先托鲁山县知事代募几名向导，然后再杀进山去不迟。王旅长恼过之后，到底老军务，不会使性败事，听了旁人劝解，便照会鲁山县知事，命他代募向导。无奈民间和军队感情坏到极点，再者这条道路非生长蔡家汇的不熟悉，故此鲁山知事代第三旅出示招募，一面再着警佐切实设法，竟没有应募之人。

好容易在鲁山东门外首拉着一个赶脚的，据他自承，时常在鲁山出入，虽不见得把鲁山全山路径了如指掌，比较余众，却明白一点儿。鲁山警佐拉到此人，不顾他愿也不愿，便送到旅部充数。王旅长因为吃了几次暗亏，这回格外仔细，把来人口供问过，瞧他神情似乎不像歹人，再者目不眇，足不跛，方才放心，叫他领了大队人马，冲进山去。第一次就抓到了几个饥寒交迫的妇竖。一问他们，方知杨燕儿和李金印俩火并，把蔡家汇搅成白地。现在李金印已率领手下亲信散伙窜逃，不知去向。杨燕儿尚在山内，不过手下不满三百个弟兄，既乏械弹，又缺粮食，故而不敢出山去，不知躲在什么地方哩。王旅长得闻此信，胆气一壮，暗想："到底围住了这许多日子，早料到他有粮尽自哄之日，果然如我所愿了。"于是传令全队入山，搜拿匪党。不过鲁山山径曲曲难行，只好仗着那个拉来的赶脚和那几个妇女、小孩儿引路，在山内兜了几天，果然匪党绝迹。

搜到第三天，在南山口土地庙搜着一个大小眼睛的跛足汉子，饿得不能行动，睡在那里。问他名姓，那汉子支吾难说。

那个领路的赶脚一瞧道："这人面善得紧，不知是不是杨盐儿？"

又传唤那些妇竖们辨认。内中一个小孩儿道："这是蔡家汇市上的杨盐儿，我认得的。"

其实此人向以贩私盐度日，所以人家信口叫他杨盐儿。那些军士们听了，认是匪首杨燕儿，一搜他身上，却有一支没有子弹的勃郎林，形迹格外符合，忙着报告旅长。王旅长得闻匪首查获，大功克告，一面整队出山，一面把杨盐儿带回旅部，发交军法处审讯。及至审讯下来，方知拿的是一名盐枭，并非匪首，便和参谋长等私下计议，自家觉得师老气馁，再相持下去，未必可操胜算。再者劳而无功，于自家脸上减少光辉，万一督署方面有人踢飞脚，简直连饭碗都要发生影响。故此商就了一个瞒天过海方法，将错就错，把杨盐儿竟当作他杨燕儿，先把他枪毙了，弄成死无对证局势。然后通电报捷，铺叙战功，并称全境肃清，今后豫西人民可以各安生业。好在省中大吏也是要紧面包问题，谁真关心民瘼？接到了王玉墀捷报，自然照例转电中央。隔不多时，中央有复电到来，在事官弁悉加殊奖，并准第三旅开回原来防地。于是王旅长率领部下，扬扬然鞭敲金镫，人唱凯歌，回到原防。他自己还要进省一趟，把一切应有手续俱照例办全。照他如此下台，面子上总算尚过得去咧。不料从省内回来，忽然又有奇怪书信从邮局寄来。

王旅长不看犹可，看了这封书信，吓得他头顶上失去三魂，脚底下走掉六魄，一时间竟没有方法可以对付了。

第二十九回

独眼贼驰书要旅长
白马侯应命捕渠魁

王旅长接到那封怪函，署名又是画的一只燕子。那信上道：

　　旅长以赝鼎为余正身，呈报肃清，以邀殊赏。今后豫西如果再见余之踪迹，则旅长欺民罔上，知法犯法，恐偿抵盐儿一命之外，复当遗臭万年也。顾余生平不为已甚，暂不出头。而旅长亦当严束所部，凡余部属经营之处，概弗顾问。彼此信守此约，各叨实惠。倘旅长再欲加我部属以一弹，则余当卷土重来，以别最后五分钟之胜负。

　　个中利害，请熟计之。

你想这一封书，叫王旅长情何以堪？而且接着便有鲁山、宝丰、汝州三县士绅函电同雪片般飞来，报告土匪重又啸聚出没，请兵剿抚。王旅长问又不是，不问又不是。那个参谋长见事情糟了，也非常见机，托病辞职，也不管旅长准不准，溜之大吉。可怜王旅长急得大烟都不想抽的了。

这个当儿，幸亏那个许昌县知事到来拜会，用言语刺中了旅长的心病，然后道："要拿到杨燕儿的正身，除非要命吉林镖客白马侯七等一班人出手，或者可以成功。"

王旅长道："但不知这班人哪里去了？"

许昌知事道："侯七等一班人，自上次情急冒犯虎威之后，犹恐旅长听信李金印那厮教唆，要究治他们，故而不敢在豫境逗留，都跑往湖北汉川县，探望他们的同志艾柏龄去的。前几天得到个确信道，他们一行人众到了汉川，因为艾柏龄不在家，便又回到汉口，溯江西上，到四川成都府青羊宫探亲。内中有一小部分伴着侯七把兄高福海夫妻俩同到孝感县扫墓。旅长如肯免究以往，真要唤侯七来捕盗，只消打个电报到孝感王家埭，叫王凤珠转招侯七，大约十天半月之内就会来了。"

王旅长心上本则对于赵凤珍的面貌和那骑铁蹄跑月小银龙未全忘情，如今许昌知事一提，沉吟了一会儿，便道："既然如此，就请贵知事发电到孝感，招致侯七们来吧，省得本旅另起炉灶了。"

当下许昌知事应允告辞，自去发电。这边王旅长便假托有病不会客，借此好拒绝那班请愿发兵的匪区士绅。私下关切部下官佐，凡是土匪出没地方，用孔子拜阳货或送王归殿两种方法对付。譬如土匪明天要劫掠东南，今天军队先扬言剿匪，忙地开拔向西北角上去躲避。待土匪劫掠过后，再忙地赶回来搜捕。如果土匪尚未窜往别处，那么名为跟踪追击，实在总和匪队距离十里或二十里路，一辈子不逼近上去。匪如退一步，军队进一步，匪如不退，反而迎将过来，军队又推说别处匪警，反让开来。这两种方法既能保持门面，又见得军队剿匪认真。其实兵匪心心相印，连挡了做番戏，苦煞了一班小百姓。所以从此以后，各省的剿匪军队多步武这法儿，大家得点儿彩头。河南省里尤甚，故而至今豫西一带有四句童谣道："匪来兵不见，匪去兵出现，实在兵和匪，今世不照面。"

要知道发明这个兵匪不照面法儿的鼻祖，就是这位王玉墀旅长，在他当时也是叫不得已而出此。否则准了士绅请求，认真剿匪，怕那杨燕儿再出头对抗，自己脸上下不去。如其信守杨燕儿来书所订的条约，真个不问土匪奸淫掳掠的账，那么地方上要你这军队驻防何用？国家也何必要支出这笔军费，豢养你们这些不捕鼠、不看家的猫狗呢？亏他想得出这个办法，真也是一片苦心，想入非非。

按下王旅长方面情形，暂且慢表。单道那许昌知事，回转衙门，一到里头，便吩咐手下，连唤："于、苏、单三壮士来见我！"

原来侯七们自在鼓楼后街十七号屋范玉西家内干了那件事后，大家动身到湖北。因为敬爱这位许昌知事公正廉明，而且有知人之目，故此大明子和苏二、单三英、董长清四位老英雄未曾同去，留在此间。一来探听王玉墀用何方法报复，二来防备杨燕儿得闻许昌知事委侯七缉捕他的实讯，乘隙前来行刺，他们四人暗中保护。明知杨燕儿绝不会就此隐姓埋名，不再为非作歹。

果然隔不多时，便发生李团哗变，和杨燕儿合伙事情。等待王旅出征，苏二便端正手本，到许昌县衙参谒那知事。好在侯七被金印谋马擅捕，解送旅部之际，苏二和于大明子俩已经到过县衙，恳求知事上旅部要回侯七，会面过了，此次重来参见，并无阻碍。苏二将以往之事一一地都告禀了知事，并且声明他们四人留许缘故，而且一口断定，像杨燕儿那般能耐，绝非王旅长所能逮捕到案。许昌知事便又暗令于、苏四人侦探前敌情形。于、苏四人奉令前去，轮流回来报告，所以王玉墀这番心坎上的隐病，许昌知事会洞鉴无余。至于侯七的踪迹，知事也是从于、苏等口内得来，此刻从旅部回衙，自然传于、苏、单三人进来，面述适才情状，着他们三人至多半月之内，将侯七招致来豫捕盗。

苏二等领谕出衙，回到都城隍庙寓内，告诉了董老道。晓得侯七是同着妻子到成都青羊宫拈香，顺便参拜内舅无厄道人孟长海，不知道到了成都没有。此去西川，程途遥遥，往返需时，只能相烦董长清辛苦一趟。因为董长清少年时节，两腿拖过十二斤铅，一袋烟工夫，可以从泰山脚下上日观峰一个来回儿，行步疾若飞隼，江湖上声名卓著。况且和孟长海又是师弟兄，一来行路迅速，再者人地熟悉，烦劳他去，较别人便捷。至于孝感方面，于、苏、单三人中，不拘谁走一趟就是了。

董老道此次既动热心出手，自也不再推辞，当下一口应承。正欲打点动身，谁知侯七夫妻俩和赵家姊妹四人已经来了。因为杨燕儿这厮此次自己名姓隐瞒过了，却把李金印冒了吉林白马侯七的名义打家劫舍，放火杀人。

侯七行至宜昌，在旅店中听人说及，故而忙从远安、宜城渡汉水，过枣阳，出桐柏，到确山搭车急急赶到许昌来，探个实在。当下寻到都城隍庙，和义父等见面，真是"踏破铁鞋无觅处，得来全不费功夫"。苏二便差赵匡忠上孝感，招呼李长泰、高福海等速来。一面立同侯七，先见了许昌县知事，再由知事领去见了王旅长。王旅长一见侯七的面，真个又喜又惧，又恨又羞。喜的是不愁杨燕儿猖獗，惧的是侯七也不是好相与主顾，恨的是十七号屋内活活被缚两天两夜之仇，羞的是堂堂旅长，连地方上一个土匪首领都拿不到，反要请教这些人帮助。幸亏他是老公事了，脸子比橡皮鞋底坚韧些，表面上一毫不露，心上却早拿定主见："让他捉住了杨燕儿，然后再细细收拾这厮。非但出出胸头闷气，并且还可想法让他的妻子伴我睡，龙马归我骑哩。"如今用人之际，反装出求贤若渴、爱才如命的样子，留侯七吃了一顿酒饭，说了无数褒奖废话。临了，由侯七催了一句，才把捕获杨燕儿格杀勿论的一张公事拿出来亲手付予侯七。侯七便随着许昌知事告辞出来，一同回到县衙。

此刻于、苏、单三人早候在县衙听信。许昌知事便同他四人到内书房落座，屏退从人，密商捕缉杨燕儿方法。

侯七道："匪首杨燕儿本属东省著名胡子，论他能耐，马步皆工，此人如肯归正，确是个不易多得的人才。所以自他和白狼合伙后，攻城略地，东奔西杀，居然好与宏卫军支持如许时日。现在他独树一帜，盘踞鲁山形险，召集亡命，四出扰民，对于驻防军队的统兵大员有所挟制，视同无物。既占地理上优点，复仗部从士气振作，莫道癣疥之疾，实属不易对付，只能智取，断难力帮。为今之计，第一先要把鲁山全山曲折，侦察详审，不然道路生疏，诸多棘手；第二要将蔡家汇诸匪的历史调查清楚，内中究有几个枭桀鸷悍之才，先设法剪除，庶杨燕儿孤子乏助；第三要把所部兵力究竟人有若干、械弹多少、精锐与否、对于杨燕儿等各首领感情若何，做一详细之调查，最好先设法离间，使他军心

185

涣散，再命人假意投入贼巢，见机行事，能教唆得他们自相火并，内变倒戈，吾们自易着手；第四，要查明该匪的粮草来源，山内储积的可以支应多少日子，查明之后，我们先设法断其粮道，到那时或可坐待其毙，一战成功。这四项要务，大约去问王旅长，定然茫无头绪，等于不问，还是知事老爷关心民瘼，谅必早已明察及此，深望指示，俾易奏功。"

许昌知事听侯七摘要访问，这四项皆是重要问题，关系全局，足见他胸有经纬，所以能见到这般地步，不觉格外敬爱。定神想了一想道："论那匪徒饷胥来源，自以掳掠为主体。不过豫西各县，自光复以来几经兵燹，土瘠民贫，那鲁、宝、汝三县地方愈加不堪瞩目。上次王旅长亲自围剿，把鲁山围了些时，该匪所存粮草有损无添，谅必匮缺。虽则闻得该匪在鲁山山上将山田开垦，播种雄粮，但是目前未必即有收获。所以此次该匪死灰复燃，重又四出焚掠，无论到哪一处，首重搜劫米麦，就这上头推想，匪巢一定存粮无几。壮士乘此际动手，或尚不至大费周章。至于该匪部下，原只一千余众，自那李金印一团步兵变附了他，又四处召集亡命，现在实数闻有三千四五百人。不过枪械缺乏，至多不过五成，而且都是明治十三年的日本出品，所以子弹也很恐慌。据说他们冲锋起来，全仗刀、枪、矛、斧等旧式兵器。他们还迷信义和团枪炮不入的混话，对于枪械并不十分注重，反多考较拳脚。料想杨燕儿何等刁恶，他未尝不想收买大批精锐枪弹，谅又困于经济，只好借着那枪炮不入、有神人暗助等话头团结人心，驱而作战。这班冥顽不灵的亡命之徒上阵起来倒也很觉蛮横，壮士想派心腹诈降，先离间他们内部团结，也是一着先着。不然，和这班愚民开仗，他们拼命相搏，也很费手哩。谈到匪徒头目，除杨燕儿、李金印外，尚有一个蔡枭，就是蔡家汇土痞，一个赤阿五，原籍陕西，是赌棍出身，和蔡枭是生死之交。并闻鲁山愚民对于杨燕儿并没有了不得的感情，对于蔡、赤二人却都心悦诚服，不稍违拗。此外尚有一个姓张的，匪号叫作老洋人，一个姓查的，叫查半天。和樊五、樊七弟兄俩，总共也有十一二个有名头领，都是熬练得一身好筋骨，略有些军事学识，跟杨燕儿合伙行劫。不过大家都是自信天下无敌手，谁不服谁，时常争执。大概先能设法将蔡、赤二人剪除，余者就较易对付。苟能把蔡、赤二人说降，怕杨燕儿就不能在蔡家汇立足。蔡家汇这处地方缩在山坳之内，四面都是峰峦作为屏嶂，加着四周又有黄公八卦墩绕护，从山口到集上，也不知有多少成林松竹，迤逦曲折，格外难认。将到市集，又有一条三丈余宽的大涧围绕着这个市集。这条涧深不见底，通年不会枯涸，据云是仙人蔡经留下的遗迹，故而叫作蔡家汇。若论这鲁山，是东昆仑系北岭，伏牛山脉，背倚汝水，和天息、方城、熊耳、伏牛诸山全都通气，前清嘉、道时候，也算豫西一处名胜，时常有人慕名到来游玩。自捻匪骚扰豫、陕以来，该山便成匪窟。后经左宗堂奏准，就在这蔡家汇上设立一员捕盗巡检和一个千总，驻防于此。等待清末改革官制，蔡家汇的文武两微员同时裁撤。最后做那巡检缺份的，是个安徽人姓汪的，画得一手好山水，又会画西法油画。他在任没事做，便带着个下人，携了画具，去游玩鲁山，真是看不尽清溪碧涧、暮霭朝云，说不完怪石奇峰、春光秋色。汪巡检左右没事，便勾了个初稿，回衙之后，法参中西，细细地画成一幅《鲁山全图》。其间一草一木、一坡一塘，尺寸远近，都画得巨细无遗。后来他的缺裁撤赋闲，他便把这鲁山图做了招牌，出入豫、皖两省，卖画度日。如今壮士说及要侦察鲁山全山形势，我却想起这位汪巡检来了，此人年纪不大，或者尚在世间。不过光复以后，河南省内久不见他踪迹。安徽汪姓是大族，或者还容易探访，只要访到此人，说明原委，向他借那幅《鲁山全图》出来一瞧，便好按图入山，杨匪变成瓮中之鳖了。"

单三英在旁听了，忍不住开口道："这位汪画师，署款是不是署黄山山人汪子秋？"

许昌知事想了想道："不错，署款是写黄山山人。"

单三英道："这《鲁山全图》一共是四幅。这位汪画师佩着玻璃镜框，每到一处生地鬻画，便将这四扇玻璃框子悬在画寓门口。"

许昌知事道："咦！单壮士如何知道？"

单三英欣然道："这位汪画师垂老飘零，民国初年，他在民子家乡徐州鬻画。那时人心惶惶，加着张少轩于此坐镇，谁有心思作成他法绘？弄得典质殆尽，而且又害起眼病来，不能动笔。他和民子交好，他发誓不再卖画，所以把那画招送给民子。当时民子怜他老境颓唐，送了他一百五十块钱，将那四幅山水暂领。原说代为保存，候他回乡之后派人来取，但至今未来取去。民子爱他画得工经，好好地收藏在舍下，再不料就是《鲁山全图》，真是再巧也没有。民子立刻回去，携来就是了。"

当下侯七等听了，自也非常欢喜，便告辞出衙，回到都城隍庙。单三英收拾收拾，立即动身回徐州去拿地图。侯七等静候赵匡忠孝感邀人回来和单三英地图携到，便好动手去拿杨燕儿了。

第三十回

转败为胜军前来大侠
将恩作仇阶下屈英雄

　　单三英动身之后，侯七闲着没事，和苏二商议，想往鲁山附近先去探听虚实。依着苏二主张，忙不在一时，索性待三英拿了地图，赵匡忠邀了大众到来之后，同把地理看明，分头入山动手，养精蓄锐，一仗成功。此刻不必打草惊蛇，吃人溜了眼去，倒有准备。无奈侯七天生英雄情性，猛如烈火，恨不能立刻就把杨燕儿抓来归案，以明皂白。决计要先去觇测动静，并道："俺乔装前往，谁认得俺？万一探着些匪窟实情，比较老守在许昌高得多。"于大明子、董长清、赵匡孝、赵金娇、赵玉娇五人也赞成侯七之说。赵氏姊妹三人也欲前去，只有侯七的妻子赵凤珍默默无言。

　　当下苏二见拗不过他们，也只能道："小坡既然决意要去，万事须当仔细。"

　　侯七笑道："这个自然，何劳您老嘱咐。"

　　苏二道："赵家二位小姐此番暂且毋庸露面。匡孝要去，也得改换服饰，和小坡分路前往，待俺暗中策应你们。"

　　大家诺诺连声。

　　侯、赵二人向都天庙庙祝借了两身破旧衣服，改作劳动家模样，离开许昌。侯七往宝丰，赵匡孝上鲁山，分头前往探听。

　　单表侯七，在路行程非止一日，到第三天午牌时分，在一处集上打尖，听闲人传说："离开宝丰东门二十里路，天字圩地方，又发现了土匪哩。"侯七听了，腹中寻思道："既然天字圩有匪警，我不必先到宝丰城内，径往东关外首实地调查一下，也好探知那厮军容盛衰、士气振馁。"主见打定，便向那店家问清路径，方知径直过去，乃是在宝丰南外，如往东外天字圩，只消出了市梢，不由大道，从小径绕越，经过一处板桥镇，便是那天字圩了。"不过那处传闻有土麻子出现，奉劝客官，如非紧要正事，还是缓去为上。"侯七听了，推说就为风闻有匪徒出没，故此前去迎接一家至亲，不能不冒险走遭。当下打过午尖，会过了账，便依着那店家指引的那条小路向天字圩行去。

走到申牌时候，已抵板桥镇。只见家家闭户，市面肃然。街上虽有几个年老男女往还，但是脸带愁容，神色慌张，一见侯七，又都交头接耳，窃窃私语。侯七明知有异，想上前动问，怎奈他走上去想要开口，他们却先都闲闲地走散。好容易走到将近市梢，见有一家酒店的门尚开着。侯七一瞧时候不早，姑且到这家酒店内设法投宿。当下走入店内，见有两三个人围坐在一张桌子上喝酒。侯七便在靠牌门处一张半桌侧首坐下，喊那店家烫酒。这家酒肆没有男人，乃是婆媳二人支应着。今天炉子未曾开火，只有烧刀，连下酒菜都没有。侯七动问根由，方知今天中午，天字圩到了土匪。此地板桥镇，从前经过白狼蹂躏，近又屡遭兵匪骚扰，镇民为自卫起见，组立了一个红枪会。及闻天字圩土匪攻入，此间红枪会长立下转牌，召集会员，同赴正一冈防御，到现在尚无确讯报来，故而市上各家停止交易，听候风声。

侯七听了此话，见那婆媳俩情形朴陋，不像歹人，便拿出五毛钱来，央求造饭借宿。那婆媳俩接了毛子，欢欢喜喜地应允，便忙着做饭烧汤，预备被窝，道："少顷就请客人在店堂内凳上安睡。"那边桌上几个酒客见这客边人借宿，累他们见神见鬼，向侯七盘诘，又用话去恐吓那酒家婆媳。幸亏侯七也是老江湖，再者脚踏实地，没甚破绽露出来，起别人的疑惑。这几个人空操心思，让他们喝完了酒自去。

不多一会儿，媳妇把饭做好，搬出来让侯七吃了。接着便将被窝拿出来，把两张桌子一拼，道请客官安歇。她和阿婆俩将店门关上，自回里间屋内去睡。此刻时候不过酉正，侯七走了一天长路，身子却有些乏了，放倒头便睡。始而鼾声大作，睡得很安逸。不料睡至初更以后，被隐隐间枪声惊醒，忙侧耳细听，好似东角上有喊杀之声，一时听不是实。侯七忙坐起身来，在黑暗中除下身上那条软鞭，暗想："万一匪来，要准备夺路出走，我那家伙又要发发利市哩。"正在一人思忖，门外边蓦然人声鼎沸，嚷道："正一冈被土匪袭破，红枪会员败下来了！"

侯七一听，慌忙下地，将身上扎束检点舒齐，想去开门。那酒店婆媳倒也起来点着火，战战兢兢收拾了些细软，一步一抖地走将出来，预备逃命。一见侯七手持军器，认是土匪已经进门，媳妇吓得退进里屋，阿婆忙跪喊大王爷饶命。侯七见了，正是可怜又可笑，忙说明原委，并道："有我在此，大事无妨，快快静守屋内听信。土匪果真追来，再跑未迟。"

那婆媳俩口内虽然答应，心上又疑侯七是匪党，懊悔适才留着他在家。如今前门被他霸住不能走，婆媳俩只好悄悄然开了后门，拿着东西走了。

侯七身子掩在大门后面，在门缝中张着，全神注在门外街上，见里间屋有火光射出，只道有人在内，哪里料到人已溜掉。接着人喊马嘶，土匪前队已到。此刻板桥镇上百姓都忙着逃命，呼儿觅女，自相践踏，呼爸喊娘，真正心伤目惨，不忍见闻。那班土匪，有的穿军装揿快枪的，大约算是前锋，约有二三百名过了，接着便都是便衣匪徒。十停中四停徒手，余者都拿着刀、叉、枪、棒，中间杂着许多掳来的肉票，用长绳连连串串，牵押着前行。还有几个穿大褂、歪戴铜盆帽、手执马棒、形似匪目之人在两厢管押着，如果肉票不肯走，便举起棒来赶打。又有几匹牛马驮着掳来的东西，杂在里头行动。

侯七一瞧土匪那种神情，毕竟乌合之众，只消单三英把地图拿到，看明路径，不难马到成功。如今身在此间，究竟危险，想法走路吧，于是走到里间屋内，想知会居停。却见桌上放着一只洋灯，人影杳无。再走进些瞧瞧，方知早已出后门走了。侯七忙将后门闭上，将灯吹熄，仍回到大门后面站立张看，暗想："不如待天明了走吧。"正思量间，门外又有匪人一中队经过，口内都高喊道："侯七大王来了，归队点名！"后面便是马蹄声响，马上坐着一个匪目，想来就是侯七大王。

　　真侯七在门内一张，马上并非别人，就是那个无耳少鼻叛兵团长李金印，不由得气往上冲，暗骂："这杂种敢冒爷爷大名，干这丧天良的勾当，移祸江东。今晚天假机便，再不下手除掉他，等待何时？"说时迟，彼时疾，侯七轻将门闩拔去，把门拉开，一个箭步蹿到街上，早赶到那李金印的马后，出其不意，舞动手中软鞭，一个长蟒翻波手势，喝声道："着！"正打中李金印后腰。李金印哎哟一声，从马上直掼下来。侯七手脚灵便，忙把软鞭收过来，趁势拦头一下，打得李金印脑浆迸裂。侯七自知孤身无助，众寡不敌，况且匪徒有不少快枪，识时务者为俊杰，侥幸偷袭一阵，已把匪徒除下，不可恋战，翻身撤退便跑。

　　此刻天昏地暗，星斗无光，侯七也不管东西南北，只拣没有火光的僻静暗黑处走去。那班土匪可怜尚未观看清楚，一瞬之间，领兵头目丢命，认道中了红枪会两路夹攻之计，不觉后队先自溃乱起来，顷刻间前队也不敢追击，向后溃退。那红枪会长本来且战且走，今见土匪无端自乱，当然整顿余众，倒杀转来。片刻工夫，败者转胜，大呼追杀。那些匪徒本来志不在乎战争，占了天字圩，大家得了些油水，就想休息。谁知李金印又要逼迫他们进攻正一冈，暗袭板桥镇。匪众听了，心上已都不甚愿意，幸亏板桥镇这地方自红枪会成立以来，好久不曾受着兵灾，世居宝丰东南各乡的富户差不多都迁避在那镇上，有此关系，故而匪众还肯上前攻打。居然一战成功，把红枪会战败，袭入了板桥镇。大小匪徒都急于奸淫掳掠，谁还有追击红枪会的念头？初不料前队喘息未定，后队领兵大头目刚到，就糊糊涂涂断送一命。只认道中了红枪会诱敌之计，不战自溃，自然红枪会员倒追过来。但是起初也不敢穷追，直至抓住一个匪徒，拷问他为何自乱。那匪徒供出大头目不知怎样一来，在马上跌下来，磕破太阳穴身死，所以大家胆寒退走。那个红枪会长听了，便乘机造谣道："这一定是我们会中战斗胜佛显灵，恼恨土麻子无辜抗杀信徒，所以下凡来打死贼目。趁他老人家尚未上天，大家快些追杀上去。"

　　这句话一说，莫道红枪会员勇气百倍，连不在会的老百姓方才吓得逃命，如今回过来听了此话，也会抖擞精神，顺手拿了一件器械，附和着追杀土匪。土匪蛇无头而不行，始而哪里还有心恋战，只恨爹娘少了两条腿，要紧拼命奔逃。及至逃出板桥镇，见后面追兵不杀上来，略略放心，脚步缓一缓。不料红枪会员停了一停，二次追杀上来，声势格外猛壮。那土匪见了，只好把天字圩劫来的肉票和牛、马、杂物都放弃了，空身逃命。论理这边也可以不追的了，叵耐红枪会员都是年轻贪功，再者把土匪实在恨透了，故此夺下辎重，打落了许多肉票，还是不舍，依旧紧紧追杀上前，已经追过正一冈原防线，仍不放松。常言道"困兽犹斗"，那土匪左右没命，十停中倒有六停回身转来狠命恶斗了。可怜那班附和在内的平民，未经战阵，怎当得起土匪枪上上了刺刀，用密集线回身来冲锋呢？此刻局势，胜的又要吃不住，将复转败了。幸亏后边蓦地赶上个好汉，手执十三节虎尾软鞭，如同一只大虫饿了，窜入山羊群内一般，身先士卒，抢开那条软鞭，罩住浑身，只见一团金光在土匪队内滚来滚去。不多一会儿工夫，才把土匪打得落花流水，四散落荒逃命。这才板桥镇红枪会算大获全胜，忙吹着归队号，奏凯而回。

　　那个红枪会长自然要请问拔刀相助的那位壮士名姓。那人此刻心上很得意，便道出方才如何在酒店内投宿，如何在门后觇见叛徒李金印，如何跳出去把李贼打死，如何躲在黑暗中观看动静，因见匪徒情极恶斗，所以出手援助。又道："若问名姓，俺就是吉林白马侯七。"

　　红枪会长听了，口内虽然道谢，心上却不大高兴。一来打破了他战斗胜佛下凡除盗的谎话，于自己永久饭碗主义上大有妨碍；二来夺了追杀匪徒的功劳，于目下荣誉上又有关系，无奈一时又无法可以骗遣此人。忽地眉头一皱，暗想："我也呆了，何不如此如此，倒是一条上策。要成全自己勋业，也顾不得伤天害理。"主见打定，忙把侯七殷勤招待到红枪会事务所内，备宴款待，端正床铺，请侯七安歇。私下却命心腹连夜赶到宝丰城内，至县衙报告道："匪首侯七已经拿获，请知事连派军警到板桥镇协提。"

那县知事哪里知道此中玄妙，自然忙着飞电省中，请示办法。一面去咨照了同城的驻防军队，请他委派两排弟兄，命主任警佐带了二十名警察，第二天午后动身，赶到板桥镇上，不由分说，将侯七连夜解回宝丰，钉镣收监。恰巧省中回电也来了，着该知事严行讯究，果系该匪首正身，着即就地枪决可也。唉，这也是侯七命内多灾，又遇着那个人面兽心的红枪会长，恩将仇报，造成这六州铸错的局面。其实呢，还是吃那杨燕儿的亏，他所以要叫李金印冒侯七的名字，他的用意就在于此。

到底侯七生命有无危险，如何捕杨燕儿出胸头这口迂气，且看下回吧。

第三十一回

探匪巢误遇小喽啰
营土窟活葬奇女子

当白马侯七在宝丰县身羁牢狱、命在呼吸之际，谁知他的妻子赵凤珍那时也为单身上蔡家汇探道，陷落贼巢，进退维谷。这真是"福无双至，祸不单行"哩。

原来那一天，侯七和赵匡孝俩乔装苦力，分往鲁山、宝丰。随后于大明子同着苏二也分头跟着接应去后，金娇、玉娇姊妹俩异常生气。他们一行人众住在都城隍庙后面一家粮食店楼上。因为女流家寄宿在庙宇之中诸多未便，比不得董长清原来出家人，于、苏、单三人年纪老大，可以和董老道同房，故而侯七到了许昌，加着孝感方面尚有人来，特在此处租了三间楼面住着。当下三位女英雄出离都城隍庙，回至寓房。金娇、玉娇一味咕哝不止，抱怨苏二轻高女子，不叫她们同侯、赵一同动身，探听匪徒虚实。她们想把话儿激动了凤珍的无名火，好一同私离许州，前去干事。不料赵凤珍本来有说有笑，最喜打哈哈，遇着发生了事情，总是说长论短，滔滔不绝，独有此次，一味默默若有所思，不曾发过一句半句议论。回到了寓中，饭既不思，茶也不想，闷闷地睡了。金娇姊妹俩见了，认道凤珍有了病啦，忙来问长问短地伺候着，反把抱怨苏二的心思暂搁一边。当晚无话。

到第二天清晨，赵家姊妹起身，却不见了凤珍，连她爱同性命的那只火眼神鹰也不知去向，她们还认伊清早冲鸟去的。及至早饭时候，尚

195

不见回来，又认道上都城隍庙和董长清讨论甚话去了。走去一问，并未曾去。毕竟董长清老成练达，忙跟到寓中一检查，方知赵凤珍带了随身兵刃，连那针囊也携去的，那是一定也去探听贼人消息去了。不过她是个女流之辈，况且孤身无助，万一发生意外，她的丈夫、寄父、公公都不在此，只留三个女子维护责任，当然系在董老道一人身上，义不容辞，回头将何话对答侯、苏、于诸人。仔细揣想，赵凤珍一者年轻好胜，二来艺高人胆大，此番单身偷往，决定抱着擒贼必擒王的念头，冒险入鲁山，私探蔡家汇去的哩。果真如是，更加危险。故而董老道到她们公寓内看过情形，又问了一番凤珍未走以前状况，便叮嘱金娇、玉娇俩："千定要在此候信，并等孝感大批人来接洽。如其也逞一时之兴，全离开此地，反而误事。我却急于要去追赶赵凤珍回来哩。"董长清叮咛妥当之后，忙又回到庙中，将上下通身检点完毕，佩上那口松纹古剑，急急动身，向上鲁山那条大道行去，想追赵凤珍回来。

　　书中交代，赵凤珍的心念果被董长清猜个正着。因为杨燕儿这厮当初在鸡冠山丁家庄上，赵凤珍暗中曾见过他的能耐，自忖："凭着一身功夫，跟他动起手来，再有那只神鹰臂助，未必会败在他手内。他现在虽依借着蔡家汇形险之地，招抚着许多流氓，抗拒官兵。常言道'有路总能行'，奴何不悄然赶进鲁山，把这厮能够生擒回来固妙，不然就将他刺死，为万民除害。此事成功，岂不是震动一时，留名千古，压倒无数须眉，代表我们巾帼中人争下一个无上荣誉？就是为此殉身，也是值得的了。"本想跟丈夫商量一下，回思，"若和侯七说了，他赞成呢，果然意中事。但是他又定要同去，那时事成之后，倒算奴因人成事，显不出自己手段，还是不同丈夫说明的好。"继而又想，"与金、玉二娇说明，不过伊们姊妹二人功夫较奴相差甚远，如果同去干事，反得分神照顾，倒不如待孝感方面人来之后，和师兄王凤珠、杨凤英俩暗中商妥，同去动手。凤珠、凤英的本领和自己不相上下，二人同心，尚且其利断金，何况三人同往？莫说一个杨燕儿，就是十个杨燕儿，也能对付得去，再稳妥也没有。但不过这些事情，都是心坎上要打破生死观念，舍命忘生前去干的。虽知两位师兄决计愿干，可是高、金二位姊丈方面，也该顾念顾念。高福海前次就为了找寻自己丈夫，丢着家内妻子坐蓐都不照看，以致产后中风病殁，害他中年丧妻。此番干这件冒险事情，万一又生意外，如何对得住人？至于金钟声与凤英师兄俩，少年恩爱，尤其胶漆相投，这种血海般干系分量匪轻，倒也不敢贸然和二位师兄开口商议。况且三个人合做了，又显不出什么稀罕来。”

一个人自思自忖，熟筹利害，左盘右旋，连眠食都减少。因为凤珍是个绝顶聪明、剔透心肝的玲珑女子，做事向来精细走稳道，这回要干那大大冒险的事情，毋怪要如此筹划。等到最后决定，到底单身前往。待等侯七等动身之后，时机已至，她便悄然收拾了应用东西，向那二房东粮食店内雇用的粗做妈子赁了一身村妇服装，扮作个乡村妇女模样。那天清晨就道，果然神不知而鬼不觉到了鲁山，又备了些干粮，将鹰也喂饱了，打听了入山路径，一鼓勇气，直入鲁山，顺着一条曲径，随弯转弯地向前走去。不料这条曲径，始而倒平坦易行，走过了一程，忽然高低起伏，路渐不平，两边又都是树木来了。又走了半里光景，路径更加狭窄难行，并且七叉八绕，都从林子内假道了。看那树林，又都是那松、柏、桧、竹四种，一棵间一棵栽着。每一个林外必有八个土墩，那土墩形式大小高低一般无二。望望四周并无人烟，一时信都无从问探处。

凤珍暗想：“大约这就是唤作黄公八卦墩了。依着遁甲奇门秘术上载，西南方是生门，南方是开门。可惜我已身入此中，一时方向也难以辨别，且定定神，看了日光再走。”于是绕出林子，上了个土墩，仰视日光。无奈被峰峦树木遮掩着，觉得站在这个土墩上辨不成方向，须到那一个土墩才行。当下便下了这边，赶往那边，不道又是如此。一连上下了六七个土墩，也是徒然。瞧瞧头上飞的火眼神鹰，也不知去向，原来被林木阻碍了鹰的视线，跟凤珍离开了。

凤珍只得瞎天盲地，自巳至申，奔了四个时辰，实在她进了南方离火门，绕来绕去，绕在那火天大有、火地晋、火雷噬嗑、火山旅、火水未济、火泽睽、火风鼎八卦方位之内，休想走得出去。若得知道了阴阳生克之理，乾、坎、艮、震是阳四宫，巽、离、坤、兑是阴四宫，进了离火门，便该走水火既济、泽火革、天火同人、风火家人、山火贲、地火明夷、雷火丰，就头头是道，路路可通，一毫不会迷失的了。当时凤珍哪里知道这些玄妙，走得两腿酸乏，神困力疲，怒火中烧。

天只管昏黑下来，路尚没有觅得。幸而她是精细鬼，自己安慰了自己一阵子，就在林中席地坐下，把干粮取出来充了饥。倒是口渴得要死，耳边厢似乎听得潺潺流水声息，无奈天色已晚，不知泉在何处。只好忍住了口渴，待天明再说吧。可怜她在林子内露宿了一夜，虽曾合眼将养精神，然而睡是总睡不稳。

等待第二天天一亮，忙忙地站起身来，觅路再走。不料又整整地走了一天，路走了不少，好似仍旧绕在原地方，没有变动。因为溪流之声依然入耳，但是想喝一口水，未曾喝着。别的不打紧，身上的干粮只备得两天，快些觅路回出山口，找到了神鹰，备足了干粮再来吧。不然丢失神鹰，已很可惜，而且身子要活活地饥渴死哩。

谁知第三天一打回头，更加五花八门不是头哩。凭你天巧星下降，也弄得走投无路。这一天，只吃了剩下残余的干粮，略略充了充饥，水仍没有喝到，这真是人间活地狱。自悔鲁莽，万一饿死在此林内，真个有些不明不白哩。

这天露宿在林内，神思困倦，实在支持不住，略微合眼落睏。睡梦之中，忽觉身上有人来抚摩，忙张开眼来，只见两手已被人家剪住，想用劲挣扎，无奈接连三天跑乏了，再加腹饥口渴，一时竟力不从心，只好暂且任他们摆布。这一班人，乃是得着宝丰李金印丢命消息，杨燕儿特令他们去收拾败残人马回山的，所以黄夜动身。行至此间林子内，见女子投宿，料想是个迷路的，顺手牵羊，想来牵去作乐，及至摸她身上，尚带着军器百宝囊，方知是个奸细。所以捆扎起来，送往蔡家汇，候当家的发落。

好一个顶天立地奇女子，此刻被土匪绳穿索绑，浑身捆个结实，任凭这班小喽啰当作猪羊般扛着进山。凤珍手足虽然被缚，眼上并无障碍，留神匪徒行走的路线，见他们并不依着路径前进，乃是穿越树林，不住地左旋右转。可惜在黑暗中未能瞧得明白，如在白天准可看出破绽。谅想森林之中定必有几种暗符号，行走时按着这符号旋转。不然，同是穿林绕越，为何他们绕越了便能通达无阻，自己连走了三天，弄得进退无门呢？正思忖间，已被匪徒抬进墩内，到了蔡家汇的护庄河北岸。

凤珍留神侦察，见那蔡家汇三面危峰，倚为屏障，四围环水，天然战壕。一带碉楼雉堞，工程都是十分坚固，非临时防御堆筑起来的土可比。并且南岸沿涧沟都堆着很坚实的斥堠，那是山汇内掘了地道上下。每一堠前，都用一扇竹篱笆遮掩着，竹梢参差错落，一时枪子打上去，非但溜滑不受弹，还有很大的回击力哩。碉楼上面密排枪、炮，以及强弓、弩、箭、灰瓶、滚木等等。一条护庄木桥，桥面抽去。那些斥堠内，都有火把照着。凤珍借着火光，把蔡家汇门面的大概看在眼内。

其时扛抬凤珍的共有十二名彪形大汉，内中也有个伍长督率着。到了壕边，一面把凤珍的身子暂且地上放一放，一面由那伍长上前，高喊守夜弟兄："速即放下庄桥，好让我们带奸细进庄。"

这一晚，轮着赤阿五、蔡枭俩值夜，听见庄外有人叫唤，便同上碉楼，问明事由，然后又诘了口号，种种手续，倒也异常严谨，实在官兵方面倒比这匪窟草率大意得多哩。凤珍见了，暗想："杨燕儿这贼，上次鸡冠山吃了亏，受了个大教训，现在他步步留心，所以要如此麻烦。如今晚身临虎穴，少顷他们盘诘起来，还是拼着一死说实话呢，还是姑且隐忍，信口编了套谎话，留着此身，徐图发展？事已至此，该早些拿定主见。"凤珍正在寻思之际，赤、蔡俩已命手下放下庄桥，让那十二个壮汉抬着奸细进庄。蔡、赤俩见是个女子，而且姿首绝佳，两人心上各存私见，先吩咐手下将这奸细身上搜检。片刻工夫，把凤姑娘身上所带的防身军器和用剩的川资，以及梅花针袋、百宝囊等等全搜了去。赤阿五见了这许多东西，便向蔡枭道："这个妖怪得很，你我不能造次，还是去告诉了当家，候他发落。"

蔡枭道："也好，你拿了这些物件往里头去见当家，我在此看守，顺便问问这奸细的来历。"

赤阿五应着自去。

凤姑娘见留守之人心怀叵测，便趁势推船，假作哀告道："我是过路妇女，并非细作，实行错了宿头，可怜已一天没有东西下喉，三天没有水喝，饥渴得要死哩。可能求军爷行个方便，先给些水润润喉？"

蔡枭听了，笑嘻嘻地道："什么东西都有，你慢慌，让俺命人去办来。不过你受了俺的佛眼相看，何以答报？"说罢，又是一阵子哈哈大笑。

遂命手下先拿了碗温水来，喂给凤珍解渴。接着又命人拿了碗大米饭来，蔡枭接在手内，要亲自来喂。

凤姑娘道："奴是个女流，全身都是能耐，也望得见底，何必把奴这般四马攒蹄地捆着？请军爷格外方便，放了奴两条臂缚，让奴自己吃喝吧。"

蔡枭色迷了心，竟会吩咐手下将凤珍的手松了剪，然后将筷碗给她，让她自己一口一口嚼吃。一面盘诘道："听你这女子的声音，好似关东口音，你姓甚名谁？家居哪里？到此何干？快实说了，或者好设法救你性命。"

凤珍道："奴家本来是吉林长春，现在寄居安徽。"

蔡枭道："你家是长春，我问一个人可知道？"

凤珍道："有名便知，无名不晓。"

蔡枭道："提起此人，倒也不是无名小卒。你们吉林不是有个前辈达官叫电光眼于大明子，姓于的手下不是有个秃尾鳅陈海鳌吗？你知道不知道？"

凤珍听了，将蔡枭上下一打量，假作扑哧一笑，低低地道："问起俺家里人来了，怎么叫作知道不知道？"

蔡枭道："呵，此话怎讲？"

凤珍正往下说去，不料赤阿五到里头去见了杨燕儿，备诉情由，并把那几件东西呈验。杨燕儿别的不注意，一见那个梅花针袋，倒出来一瞧，见面里头共有一百多支梅花钢针，一式都是五寸左右，针尖分作五瓣，锋锐异常，针尾上掩着个小铁环，环下系着一个小绒凤儿。杨燕儿一见此物，猛然想起，当年丁家寨独追侯七，手背上曾中这件暗器，后来方知这件东西乃是安徽千手圣母赵凤珍所用。近又探知这赵凤珍已嫁给侯七做了妻子，难道今晚拿住的那女间谍就是侯七的浑家不成？当下将那针袋细细地一看，也看不出什么，一面问赤阿五道："这个异性细作是不是瓜子脸，细腰肢，安徽凤阳口音，带一些东三省土语，和俺相似的呢？"

赤阿五道："面貌身材，当家说得一些不错。口音却没听得，因为这细作尚未曾开口过哩。"

原来杨燕儿自鸡冠山栽了跟头之后，他把所有和他作对仇人的面貌、历史都探听得明明白白，和凤珍虽未照面，伊的身材面貌如何，早已探明。如今道出来形状符合，恰巧又在百宝囊背后角上瞧见一行字迹，那是"赵凤珍自制"五字，不觉心上又喜又惧。喜只喜仇人自投罗网，惧只惧赵凤珍手段非凡，岂易受缚？明明假作无用被擒，到来探道。再者据最近联络报告，那第三旅长王玉墀也信了许昌瘟知事的说话，将捕俺到案全权正式委与侯七小子办理。如今赵凤珍已经进了鲁山，其余那些狐群狗党焉有不来之理？自己静静地忖想了许久，即命赤阿五道："你快到外面，将那女子改用牛筋或弦线缚着手脚。如其牛筋弦线一时都难找到，就用细麻绳代替扎缚。因为这女子有一身鳝骨功夫，若把粗麻或是棕绳铁链等缚着，只消一用鳝骨功，便似蛇脱壳般，绳练委弃在地，等于不缚。只有用细而软、软而坚的东西缚了，才不怕她逃去。你将她改用细绳缚了之后，便和蔡头目俩速速在关庙后面的空地上掘了个地洞，把这细作与我生生地活埋掉了就是啦。"

赤阿五道："可要押进来，好让当家这讯一下？"

杨燕儿听了，仔细想了想道："问是枉然问的，这厮绝不会供出什么来。与我连夜动手活埋，愈速愈妙。你们埋的时候，把她颠倒塞下地洞去，将一双足露在外面，照此行事，少顷我到关帝庙后边空地上检验过了，重重地赏你们二人。"

赤阿五忙应着退出去。

杨燕儿立即又派一个亲信随赤阿五出来，吩咐他："待等这地窖开成，将这女子颠倒塞下去时，你帮着动手，在这女子脚上剥一双或一只鞋子回来缴令，自有重赏。"

这亲信也就应着出去。

杨燕儿另外派一个心腹到外边，看明这女细作身上衣服颜料，和足上穿的什么鞋袜。因为他深知赵凤珍是宁国府宣城县双桥镇莲花庵的侠尼石悟真得意徒弟，无功不练，刀枪不入。用枪炮收拾她吧，一者山内军火因为来源不旺，非常宝贵；二来恐怕赵凤珍也学过义和拳，万一一枪两枪打不死她，淆惑军心，有碍大局，所以他想出这个活埋方法来。心上对于蔡、赤二人本也有些疑惑，故而又要叫他们埋头露足，暗中再派亲信脱鞋配验，又使人看清颜料鞋式，辗转监视，使别人无从作弊。他自己并不亲自动手，免得埋的时候，赵凤珍有羽党同来，一定要上前劫夺，来者不善，危险万分。如此办法，既保他首领的尊严，又千稳万妥。这贼的心计，真十分周详刁恶之至。

那时赤阿五已回到碉楼跟首，恰巧赵凤珍将饭吃完，临了一口饭噙在口内，并未咽下，暗想："如今好了，口不渴，腹不饥，少顷贼首一定要抓奴进去面询口供。那时照面之下，用足功夫，把口内噙的米饭，颗颗练得硬如小铁弹般，向那贼面上喷去。同时用一个武松脱铐解数，将身上所捆的绳子委弃在地，然后蹿上去结果那贼性命。就算自己不能逃命，被他们乱刀分尸，也不枉的了。"凤姑娘的心念真是胆大包身，亲临虎穴，孤注一掷，为夫报仇，为民除害，公私俱尽。像这种义侠无双的奇女子，可称得寡二少双。无如遇着了这个危险万状的杨燕儿，早已料到这一层，所以连面都不照，供也不问，立即吩咐活埋。加着此刻蔡家汇内人多手众，虽在夜晚，值班喽啰也有九百人，活埋人的法儿以前已曾玩过，驾轻就熟，格外便捷。只消赤阿五出来吩咐过了，大家便端正火把、灯球、耜头、铁锤，蜂拥到关帝庙后空地上，动手破土。一个土窖，要不多少时候，一瞬之间，已经告竣。

这厢赤阿五和蔡枭见面之后，私将方才见当家的情状与办法一一地告诉蔡枭。蔡枭虽爱上这个女子，但是无权可以违抗，也只好口内答应，痛在心头。不过也私向赤阿五道："料这异乡女子，有甚大不了的能耐，何必用甚细绳捆剪？她真会鳝骨功，早就施展出来逃遁的了，绝不能够把她捉进堡门。如今已进了这地方，谅她插翅难飞，当家太觉把细。我和你积些小阴功，绳子不必换吧。"

赤阿五一听这话说得也在情理之中，自也赞成。故而凤珍身上的绳子仍是原来的粗麻绳绕住了下半身，上身虽也捆着，不过两手没有反剪。不多一会儿工夫，手下已来禀报道："土窖掘成。"蔡、赤俩便领着部下，押了凤珍前去活埋。此所谓"生有地，死有方""阎王注定三更死，断不留人到五更"。这样一个顶天立地的奇女子，贪功冒险，枉送一命。好人不寿，寿人不好，也正是天道的不公啊！

第三十二回

因机因势孤身赴救
擒贼擒王八路进兵

当下蔡、赤二人把碉楼守望责任暂委手下大头目当心，他们自押着赵凤珍同至关帝庙后空场土窖旁侧，动手活埋。

凤珍初尚认是押着去见匪魁，故此一声不响。狠命用了内功，将口内几十颗饭米练硬了，预备见了杨燕儿，觑准他瞧得出的那只眼上吐去，使他两目失明。就算他这回不死，变了个盲子，要捕治他就容易了。因此毫不抵抗，仍由着他们摆布。

及至到了土窖旁侧，方知贼目不照面的了。照此情形，那是要把奴活埋，白送一命，未免太不上算。

书中交代，当时杨燕儿若不吩咐倒埋露足，但等将赵凤珍扛至此地，整个儿向地窖内一抛，接着七手八脚地将土掩盖，凭你千手圣母，就是万手圣母，也无法可逃此劫，无奈杨燕儿指明要倒露埋足。现在扛到了土窖旁侧，一定要歇下来动手。

在这千钧一发之际，忽然半空中一声鹰叫。夜晚鹰声，人人称异，自然大家都抬头观望。不料鹰的踪迹未曾瞧见，紧靠关帝庙后门一棵冬青树上却蹿下一个人来。此人头戴银灰色九梁道巾，身穿银灰道袍，腰系银灰色丝绦，连鞋子都是银灰色的。面如满月，五官清秀，三绺长髯，白多黑少，背上背着一口宝剑，手拿云帚，从树上下来，直奔蔡、赤二人。

凤姑娘在上面一瞧，灯火甚多，照耀如同白昼，瞧得明白清楚，心中暗喜道："舅父来了，此时不脱身，等待何时？"

原来来的这个道长，就是成都青羊宫的当家，赵凤珍的母舅无厄道人孟长海。他原籍虽是安徽，却生长在天津。天津孟氏乃是大族。孟长海一共弟兄七人，他的六个兄弟，吃粮当武官的也有，为商开店的也有，最小的兄弟自幼爱唱戏玩票，后来索性下海搭班。独有他吃镖行饭，使得好一手拳棒。年轻时节，闯关东，走关西，着实干过一番事业。他身上刺绣着一套十三条龙抢明珠花纹，连臂上、背上都有，故而在庚子以前，提及十三龙孟达官，南北闻名。

自从庚子以后，大刀王五被外人害了，他便看破红尘，在北京白云观出家，学的是龙门法派和茅山派、华阳派、龙虎山的正乙派，同源异流。后来自家在神前发誓，要参遍天下名山，朝真礼斗。从此离开北京，云游四海。

也是天缘凑巧，那年云游到浙江绍兴府嵊县两头门，无意之间闻得土人传述道："春秋时候，越王勾践曾命冶工用了白牛、白马，祭祀了昆吾山神，然后采铁开炉，铸成宝剑八口。一名掩日，以之指日，日色无光；二名断水，以之划水，开合自如；三名转魄，以之指月，月为倒行；四名悬剪，投刺飞鸟，百不失一；五名惊鲵，以之泛海，鲸鲵远遁；六名灭魂，佩之夜行，不虑鬼祟；七名却邪，山魈狐魅，见之即伏；八名真刚，切金断玉，断发吹毫。据云，这八口宝剑都埋在白峰岭、大盆山两山之内，现在金气发现，光冲斗牛，主神剑出土之象，如遇恒心人，求之不厌，定能掘得。"

孟老道听了，心上一动，便在浦阳江一带出没了三年光景。有志者事竟成，究竟被他在义乌县该管的二十三里地方掘到一口真铜宝剑。此剑连柄共长七尺二寸，暗合七十二候，剑锋五指开阔，适符五行生克之象，龟形兔胆，可断兕犀而挥雷霆，气白色青，直水淬锋而砥剑锷，端的一口好剑！孟长海自从得着这口宝物之后，如鱼得水，一帆风顺，从未曾干过一回逆意之事，所以他自己取名叫无厄道人。后来到四川成都

205

青羊宫，恰巧那青羊宫有狐仙作耗，待等孟长海到了，仗着神剑之力，那狐怪就此绝踪。当地士绅便将他留住在那里，恰巧当家作故，就公推他做了当家。孟老道火候已到，静心修炼，城市视若山林，故也担任下来好几年了。

这一次，接到石悟真的书信，方知自家甥女已由苏二作伐，嫁给吉林侯七。接着又接到苏二和董长清的书信，道：

侯七夫妇俩要到成都来拜谒。

心上倒也很想见一见这外甥婿的面貌，究竟何等人物。却是候了许久，不见人来。瞧瞧苏、董的来信，又是在河南许昌发的，弄得莫名其妙。左右没事，想重朝一趟西岳华山去，顺便到许昌，瞧瞧苏、董二人在不在。当将青羊宫内事情交托了首座，他便翩然动身，出川抵鄂，再乘火车到了许昌。好在董长清信上写明寓在都城隍庙，便寻到庙内，不料一个人都没遇着，非常扫兴。

第二天再去，恰好单三英自徐州拿了地图回许，和孟长海照面，不过彼此不相认。问及董长清何往、苏二在不在，单三英也不知道，也要到后边转问了赵家姊妹，才知上宝丰鲁山去的。孟老道也就追到鲁山，正欲寻寓安歇，忽然瞧见空中飞鸟，好似自己赠给甥女儿的火眼神鹰，姑且打一声哨子试试。那鹰倒居然下来，一瞧翎毛暗识，果然是的。孟长海情知有异，便叫那神鹰带路，随着前行。

那鹰飞到了鲁山南山口八卦墩外面和凤珍迷失的地方，不肯飞了。孟长海是参透奇门的，便臂着它，照着八卦阴阳生克之理，迤逦前进。等待见了碉楼，老道方知这一处绝非佳地。白天不必进去，待晚上进去探个究竟。其实这时候，尚是凤珍在林内瞎跑的第三天，未曾被捕入庄哩，就在当晚，被捉入庄。恰巧孟老道先一步到来，隐在关庙后面冬青树上，见他们开土窑，回头见他们押个人来，定睛一瞧，并非别人，就是自家甥女。再也按捺不住，便把鹰放向空中，自己蹿下树来。在暗中

206

早看清匪目和小匪的分别，故而直奔蔡、赤二人。蔡、赤俩出其不意，忙在随从手中夺了家生，想和那道士动手。谁知孟老道怕他们开放盒子炮、手枪等火器，所以先下手为强，蹿到赤阿五近身，顺手向他胁下一点。赤阿五顿然目定口呆，站在那里，一毫都不动弹。蔡枭刚夺得一柄五股托天叉，向这老道刺去。那老道头一侧，用一个白蛇吐信势，把云帚向他脉门内一点，说也古怪，蔡枭也和赤阿五一样，僵在那里，不能动弹。在场那些喽兵只有旧式军器，没有火器，胆大勇壮的居然蜂拥上前，围击老道，胆小的早已撒腿飞跑。

此刻，地上的赵凤珍早已用了功劲，将肚子一瘪，身子好似瘦小了许多，轻轻向前一拱，浑身绳子都已委弃在地，忙站起来。见匪党上前攒殴舅父，她晓得舅父是不开杀戒的了，人多手众，一时照顾不及，恐有失错，故又忙着过去，在小喽啰内顺手夺了条杆棒，施展出三花大撒顶的手法，浑身上下都是棒影，飕飕作响，只拣那班土匪的要害处打去。轻者受伤，重者丢命，乖巧的见不是头，忙着返身逃命。

凤珍尚欲追杀上去，孟长清忙喊住甥女道："穷寇莫追，我们走吧！"

凤珍道："甥女儿尚有一个百宝囊、一袋梅花针、一口防身军器丢在贼寨内哩。"

孟长清道："权且寄下，回头来取，何必这般忙呢？"

于是甥舅二人架了神鹰，便登树越屋，连蹿带跳地走了。空场上净剩着蔡、赤二人，仍旧一声不响，呆立在那里。幸亏有杨燕儿的亲信逃回去禀报了，杨燕儿忙带了随身军器和百余个壮健汉子赶来相救，方知蔡枭和赤阿五都已是受了人家的点穴功夫。他忙亲自上前，每人一把擒拿，拿醒过来，动问根由，知这细作女子已被道人救去。杨燕儿没气出，把蔡、赤二人重重地责备了一番，又把那班手下也申斥了几句，愤愤然率着亲信回进去，心上却非常着急，暗想："救赵凤珍的道人不知是不是徐州的董长清？总之又是一个劲敌，倒着实可虑。"

蔡、赤二人今天平白地受了杨燕儿一顿申斥，而且受着一点儿微伤，筋骨要几天不舒服，劳而无功，暗地里对于杨燕儿愈加怨恨。我且按下慢表。

先说孟长海引了甥女，越出蔡家汇碉楼。好在时候已晚，守在斥堠内的喽兵已都前仰后合打瞌睡了；守在碉楼内的喽兵此际得着蔡、赤二头领受伤消息，知道官兵派了能人来剿灭鲁山，大家都疑神疑鬼，提心吊胆，自相惊扰，反把防御工作疏忽。加着孟老道适从西北方面僻静处进来，如今仍从那厢乘乱出去，果然毫无阻碍，从容出了蔡家汇，飞身纵过庄壕，先在树林中歇了一会儿，然后觅路。

到将近黎明时候，已出了八卦墩界线，恰巧与董长清途遇，彼此互道情由。原来董长清追赶凤珍到鲁山，未曾得见，也入山探道。一见八卦墩，知道不可鲁莽闯入，自讨烦恼。他奇门虽也习过，因为好久不用，遗忘大半，只天天在墩外徘徊。料想凤珍也是精细人，不会贸然入去，在此游巡，或者可以遇到。不然，里头有人向外抓了一个，逼着他领导入去。不料既未和凤珍相遇，里头也无人向外，如候到今午，再依然如此，想回到许昌，候孝感方面人到了，然后同来设法攻山哩。当下三人同行，回到鲁山觅寓，将息了一天。

第二日清早，才再同返许昌。行至半路，却又和苏二碰到。问及根由，才知侯七又节外生枝，禁押在宝丰监狱之内。凤珍急得目中下泪，忙忙地同回许昌寓所，大家聚议援救侯七方法。其时孝感方面，李长泰等都已来，就是往汝州、鲁山两县哨探的于大明子和赵匡孝也回来了。单三英的鲁山地图果早拿到，单单丢了个侯七，身陷囹圄，该先设法前去救他。只好苏二同于大明子见那许昌知事，央求他再上旅部见王旅长设法，别的不怕，深恐宝丰知事贪功邀赏，省里又有就地枪决的电报给他，真的做了出来，便怎么好？好容易想了个釜底抽薪之法，还是苏二的主意，哀恳王旅长派一名副官，同着几个卫兵，行一角公文到宝丰，给驻防在该地的营长转向知事要了侯七，押解到旅部来研询。只要人离宝丰，就无危险。此事幸亏王旅长有切肤关系，再加宝丰军队属于第三旅，上下呼应，才得保全侯七一条性命。如果王旅长没有切身利害，未必肯允许照办。就算他肯办，那方军队是另一统系的，谁肯让功却赏？苏二这个方法也是枉然，侯七一命仍不免白送。现在总算侯七的祖宗有灵，许昌知事去求了王旅长，旅长立允照办，行文到宝丰去，关提侯七。那个营长自然要奉承自己的上官，忙向县署要了人犯，亲解到许昌旅部。那个宝丰知事心上当然老大不愿意。叵耐一个文官，只有笔杆儿，哪里扛得过枪杆儿？只好眼巴巴被他们将块到嘴肥肉劈手夺去。其实他尚只知其一，不知其二，哪里料到此中尚有玄妙？

那营长把侯七押到许昌，见了旅长。旅长便将原委说明，立传许昌知事到来，将侯七的人交代下去，不过加了个限期，限二星期内，务将杨燕儿正身拿到，归案法办。侯七只好答应，随许昌知事退出。一面那个营长小小一个不高兴，自也辞回宝丰去了。

侯七到了县衙，于、苏二人已在那里候着。许昌知事道："光阴可贵，你们快去会商捕盗方法，不必再到我衙内空耗时光。"于、苏、侯三人自然答应告退，齐至都城隍庙，和大家相见，悲喜交集。苏二先代侯七拉场，参见过了内母舅。然后大家聚谈些别况，忙即落到本题，商量入山捕捉杨燕儿的方法。

这当儿，外头又来了双钩将艾柏龄和秃尾鳅陈海鳌。凤珍见了陈海鳌，倒想起匪巢头目曾经提及海鳌名氏，可惜话头打断，未及细谈。当下便动问海鳌，究竟和匪党如何认识，有甚渊源。骤然追问，海鳌一时倒也想不起来，忖了一阵，方念及宣统三年份那件割肉押宝的公案。苏二一听，连道："妙极！大家将地图看熟，好在孟老大懂得八卦生克，我们便可着手进行哩。"

孟长海道："不行，我虽知道奇门，但是一身只能领一队人的路，如其分作几路进攻，我身子不能锯作几段，分开着引领你们。"

于大明子道："这个不妨，我和匡孝俩此番汝州哨探，遇着一个老头儿。他本是生长在蔡家汇集上，因为不愿当土匪，逃在汝州城内求乞度活。我们花了一块钱，盘问他许多说话。他说，八卦墩进出很难辨认，他自小留心，竟被他发明一个简易方法。据他说，八八六十四个墩

209

左右，都是松、竹、桧、柏四种树的森林行走的时候，只消记明'松左柏右，竹斜桧直'八字，就不至迷失路途。"

苏二道："这八个字怎样解释呢？"

凤珍恍然道："公公所说的，奴已了解了，想是见着松树左拐，见着柏树右拐，遇有桧树直行，见了竹竿斜行。"

苏二道："如此说来，想必鲁山的森林，是分开栽种的了？"

凤珍道："不，奴在内瞎跑枉路，留神瞧过，每一个森林，乃是一松、一柏、一竹、一桧间杂栽种的。"

苏二道："那么又是个难题目来了。既然四种树一种间一种栽的，假定我们进山，行至森林之内，眼见一棵松、一棵柏，到底拐左好呢，还是拐右呢？容易使人眼花缭乱，一步都走不成了。"

赵匡孝道："苏二叔此虑极是，我和于大叔也疑心这点，诘问那老头儿。据他说，每一个森林，计共一百单八棵树，乃是四棵树为一组。譬如一组，首尾是两棵松树，中间栽一竹一桧，那一组首尾改栽两柏，中间却栽一松一竹，总之把这四种树颠颠倒倒乱栽着，迷人眼目。如其进了，那是把它首尾两棵树作标准，中间的什么树不去管的。"

苏二听了，沉吟不语。

单三英道："我明白了，照匡孝所说，分明一小组之中只有三种树，缺少一种。莫非他所说的'松左柏右，竹斜桧直'八个字乃是反详的，如见这一组中没有松树，要向左拐了，没有柏树，要向右拐了。"

于大明子道："这老头儿人很诚实，不见得哄骗咱们吧？"

艾柏龄道："人不可貌相，也许此人是杨燕儿的心腹爪牙，特地在外造这种话，使我们着他的道儿。"

苏二拍手道："单三哥所说的话一些不错的，这个老头儿的根底也被艾大哥道着。我们进山去，如见一小组之中没有竹竿的，斜行；没有桧树的，直行。现在只消烦劳孟老大说明八卦生克，我们就好分头担任了，前往动手哩。"

孟长海道："我是早早不开杀戒，此行原为往朝西岳，顺便望你们一望。本则早已走了，因为和甥女回到此间，甥婿又跌在高圈子内，未曾会面，故而耽搁至今。现在既有地图，复得着入山简易分析法子，也无须我再留在此。我把八卦生克名目写了出来，我就要走了。"

大众听了，知道他的恬淡情性，闲云野鹤，留也徒然，自然大家点首赞成。孟长海便将奇门写出，交予苏二，接着向大众打了个稽首，自顾自去了。凤珍虽不免有点儿依依，实也无法挽留，只好随着大家相送。

送过孟老道后，大家回进来，公推苏二发号施令。这是公事，用不着空客套。苏二便先把人数一点，男男女女，一共二十四人。苏二首先吩咐，陈海鳌与范玉西、侯七三人同至蔡家汇，去见蔡枭、赤阿五俩，劝他们倒反鲁家山，捉拿杨燕儿，将功折罪。如其不从，便先结果这两人性命，保管杨燕儿就难再在蔡家汇立足。得手之后，范玉西去放火焚烧杨贼储粮之所，侯、陈二人等待火起，便占住蔡家汇庄门接应外间大队。命李长泰和艾柏龄从正西乾方进攻，经由地天泰、雷天大壮、山天大畜、火天大有、水天需、泽天夬、风天小畜七门。王凤珠和杨凤英从西北兑方进攻，经由天泽履、地泽临、雷泽归妹、山泽损、火泽睽、水泽节、风泽中孚七门，接应李、艾同攻蔡家汇西庄门。命高福海、高大锁弟兄二人，从正东震方进攻，经由天雷无妄、地雷复、山雷颐、火雷噬嗑、水雷屯、泽雷随、风雷益七门。命米金镖同着妻子赵氏，从东南巽方进攻，经由天风姤、地风升、雷风恒、山风蛊、火风鼎、水风井、泽风大过七门，接应二高，同攻蔡家汇东庄门。命于大明子带着媳妇赵凤珍，从正南离方进攻，经由天火同人、地火明夷、雷火丰、山火贲、水火既济、泽火革、风火家人七门。命单杰奎、单元奎弟兄俩从西南坤方进攻，经由天地否、雷地豫、山地剥、火地晋、水地比、泽地萃、风地观七门，接应于家翁媳，同攻蔡家汇南庄门。命韩尚杰和金钟声，从正北坎方进攻，经由天水讼、地水师、雷水解、山水蒙、火水未济、泽水困、风水涣七门。命赵匡忠、赵匡孝、赵金娇、赵玉娇姊妹四人，从东北艮方进攻，经由天山遁、地山谦、雷山小过、火山旅、水山蹇、泽山咸、风山渐七门，接应韩、金，同攻蔡家汇北庄门。自己先赶至旅部，请王旅长指派了步兵两营、炮兵一营、马兵两连、机关枪队一连、工程辎重合一连，立即开拔到鲁山四围，算是中军主力，策应八方，归董长清、单三英和自己三人临时指挥。专待山内火光一起，不管什么时候，便当拔队前进，用散兵线包抄掩捕，各个作战。侯七见苏二调遣得井井有条，兵分八路，暗合五行，就是奇兵接应正兵，也含着金生水、水生木、木生火、火生土、土生金生生不息之理，万一弄错一些，闹成金克木、木克土、土克水、水克火、火克金的克克相因，一反一侧，岂非于行军大大不利？就是去请王旅长指派弟兄，每营四连，步、骑、炮、工辎合共十六连，也暗合阴阳八卦、奇偶盈虚之理，而且中营属土，万物土中生，万生土中灭，所以自己指挥，不肯轻便假手他人，不禁钦佩得五体投地。苏二又嘱咐大家，认定本方号旗，东方甲乙木是青色旗，南方丙丁火是红色旗，西方庚辛金是白色旗，北方壬癸水是黑色旗，中央戊己土是黄色旗。到了晚间，看灯球色泽，彼此远远一望，就能分辨。不然，黑夜进兵，万一旗色灯号混杂，怕自家人践踏起来。大家齐声答应。于是侯、陈、范三人先一日动身，余众随着大队人马出发。大家摩拳擦掌，敌忾同仇，人壮马肥，气势雄盛，一路上大刀阔斧，杀奔鲁山。

这班丘八太爷，本则听到"上火线"三字，气短了半截，一个个都懒得行动，等待一出队，都存着向后转、开大步跑的念头。此次也会一鼓勇气，锐不可当，居然有灭此朝食的气概。可见得兵无强弱，全在统兵将领良莠的关系。士气已老的第三旅，加着苏二等一班人进去，顿然间又会军容大振，个个皆有捣巢灭穴、为民除害的思想，就变成劲旅了。如其苏二等，也像原来那班官佐贪生怕死，畏缩不前，恐怕这班弟兄就不有这股勇气。故而目下中国，不是没兵，实在没将，将没有了，那些披老虎皮的弟兄就变成了社会上顶大的害人东西。安得像苏二这班人多生几个，全国的军队岂不都变作公侯干城，为民屏障了吗？

第三十三回

聪明绝世巧辨牛蹄
残狠无伦暗安火种

侯七和陈、范二人遵着苏二的说话，从许昌动身，到鲁山蔡家汇去，说降蔡、赤，协同捉拿杨燕儿。

当日到鲁山县耽搁一宵，第二日绝早动身，照着汪子秋的图上，自鲁山县城入山，经由二郎庙、张良店、车坊街三镇，进鲁山西南口最近。他们为捕盗限期迫切，当然拣捷径行去。

走到午牌时候，恰巧到张良店打尖。三人想选一家清洁饭馆，谁知张良店本则不甚热闹，加着连年遭那兵匪蹂躏，十室九空，居民稀少，满目荒凉。好容易找到了一家饽饽铺子，先付钞，后收货，才胡乱充着一顿饥。好在他们志不在此，只要嚼了一点儿东西下肚也就算了。打过午尖，重又登程。一路上谈谈说说，倒也不觉得寂寞。

陈海鳌道："此地怎么叫作张良店呢？玉西是河南人，本省的地理历史该都知道。"

范玉西道："小时候听父老们谈及道，此地旧属韩国，张子房在此遇着大铁椎力士，曾经住宿过的，所以叫作张良店。"

陈海鳌道："这个张家老良是何许样人物呢？"

范玉西道："这样一个有名古人，怎么你不知道呢？"

于是玉西把张良历史择要述说出来，听得陈海鳌津津有味，恍然大悟道："就是卖剑给韩信的张军师，我曾听包瞎子谈及过的，道江湖上有十把鹅毛扇子，不知道的只认三国年间卧龙先生第一把，谁知卧龙尚是第四。以前尚有孙膑、张良、邓禹三把，以下方挨着卧龙、庞统、徐庶、徐懋功、苗光远、吴用、刘伯温等哩。这姓张的是第二把扇子，怪不道上知天文，下知地理。可惜现在世界上生不出这样人才了。"

侯七笑道："老陈，你莫长他人志气，灭自己威风。像张子房那般能耐，有甚稀罕？我就及得到他哩。"

海鳌也笑道："小掌柜又要打哈哈了。张子房可以前知五百年，后知五百年，岂是寻常人学得到？"

侯七道："将相本无种，男儿当自强。张子房不是生出来就能知前后一千年，也是遇到了圯上老人，授了他《黄公三略》。运来福凑，遇到汉高祖，才流芳百世。可知历古到今，像张良般的学问，惜乎没遇着刘邦般的真主，就此老死牖下，隐没无闻，真不知有多少。就像我一肚子大才，今天自己不表白，连你老陈都不知道。如今我自己表白了，你还有些不相信。"

范玉西明知侯七有意玩耍海鳌，借此解解行路的沉闷，故也顺口凑趣道："他们放皮行的有句套话：'灵不灵当场试验。'陈大叔不信侯爷的话，何不找什么事出来试验真假？"

侯七道："好啊！玉西的话一些不错，你好考验我一下，便知我的能耐是否跟张良相似。"

海鳌听了，果真抓腮扒耳，想找出一件事试侯七，一时又苦想不出什么来，只落得吹须瞪眼，连行路也迟缓了些。忽然触着一个念头，笑向侯七道："有啦！你瞧，地上不是有半蹄痕子吗？你既有张良般手段，该知道这蹄痕是雄牛踹的还是雌牛踹的了？"

侯七听了，倒也愕上一愕，暗忖："这老呆子问出这句话，倒亏他想出来。"一时很难答复，忙向地上蹄痕且行且视，仔细端详了一会儿。好在鲁山附近乡民，就为兵燹关系，豢养得起牛的人家甚少，所以道路上牛蹄痕迹不多。他们经过这条道上的蹄痕始终是一条牛的脚迹，故而容易分辨。侯七看了几眼，欣然道："老陈，这条牛是雌的。"

海鳌笑道："我的爷，您真把俺当作孩子哄骗哩！难道牛的雌雄，蹄痕上果真分得出来？"

侯七正色道："这话并非欺你，索性和你讲了吧。这牛还有孕，不久要生产哩。并且这牛只有一只眼，右边那只牛眼是瞎的。"

陈海鳌见侯七如此说法，不像信口胡扯，倒也有些疑惑起来了，向范玉西道："咱们行过去，不知道有村落人家没有。"

侯七接口道："你尚不信我话。你瞧，地上的蹄痕是和我们一条路往前去的，行至前面，或者可以瞧得见，或遇见乡村人家探得出。若是瞧探不到，你认俺这句是谎话，一辈子不信任俺。若是往前去凑巧瞧探明白，你便该……"

海鳌接口道："好呀！当真前面有条怀孕眇牛，俺深信爷跟张良一般才学，终身当你的跑腿。"

范玉西道："这一下对天卖卜，我们这样吧，若前面有牛，竟和七爷口内所道的形状一般无二，那么此次把那杨燕儿唾手拿获，如其没有，那么事情还费周折哩。"

当下三人脚步加紧，一面留神地上牛蹄痕迹，急急向前行去。行了一程，已经将要进鲁山山口，果见有六七家人家一个小村落。在第三家门内的晒麦场上，有条牛卧在那里。侯七眼快，已先瞧明，用手指给海鳌瞧道："如何？有孕的眇牛来矣！"

海鳌特地跑进这家门口，走至牛的旁侧，瞧了一眼，回出来向着侯七道："爷，您真的和张子房一样，俺一向有眼无珠，多多冒犯哩。"

侯七笑道："咱们走吧，正事要紧，实在和你说明了吧，天下无难事，只要有心人。适才你问了我牛的雌雄，我用心将那蹄痕一瞧，比寻常牛脚迹着土深一点儿，比驮载重量货物的牲口蹄迹浅一点儿。猜想上去，蹄痕既较负重牲口略浅，十约是条有孕牝牛，所以又比寻常牛迹略深。而一路上，道左的野草都似经牛口咀嚼过了，道右的一些未动，故而我猜它是条有孕眇目牛。并且那牛蹄痕迹，右足更比左足深一些些，将来产出来是条雄犊。这都是我们那个陶柳溪老年伯告诉我的。他家不

215

是在吉林缸窑落乡陶家甸子吗？从前年起，家中开了个牛奶棚，对于牛身上的经验下过苦功研究。他曾和我谈过，道牛身有孕，要知牝牡，只消留意它左右蹄着地重轻。我初也不信，曾亲试过一回，不料今天倒又用着哩。"

范玉西道："这一卦卜着哩。看将起来，我们马到成功，好把杨燕儿唾手成擒。"

当下三人欢欢喜喜，进山去了。从此以后，陈海鳌逢人便诉侯七的能耐。本来他们全是于大明子的起手老弟兄，焉肯服侯七的指挥？海鳌尤其倚老卖老，格外倔强。经过此次玩儿，他倒第一个心悦诚服。不过他们把这牛瞧了一瞧，害这村落的乡民要自相惊扰好几天哩，又认是土匪的踩盘，溜了眼去，瞧你们村上养得起牛，他们又要派人来借伙食了。这真是惊弓之鸟，怪他们不得。书中表过不提。

话分两头，且说蔡家汇的杨燕儿，自从李金印阵亡，赵凤珍被个不知名姓的道人救去，他早知事情不妙，怕此处又要站不住脚，须想法另开码头。不过别处没有八卦墩保障，格外脆弱，一动不如一静，姑且守一时再想法。无奈饷、械两缺，鲁山四近的城、乡、市集都已枯瘠乏味，其势不得不窜往别处。并且他和蔡、赤俩素不相识，这回到蔡家汇来，乃是老洋人的介绍。始而说是暂且借驻一时，就要开拔往别处去的。等等杨燕儿大队人马到齐，他一瞧形势险要，占着地理上的优胜，便盘踞不去，反客为主，好似刘备向东吴办荆州交涉般，口内尽管说是借住的，事实上永没有偿还之日。一方的血食，本来是蔡、赤二人享用，如今反要受人支配，口内虽尚不说什么，心上当然不很乐意，背地里时向老洋人发话。这真合着那句"不做中人不做保，一世无烦恼"的俗谚，老洋人不合居间介绍一下，弄成如此局面，使他也无话可以对答蔡、赤二人。始而李金印率队来归，往山外去放生意顺手，老洋人还可对付，推说："杨燕儿打败了第三师，便要四出奇兵，分占豫西城邑，前途未可限量。你我都是开国元勋，此地是个发祥之地，将来和南徐的芒砀山、关外的长白山一般都有历史价值。借地屯兵暂驻，不算一回事。"

蔡、赤俩自也希望燕儿成了事，总可以多少得着些甜头，诸事自肯隐忍一些。不料噩耗频传，败象迭见，看将起来，非但谈不到王业霸图，连草头王都没有姓杨人的份了。蔡、赤自然又要多闲话，日夕和老洋人聒噪。偏偏杨燕儿又不肯将就一点儿半点儿，遇事放出首领功架。上次赵凤珍被一个道人救去，蔡枭、赤阿五都受着人家点穴的亏，回头倒反受着杨燕儿一番申斥，自然格外怨恨，愈加要去寻介绍人说话。老洋人双方都是朋友，不能偏派哪一方不是，瞧瞧杨燕儿的气数也不佳，索性私自招呼了心腹部下远走高飞，不来管此地的是非。常言道："乖人随地有，刁种死不完。"

老洋人一走，樊家弟兄也自顾自去了。杨燕儿得到报告，暗暗叹道："说甚江湖上的义气、门槛内的交情？总之，险薄人心，今古同慨。苏季子不第归来，自己的父母妻嫂尚且相加白眼，何况这是在外混混交来的朋友，自然相交个'有'字罢了。他们见我财枯势蹙，都不别而行。现时代的人物，大抵如是。有朝一日，俺若能够中兴，少不得他们又来趋附。目下他们悄悄然离去，还算有情于我哩。如果他们心手狠辣些，怕尚要把我身首送到官兵方面，做他们升官发财的资本哩。"

杨燕儿想到这一层，着实慨叹了一会儿。因而又推想到蔡、赤二人身上："这倒也是腹心之患。这两个小子被我夺了他们地盘，表面上虽尚服从，心上绝不愿意，如今老洋人又走了，自己避势又不佳，万一他俩趁水踏沉船，倒戈谋我，不可不防。"所以忙命心腹暗中留神监视着二人，每日一举一动、一笑一言都要留意，得着风闻，随时报告。不料这一着棋竟被他下得先着。

隔了几天，手下到来报告，道："有三个汉子来此探访蔡、赤二位头领，神情颇觉诡异。据跟随李金印当家的弟兄说起，说这三人之中内有一个好似板桥镇的红枪会员，就是动手丧掉李当家的狠贼。"接着，又是一个机灵心腹从蔡枭的堂房兄弟蔡呆口内套着了详细消息，到来报告道："来者非是别人，一个叫神偷范玉西，一个叫秃尾鳅陈海鳌，一个叫白马侯七。他们都是奉着第三旅长王玉墀公事到来，串合了蔡、赤二人，倒反蔡家汇，捉拿当家归案。范、侯二人和蔡、赤俩素昧平生，只有那陈海鳌前清宣统三年份上到过此地，在乱把场内开过相，借过盘缠。我们常听人家提及，割块肉下来押宝做输赢的硬汉子就是他。蔡、赤二人因为怨恨当家占了他们的码头，早有爬灰倒笼的念头。来人已经面许他俩，只要协同将当家拿住了，非但无罪，而且还有赏金可领，并可仍做蔡家汇坐码头老大，故此一口应承。现正暗中招呼他们蔡家汇的土地码子暗做准备，专待三天或两日之中，外来的大队援兵开到，便要里应外合动手哩。"

杨燕儿听了，冷笑一声道："俺早就料到这两个狗男女阴谋诡算，如今果不出我所料。照此说来，他们外来的人马也是这两个狗男女私下派人去引领，不然怎好进得这八卦墩呢？"

那个心腹道："不，据说这八卦生克之理，官兵方面也有能人识得，不必土人领导，他们也可进墩。"

杨燕儿暗想："照此说法，我分遣细作，在外造的那句'松左柏右、竹斜桧直'的空气不中用了。侯七这厮，我真佩服他胆大包身，竟敢闯到此间。事已至此，也休想再在此地立足，乘他们外援未到，先下手为强。如能将侯七、蔡枭、赤阿五三人打死，就是被擒到官，死也瞑目，胸头毒气得舒。在地下遇到了刘瘸子，为朋友至死倔强，也交代得过。"杨燕儿忖了一阵，便把手下三百六十个心腹小头领次第唤来，授以密计，专待天色断黑，大家饱餐一顿，便依计而行，分头干事。一面仍旧密派精细头目暗察侯七等的行动，好在他们全无整备。

这日，蔡、赤端正了酒饭，在那武圣庙内替他们洗尘接风。转眼之间，天已昏黑，武圣庙的后宫点得灯烛辉煌。蔡、赤俩的心腹随从都是旧日赌场内的帮闲，此刻正忙着添酒上菜，谁料得到祸在眉睫。将饮到初更时分，杨燕儿的心腹从四面八方包围拢来，把武圣庙的前后门都用引火之物堆塞断了。又在后六墙外上次掘而未用的那个地窖之内，满装着炸药，然后四面放起火来。同时将蔡家汇市公办的两条洋龙里头装了火油，一部分人扛来动手。所有墙上、屋上，都把火油注射上去，虽未浸透，但已格外惹烧。

顷刻之间，星星之火早已燎原，武圣庙前后冒烟。再加那晚风又刮得不小，风助火力，火借风威，只要屋顶一冒穿，烧得上下通红，热度达于沸点，后面地窖内的炸药自也爆裂起来，轰的一声，如同天崩地裂，又如海啸山坍，并且山谷应声。这一声响，大约方圆三四十里路内都能闻得。就中苦了那蔡、赤的心腹随从和世居蔡家汇循良农工家的妇竖，不要说波及在内，枉送性命，就是蓦地受这种惊吓，吓先要吓个半死。最可恶的，杨燕儿的心腹放了火后，都远远地四周埋伏着，瞧见有人从火内冒烟逃命出来，不问青红皂白，远的举起步枪来开放，近的把刀、枪、斧、棍乱斩乱斫。杨燕儿自己早已率着另一部分心腹，押了辎重，避到蔡家汇后面的断云冈上山神庙内。瞧见汇内火光烛天，接着炸药爆发，一片男啼女哭，呼天抢地的凄惨声音随风吹上冈来。杨燕儿张着一只眼珠子，用望远镜觑准了火烧场上，笑向左右道："'人无害虎心，虎有伤人意。'我们若不下一下辣手，烧得他寸草不留，一反一侧，怕不就被蔡枭、赤阿五两个狗男女勾通了官兵，将我等缚献出去，升官发财哩。此次得失，只争在一线工夫，真叫作'先下手为强，慢下手遭殃'。还有侯七小子，关外安安逸逸日子不要过，苦苦与俺作对，特地不远千里赶到此间来送命。想是前生注定，要俺结果着他。在鸡冠山那次的交手已经便宜了他，多活了这几年，万不料仍旧要俺杨爷爷替他动手火葬。想必刘瘸子阴灵有知，所以这等样巧法，使他自投罗网。"

杨燕儿说出这种志得意满的话，左右全是他的亲信，自也顺着他口气胡调一阵子，无非说的是侯小子等恶贯满盈，当家神机妙算，后福无穷，从今可以横行天下等吹拍话儿。本则明枪容易躲，暗箭最难逃，杨燕儿乘侯七等喘息未定之际，就用火攻。常言道："水火无情。"再加攻其无备，自易堕入彀中。究竟侯七等曾否烧为灰烬，这场火烧到何时才了，且待下回分解。

第三十四回

疑上疑燕儿遭大败
错中错傻子建奇功

侯七、陈海鳌、范玉西等三人进了鲁山，觅路到蔡家汇，和蔡、赤俩见面之后，即劝他们弃暗投明，改邪归正。他俩本来对于杨燕儿意见不合，再加一见陈海鳌，那是心坎上素所钦仰的好汉子，听他说及侯七的能耐还比他要高上几倍，自愈畏服。临了，侯七又亲许他们，只要协拿杨燕儿归案，非但不究以往诸咎，还有得功的希望。自然一口应承，便就商量捉拿杨燕儿的方法。依着侯七主张，还要走稳道，待外援大队来了动手。叵耐陈海鳌按捺不住了，道："杨燕儿现已处着众叛亲离地位，我们既有蔡、赤二位大哥臂助，老洋人等又走了，何不就快刀斩乱麻，今晚便分头动手呢？可知我们不动手，在此反而碍手，惹人注目哩。"

他们正讨论间，蔡枭的堂房兄弟蔡鳅进来诉说道："杨燕儿近几天内派了心腹，暗中监视我们的行动。适才三位到来，已被他的爪牙溜了眼去哩。"

陈海鳌听了，嚷道："如何？咱们若不出手拿他，要被他拿我们了！"

范玉西道："箭在弦上，不得不发，先发制人，后发者制于人。俺也赞成陈大叔的计划，主张急进。"

侯七道："忙不在一时，若是我们把事情闹糟了，一着失措，全局成空，关系却是匪轻。"

玉西道："强宾不敌弱主，我们既有蔡、赤二兄允许出全力相助，地利人和，都被我方占了优胜。万一失败了，不过避往附近的山谷中去躲一躲，随后大队到了，便可反攻。若得侥幸得手，慢说把姓杨的拿住，只消将他扰得不能再在此立足，失了根据地，以后拿他就容易一些了。况且我们形迹已露，就是不趁早动手，恐也不会安居在此。"

侯七听了这番话，仔细盘算了一下，依照陈、范二人的急进方法，果然有大利而无大害。便就商定个将计就计方法，叫蔡枭兄弟蔡鲲索性去告诉杨方奸细。这里头表面上派几名老弱，借关庙后殿装作端正酒宴接风形状，引诱杨燕儿派人来兜捕，分散他的兵力。其实范玉西带了几个精壮往粮械贮藏所在放火；侯、陈二人也带了百余精壮往攻杨燕儿住宿地方；蔡、赤二人带同手下埋伏在关庙附近，围捕到来攻击之人。另派善走急足立即离开蔡家汇，迎出山去，催促后援大队迅即开拨到来接应。蔡、赤二人手下心腹敢死之士也有五百余人，除去了百余名老弱，净剩三百八九十名精壮。侯七把他们分为三股，一股拨给蔡枭、蔡鲲、赤阿五三人率领，掩杀围攻武庙的杨部；一股由自己和陈海鳌统率着，袭击杨燕儿的总机关部；其余都交给范玉西，指挥他们分头纵火，烧毁杨贼的粮台械仓。支配妥当，大家忙着夜餐。饱餐一顿之后，一个个摩拳擦掌，眼巴巴候到天晚杀贼。双方都是秣马厉兵，背城借一。

等到初更时候，杨燕儿部下发动。这一边侯七也和海鳌直扑贼巢动手。谁知一声叱咤，破门杀入，里头黑暗无光，人影全无。那厢范玉西赶往粮仓械库，非但没有守卫，连门都洞开，进去一瞧情形，方知贼已把辎重迁去，不知何往。当下范玉西便亲来找寻侯、陈告诉，认道："贼人早有准备，我们落了他的圈套之中。"他们三人正在商议，武帝庙那边火光已经直冲霄汉。

陈海鳌道："管他娘中计不中计，我们也放起一把火来，把这燕子窠烧成白地，瞧这独眼狗躲到哪里去。"

侯七道："我们也动三光，岂不苦了蔡家汇老百姓?"

范玉西道："有了慈悲心，谈不到军旅之事。眼前要保自己，不得不然，横竖烧掉了旧房子，好造还他们新屋的。"

时已至此，侯七也只得赞成这大破坏的方法，一声令下，这边也放起火来。四下里一烧，杨燕儿的部下弄得丈二和尚头颅没摸处。虽然都是血气方刚亡命之徒，因为当场缺了个临时总指挥，蛇无头而不行，不免先自相惊窜，没命地向黑处逃命。却被侯、陈、范、蔡、赤诸人督率手下，背腹夹攻，一个个猛勇当先，喊杀连天，把杨燕儿的心腹部队困在火弄堂内，不放他们逃出来。

侯七又吩咐："端正挠钩绳索，在暗处觑准了他们，一钩搠翻一个，像猪羊般排头捆扎起来。"

此刻山上的杨燕儿在望远镜内窥见如此情形，忙着吩咐左右，要亲自前去捉拿侯七等众。不料八卦墩外鼓声如雷，角声怒号，官兵如同潮水般涌进山来。而且分着八路进兵，每一路上都有侯七的死党领着指挥，浩浩荡荡地杀来，真个入了无人之境。

燕儿见此情形，自知不敌，埋怨自家太觉大意，不曾预先分出几支掎角奇兵，扼守险要，把官兵视同孩提，轻敌太甚。再加变生肘腋，失此天险，只好硬着心肠，不再去顾失落在蔡家汇内四百多名弟兄生死，自率着这班残从，押了辎重，连夜下落断云冈，一径走山中僻道，投到方城山戴昆那里去了。

且说苏二、于大明子、董长清、单三英等诸人自许昌陆续动身，到鲁山县城会齐之后，仍由苏二把王旅长派来的三营四连兵士匀派在八路攻山头领部下，一齐移扎到鲁山山外。原拟明日进攻，谁知营帐才得支起，军士正在埋锅造饭之际，派往山口游弋的巡哨步队却捉得两名细作回营。苏二得报，便和营长升帐审讯，方知是蔡、赤二人派来，道："今晚就要动手，请大兵速即入山。"大家得讯，自然不敢怠慢。

侯军士饭罢，立即整队入山。行至半路，只见蔡家汇内已经火光烛天，一片喊杀之声，随风吹送入耳。苏二等急忙催动军马，飞奔前进。此次王旅长派来的军士算是他手下的精锐，况且兵无强弱，临阵交锋起

222

来，一半关系指挥的得法，一半在乎士气的盛衰，弟兄们心上愿意打仗，真个可以以一抵十。这回兵进鲁山，第三旅的官佐士卒也愿和土匪拼一拼的了。又加添着一等这些临时指挥官，都是身先士卒，奋不顾身。一见蔡家汇内起火，知道内应得手，更加勇气百倍，争先立功。好像风送残云相似，片刻工夫，八路兵马都已赶至蔡家汇壕外。在他们还要准备围攻厮杀，岂料里头已经得手，杨燕儿那班部下，十停中溃散了五停，二停被擒，其余的不是斩伤斫毙，便被火烧得焦头烂额。就是侯、陈等和部下，死虽死得不多，受伤的却也不少。不过像蔡家汇这种险峻，居然一仗成功，仿佛唾手而得，也算出于意外，欣幸非常。

大军既到，侯七等便来迎接营长等进去，一面赶派军士，分头将余火扑救，一面慰劳蔡、赤二人。苏二和单三英俩最为精细，忙先去查点被擒匪徒之中有无匪首杨燕儿在内，查到天亮没有查得。依着那二位营长主见，又要放出官场老法儿来，只说匪首已经烧死或格毙乱军之中，呈报出去，可望获得全功。无如这种掩耳盗铃手段，侯七等一班人都不赞成，道："若不寻究明白个根底，一劳永逸，又要养痈遗患的。"于是把被擒那些小匪仔细研询，方知杨燕儿果又漏网，并且还带着一部分羽党及大批辎重同逃。不过逃向哪里，莫说这班小喽啰不知道，连蔡、赤二人也回答不出。

大家一商议，猜杨燕儿是上龙驹寨柴老八那里去了，所以哀恳董长清辛苦一趟，到龙驹寨去窥探动静。所有蔡家汇善后事宜统由二位营长禀明上官，督率着蔡、赤俩办理。侯七等一班人便天天在鲁山四周搜索。搜了几天，毫无动静。

转眼之间，已过了王旅长捕盗限期。幸亏蔡家汇得手勉可搪塞过去，要求宽展限期，不然大家脸子上下不去哩。此次要求宽限，仍是于、苏二人代表侯七前往。

等待由许昌回来，在张良店打尖，却与陶小柳、赵凤瑛夫妻二人碰见。他们结缡之后，陶柳溪出的主张，给发盘费，叫他们到各处游历一番，开开眼界。叵耐陶小柳是个废物，一时有了盘缠，尚不知走到何处

223

去游历。幸亏媳妇有些主意，道："江湖上有两句老话，叫作'走过三关六码头，到过嘉兴烟雨楼'，又道'拳打南北两京，脚踢黄河两岸'。咱们就把这东、西、南、北四京游遍，再到一回烟雨楼，顺便将苏、杭、上海、汉口、九江玩一玩，也不枉生一世了。"故此夫妻二人自吉林进关，先逛北京顺天府，然后又到东京开封府。再进了潼关，到了西京西安府。本想绕道汉中，出汉阳江到夏口，因为夫妇俩都不耐乘船，故而回出潼关，预备往武汉玩去。不料错走路途，跑到了裕州独树镇。

　　恰巧那处新遭土匪蹂躏，才成立了个团防局，预备土匪再来，杀他个下马威。探听探听土匪的来踪去迹，方知是方城山赤眉城一带的坐地分赃大头儿戴昆部下新收的一股弟兄，因为没有赞见礼，才到独树镇上发发利市。为首之人是个关东人，一只眼，而且跷脚。这个消息，独树镇的团防局团丁都牢记不忘。蓦地陶家夫妻二人经过，团丁一见小柳是个目眇足跷之人，再加关东口音，认是戴家那个新入伙的股匪头领又来踩盘，不由分说，上前捉拿。偏偏他们夫妻二人都是活手，都带防身军器，自然不肯落软，竟然交起手来。赵凤瑛有一身蛤蟆功，刀枪不入，加着两膀天生千斤膂力，腾挪躲闪，格架遮拦，全是乃祖赵子丹自幼教会她的，料想这些团丁岂是她的敌手，片刻工夫，打得落花流水。那个团防局长发急了，便去求讨救兵。

　　原来伏牛山、熊耳山一带，伏莽甚多，所有卢氏、阌乡、裕州、南召、内乡、嵩县、洛宁七县地方的城、乡、市、镇，都有团练局办着，保卫地方。而且互相联络，立着一个团防联合办公处在三山镇上，节制各地团防局，公推一个嵩县武庠生刘昔轩做那处长。他用军队编制和管理法办此团练，白狼猖獗的时候，这班团练和赵家宏卫军前后夹击白狼，却曾立下一番汗马功劳。故此豫西一带，名声颇大。因为独树镇新创办团练局，刘昔轩亲来指点，住在镇上，那个团练局长便去把刘总长搬来，拿捉行凶男女。如果赵凤瑛先不曾和人混战，一个刘昔轩尚不放在心上。奈已久战力乏，平添生力劲敌，自然吃不住了，夫妻二人都遭擒去，挨了一顿毒打。幸而刘昔轩瞧了赵凤瑛的面貌，忽有所触，细细

224

盘诘根由，方知是过路平民，并非踩盘土匪，而且刘昔轩是赵子丹的徒弟，叙出交情，才将他们释放。

这场暗亏完全受在杨燕儿身上。赵凤瑛便在刘昔轩方面探明戴昆历史，却得知这伙新入伙的土匪是从鲁山失风跑来，跟头是栽在侯七手内。夫妻听了，要报这顿屈打之仇，所以特地绕到鲁山报信。恰好和于、苏二人在张良店遇见，便同进鲁山，到蔡家汇，和侯七等一班人相见。

恰巧董长清也从龙驹寨回来，道："杨燕儿并未曾到柴老八处，未知逃往何许去了。"

侯七正在纳闷，陶小柳听了，哈哈大笑道："踏破铁鞋无觅处，得来全不费功夫。"说着，又扬声大笑。

侯七见了他这般疯疯癫癫，真是又好气又好笑，正色责备他道："陶家兄弟，你现在已成家室，怎么还是这般傻形呆状？你瞧许多前辈，都为了劣兄一身出的岔子，有累大家寝食不安，舍命忘生助着劣兄。现在为着匪魁脱逃，不知去向，大家助着劣兄找寻。承情绕道过访，盛意可感，不过这时候你还来开玩笑，劣兄是不相干，你开罪了众位前人，将来可想在关内走路呢？"

赵凤瑛道："妹丈，你不要错怪了俺当家，他带笑说这两句话有道理的。实不相瞒，咱们两口子已经间接受了那杨燕儿的亏，吃人家一顿毒打的了。"

赵凤珍道："姊姊此话怎讲呢？"

于是凤瑛便把路经独树镇的情由细细地告诉众人，并道："据刘昔轩说的，那个戴昆，原籍直隶大名府元城县北皋镇人，因在本乡犯了误伤人命案子，充发到甘肃去当军犯。恰巧押到潼关，遇皇太后万寿大赦天下，他便贿通解役，半路脱逃，辗转流落到赤眉城地方。从放印子钱起手，一直到目下，一方招纳亡命，打家劫舍，贩卖人口，坐地分赃，无恶不作；一方结交官吏，勾通军警，作为护符。上回国会选举，他也曾运动入选，居然运动得为豫省众院第二名候补人哩。他的秘窟在方城

225

山内，他自己常住在赤眉城，自建三层楼洋房，起居服御，贵埒王侯，手中也有几百万的家私。附近乡民提及'戴老爷'三字，竟是妇竖咸知。谁料到此人老爷其名，强盗其实。他使得好花枪，放得好鸟枪，故而以前叫作双枪将。他又天生得仪表非俗，脸如重枣，阔口丰颐，望去神威凛凛，所以又唤作赛关公。如今却被'烟色'二字掏枯了身子，人家又笑他吹得好烟枪，戳得好空枪，不枉叫作双枪将。他的家私大部分在方城山巢穴内。手下有四个把弟，一个是个草鞋律师，替戴昆办文牍的，所以叫一管笔殷振雄；一个替他当会计，出身本是个倒霉西医，叫作一帖药吴玉深。殷、吴二人常跟着戴昆奔跑，不离左右。另外两个武行，替他招揽流氓，护院看家，以前全是北道上吃镖行饭的，一个叫一杆旗蒋桂，一个叫一团火尤松，手内都能打发五六十人。新近尤松伤发身死，戴昆缺了家庭支柱。恰好一只眼杨燕儿投去，本来他也不肯滥收常住弟兄，巧有此缺，便令杨燕儿上独树镇放了回生意，乃是试试他胆门子的大小和眼光手段如何。这一下油水得着不少，合了戴昆之意，不敢再因着他目眇足跛小觑着他，总算死了个一团火，补上个一只眼。我们得了这详细消息，特地绕道来此报告，所以咱们当家的方才要扬声笑说。妹丈嗔他，岂非错怪了人哩？"

侯七听了此话，忙向小柳赔个不是。又和苏二等立即计议一下，知照营长，率队随后开拔。他们一行人众匆忙就道，赶往方城山捕捉杨燕儿。大家都是急如星火，恨不得一足跨到，一手抓来，但是著书人却要慢慢地在下回表明了。

第三十五回

鱼漏网眼单骑依大憨
鳖入瓮中独力战群雄

杨燕儿自鲁山漏网，逃到戴昆庄上，机缘凑巧，补了一团火尤松遗缺，做了戴庄四柱当中一分子。初次上独树镇，又大得其利，满载而归，愈得戴昆的宠信。他有了这个强盗式绅士做了护符，格外无法无天，放胆做去。

自逃至此间，独树镇出手计起，日子不过两星期，他已干了不少案子。和一杆旗蒋桂率同手下合伙出去劫掠的不算在内，单道他单身出去做的案子，在内乡县北外卧虹桥济泰当内盗了两粒东珠、一对珠凤、十几件金器，还刺死了一个管金珠房的当伙。又至南召县立女子高等学校奸淫了两个住宿女生，殴毙一个监学和两个老妈，盗了不少现金。又到裕州城内盗了祥丰金银铺中五十余两赤金、二十多副金银钗环，杀死了一个阿大先生、两个学徒、三个出店。此外，方城山附近的曹店、李青店、留山镇、西峡口、马山口、师冈、赵家河、券桥、南杨楼、小史店、拐河镇、黑峪、孙家店等十余个大小码头，他或是单身，或者率伙，都曾光临奸掠，临走还要丧掉一两条男女性命。并且每作一案，必在事主墙上留下一行字迹，仍旧写着白马侯七名字，无非想移祸江东。最可恨的，那戴昆暗中与杨燕儿二一添作五地分拆赃物，表面上却和邻县士绅联名通电，请官厅严缉巨匪侯七，以保地方治安。扰得小百姓食不甘味，寝不安席。

杨燕儿暗忖："从此以后，那个真侯七奈何我不得，况有戴绅助我，迟早请他入狱。我作了案子，他代我论抵，到那时才知道俺姓杨的手段哩。"

不料那一天清晨起身，正和一杆旗俩吃过早膳，商议开班子到何处去放武差使，忽然吴玉深气急匆匆地奔走来，叫杨燕儿赶快躲开，道："昨天晚上，有一个姓侯的拿了豫西剿匪司令公事，到赤眉城拜会戴大哥，要求指拨两个向导，引领进方城山搜捕鲁山漏网匪徒杨某人。戴大哥面子上不能不答应，暗中却差我赶来送信，叫杨兄暂避风头，不要大意失荆州。万一闹通了天，连戴大哥名誉上也有未便。"

杨燕儿听了，自也乘风转舵道："照俺情性，本想挺身而出，料想这班捕盗军警也禁不起俺一个指头戳一戳。但是有戴兄的关系，俺也只好暂且忍耐，免得累及他人，躲一躲吧。不过躲到什么场合去呢？"

吴玉深道："藏身地方，兄弟等已经代为熟筹。此地后山燕剪峪有一所乌巢禅院，人迹罕到之所，那禅院的住持就是戴兄的徒弟。到那里隐身，万无一失。"

蒋桂道："既然如此，我们就此去吧，免得做公的溜了眼，多生枝节。"

吴玉深道："我本当亲送杨兄前往，现在既有蒋兄做伴，我急于回去告诉戴大哥，回头再见吧。"说完，匆匆自去。

这壁厢蒋桂陪着杨燕儿，带了防身军器，立刻避往后山。果然神不知鬼不觉，安抵乌巢禅院。谁知上赤眉城拜会戴昆的那是范玉西，冒充着侯七前往。原来他们一行人众到得此间，已将杨燕儿的本踪去迹暗中侦察得明明白白，犹恐姓戴的出头护短，事情难办。故而苏二出的主见，索性去拜会了他，叫他派人引导，堵住他的口舌，使他不要出头硬帮。而且料那戴昆得了信，为洗刷自己起见，定又要叫杨燕儿避往他处。届时动手捕捉，不在戴昆山中别墅内拿着的，未便再好干预。这是避重就轻方法，算定相手方必然上当。等待范玉西往赤眉城和戴昆一照面，戴昆表面上装得很殷勤，款留酒饭，他自己还不屑奉陪，有失身

228

份，就命殷振雄代表做东，勾搭住剿匪司令差遣的身子。暗中却令吴玉深赶往方城山中送信，直待吴玉深由山中回头，他才吩咐两个老弱庄客作为向导，入山剿匪。

实在杨燕儿避到乌巢禅院的时候，暗中已有米金镖和赵家、单家两弟兄跟踪前往，探明所在。依着侯七，就要奔去动手，仍被苏二拦住道："既老何憎一岁，索性待范玉西来了，动手不迟。将来拿住了杨贼，还要代戴昆呈报向导得力之功，使他要救杨燕儿不好救。再者，待江、海、河三道线上弟兄知道了，还当戴昆放龙吃水不义气，使他门下少收罗些亡命之徒，地方上少点儿损害，也是一件大功德。"

侯七听了，自然赞成。不过乌巢禅院左右前后，大家轮流着在暗中监守，日夜不断人，怕杨燕儿再迁避开去。

又隔了一天，范玉西同戴家两名老弱庄客从赤眉城回来，苏二即便悄悄然把人众派遣妥洽。翌日清早，陆续进山，故意命庄客引领，向后山燕剪峪进发。到了目的地，先把那两名庄客打发开去，然后各人散往四处埋伏好了。于、苏、单三人同侯七、陶小柳、赵凤珍、凤瑛两对夫妇直向乌巢禅院内闯将入去。

这是山中寺院，路僻人稀，香烟不盛，屋子虽多，不过关锁的多。因为此处实在是戴昆一个贮藏军火所在，所以除了山门大殿上供有佛像，第三进便无木像土偶。杨燕儿就宿在第三进东首地板房内，此时正横躺在床上养神，觉得有些心惊肉跳、忐忑不安。正在疑忖之际，忽听庭心内有人喊道："杨大哥起身了没有？"

杨燕儿忙坐起身来，初尚认是蒋桂又从前山到来，想开口应着，不过声口是关东土音，不觉心上一动，忙在床前台上抽过那柄牛耳泼风刀，走到门口探望，却见第一个侯七已跨进了屋子。燕儿一瞧不妙，乘敌人未见自己，即便伸手将窗格推开，身子往庭心内一蹿，预备逃避。谁知他身子从半墙上蹿出来，尚未立稳，耳根边已觉得呼呼作响，有军器斩将下来。忙起手中朴刀，一个鲤跃禹门势，铮的一声，将来人一根铁尺磕飞。赵凤瑛见自己男人出丑，忙抢进过去，向着杨燕儿连肩带背一刀斫去。杨燕儿磕去了陶小柳的铁尺，正趁势把左手帮在右腕上，一个白蛇吐信之势，向小柳当胸一刀搠去，猛觉得侧手又有家生到了，忙将身子往下一挫，右手执刀，斜掀上去，把凤瑛一刀挡住。

此刻侯七从屋内退出来，仇人相见，分外眼红，将手中十三节虎尾软鞭呼啦啦一抖，鞭影有盘篮大小，一个渴马奔泉姿势，直向杨燕儿中三部围打上来。燕儿暗道："好厉害家伙！"身子一蹭向圈外一跳，避过这一鞭。乘侯七收鞭之际，又将刀一举，一个流星赶月手式，向侯七面门上直搠进去。恰巧赵凤珍那口松纹古定剑从刺斜里戳到，把燕儿这一刀掀去。

燕儿一面动手，一面哈哈大笑道："你们仗着人多手众，爷爷就失手了也不丢人，不怕死的来吧！"

口里如此说着，他却已瞧出陶小柳最容易打发，铁尺虽已拾在手中，正不放在心上，他转向小柳斫去。一个庭心内，两男两女战住一人，反而诸多不趁手。

于大明子喊道："杨贼，休夸大口，俺于大明子一人来拿你！"

侯七忽然想着自己的滚堂刀法，忙退出圈子，在单三英手内换了把单刀，然后喊自家妻子和陶家夫妇退后，自己一人上前，跟杨燕儿动手。假意脚下打跌，身子仆下地去，接着便是一套滚堂刀法。这是侯七生平绝技，天下闻名。共有二十四手，擒手收纵，圈踢钩飞，从第一刀风卷落花起，刀刀皆有名色。上三路是飞燕寻巢、寒鸦绕树、大鹏展翅、鹰隼舒爪、春雷惊笋、晴雪压枝、风絮扑帘、冷月移花八手；中三路是蛱蝶穿花、蚕蜂抱蕊、虎尾围腰、犀角斗心、急雨携蕉、旋风卷叶、浪里攒篙、孤松拂雾八手；下三路是枯枝堕地、落叶归根、荇藻堕波、柳丝垂岸、秋荷贴水、断梗泊崖、荆棘翻阶、藤萝绕膝八手。真和梅兰芳唱《天女散花》的舞带一般，忽高忽低，倏起倏落，似进反退，或疾或徐，奇正生克，变幻莫测。初时尚有门径可寻，到后来一刀紧似一刀，只觉一片刀光在杨燕儿身畔滚来滚去，哪里瞧得清楚侯七的人影儿？旁观诸人也觉眼花缭乱，何况身当其冲的敌手。

杨燕儿是曾经大敌，惯战能征，这路刀法识不得，何能破他，心上却抱定个不望有功，但求无过的主意。尽侯七刀来，他一刀不还劈，一刀不出门（劈肘伸直，拳术家谓之出门），一味小开锋，上护其顶，下护其足，中保胸腹，把浑身要害保全，不露一些破绽，使他刀撺不进来，耳边厢但闻叮当之声不绝。

好容易挡开这路滚堂刀法，自忖："臂力虽未全盘去，他们毕竟人多，自己目力不济，脚步高低，多少吃些亏。'识时务者为俊杰''三十六着，走为上着'，休要恋战，自讨苦吃。"故而侯七那路刀法才完，杨燕儿虚晃一刀，撒腿便跑，想从大门逃去。无奈进出那条要道早有一个道长堵守在那里。杨燕儿不敢交手，抬头一瞧，只见左有赵凤珍，右有那眇目黑丑女子，都是扎手货。只有北面是那个跛足男子守着，身后虽站着于大明子，还有一高一矮两个老者，欺他们老的老、没用的没用，不如从这一路走他娘。

乘侯七喘息未定之际，杨燕儿仗自己身子灵活，用一个燕子穿帘式在侯七身旁穿过，直奔陶小柳，抢刀便剁。小柳猝不及备，慌了手脚，却被站在身后的于大明子向小柳踝骨上一扫堂腿。小柳自然站立不稳，身子磕下地去。杨燕儿这一刀斩空，正欲收回刀去，却被大明子又是一腿，觑准了燕儿右手手腕子上踢去，喝声道："着！"燕儿一见，暗道"不好"，忙将右手缩回。幸亏缩得快，虽未曾被大明子这一腿连环腿踢中手腕，却踢在那口刀上，当的一声，那柄牛耳滚风刀休想再拿得住，耆的一声，往刺斜里直飞出去。燕儿见手中家伙被于大明子踢去，知道此路又休想活命："翻高头吧！"即便身子往屋上一蹿。

在这一蹿当儿，胸前又掏出一柄七响勃郎林手枪来，专待两脚在屋面上踏定，便回手过去，砰砰地两枪。幸亏下面众人躲闪得快，没被他射中。不过有一颗子弹从董长清左耳边擦过，山根上受了些微伤。侯七等未免小小吃了一惊，缓追一步。

杨燕儿就乘此空隙，顺着屋脊，迈步如飞，连三跨五，满拟从屋后下地，可以逃命的了。蓦又听得四下里一声叫喊，只见李长泰、金钟声、高家弟兄、王凤珠、杨凤英、米家夫妇，一共男女八人，四面包围拢来，齐喊："休放这狠心小子跑了！"燕儿一瞧这许多男女大半都曾交手过的，总之来者不善，善者不来，他只好把心一横，将手中的勃郎林连连扳动，接连三响。任凭李长泰等眼疾手快，留心避让，怎奈距离近密，再加屋上又难以施展功夫，高大锁的左臂、米赵氏的右腿上已被这厮射中躺倒。

燕儿要紧逃命，见敌人倒了一男一女，他也不管是伤是死，连蹿带跳，奔至右边围墙上。向下一望，且喜墙外无人，便飞身下去，脚踏实地，正要开步，不料四下里又是一阵子喊叫，只见艾柏龄领了赵家兄妹四人，和着单杰奎、单元奎、陈海鳌等分头杀来。屋上未曾受伤的六筹好汉也自后追来。侯七和于、苏、董、单等又从屋内杀出。常言道："双拳难敌四手。"任你杨燕儿有三头六臂，也难逃今日。手中虽有根手枪，奈已剩了两响，心慌意乱，两枪打出去，又都打空。

事到其间，杨燕儿自知左右难逃一死，人急计生，忽然想出一番话来，索性把空枪丢在涧内，赤手空拳，向侯七们说上一番说话。要知杨燕儿说些什么，且待下回分解。

第三十六回

使黑虎拳巧妙无伦
飞鸳鸯腿因果不爽

杨燕儿弹罄丢枪，被侯七等围在垓心，明知难逃法网，百忙中却被他想出个死中求活的方法，向着大众道："光棍犯法，自绑自杀，事已至此，俺也没有旁的话说。不过俺与姓侯的苦苦作对，因着刘瘸子而起，是为朋友交情、江湖义气。你们大家帮着姓侯的拿我，也是为着朋友交情、江湖义气。如今你们仗着人多手众，莫说俺杨燕儿一个人，就是有十个八个杨爷爷，也被你们打倒。但是俺的肉体虽然受亏，俺的心魂别说这一辈子，就到那一辈子去，也不佩服的。除非现在唤侯小子单身出手，一不用家伙，二不用暗器，不需人帮助一臂半臂，两下较量较量。若得俺赢了姓侯的，让俺走路；如果输给了姓侯的，再凭你们把俺如何处置，那时俺才死而无怨，心悦诚服。"

陈海鳌听了，嚷道："姓杨的，这种骗娃娃的话，怕你心口不一！"

杨燕儿道："丈夫一言，快马一鞭。俺若口是心非，将来非但乱刀分尸，尸身还被马踏为泥。"

当下大众听了，你瞧他，他瞧我，明知这是杨燕儿的狡猾，依他好呢，还是不依他？

这个当儿，大家不约而同都望着于、苏二人道："二位老英雄意见若何？"

于、苏二人尚未回答，侯七已把软鞭撩给陶小柳拿着，将身蹿入垓

233

心，站在杨燕儿对面道："好哇！今天侯小坡不和你清拳铁臂放对较量，惹人家笑我们吉林于家镖没有种，欺你孤雁。俺就依你的话，彼此见个高下吧！"说罢，便立了个门户，将左手拢住右拳头，高声喝道，"来吧！"

这是江湖上把式解数的暗过门儿。所谓右拢左，先动武；左拢右，慢动手。杨燕儿见侯七果然被激上钩，心中暗喜，而且十分客气，不先下手，他恨不能一拳就将侯七性命结果了，自便站定门户，丢了个架子，踏步进门，一拳向侯七面门上打去。旁边于、苏诸众都退后一些，四面八方围成个栲栳圈儿，屏息宁神，瞧他们俩较量。侯七见燕儿拳到，自然不敢怠慢，留神招架。若平日间，杨燕儿这一身金钟罩、铁布衫功夫，侯七非其敌手。不过今日一来所处地位不同，二来邪难胜正，三来适才已经领教侯七这路滚堂刀，暗暗上下风早已分出。无论何项战斗，不外"理、势、气"三个字上分胜负。现在杨燕儿非但理屈势寡，并且情窘气馁，区区一点儿功夫，不济什么事。而且侯七寸节留心，初交手际，避他的朝锐，一味招拦架阻，不还一手。直待一往一来，到五十个回合以外，见燕儿有些松懈，不似开场那种风雨不透的神情了，故反自己手中加紧，前三后四，左三右六，一拳紧一拳，一步逼一步。杨燕儿见不是侯七对手，心上又打算扯的念头，手内愈加打紧不开。侯七瞧出破绽，忙趸身进去，故意举起双拳，在他面前使个渴马奔泉式一晃。燕儿一见有隙可乘，忙地平举双手，用个玉带围腰的姿势向侯七腰内戳将进去。不料侯七倒退一步，把右手弯过来，用胳膊保住自己两腰，又顺便用右手五指去接他的左腕，同时左手一拳，直向他下巴上一个霸王请酒势打去。幸得燕儿尚算惯家，一见他右胳膊往下盖来，忙抽右手保着自己面门，起左手去拧他右手五指，名为黄莺搦腿。谁知侯七见这两手被他破了，翻身便跑。燕儿一时疏忽，竟会追将过来，跟手向侯七后背用足全身功力一拳，所谓黑虎透心。不料侯七霍地向侧一闪，燕儿这一拳早打个空，因为用力过猛，身子往前一扑，几乎合扑到地，忙将两拳朝下一个拿桩，勉强身躯站住，但已晃个不定。正想侧身动手，侯七早趁他拿桩发晃当儿，将自己身子一捺，飞起左足，向他右胁上用力踢去，喝道："姓杨的，站稳了！"燕儿不及躲闪，被他一腿踢着，分量匪轻，身子直焯下去。侯七才收回左腿，右腿又是一个扫堂旋风，用力在燕儿脚踝骨上一扫，杨燕儿休想再能站住，便和推金山、倒玉柱般跌倒在地。

米金镖和赵氏弟兄早跳过来把他揪住，便从身畔取出洋铐，把他手脚都铐好了。

董长清暗向单三英道："你我用局外眼光，觉察这事的因果，一丝不爽。苏二哥说起侯七把弟罗佩坤是遭杨燕儿子母鸳鸯腿踢毙的，今日杨燕儿也在这连环鸡心腿上栽筋斗，岂非冥冥之中含着个天理报应吗？"

单三英听了，不住地点头叹息。

当下大家席地喘息了一会儿，然后动身上道，将杨燕儿押回许昌归案。侯七等不愿居功，因为此番到豫西，无端拆破了范玉西一家人家，所以将这拿获独眼大盗巨功全推给范玉西身上，补偿他破家辛苦。偏遇着那位王玉墀旅长硬要侯七在他第三旅当差。于大明子是个莽夫，认作真的美意，要叫干儿子留在豫西剿匪司令麾下，图个出身。幸得苏二是个机灵鬼，瞧出王旅长的心念别有作用，断断不能留在此间做事。赵凤珍也默会到这一下夹层心思，所以不等杨燕儿处决，大家便忙着散去。"为山九仞，功亏一篑"，他们这一散，又岔出了乱子来哩。

王玉墀见侯七不上钩，而且不别而行，心上大大不舒服。方城山的戴昆得了信，便乘隙而入，大肆运动，将杨燕儿的真身化为从犯，定了个徒罪。反指侯七等希图重赏，将小匪妄指为巨魁，非但无功，并且有罪。要知道民国社会乃是武力与金钱的世界，"法理"二字完全不适用的。

杨燕儿投着了戴昆这种靠山，既有枪杆儿，复有孔方兄，还怕什么？自然可以保全性命。第一步由死刑减为徒刑，第二步由徒刑恢复自由。只要他一自由，老百姓又该倒灶了。到了那个时候，像侯七这班人，凭你如何不智，总不见得再来出甚血汗，拼性舍命，重干一回。只要杨燕儿不犯他们疆界，他们绝不再来干涉姓杨的作为。至于和王玉墀旅长的心病，急切也解释不开。始而想置之不理，叵耐王玉墀一心惦挂着赵凤珍的面貌，钻头觅缝，接二连三寻着侯七，使得侯七不能不想个对付方法出来，才得一劳永逸。

往后去，所以又演出赵凤珍毁容全节，艾柏龄寄柬留刀，替王玉墀的眉毛都要剃去，下个切实警告给他。但是这么一来，双方的冤怨格外结得解不开了。直待那前回书中提及推二把手小车夫的褚三儿也成了个建牙树纛二路武生角儿的军阀，方代侯七出头说话，向王玉墀叫开那一层难过。

那时候的侯七经过这许多世情磨砺，锋芒尽敛，与世无争，每日唯求三餐一宿，过着安逸日子，再也不争什么了。岂知世界上的事物相生相克，永远不得太平的。你不去和人争竞了，人家反而要找到门上来哩。

那个幸逃法网、二世为人的杨燕儿，他总念念不忘侯小坡，年纪一年大一年，毒念一日深一日。自从许昌狱内出来之后，他无间寒暑，熬练功夫。练了足足三年，特地和着一杆旗蒋桂寻到侯七门上去报仇。侯七因为不愿再斗甚闲气，命人推说侯七已经死了，意谓如此退让，总可以解开这个结儿。不料杨燕儿偏不相信，定要灵前吊奠，大闹灵堂，黑夜行刺。再四相逼，直逼得侯七忍无可忍，再和他赌头较量，要应着他那句乱刀分尸，尸身被马踏为泥才休。

杨燕儿一死，总可安然没事的了，偏偏那个蒋桂又会代友报仇，乘于大明子八十大庆的正日，登门寻事，要坐索万金，作为杨燕儿丧葬诸费。不然，叫他们爷儿俩头戴麻冠，身穿麻衣，手拿哭丧棒，足蹬草鞋，替杨燕儿扮那孝子孝孙，了了这场公案。你想，如此办法，叫于大明子与侯七哪里受得了？自又闹出一场大大的争斗出来。直待孟长海、石道姑出门，这口冤气才得申吐。所以太史公早已说过："儒以文乱法，侠以武犯禁。"这十个字，真是千古不磨之论啊！

第三十七回

五花八门偷儿分派别
肥鱼大肉捕快买安全

江浙两省腹部乡镇上的语言俗尚，比较西北各地格外繁杂。单就通用语方一项而论，有所谓市言、窑谈等三四种分类，非但空口谈说，竟然积习相沿，形之笔墨。

譬如茶坊、酒肆，以及货客兼载的航船上、接火车班头的脚划船上，都贴出一条"谨防扒弄"的字条儿。这"弄"字，连字典字汇上都是查不出来。字典上只有两个手字拼成一个字，没有三条手凑成一个字，但字典上虽无此字，如其写出来，连乡下妇竖也都承认它是偷儿的代表名词。为什么呢？因为大江以南、钱江以东的许多地方，唤偷儿叫作三只手的，所以公认这"弄"字就是贼的别篆。我现在先叙述一个贼出身的小军阀，如其直接痛快写了"贼官"二字，似嫌草率乏味，故也顺从习俗，上他个"弄官"的官衔。谈到"弄"的一行营业，内容却也五花八门，一时也掏不尽它的底哩。

竟有业中冒失鬼一时尚回答不出许多冷僻门槛，何况我们业外之人？江湖上诨称一句，叫作"七红八黑九江湖"，乃是说那下九流的三种行当。"七红"是拼班子开武差使，做临时强盗的一类。"九江湖"是二八月走码头，成群结队向店家要钱，所谓江湖流丐、流星水碗等一类。"八黑"就是说的贼，总称一句贼，也像佛学里头，有所谓灭宗、大乘宗、小乘宗数行派别，这黑学亦然。不进这道门槛，当然不知就

237

里，踏了进去，方知其中的变化要分十二种名目。第一项是往客边放生意，飞檐走壁，轻易也不肯出手，所谓"翻高头"，实行其名叫"飞黑"。不过飞黑也分两种，甲种是起码要离开本乡五六百里路之遥方才出手，而且出一次手名为"卷一账"，总要一千或是八百数目。卷了之后，回到家乡，总算往别处去做了一宗买卖，获利归来了，于是在家坐吃了一年半载，才再出门，有时卷着大账，竟会三年五载不出去的。并且在本地面上专门结交缙绅，乐善好施，上下中三等的人缘都结得好好的，这叫作"乌里王"。乌者，黑焉，言其是黑门中的大王了。乙种呢，放起生意来总在三四十里外头，下手目的也不过几十，至多一二百之数，一年不知要做几回，这就叫"夜星子"。大凡夜星子，本地人都晓得他干这一手，遇到邻县捕快到来拍起来，尚拍得到的哩。如其乌里王，简直一百个之中倒有九十九个一世不破案的。像前回书内出场的那个无鳞鳌单三英就是这种人物。第二项是掘了壁洞，趁夜入人家，乘人熟睡的时候下手，所谓"开桃源"，又叫"放窑口"的，其名"钻黑"。第三项专在水面上干事，名为"游黑"。游黑也分甲乙两种的。在外洋或是长江轮船上出手的，叫"海里泛"，谓之甲种；在内河钻舱取物，所谓"跑底子"，乃是乙种。甲种必定要与船上水手或茶房通相，勾搭好了，方能上下其手地攫取。乙种是并船上人东西也要顺手牵羊，不一定坐舱客人的东西才拿，故而和船家不通相的。第四项是往店家柜上去调换正当买主的手巾包或皮夹子的，也有假意购买东西，乘机扒窃店中货物的，所谓"对买"，名叫"笃黑"。第五项是弄一个哑巴小孩儿，替他身上贴了一张招贴，写明此孩儿姓甚名谁，家居何所，因其年幼不识路径，又是口暗不能言语，如此孩儿有日走失，望仁人君子送其至某处某号门牌屋内，当有薄酬奉赠，绝不食言，云云。其实此孩儿并非真哑，自小教导得非常伶俐，总在散戏馆或节场上，他专拣身装华丽之大家内眷或窑子内红姑娘的身边挨去，并且这孩子一定是清秀文静、讨人喜欢的。那么妇女们脑经简单，这一手，十有八九受戳的。于是将这孩子留住，回头派人送去，那边居然有相当酬资，拿出来给那送去之人。

隔一天，再备了盘盒，登门来谢援手之恩，实在就是看脚路，将出入要道以及何处上房、何处账房，看的看，问的问，一一盘诘清楚，缓日前来下手。如其当日救了这小孩儿，内眷们亲自送去，那是更好了，当场估量了你身装首饰，值得动手的，于是用闹阳花、地鳖虫、六局子等煎汤浸过的茶叶，假殷勤让府待茶。来人一喝了这种茶，立时昏厥，他们从容不迫，将你装饰剥去，俟夜深人静，将你移至其家附近空地，及至醒后返家，报警追缉，是屋已张贴招租，前房客已迁避不知去向。亦有用一年轻少妇，托言妯苦姑恶，逃避出外，意欲投充佣妇，因地陌生疏，不知荐头店所在地点，天又暮晚，不得已求寄庑下，暂宿一宵。如允留宿，有隙可乘，则进一步为"放白鸽""扎火囤"之举，不则，亦窃取什物以去，此名"妖黑"。第六项是用种种拐骗方法欺诈取财，或者白莲教徒用五鬼搬运方法，以及吓诈党、帮票匪、软进硬出"铁算盘"冒充官商之类，其名"风火黑"。第七项是在热闹场合，剪挖人家袋内东西之"青插手"，专摘取妇女们插戴首饰的"采樱桃"，人家晒的衣服代为收拾的"拾琅玕"，趁清晨掩入人家的"踏青"，傍晚掩门的"黄昏探"，白昼假问讯或托言兜售小本营生的"闯绣房"等几种，都包括在内，名为"杂黑"。第八项叫"小黑"，如偷鸡的"采毛桃"，待乡农秋收以后，米麦秕糠都要倒着走路的"拾账头"，以及表面上好似沿门乞的蹩脚生，如其人家冷不防，他顺手便捞，无论什么东西，哪怕马桶、便壶等污秽零星，也要带着走的，所谓"拾垃圾"，亦名"拾臭猪头"，都属小黑一项之内。后因测字别名也叫"戳小黑"，两下混了，所以改名叫"幺黑"。因为拐骗硬扒也隶属在这里头的，故而范围很广，江湖上也自成一道哩。

在前清光绪年间，苏州府吴江县属的同里镇地方出过一个专在水面上放生意、大有能为的跑底子偷儿，不论何种船只，任凭你怎样防范，总之他不注意你这条船便罢，他若视线瞧到你这条船上，那么这船上所有好好歹歹的东西全成了他囊中之物。他好任意拿哪一件去，变换银钱，买甜的咸的吃喝、绸的布的穿着。他能在水底伏七日七夜，在水内可以张眼视物，周围七八丈路内鸡、鹅、鸭三种毫毛可以一瞥辨清。坐起水来，一个没头功，一口气可以直打一里，横打半里。再加天生大力，初出道时节，两个肩头能扛得行七八百担的重载驳船。曾在宝带桥附近单身赤手，拒敌过太湖网船帮的七十二条扁担。中年以后，吸上了鸦片，自家知道功劲已散，不中用了，然而在盛泽镇上赌钱，和巢湖帮闹起来，二三十个彪形大汉围住了他在一家小茶馆店的楼上，想擒住了他，不是活埋，便是用香烫死他。他一瞧众寡不敌，一时不易脱身，瞥见茶店内小风炉上炖的三四吊子水，倒吊吊滚了，在那里沸起来哩。他触景生情，便一手执了一吊水，提到楼窗口，把沸水向四下浇了两个圆圈，凭你铜筋铁骨的好汉子，皮肉上被这百沸汤溅着，痛彻心肝，立时起泡。他两吊水一洒，顿时四面喧扰，自相惊嚷，围绕的那个圈儿便有了空隙露出来。他在楼上居高临下，觑得准切，见东北方面围的人最少，便丢了空吊子，将自己身上长衣卸下，紧紧一卷，先提两条长凳，往东北角上连续掼了下去。再把那卷衣服往西南角上一撩，然后身子跟踪跳下。下边围困他的人先遭水烫，接着站在东北角上的人被长凳掼中头部，有一个立刻头破血淋的，有一个额角上顿起青紫疙瘩的，自然又是一阵大乱。又瞧见一团衣服向西南角上下来，人多遮眼睛，都认是他的身子跳下来，那些不曾受伤的一声呐喊，都向西南角上拥去，想扑翻了他，攒殴了一顿再说。不料中了他声东击西的妙法，待他真的身子纵下来，足甫着地，便由东北方空隙处蹿出重围，撒腿便跑。那班蠢材等待瞧明白西南方下来的单是衣裳不是人，这边已经嚷道："不好了，被他逃出了圈子哩，大家快走呀！"及至追过去，他已跳入市河，借水遁少陪的了。这种胆识真不含糊，三十名精壮找他一个人的事，结果非但不曾碰伤他半根汗毛，反被他水浇凳打，弄伤了七八个人。据他自己说起来，已遭烟累，不中用了，尚且如是。那他鸦片未曾上瘾，自信行的时候，可想而知是个何等样的人物啊！因为他水里功夫更较陆上能耐优胜，所以有个诨名叫"鳖鱼"。至于他真名实姓，莫说旁人不晓得的多，就是本人到了暮年，人若问起他真名实姓来，恐怕也糊糊涂涂，一时回答不出的了。

　　其时沪、杭干路尚不曾有影子啦。凡属苏、常两府的迷信男女，每年春、秋两汛，上杭州天竺进香的，必须叫了船，经行尹山桥、吴江、北坼、平望，渡莺脰湖，到乌镇、连市等处去的。恰巧自苏州葑门起，一路上的庞山湖、嘉兴塘、兰溪塘等几条水道，完全是鳌鱼的地盘，都在他管辖区域，应偷界限之内，这种送上大门的买卖，不偷也是呆。于是由他拣中了下手，总是拣油水富足、最最肥美的香船动手。卷了这一账，半年的用度可以不愁的了。好在春汛做了之后，度过夏季，钱用得差不多了，秋汛香船又来了，一块块肥肉送到口边，冬天开支又不愁没有着落。过了年关，钱又将告罄，春汛复来。如此循环不息，绵绵接续，好似够田人收大、小熟两次租来一般。可是够田的收了租，尚须完漕，或遇荒年减成色，唯独鳌鱼收这两次香租，既不必缴纳上下两忙银米，又不愁水、旱、虫三种荒歉。俗语道："家有三场赌，赛过苏州府。"像鳌鱼这样，直可以和上海道困十万的美缺相似哩。

　　不过鳌鱼看得上眼然后下手的香船，此船坐舱不问可知，定是财势两全的巨家宅眷，若是男性，也定属社会上说得着的官商，绝不会是拼份头烧香的寻常男女。一旦失窃，怎甘善罢？自然报官追究，务期追转原赃，哪怕多花些悬赏金，也不在乎此的。如此一来，连累一班捕快吃了苦哩。三天比两限，比得两条腿上没有一块不曾受过笞伐的原生皮肉。好容易打听着了作案之人诨名鳌鱼，想将他逮捕到案，按律究办，出出胸头毒气，无奈许多做公人，一个也不是鳌鱼对手。你们想去抓他，仍没有抓住他，索性都做几票大案子，使捕快们眉头上愈加吃重，扛受不起。硬功不成，改用软法，托人出来居中调停，要求鳌鱼放弃每年两次香汛，不再下手。这班捕快呢，公凑一份常例送给鳌鱼，买一个太平。本只有捕快向窃贼伸手拿陋规，如今反倒了过来，变作贼向捕快拿老俸。做贼做到鳌鱼的样儿，也可以说扬眉吐气，威风十足的了。故而鳌鱼到了四十岁之外，受了江苏元和、吴县、吴江、震泽，浙江嘉兴、秀水、乌程七个县衙门的快班供养，入足敷出，吃吃白相相，竟同辞官告老、优游林下的大佬一般舒服哩。

他儿子是没有的，在三十五岁那个年头上收了个徒弟。此人是安徽东流县人，姓衰，小名叫作库儿。鳌鱼自从收了此徒之后，把生平艺能一齐授给了他。论到水里功夫，和师父比较，差得远哩，不过过得去而已。论到陆路上的能耐，徒弟反较师父胜了，可称青出于蓝。最最擅长的却是轻身腾纵。曾经踏了一张芦席顺着风水，连渡芦墟镇外的三个白荡，所以诨名叫水上漂，又叫跳虱。此人轻身本领已至若何程度，就他的两个诨名上看来，也就可想而知了。他跟鳌鱼磕头学艺，乃是他晚老子出的主张。

他晚老子叫马大忠，南京人。提起来也不是外人，滚马侯七十弟兄当中，那个排行第五的朱三傻子就是他的徒侄。三傻子师父马献忠是他的堂兄，三傻子师兄马哀陆是他从堂侄儿，也是清真教内的老前辈，金陵水西门一带的有名人物。

其时江湖上传述南北两京有十一个著名马回子，北京首座马龙标，二位马福祥；南京首座朱三傻子的师父马献忠，二位就是马大忠。他本来是抱独身主义，不要娶媳妇的。自小喜欢拳脚，爱弄枪棒，专讲究在外交朋友的道理。其实就是帮闲瞎混，不曾习得正当行业。幸亏是个单独身体，并无室家之累，每天混一个儿的三餐茶饭，尚不十分艰难。

到三十三岁那个年头上，马大忠和一个走江湖卖膏药的结交了，彼此一见如故，那人将皮行内九丁十三川的许多门槛，以及放鞭汉的种种秘诀一股脑儿都教了大忠。他也竖起"金陵马大忠，专治跌打损伤，出售狗皮膏药"的招牌来。由浅入深，三年五载之后，索性也出去跑码头，靠此营生。始而一帆风顺，往来长江各埠，很积蓄些起来。

不料到第四个年头的正月内，新年挡在安庆做着。谁知英雄只怕病来磨，一病半载光景，花去几文晦气铜钱尚不在话下。不过经此一病，才知孑身的苦楚，再加又在客中，愈感不便，所以病好了，反欲娶房妻小，省得再害起病来没有体己人服侍。于是由安庆当地的游手好闲辗转介绍，马大忠花了七十多块大洋，买了东流县这个再醮孀妇，并且有个六岁的小孩拖过来。

人家和马大忠打哈哈道："你真是时运来，推不开，讨家婆带个儿子来。一毫吹灰之力未费，居然做起现成老子来了。"

第三十八回

酒肆茶坊严防跳虱
深更月夜惊遇僵尸

　　讲到此妇前夫，也是汉口、黄州、武穴一带的有名水贼，诨名叫作浪里钻，所以这孩子的先天满含着贼的遗传性。其时虽身长尚未及三尺，倒已胆大包身，瞧见别人的值钱东西，便要顺手捞着走路。

　　到了翌年七岁，索性爬高上屋，到人家屋内去拿东西。这一个字，出门人所最最犯忌的，凡是吃空心饭的，瓜李嫌疑，尚且要分别得清楚，何况老实不客气干这玩意儿。害得马大忠有了这个现成后辈袁库儿的淘气胚，饭都几乎没地方吃处。沿长江一带的金玉码头险些都断送在这现成儿子的手内，一概卖绝。为了维持衣食起见，没奈何到江南苏、松、太，浙江杭、嘉、湖等六府地界走动，另辟新码头。等待到这六府地界内营业，便听得许多人谈起这鳌鱼的能耐。

　　他见库儿天生贼料，没有挽回，恰巧在车坊镇上和鳌鱼遇到，便将这个拖油瓶儿子表面上算拜鳌鱼做了师父，索性待他正式习练做贼去，实在就是将这宝贝儿子送给鳌鱼，倒也一举而备三善哩。何以呢？一来这种玩意儿乃是投这孩子心之所好、性之所近去习学，自然他比较学习别样来得专心，将来或者可以成就贼门中一个杰出人物。二来像鳌鱼这样一个贼道伟人，定有一种出类拔萃、超出寻常的奇妙秘术，他现在膝下乏人，一朝身故，后继寂然，从此他的奇妙秘术亦随与俱逝，岂不可惜？如今有了这个天生贼料的好徒弟，得传他的秘妙，将来库儿再收了传人，一代代绵衍鳌鱼宗的贼派，我道不寡，代有传人，真个好遗臭万年，何止五世遗泽，也是解决世界人生观上一个很重要的问题。三来马大忠送掉这个宝贝乖儿子，他们老夫妻俩以后度日反能布衣暖菜饭饱，省却不少闲是非。不然带在身畔，倒时刻要防他偷人家东西，累得个个码头要愁兜不转了。如今把库儿干脆送给了鳌鱼，岂非三方面都得益的吗？因此上库儿做这个"弄"业，确是奉着尊长的严命，又投拜在名师座下，埋头苦志，足足习了九年。

到第十个年头儿上，连鳌鱼也称赞他水到渠成，功夫学全的了，可以毕业出去，自立门户哩。跳虱暗忖："如其就在下江营业，不要碍了师父的道路。"所以辞师出门，先到南京探望了一次母亲，住了些时，又回到东流原籍，祭扫了生父的坟墓。在路上闻人提及，那时由两江调回原任两湖总督的南皮张香涛，家财着实不少。跳虱听在耳内，记在心头，扫墓之后，便上武昌，往督署内偷了一串朝珠、一件御赐的貂褂。这是出师之后头次放生意，居然马到成功。但是朝珠、貂褂两件东西一时难以销售，便带了进川去。

混了几年，直至得着师父西归消息，他方顺流东下。赶至师父故乡同里，果然鳌鱼已死了一年多，棺材露厝在坛地上。跳虱便拿出钱来，买了块地，把师棺埋葬入土后，才再打算自家如何打江山、夺主稷的方法。"总也要使得公门中人见了自己害怕，照旧出钱求太平，按期孝敬常例钱出来。一者总算不枉师父在时教训我九年的心血，江湖上三界弟兄谈论起来，提及这份血食，以前师父打出来的律例，如今亡故了，徒弟能够继续享用下去，方不丢前人的脸。再者，自己也年过三十，应该想个立定脚跟之计，省得下半世仍去东飘西荡。到底在外奔波劳碌，今日不知明日事，究属苦恼的。像师父打出了律例，晚年来风雨寒暖都不用操心，只消伸手出去，拿钱来花用，到底写意的呢。不过公门中没有善鬼，他们肯情愿献出来也非容易的事。若不三蒸九煤，以真颜色给他们看，谁肯轻易买人的账？我既想要承继师父这个基业，应当先使那各县捕快扛一点儿分量，弄得他们走投无路，叫苦连天之后，少不得来认识我哩。"

主见打定，便往吴江殷家、常熟翁家、苏州潘家，迭连做了三起大案子。这三案失主全是财势两全的士绅，家内失了窃，向地方官发话，三处的知县自然把本衙门的快班逢卯严比。莫道预备替打屁股的小伙计两条腿固已打得皮开肉绽，连几个大名字的正身也都挨着打的了。而且库儿是有心的，凡属他做的案子，总在事主家的墙上留下"跳虱就是我"五个大字。江、浙乡间那些殷实富农就为预防贼偷起见，所以先和附近市镇上的更夫或者丐头、坐码头老大等类接洽妥帖，一年三节，出多少陋规，求保四季太平。那坐码头老大赚了你这票进款，便用白粉或是土朱黑墨之类，在这出钱人家的大门或者屋横头的墙上画上一个太极图，也有八卦，也有双钱，最简单画两个套圈，算是一种暗符号。每至春二秋八，一班跑码头的东行乞丐以及黑道上过活之人，经过瞧见了这标志，不再上门恶讨，自向坐码头老大去算开销。就是方圆数十里之内的土相见了亦然如此。故而跑到乡下去，瞧瞧那些人家门墙上，十有八九画这种符号的。除非从远道到来，未曾通相的道中，或者土相和坐码头老大有了过不去，存了心迹，那才向这种有符号的人家下手偷窃。这是分明有意破坏他的威信，使他站不住这个码头，所以要如此地捣蛋干法。

那时的跳虱，他要使得远近威服，不论城、镇、市乡，全要买自己的账起见，故而做的小案子也专拣这种有符号的人家放去。果然出马不到两月，小声名已经做了出来。乌镇、南浔、震泽一带地方的小客寓，以及茶坊、酒肆等店堂内，也都贴着一张"顾客当心跳虱"的字条出来。公门中人也在那里互相探听这跳虱的根底，究属为甚难过，要和我们暗斗神通？这是太阳渐渐晒着跳虱的酱缸上，火候烧得差不多，达目的的日子不远了。

这一天是十月十二日的晚上，其时震泽镇上有一个掏乱把的白相人叫才宝，开着一局筹码，在镇上花山头地方赌钱。跳虱跑去押下风，输的，赌出了火啦，索性做上风，摇的十三块头满头，又沉了四批。轮得他志气灰颓，结过账，跑到外边，烫了壶半斤贞绍酒，拣了一只咸鸡腿，炒了两碗蛋炒饭，一个儿慢慢地吃喝。无意间闻得间壁桌子上有个嘉兴航船上的伙计，同着一个全盛信局内走信的绍兴人，也在那里饮酒谈心。

跳虱只听见船伙问那走信的道："你今天从南浔走来，这条路上到底太平不太平呢？"

走信答道："我也听见好多人说起不太平，但是我照常朝晨跑去，下半日跑回来，倒没有遇见什么。"

船伙道："你是白天走来走去，自然不会遇见。若是晚上，恐怕就不见得有如此安逸。"

以下他俩的声音低了，听不清讲些什么来。跳虱心上一动，自忖："今天输僵了，本则要去放一账，一时想不着哪里有血点儿的人家。刚才听他们提起南浔，着呀！南浔镇上，刘、张、邱、庞四大金刚的家内一定有味，倒不如连夜赶往南浔去一趟吧。倒是他们又说道路上不太平，晚间不好走，可要问问明白之后动脚？"又一个转念过来，自己晒笑自己道，"所谓路上不太平者，无非有了断路，打闷棍、剪径、打杠子之类罢了，难道我尚要顾虑到这一层，怕他大水冲掉了龙王庙不成？说走就走，拼他一大票现血来，痛快点儿摇几场畅口，出出风头哩。"

于是身畔掏出一根大筹、一根须筹，向台上一撩，会过了账，可称酒醉饭饱。仗着酒兴，离开赌场，撒开大步，往上南浔那条路上走去。这条道路相距只有十二里实路，名称一九。不过中有几处断水所在，白天有渡船候着，晚上没有渡船，要从里塘兜抄，格外远些。不过这种断头汉港，别人没有法想，跳虱既精腾纵，又识水性，全不在意，只消作势一纵，便可过去。他出震泽镇的市梢，听见典当更楼转三更，一轮明月照耀当空，如同白昼。他一路脚不点地，如飞前进，走了一半光景路，又越过一条汉港。这条港门阔得多，加着两面浅滩险巇，不大好立足，跳虱仍能跳过，脚尖上踏湿了些。他想明晚回来，如果背了东西，此处不好跳的了，还是兜抄了，多走几步路吧。这种暴冷天气，倒不高兴过水浴冷澡哩。

过了这港，又往前进了半里路程，他的一只眼睛的视远力比众不同，越是晚上，越加锐利。望到五六箭路外，毫发毕清，累黍不爽。此刻遥见迎面隐隐间有个穿白衣裳的长大汉子，也似有甚要事，所以很匆忙在那里过来。不过更深夜静，再加十月中旬天气，尚在这乡村地方走动，并且月光之下，浑身穿得雪白，十有七八是同道中人。本来他们黑门中人，晚上的服饰通例，有月光穿白，无月光穿黑。而且路上遇见了，不行开口招呼，彼此往地上一蹲。头上如戴有帽儿，须将帽儿除下来，向上一抛，暗祝升冠高发之意。如其未曾戴帽，则将左手大、小两指弯转，中、食、无名三指伸直，向上一戳，暗藏连升三级的意思。彼此做过了这手势，就算打过招呼，各自走路便了。

当下跳虱疑心迎面来的是同道中人，自然按照老规矩，自己先往地上一蹲，伸手将帽子除下，拿在手中，待来人行近，向上抛去。等待跳虱这厢停步蹲下去，一转眼间，来人已行至一箭路外，见他仍向这面行来，并不蹲下去。跳虱尚认是走夜路的乡农，自己误认了他为同道。正想站起身来走路，蓦然瞧见来人的两只脚离地有三四寸光景，并未着地，而且不是一步步跨着走路，乃是两只脚并拢了向前跳的。跳虱见了，心上别地一跳，抬起头来，将那人面部一瞧，不看犹可，看了，虽说贼人胆大，也撑不住魂销魄散，心头跳个不定，身子同筛糠般发起抖来。

原来那人面色灰白，一些血色也没有，两只碧绿眼睛深嵌在眼眶里头，一条殷色的舌头吐出在嘴唇外边，约有二三寸，头上戴顶红缨帽，小部分戴在头上，大部分拖在脑后。身穿素色箭衣，外罩玄色外套，当前一排纽扣，都未纽上，散在两边，那下摆随风飘荡，好似鸟翅一般。脚上穿着玄缎皂靴，在那里一纵一纵跳过来。照这情形，分明不是生人，那是个僵尸无疑。

跳虱自家壮了自己一下胆门子，将手中帽子用尽平生之力向那人身上一掼，站起来掉转身子，拔步便逃。不料跳虱这一掼，虽则正中那个僵尸身上，但是能有几何力量，反引起他的注意，一声鬼啸，从后追来。这种奇怪啸声一起，非但亡命而逃的跳虱毛骨悚然、心惊胆落，连天边明月顿然也呈出一种凄惨颜色。树上宿的乌鸦也都从睡梦中惊醒，乱飞乱噪。那些附近乡村人家豢养的守夜草狗先吠了一阵，接着都号哭起来。并且这僵尸一面走，一面口内还不住地吱吱乱叫。如此情形，叫跳虱心上安得不吓？而且心上担受了惊吓，脚下愈加跑不开，起先两下路尚相差一丈多，后来越走越近，转眼间已相去不过四五尺地步。

此时，跳虱酒也吓醒了，奔跑得汗流浃背，气喘吁吁，留神后面，竟相差不到三尺路。跳虱暗忖："我命休矣！别无生望，只有暗喊师父在天之灵，垂念阳世徒弟急难，到来援救。除此以外，没甚法想。"正转念间，已到三岔路口。听人说僵尸只能直行，不能转弯，不知此话确不确，姑且试一试。说时迟，彼时疾，跳虱忙向左手小路上一拐，果然那僵尸煞止脚步，吱吱吱乱叫了一阵。跳虱暗暗谢天谢地，一条性命拾得来了，好放缓些脚步，找寻生路。不料心上刚转念着，那僵尸虽不能转弯，他却能带斜势三角跳地，一眨眼间，那僵尸也跳到左边小路上，又来追赶了。并且经了这三角跳，距离跳虱身后只剩尺半地步，格外近了。跳虱一见这僵尸又追上来，哎呀一声，忙再没命向前飞跑。心上懊悔转了弯哩，不然大道上那条阔港门快到了，越过了一条汉港，或者僵尸追不过河，如今反转到小道死路上来了。

幸喜走不多路，瞥见小道旁侧有三间茅屋，屋内射出一道亮光来。跳虱也顾不得了，奔至茅屋门口，顺手一推，那草屋大门没有闩，竟被跳虱推开，便没命地逃入屋内。慌忙又回过身来，把门闭上，门闩竖在门后，跳虱便拿来闩上，然后将背心靠在门上，张着嘴喘个不定。

隔不多时，耳畔又听得吱吱之声，料那僵尸又是一个三角跳，面对了草屋大门哩。心上猜想未毕，果然那僵尸已在外用力撞门。跳虱喘了一阵，气稍会平定些了，将屋内留神一看，那是一并肩三间柴顶泥土堆墙的屋子，现在自己脚下踏的那是中间的主屋。只见靠上首搁了一扇板门，门上有个人直挺挺地卧着，遥望过去，这人面上盖着张纸，头边点

249

了盏半明不灭的灯，脚上套了个木盆。跳虱见了犯疑，心想："这个情形，这搁的又好似新故的死人。"于是跑过去，将那头边火剔剔亮，走至板门旁侧，定睛一瞧，果然是个死人，那张纸下面有几根胡子露出着，原来死者是个老头儿。但是这家人家倒也罕有，怎么陪死人的人都没有？莫非在那左右两间后间内睡觉吗？跳虱故意连咳了几声干嗽，也不见有人走出来，于是回转身躯，欲思跑到偏屋中去瞧瞧动静。

不料身子刚回过来，耳边厢忽又听得啪的一响，跳虱认道那僵尸将门撞开，先向外一瞧，大门却仍闭着。再扭项望望身后，原来套在死人脚上的木盆不及笆斗深，套不牢多少地步，所以掉下地去，有了声音哩。

第三十九回

骇魄惊魂二尸格斗
洗心革面黠贼迁行

跳虱暗忖："死人脚是不会伸缩牵动的了，这木盆怎会掉到地上？莫非这尸首也有甚变动吗？"

不料这老儿生肖是属鼠的，跳虱是属马的，子午相冲，感触着了阳气，果也走起尸来。脚上如其套了笆斗，套得进深，不会落掉，那就走不成的哩。如今木盆套得浅，死人脚一缩，盆便下地。及至跳虱闻声回头再一瞧，那死人老实不客气在板门上直僵僵地坐起来了。跳虱心想用力扑上去，伸手揿住那个死尸，无奈浑身酸软，四肢无力，口内三十六个牙齿捉对打战，两条腿也由不得自己做主，一面簌簌地抖个不止，一面却自然地向后倒退。

那死尸一坐起身，盖脸纸随风飘地，那张灰黄枯瘦的死人脸全露出来。而且这死老儿断气之际，口眼没闭，此刻瞪着一只上翳的眼珠子，露出了一口黄板牙，格外觉得怕人。一瞥之间，已下了板门，向着跳虱身上扑来。幸而走尸的行动迟慢，非但不及活人手脚灵快，就比僵尸也滞钝得多。此时跳虱已退到大门后面，听听门外的僵尸，仍在用力推门，两扇风吹雨淋、日晒夜露的枯朽木门，哪里经得起这长时的猛烈推摇，轧轧作声？看来再加几推，那门臼要坍坏，门要倒下来哩。跳虱真个前无去路，后有追兵，绝地身临，万无生理。

在这千钧一发生死关头，究竟还像名偷儿鳌鱼的及门弟子，况兼自家也出道这许多年头儿，可以说见多识广，到此万分情极，无可奈何之际，仍能急中生智，死中求活，霍地掉转身躯，伸手拔去门闩，自身赶向门后一闪。他里头拔闩，外头的僵尸恰巧用力往门上一撞，那两扇门乒乒一声，双扉洞开。跳虱的身子恰好隐藏在门后，只有下边两只脚露出，其余都被门掩去。跳虱在门后把头歪出着，斜觑动静。只见门口的僵尸好似离弦弩箭一般，由门外急忙忙直射进来，恰巧门内的走尸由屋中慢腾腾移步向外，两下不偏不倚地撞个满怀。走尸两手便弯过来，把僵尸拦腰一搿，便倒行步口，要将僵尸拖进屋去。大约这一搿有千钧之力，搿得那僵尸口内吱吱吼叫，也忙弯过两手，把走尸的颈脖子抱住，张开了血盆大口乱咬。无如僵尸脚未点地，所以比走尸长出半个头，这一口，只咬着走尸头上的蓬松发辫，也想用力把走尸拖出门外去，于是两尸扭作一团。

此刻掩在门后的跳虱瞧得清清楚楚，胆门子也吓大的了，猛可精神一振，自忖："此时不走，再待何时？"忙将身子从门后转出来，用尽平生之力，举起手中那根门闩，在僵尸后背上结结实实打了一下，然后飞步逃出门口，人同发疯似的，肩头上扛了那门闩，也不辨东西南北，信步狂奔。一口气跑了五六里路，跑得上气不接下气，再也走不动的了。是处恰巧有条小石桥，跳虱便在桥栏上坐下，把门闩挂撑在桥面上，张着嘴尽喘。喘了好久，气虽平复了，不过两腿酸麻，身子和瘫痪了相似，休想再能动弹。心上寻思："万一僵尸再追上来，只好向河内一跳，顾不得寒冷，伏在水底内去避这灾难的了。"抬头瞧瞧天上，已经月色西沉，寒星疏朗。遥闻四周乡村人家的草鸡啼声喔喔，此起彼落，在那里尽它报晓天职。料想有四鼓左右时候，天明尚得稍等一会儿。倒是方才奔得浑身流汗，不觉着冷，如今坐了这许久，筋疲力尽，汗虽不流，汗孔都开的。再加受这样大惊吓之后，又是四鼓时候，格外寒冷，一阵阵西北风吹得人浑身打战，这桥上有些坐不住了。那么，这身子交代到何处去呢？

一个人正在胡思乱想之际，却望见桥东右首小路上，远远间倏明倏暗，好像五六盏灯光闪闪烁烁，在那里走过来。跳虱是真个前三年遭了蛇咬，后三年见着烂草绳都害怕的了，暗忖："这火光，不要又非生人照的亮子，怕又是神火或者鬼火之类来了。不然在这天色将明的时候，何来这一簇火光？若说是客商赶早站，何不待东方发白了上路，还高兴点了灯走？况且此地是腹地小道，并非四通八达的沿塘驿路，不会有远来客商钻到这牛角尖里来的。如果是火居道士做了夜作，或是吃会酒、吃喜酒之人散出来，时候嫌晏；赌场内散出来的赌客，时候嫌早。这不是，那不是，仔细推想上去，这火又来得奇突。"

他在桥上猜摸不出，那灯光越走越近，听见了携灯人的谈话声音，一颗心才安定。原来真的是人手内提携灯光，不是神火鬼火。再留心侧耳一听，全是本地人口音。

有个女子口音问道："妈到了我家来，家中可曾招呼几个前村后巷的远邻照看呢？"

一个老妪声气答道："你难道还不知娘住的是独家村吗？又遇这个当口，出去还租的、粜米的，不在家的多。在家的人又都忙着要牵砻掼稻，一时到哪里去寻闲空人来陪死人？莫说陪的人没有，我要紧来喊你，把大门虚掩上了，也忘怀了锁。走了一半路，方才想着，意欲回去锁了大门再走，倒是又要多走不少冤枉路。横竖家内空空如也，一样值钱东西也没有，贼若踏了进去，要叹气的了，除非偷了你老子的尸首去。所以一径前来，门都不曾锁。"

女子又道："妈说尸身已移了下床，那么喊谁帮助的呢？"

老妪道："他断气时候，屋角头李家田里有五六个长工在那里做生活，我就央告他们到家动手，把房门除了一扇下来，便将你死老子搁在大前头上首的了。"

她们且谈且走，越走越近，跳虱越听越明，不觉动了恻隐心，寒冷也忘了，忙站起身躯，下桥向右迎上前来问道："你们众位，敢是四五里外，如此形式一所孤单草屋内去料理一个老儿丧务的吗？"

那来的一行人众共有二女五男，被跳虱蓦然候上来，说这句蹊跷话，七个人先都吓了一跳。都把手内灯球将跳虱上下身照了一照，然后很惊异地答道："你是何许样人？怎么问起我们这句话来？"

此时跳虱却是一团美意，恐怕这群人果真到那草屋中去的，见了那走尸嬲着僵尸，吓先吓个半死哩。如今经他们异口同声一诘问，倒又愕住了。因为自己行踪未便直说，然而倘不直说，一时又难取信人家。呆了一呆，究为天良发现，也顾不得了，便将自己是个贼，由震泽上南浔，在半途如何遇见僵尸，如何逃入屋内，又是走尸，一直说至"逃到桥上歇息，听了你们谈话，故此上前阻止。如果真的是往那草屋中去的，我劝你们还是待天亮足了前去为是"。当下跳虱拦住了这七个人，指手画脚、绘声绘色地讲给他们听。

等待他讲完，那班人面面相觑，齐道："这怎么好呢？"

原来这老妪是死者妻子，膝下没有儿子，只有个女儿嫁在此处。老儿死了，手头没钱，所以老妪忙来找寻子婿，不单喊去帮同料理殡殓，还要同女婿商量丧费哩。好容易东拼西凑，凑成二十块大洋，于是女婿又邀了两个表兄、一个兄弟、一个同宅基的和岳母及妻子一同前往。此刻遇了跳虱，瞧他说的不像谎话，一时倒变成没有主意。依着老妪，恐怕丈夫尸身被僵尸吃掉，仍要赶去。但是那女婿的表兄、兄弟等四人都不敢就去的了。两下相持在路上不能解决。

跳虱道："好在辰光已过四更，再等一个更次，天就亮了，僵尸如果吃你家老伴，此刻怕已吃掉。我们活人赶去，非但无法可救，并且还送些血食给他，不上算的。决定待天亮足了去为妙。"

老妪一人拗不过大众，于是由女婿领了大众，连跳虱也一同招呼回家。好在就在附近，走不多路便到。到了家内，喊妻子烧些热汤起来，供给大家喝些。等待热汤煮就，东方已发鱼肚白色。老妪毕竟关己，又要催促动身。

大家齐道："老太休要心急，多也等下来，何必忙在一时，索性待亮足了发脚吧。"

转眼之间，天光大亮。那女婿又去喊了七八个人，人多胆壮，结伴前往。跳虱因为要瞧个究竟，也随着他们回过去。在路上遇见别村上市之人，一提此话，人心皆同，这真是新鲜奇事，一生难遇到一次，都要跟来瞧瞧。一路过来，跟来的男女聚了头二百人。及至草屋到了，大家又毛骨悚然，有些害怕，不敢抢先进去。究竟还是有关系的母女二人，同那女婿等众领头先走进去。跳虱因要瞧个水落石出，所以也在头里进去。及至进屋一瞧，那老儿的尸身打斜跌翻在板门旁边地上，两手紧紧抱着一段枯木头，与棺材上的前户头相似，老儿的十个指头都嵌在这块枯木之内，休想分得开他手拿出这方枯木来。地上遗下一顶旧纬帽、一件铜纽子的黑布外套、一领素色箭衣、一双倒筒皂靴。至于那个僵尸，踪迹杳无。当场如此情形，怎么办呢？虽则闲人七张八主，但是都说些不负责任的话，不能作用。

正在喧嚷嘈杂之际，本地的地方、保董以及震泽镇上的总董都得了消息，亲来察看。到底董事称老爷的和小人见识不同，一见这形状，忙差人往四处八路的附近去查看，可有不有前户头的暴厝棺木？此事关系一方公益，乡下人个个尽义务帮同查看。一会儿，在距离此屋三里路外，由震泽上南浔那条大道旁边一所颓败的庙宇里头查见一口没有前户头的棺木，里头一个精赤条条的尸首卧着，上半身已生满了白毛，一口焦黄牙齿露出着，牙缝内嵌满了头发。本来跳虱亲眼瞧见这僵尸把走尸头发咬上一口的，于是由董事、地方等做主，将僵尸连同破棺木，走尸连黰住的那块棺材户头，以及纬帽、皂靴、箭衣外套等等，吩咐扛在一处，四周堆了松香树柴，浇了洋油，点上一把火，拿来一股脑儿火葬。

十月内天气，日短得很，等待举火，已在夕阳时候。在场诸众一个个色厉内荏，恐怕天色晚了，僵尸和走尸同又发威，大家无法可挡。等待烧着了，这股气味臭恶难当，有人瞧见那僵尸在火里头好似尚动上几动，又有人听见火内果有一阵吱吱吼叫的声音。

独有那个老妪，眼巴巴见老伴火化，一百二十四个不愿意，没甚出气，号哭了半天，却去寻着了跳虱，恨恨地道：“都是这瘟贼骨头造谣生事，连累我家丈夫不能衣冠殡殓，入土安宁。”

那个女婿心中反很快活，这一来，他省花不少钱哩，所以反居中做好做歹地相劝，一面令跳虱快快逃遁了吧。跳虱受了这场大惊吓，总算代一方解了一害，结果非但没得到一些奖励，反挨了那老妪一顿臭骂。不过，他再留心将江、震两县地界的乡间一瞧，那棺木不是停在寺院、庵观或者庙宇、祠堂之内，便都浮厝在坛地上。真要财势两全之家，才有块坟地将棺木入土安葬哩。因为此间风俗若有人家打新坟，方圆十里八里内的居户都要拿着家生来讨石灰，不行拒绝的，所以中产阶级的人们，凭你生前穿绸着绢、吃鱼吃肉，身后至多不过在屋角圩榜，用一些砖瓦砌一间小房子般，将棺材砌在里头。再次一点儿的人家，自只能浮厝的了。皆为打坟有限，讨石灰难熬之故，因此上骷髅朽骨随处都有，被那犬衔鸦啄的惨象也时常发现，不足为奇。如其浮厝的棺木恰巧对着太阳出没方向，照了地去，若得尸身未烂，但容易要成僵尸。这是只就江、震两县而论，尚其小也者。要知道中国二十一行省内的府、县、市、乡，对于这送死礼节上，十有八九是如此不了了之的。跳虱想着自己若是永远做这营业，像这回如是的大惊吓，难保永不再遇的哩。越想越觉得业此非计，倒想洗心革面，改起行业来了。

恰巧鳌鱼有个拜把子弟兄姓费的，向在飞划营当差，其时已当了统领哩。跳虱便丢了本行，投到费统领身边，补上一份口粮，当起差使来。本则前清飞划营的责任专管缉捕盗贼，跳虱从黑道上投身过来的，自然缉捕起来比谁都在行，居然奇功屡建，差使当得很红。不上三年，全赖通家叔的提拔，已保举到实缺千总，钦加守备衔，派到宜兴、湖汊、蜀山等处去坐汛，手下管辖十二条船，煌然南面高坐的老爷。谁知道这老爷倒是做"弄"出身呢！

第四十回

练武艺伏舍打沙包
伐顽民登台挂帅印

再说江苏常州府江阴县属下，有一处市集叫北镇，虽然地处偏僻，商业不十分繁盛，但是乡下市面大抵靠着烟、赌两字上支持。北镇这处地方位居江阴东鄙，与邻县交界，易做手脚，故而烟贩、赌棍产出甚多，非但靠此营生的本地人有数十余家，连借此两桩行业寄居在是的客民也不在少数。

镇上的总董姓王，家中很有几个钱。大凡当到乡董的人，穷苦出身的破落户居多，如其家境宽裕、衣食不愁的乡下大户，他也不高兴来干这种牛马走的事业。不过十停乡董中，有四停是富绅式的人当的，六停是破落户式之人。若是富绅式乡董的政策，他对于处置地方事宜总采用放任主义，不是事事抚斤估两做去，大有以德服人之势。倘是破落户式乡董，一朝得意，都任意恣为，往往假公济私，鱼肉乡民，将地方上挑剔搜刮，无微不至，乃是以力服人的。但是以德服人的乡董容易博人信仰，事事可望名利双收，非但自己能做一世乡董，尚能祖传父，父传子，一代代绵衍做下去，竟成世袭乡董哩。越是以力服人之辈，越易惹本地方人反对，他运动这乡董到手，颇不容易，一朝被人攻讦去位，反不艰难。他因为下了资本，才得做着乡董，自然乡权入握，便同饥鹰饿虎相似，先思捞本。因此上空闲冤家结了满身，非但容易变成朝不保暮局势，而且时刻遭人咒骂哩。这也成了乡董天演理势，各地皆然。

北镇的这位王总董就是属于富绅式的，所以地方上口碑载道，和邻镇后塍的王廷槐，同有"王好人""王菩萨"的名号。不过善人不得天佑，王总董虽有好人之名，膝下生了五个女儿，没有儿子，这真是邓攸无子，天道不公，虽说中郎有女，究竟徒然。这是有钱买不到、有力没用处的事情，常常心头纳闷，郁郁不乐。

　　五个女儿次第出嫁。内中第三个女儿，王好人最最钟爱，嫁个夫婿，乃是顾山乡下姓周，自小就在王好人祖遗的花米行内学生意，生得五官清秀、文质彬彬。这头亲事，形式上固然经过央媒撮合、择吉完姻等手续，实际上竟是三小姐先看对了周郎容貌，王好人不忍侵夺娇女自由，才将这周百城招赘为婿。自从结婚之后，人家意谓这一对小夫妻一定伉俪情深，如胶投漆。初不料周百城外表虽是文弱书生，他的天性最爱玩弄拳棒，专心研究拳术，本则顾山周、吴两姓；与习礼桥姓夏的、华墅姓徐的、周庄姓赵的，以及邻县常熟的金、顾、钱、严四姓，无锡邓、过二家，常州白氏、江宁甘氏等几家，在康乾时代齐名，所谓十八大好老，可称武行世家。周百城的族叔周楚珍就是武举人，和常熟养马为生的顾二龙、跷脚顾三、金三铁头及无锡的小眼沙大等，都是当时弄弄拳棒之中的有名人物。

　　百城八九岁时，已喜暴勇斗狠。自到王家行内，又遇着一个出店老司务，乃是此道中不出名师家，没事时候教百城在米袋上练拳脚。好在他是一人独宿一个小房间，他便在梁上穿了绳索，将麻袋内装了糙米，挂在绳上，当沙包练的。始而只能打三斗一袋米，一年年蓄心磨炼，寒暑不更，练了三足的。他房内挂了七袋糙米，而且每袋装满五斗，每晚临睡之际，伸手推开房门，门后头按准尺寸，就挂端正一袋米在那里，房门推进去，巧将这袋米撞动，于是此袋撞彼袋，一袋袋挨过去。百城从容不迫进房，将门关上，回过身子去，那米袋刚巧回激转来，于是百城便跳入困心，练习功夫。头部额尖上管一袋，两肘管两袋，两手管三袋，两腿管一袋，等待头、肘、手、脚四部并举，打开了手，悬在当空七袋米东飘西荡，互相激撞，倏往倏来。虽只五七三石半米，实在分量不算怎样蛮重，四外落空的，有股虚空激力。再加米粒颗颗结实的，不比沙包内的铁珠，打摇动了，中间互相架搭，会变空心，有借劲的。这七麻袋糙米，却一毫不有假借。如没天生膂力，单仗功夫巧劲，休想开发得出。百城由一袋试练开场，练到能打七袋，真不是当玩的。每晚以打到背上汗出为度，只要觉得背上有些潮湿，便把身子一伏蹿向床上睡去，由七袋米去自相激碰，待它自然停止。他床上一觉醒来，见东方有些发白，又下床来练晨功。有时遇着夜短天气，晚间练时，精神抖擞，打得用力一点儿。等待明晨一早起身再打，竟会米袋尚仍东摇西摆，未曾停止哩。不过这米经百城一番打练之后，凭你好稻种、大粒头，也要变成破砻米般，其中二三老官居多，所以开场了七八天，换一回米。后来功夫深了，袋内的米竟须三天换两头，如其偷懒迟换，一袋米要大半打成白粞，不能出手粜籴，只好按准日期更换，一些不能含糊。这种私房煞功，确实非同小可。

大凡信了这门武功，那女色定然淡泊。三小姐看对了百城，认道结婚以后，闺房乐事更有甚于画眉。初不料成了亲，百城和妻子开非正式谈判，道自己想在武行中占把交椅，不肯轻开色戒，在三十五岁之前，要保养真阳。蜜月内同床各被，满了月索性分床，免得干柴烈火，临崖不及勒马。三小姐听了，倒抽一口凉气，大失所望。故此出人意外，伉俪间的情爱非但淡泊得紧，并且三小姐把丈夫恨作眼中钉一般。

王好人最疼三女儿，见他们琴瑟不甚和谐，误会了意思，只道女儿憎厌丈夫职小薪微，所以常听她批评百城没出息，特地极力将女婿提拔，就在结婚这年的年关，把百城越级超升，做了副账房，兼出水买货。谁知两不讨好，三小姐意谓，这种木瓜式夫婿，尚去提拔他则甚？在百城意谓，丈人命我兼了出水买货，时常要往无锡、常熟、上海去临市面，不能在家练功，真是一百二十四个不愿意。他俩的心事叫王好人如何体贴得到？只有店中一个三伙胡季平，他同百城既是姑表兄弟，又属同学换过兰谱的，两人情同骨肉，最最交好，他明白这对夫妻不睦的所以然，就是百城私下告诉他的，舍此以外，竟没第二人晓得内情。三小姐同百城不合适了，连面也不愿常见，横竖见与不见，一样是守活寡，所以百城出门买货去了，三小姐倒住在母家。一旦百城回店了，三小姐反愿往顾山乡下夫家宅基上去住着。偏偏王好人三日不见三女儿面庞，便牵肠挂肚，连寝食都不安，必要赶去瞧瞧才放心。

这一次是八月初十，百城在店料理秋节账目，王好人又下乡到婿家探女。不料有一群郊城帮吃大户的假难民，男女老少共有二十八人，到周家宅基上寻吃用。这班人的表面穿着得很体面，男的手上都戴了金指的，挂着金表链；女的身上也插金戴银，一个个长得肥头胖耳，万万不像逃荒难民。到了乡村上，强讨硬索，如果不给他们，便亮出真刀真枪大小家伙来恫吓乡愚。只要乡农家的大门开在那里，便内外不分，成群结队直闯进去。最可恶瞧见手边有值钱什物，或者家用需要东西，老实不客气，同拿东西不打招呼的丘八一样，带了便走。实在这些人也是江湖上八黑当中风火黑内之一类，何尝真的难民？所以瞧见了孤单住宅的殷实人家，他们一仗人多手众，二乘措手不及，竟要动手抢掠。如其这一带乡村地方，第一次到来，得着些油水，见那乡人都是庸弱怕事的，他们尝着甜头，竟会年年来一趟，同业主收租相似。

周家宅基上有智识的男子都在外经营生业，家中净剩些妇女老弱，尽皆怕事的，故而上年八月初，这班人已曾光降，尝着好滋味而去的。如今对年对月，又光降了。本来这一带的乡农见了这班人的影子都恨的了，无奈站不出一个与他们据理谈判的为首之人。

此次恰巧百城家内有个北镇总董王好人住在那里，于是男男女女聚了五六十众到百城家内，请求王好人代他们出头说话。王好人向来不喜多管闲账，此次一者为了爱女适亦在此，二来见这五六十众齐心协力，愿为后盾，大有敌忾同仇之慨。自古道众擎易举，众志成城，预料这交涉权操必胜，省得这班人年年到来扰不休，那才允许出头，定了个先礼后兵之策，命难民队里也推举代表出来谈判。于是有一个姓韩的前来，费了一番唇舌，总算言明给发十二千钱伙食，打发他们走路。这群难民虽则未满所欲，无奈光棍不谈无礼之言，聚集过也只好难过在心上，暗暗衔恨这个王好人。表面上只得拿了伙食钱，开往别码头去了。王好人在婿家住了五天，家中寄信来道，周百城要出门收账，正账房尚未到店，店中乏人照料，请王好人早日回去。

三小姐听说那百城出门的了，便于八月十六清早欣然随父回北镇。谁知十七下午，那群郊城帮难民也到北镇街上强赊硬买。这是王好人该管区域内的事情，理应出头说话。那群难民见又是王好人出场，想起周家宅基上的前仇，不觉同声啰哝道："有了他，没有我们活命的地方了！左右没命活，倒不如和这姓王的拼了呢！"一唱百和，他们竟声称要放火烧王好人的住宅。

王好人本地方上的人缘是好极的，这个谣言一放，镇上人都发起慌来，道："当真王好人断送在这班野猪手内，我们也不要做人了。这些野猪吃硬不吃软的，他们既先动蛮，我等也可回击的。"

到底本地人齐起众来，声势来得威大，一人领头一说话，附和的接踵而起，顿时有二百多人。不过大家乱出主张，只说不做，没有一个敢出头负责。幸亏胡季平想得到，晓得周百城还在陈墅收账，立即派人去追他回来做主。等待百城黄昏时分回镇，店尚没到，便有许多人包围住了，怂恿他做个首领。百城一因岳父事情义不容辞；二因年轻面软，经不起你言我语，竟被众人轻轻地捧上了台；三因自己学了这几年的功夫，从来不曾实试一次，手头内究好打发多少人。所以一口应承，便好似韩信登坛挂着帅印一般，当即发号施令，遣兵调将了。总之此事的大原因，皆为这班逃荒假难民平素行为恶劣，早已犯了众怒，而且年年要到这一带地方骚扰，何止一两回，弄得方圆数十里内鸡犬不宁，偶然谈起这班人，乡农个个咬牙切齿，恨入骨髓。二来王好人平日为人和蔼，附近民众对他都有好感，一旦听说有人欺负他，相手方就是本地人也要硬撅三分，何况今回的对敌那是久所衔恨的郊帮假难民。三来周百城虽是个人不出众、貌不惊人的花米行伙官，却装着一肚子天赋将才，经大众推举他为首领，他竟能唱做得下这出戏，三合六凑，便闹出来了。

当下百城先挑选一个能言善辩之人，命他算是阖镇商民总代表，前去碰头难民头儿，双方开个正式谈判，劝阻他们毋庸动武。如其需索银洋，只要数目不大，何妨就大家拼凑，拿了出去，来个太平，免其真成骑虎难下之势，动手打架起来，杀人三千，自伤八百，彼此都讨没趣。不料也是这群难民大限临头，难逃定数，一听这番说话，反而误会意思，当作此间人士都是芥子般大小的胆，想是惧怕我们真的拿出杀人放火大手笔来，所以委托代表到来求了结。一转了这种念头儿，答复出来说话自然南辕北辙，永远合不上龙门。他们提出的条件道："这姓王的屡次和俺等作对，再也饶恕他不得，务要将他本人用香烧死，将他房屋烧成白地。至于镇上的其他商民，本也不肯轻容宽恕，现在既然识相，愿意拿钱出来买命，那么男命五块一条，女命三块一条，小孩儿减半，有一个人算一条命，按人头计派，不折不扣。并且限二十四小时内将款缴到，不然家伙启了封，没挽回的。"

那人照此说话，回复百城等听了，真所谓是可忍焉，孰不可忍，只得动手的了。于是百城将镇上不论上下中三等算得着的人物，派人分头邀到，挂起伏魔大帝神轴，点起香烛来参拜了。大家齐在神前立誓，喝了齐心滴血酒，议定有钱的出钱，无钱的出力。决定当晚三更出手，连驻泊市梢头的一条省水警巡船也打过招呼，托他们留心在水面上弋缉。

其时，那群难民盘踞在城隍庙的大殿上，有七八个精壮汉子，都在王好人家监守着前后门户。他们也准备当晚四鼓时分要动手放火，乘势掳掠了一大票，走他妈的路。初不料螳螂捕蝉，背后尚有黄雀。依理，八月十七晚间的月色应仍皎洁无瑕，不减中秋光彩，谁知那一晚黄昏时节，星月辉朗，很好的夜景，一到二更过后，忽然愁云四合，惨雾蒙蒙，顿呈一股凄凉颜色。大约老天预知此人此地，今夜今时，有一场同种相戕无谓的惨剧演出来，所以特地幻出这悲苦气象来，凭吊无知众生。

待到二更打过，百城先命人分头前往，把镇上四周围出路的木桥桥面一齐抽去，有几条石桥派人分段防守，其余私街小弄、僻暗所在，也按段派人埋伏。各家妇女、小孩儿由当家男人自去关切，少顷听有声息，不准出来瞧热闹。断绝交通，特别戒严。挑选四十多名壮健男子，着胡季平引领了，散伏在丈人住宅的左右附近，截住那七八个精壮难民，使他们首尾不相呼应，不能回头救护。自己率了七八十人，直扑城隍庙，去攻袭难民的大本营。

百城初意，想把这群狗男女一个个生擒活捉之后，将那为首为头几个蛮悍的送官究办，其余胁从老弱以及妇女、小孩儿，略给些小痛苦他们受了。然后勒令他们具着一纸甘责，禁止他们以后再来扰骚，也就罢了。谁知开拔到了城隍庙门口，首先自告奋勇愿甘冲锋进去探道的是个开肉庄的屠户，他拿了一柄斩肉斧头奔入庙中。恰巧一个十四五岁的小难民一觉醒来，走到殿外街道旁侧的墙角下解小手。那个屠夫冒冒失失奔上去，当头一斧，将小难民的囫囵脑袋当中开了一道很深的阴沟。可怜这小子只喊了个"哎"字，连"呀"也不及出口，已倒地死了。

屠夫劈了此孩儿，一声吆喝，杀上殿去。殿上究有近二十人，虽则横七竖八卧倒在地，却大半不曾睡着，一闻声息，所谓人防虎噬，虎防人算，本都也提心吊胆。等待屠夫上殿，他们早齐做了准备。屠夫恶狠狠举起斧来，二次劈入，不防地上有两条手伸过来，抓住了屠夫两腿，往下一拽，屠夫自然站立不稳，被他们拽翻了。

第四十一回

尔依我赖共整残兵
草斩根除齐营土穴

　　他们虽把屠夫拽翻，不过在黑暗之中，他们尚未曾瞧见一个同伴小孩儿已遭这厮劈死，所以尚都顾虑，仅只爬起来，揪住了屠夫拳打脚踢，不曾亮家伙出来哩。然已打得屠夫忍不住高声极喊救命的了。

　　百城在外听见屠夫喊救之声，忙身先士卒，率领着大众一拥而入。那班难民听得进来的脚步声音如此洪大，便知来人不少，自觉人微力薄，众寡不敌，不如先下手为强。故都爬起身来，亮出长短家生，上前迎敌。百城手下虽则人多，无奈全部不明战术，敌方虽然人少，倒连妇女也明白巷战阵式，分了四个人一组，都是背心对了背心，可以四面应付。两下一接仗，工夫不大，百城手下已大部气馁，势将失败。百城暗忖："这仗果真败了，北镇居户岂不要被这班人吵成白地？局势如此，没奈何要动火器的了。"忙命人送信给外头八个把门的，他们带着围防局内的三根毛瑟、五支手枪在那里，叫他们赶紧预备。

　　自和大队在内，又相持了五分钟时候，百城挖出警笛来，用力一吹，这是一种预定的暗号，所有在内动手诸人，一闻吹笛，故意向两厢蹲倒，让了一条出路，放敌人跑出门去。可怜这群难民怎知就里，自然直冲向外。不料冲到仪门内戏台底下，外间长短八支枪同时开放，一阵子乒乓噼啪，打得这近二十个难民落花流水，非死即伤，全都卧在地上哼着。百城才吩咐亮起火把来，将活的男难民捆缚起来，女的另行闭押在城隍庙后宫梳妆楼下。留下三十多人看守这班俘虏。

他忙又带着那四十余人赶去接应胡季平那路伏兵，走至半路，季平派人来送信道："那方八个壮汉、一个小孩儿，个个手脚利落，真是眼观四处、耳听八方的。他们得信我们去围攻城隍庙，他们并不还兵搭救，反将王宅动手放火。季平见不是头，故也改变战略，包抄上去，便交手开打，相持至目下，只打倒了他们三大一小四个人，我们这厢反有近二十个受伤的。他们现已且战且走，向东欲寻出路，大约要想过东大石桥。季平怕守桥的力薄，逃了一两个，乃是大大祸根，所以特来送信。"

百城听了，赶紧率众抄小路去防守东大石桥。及至赶到石桥旁侧，那五个亡命相搏的难民亦已退至离桥不远了。百城先指挥部众抢先去占住了桥面，然后以逸待劳，预备捉死老虎。转眼之间，果已有个壮汉突围而出，飞步上桥。百城好似不曾瞧见一般，让他上了桥堍，一脚跨到桥面界内。百城蓦将身子一侥，头肘并用，向那人腰内直撞进去。那人上桥，只提防正面敌人攻击他的上部，万不料刺斜里倒有人暗算他胸膛之下的腰部，任你一等一老师家也料不到的。偏偏百城出其不意，攻其无备，下这一手儿，自然撞个正着。腰内都受不起痛苦的，何况百城的头肘练得同双拳不相上下，只消被他撞着，那人已眼前发黑，陡觉心头跳荡，一口血向喉间直涌上来，两条腿顿然气力全无，身子便像临风垂柳，摇曳个不定。百城见这一头撞中了，便伸出两条铁臂，使了个就地拾金砖姿势，抓住那人两足踝骨，身子凌直，把那人倒提在手，又是一个作势，口中喝声："去吧！"把那人向下桥堍直掼出去。

刚巧第二个夺围而出的难民心慌意乱，正奔上桥，不料吃百城掼下桥来那人的身子，不由得自家做主，好比压顶泰山般，正对准逃上桥来的同伙当头直压下去。哎呀一声，两人一齐倒地。被百城掼出去的那个已经身受重伤，半个死掉的了，跌到地上，一味哼个不住，爬不起来。那第二个被压而跌的上桥之人还是全清未伤的哩，仗着身手灵活，跌着实地，已一骨碌翻身坐起。在此匆忙一瞥之间，再者天色暗黑，他也万

265

想不到从空压下累及自己跌一跤的乃是个自己人，不管三七二十一，专待身子坐起，抢拳便打。地上那个受伤的意谓举拳便殴我的绝是敌人，自己虽不能挣扎起身还手，卧在地上，俗谈所谓跌倒了扳人，究尚能可扳翻几个的哩，所以也一声不响，伸手把殴人的那个腰间狠性舍命地一掰，往下便滚。东大石桥两桥垛砌有不少露天粪窖，两人滚冬瓜般斜滚下来，恰巧滚到粪窖边沿上。两人都嗅着臭味，你想立起来推他下去，他也想站起来推你下去，彼此用力一扭，扯上几扯，粪窖边沿哪受得起这般大压力，自然窖边向窖内直塌下去，嘤隆一声，将两个人也带塌到了窖内去了。而且这只粪窖深而且大，两个人跌了下去，上头那个未曾受伤的实在可以爬起来的哩，无奈下面那个身带重伤的此时存了与汝偕亡的心念，拼命掰住了，死也不肯放，拖累上头的人要爬不能爬，只得一同浸在窖内。

其时百城站在桥顶上督战，瞧得明明白白，见圈内又打倒了一个难民，只剩两个汉子动手，总容易搊翻的了。谁知瞧了半天，胡季平手下头二十人攒打两个难民，竟难打倒。本来困兽犹斗，何况人乃万物之灵，此刻真所谓一人拼命，万夫莫当。再加这两个汉子，一是徐州有名土匪头儿于三黑的族人，一是台儿庄前辈老师家金狸猫的徒弟，所以两人背对背了，四只手挡东遮西，南掀北拦，索性站住在那里，不想打出来。别人要打进去，拆开他俩的和合笋头，也休想动一动。

此刻天有四鼓，百城默忖："迟一会儿，东方发白哩。天光一亮，出路容易辨认，这一对棘手货恐怕难保不被他俩逃去。果真漏网了这两个，真是绝大祸根，后患不堪设想。又只能自家上前出手的了。"当下叮嘱部众留神把守桥面，自己便奔下桥垛，蹿入垓心。仔细瞧瞧这两厮，左右前后遮拦掀挡，一毫不慌不忙，一点儿破绽没有。这是只能智取，不可力敌。故而百城站在旁侧，目不转睛，认清他俩手脚门户，并不插挡出手，也不呐喊助威，只吩咐把所有灯球火把一齐点起来，照耀如同白昼。

在这火光齐耀当儿，百城见那背南面北的那一个生眼癣之人目光遭火光一射，手内略略迟钝了一些。百城就乘这点儿小破绽，猛从刺斜里做个乌龙探爪手势，觑准了一把抓去，左手把他右臂抓住。那人用力向内一抽，百城故意随了他的抽势，将自身跟进一步，不知道的尚认百城被那人抽得身子发晃哩。其实百城借势踏好步口，待那人右臂抽到面门相近了，然后百城用尽平生之力，把那人往外一拽，那人心想挣扎，叵耐步口站不稳牢，竟被百城拽了开来，拆散他俩背对背互相倚赖的局势。百城又举起右手，向那人后颈脖子内直叉下去，同时底下右脚站稳，左脚用力，在他步口内一钩。两厢帮忙助威之人也挤上来动手，五六个人服侍一个，那人焉有不倒之理？

那人倒难倒，却破口大骂道："好不要脸的狗男女，仗着人多，欺负客边人。一对一赢得老子双拳，才算有种的好汉！"

他口内虽硬，脚下却软的了。百城连使了一个倒拔九牛尾手式，扑咚一声，那人才被拽倒地。一个倒了，净剩那一个，究也累乏的了，孤身双拳，狠不出什么来。工夫不大，也被大家打倒。因为这两个难民最最蛮横，如今打倒在地，大家恨极哩，先拳脚交下，结结实实毒打了一阵，大家意谓打得半死了。不料两人一样双手护腰，四门闭紧，任你们拳脚棍棒雨点儿般打下，他们不住口地毒骂，身上一点儿伤痕没有。连百城也诧异得紧，不知他们用的什么熬刑邪术。幸得一个地保伙计插口道："莫非这两厮练过蛤蟆功的？上部不见血，下部粪门内不插东西，休想打得伤。"

大众听了，将信将疑。有人主张："灵不灵，何妨当场试验？"

于是将他俩手指割破，见了血，再用两个猪鬃扎的帚儿拣粗硬的一头塞进粪门，然后动手再打。果然这一顿打下来，两人也打得奄奄待毙，做不成硬汉了。

其时天色已明，百城等同至王好人店内，歇息片刻，便先检点自己人方面，有十八个受重伤的，忙即招呼伤科调治。幸而只有四个危险些，余者尚没性命之忧。至于受轻微伤害的人有七十多名，好在都无大妨碍的，自也不算一回事。其次再检查难民方面，原共男女老少二十八

267

口，如今查下来，当场格毙了九个壮汉、一个妇女、两个小孩儿，俘获了七个老弱、五个年轻女子、两个小孩儿，尚有两名不知下落。百城遣人四处搜查，务必查明。

此时有人来报告："俘虏之中，又有两个男子、一个妇女伤重身死。"

接着搜查之人也来回复道："已将不知下落的两名查获，都淹在东石桥大粪窖内，一个似带伤的，已将咽气，一个虽能动弹，奈被下面垂死之人鬣住了，也难逃命。"

于是大家仍公推王好人为首，速定主见，处置这事。

王好人道："依大家看来，该如何发落？"

当下有人主张解城官办，但是经众仔细讨论，此法不妥。这班难民，论他们已往事实，无恶不作，固是死有余辜，无奈他们的罪恶未曾彰著，法律上裁判起来，断无死刑。如今我们已殴毙了大小十五口，就算大家再集资打这场官司，不怕活的难民发狠，预料结果，他们已死的白死，生的释放，我们动手之人无罪，这已是占了二二四分优胜，打了赢官司的了。可是缚虎容易纵虎难，斩草不除根，逢春又要发。放了这几名活口回去，一定要纠众前来报复，从此冤冤相报，这扣儿不知何年才解。况且到官去，也许官司要输的，故而经官究治一法不佳。

胡季平道："既然如此，索性一网打尽，将活的十二名难民也处死了吧。"

于是大家再又讨论这法，虽然多数赞成，无奈昨晚是一股锐气，大家义愤填膺，争先恐后，勇往直前地干了一下。如今事过境迁，要定做弄死他们，这个刽子手反变没人肯当，大多手软了，抬不起来哩。再者，尚有那妇女、小孩儿，按照专制时代的酷刑而论，也有罪不及妻孥一句说话，何况是这种时代、这种罪人？妇女、小孩儿似应分别办理。因此议论纷纷，莫衷一是，议了半天，尚无妥当办法。

周百城道："既不送官，又难释放，那么自然是处死他们最好。至于现在没人再举得起这条辣手，那么将他们不是活烧火葬，便是种荷花水葬，不过水火葬尚嫌招摇，那么掘了个大地坑，将他们一股脑儿土葬了。所有那四个妇女，立刻提来问一问，问她们愿死愿活。愿死的不成问题，若得愿活，那么代觅一个相当夫婿，养活她的终身。不过做她们丈夫之人要多费一番心思，步步监视着，防她们乘隙逃回故乡通风，又有大队人来报仇。其余的死胚，我们在市后掘了个深坑，里头化上几十担石灰，然后将活的扎了眼睛，扛至那里。就是已死的尸骸，也收拾了去，不问他生的死的，一齐丢入石灰坑内，然后将土掩上。土上立刻种下菜秧，瞑然无迹。知照本镇上人，大家事后不许多话。就是别处人得了信，赶来瞧看，凭谁也瞧不出一丝痕迹来。这法儿不知诸君意谓如何？”

大家听了百城之计，虽嫌惨酷，无奈箭在弦上，不得不发，除了此法，别人想出来的主见都觉拖泥带水，皆不如百城的方法爽脆干净。故又空论了半天，结果总算一致赞成百城的法则。

王好人道：“这班壮男果然死不足惜，那四个妇女、两名孩子，我想不用诘问他等愿死愿活，都保全了吧，也算我们体上天好生之德。”

百城忙双手乱摇，连道：“不可不可又不可，容情不举手，举手不容情。如其现在稍存姑息心念，要遗将来无穷的后患。历史上报仇的故事，十有八九从女子、小孩儿身上起的，背述起来，指不胜屈。近的比如前清光绪中年，浙江平湖县属的新埭镇上，为着一班台帮种客田的蛮不讲理，也是动了阖镇公愤，出其不意，将温、台帮聚宿的草棚子围堵烧杀。烧了两日一夜，火熄了前去查看，尚有一个残疾老和一个五六岁的小孩儿，虽也烧得焦头烂额，不过尚未气绝。其时新埭镇董姓徐的也动了婆子心肠，又遇着一个迷信之人，说起现成闲话来道：‘这老的是天可怜留他一命，那小的这样大火未曾烧死，真所谓逢大难而不死，后福无穷，前程必定不可限定量。’此话正打入徐董的心坎儿内，便留全这老少两命，以致斩草未除根，并且徐董尚豢养了他们一十二年。谁知私恩终不敌公仇，后乘徐董长逝，大家忙着开丧之隙，这老少俩悄然逃去，求乞到京，告了部状。此案查办起来，新埭阖镇之人都受其大累，这就是个前车殷鉴。我们如今也是骑虎势成，不得不狠辣点儿干的了。"

王好人听了女婿之言，再将此事利害反复思忖一下，确乎不容发那妇人之仁，只好付之一叹，听凭多数主张去干吧。于是将四个女子提来一问，其中只有个泰兴女子，也是被这班难民拐骗出来，被迫入伙，愿走活路。其余三个虽是女流，反比听见上火线便要一律向后转，丢枪开大步跑的蹩脚丘八壮硬得多多，铁铮铮回答愿死。百城二次出主意，先去看好了地段，掘下一个深而且大的陷人坑，上午掘就了，等待下午，便将死的十五个尸首、活的男女九口，以及粪窖内捞起来那两个半死半活的人，一同扛到陷坑旁侧，待坑内石灰化到热度剧烈时候，便如法炮制，一齐推下。忙着大家动手，将土掩好，上面一律种了青菜，一毫痕迹不露。

事后，虽有消息漏泄出去，公家风闻了，派人去调查，他们严守秘密，又无物证。加着这班难民平素行为可恶，就在本乡度活，也不是安分循良之辈，大都众叛亲离，所以一些反响没有。真合着乡愚那句"前世冤家今世遇"的俗语了啊！

第四十二回

愤人言单身离故土
聆伟论广座识知音

这回北镇活埋难民的事情，虽说犯了众怒，众擎易举，又因王好人平昔行出去的春风，不知多少次数，才有此次夏雨收着。然而没有这个当机立断的周百城临事调度有方，条理井然，指挥如意，克奏肤功，恐怕也未必便能立时解决。地方上生出这样人才，该当额手称庆。不料中国人造谣言和妒贤嫉能的本领真有一手儿，而且神经过敏之徒往往有想入非非的谣诼造出来，中下社会之人个个禀受着一副无事自扰的庸劣性质，故都因谣而成事实之事发生。

北镇居民自从经过了那回事后，反都变成了临深履薄，栗栗畏惧起来。先谣言官厅要来追查此案，要一命抵一命哩。总算此话空谣了一阵，官厅不曾前来严究。又争传徐、淮大帮难民已从十二圩港，也有的道八圩港，渡了南岸来，到此报仇雪恨，要杀得鸡犬不留，寸草不剩，才肯住手哩。胆小之人听了，竟会信以为真，迁避到别处去住。幸得周百城是个好汉子，他始终未变态度，宣言一身做事一身当，绝不有累别人。如因此事发生出来的枝节，不管他官厅来查究，或是徐、淮帮客民来报仇，他总挺身出去担当，绝不牵涉着第二、第三者。

等待过了九、十月，一交十一月，冬至节左右时候，本属发病天气，老弱之人都在此际鸣呼，实也是寻常之事。不料，又有一股仗师巫为活之人便附会出冤鬼告阴状来，道阳间的官儿都是爱财趋势，审不清此案，所以要经阴判的了。这话一发生，自有一班好事者附和着道："怪不得近日晚间鬼哭神号，还有人夜中瞧见城隍庙内灯烛辉煌，想来就是治理这案。阳间不发觉，阴间发觉了。新死的某人某人都在案内，故被阴差捉去。"你言我语，装得很像一件事。不过这都是中下社会无形惊扰的情状，和周百城尚不生什么影响的哩。

另有一班上流社会的衣冠中人，见周百城做了此事，由钦生羡，由羡成妒，私将百城下了"心狠手辣"四字评语。并暗中相约，以后同百城如有事交涉，大家须得仔细。也有人去忠告王好人道："马是匹好马，不过不易驾驭。现在若不步步预防，将来恐生噬脐之悔。"

同时，三小姐也憎厌丈夫杀性太重，常在父亲面前进谗。王好人又最信爱三女儿的说话，一闻这种浸润之谮，对于百城的信任心自然不及以前专重。

百城遭了这种环境，弄得在本地落落寡欢，动辄得咎，自忖："天既生我这昂藏六尺之躯，本不是这种小地方上所可容纳的。要干轰轰烈烈的事业，还是出门去吧。"主见打定，便先聚集了一宗大款项作为川资的，连丈人、胡季平等也未知照，一声不响，悄悄然离开故土，别寻安身立命之所。

他生平爱慕乃是武侠一门，此次出去目的，想访得一个侠义老师，跟他学一身盖世无双惊人绝技，然后飘荡江湖，随心去往。遇着贪官污吏、奸恶小人，便掣出家伙来，代社会上除去一害。如有孝义气节之士，或者含冤莫白小民替他们偿清恩怨，善恶昭彰，使得社会之上没有一些缺陷不平之事。"但愿将来我这'周百城'三字，世间自有一部分人见到心坎上自愿发出'敬爱'二字来，那便算志愿得偿，死无遗憾。"不过大地茫茫，众生碌碌，这个师父一时到何处去寻访呢？因念大江南岸的通商巨埠首推上海，从前找寻奇人异士，要向崇山峻岭内去访求，现在样样反古之道，欲求世间奇才怪杰，倒须往这繁华都市上去留心物色，姑且先到上海去碰碰机会，或者有缘遇合。于是由北镇搭航船先到无锡，再由锡乘车赴沪。在车上一人寂寞，便购份报纸瞧瞧，聊以消遣。无意中瞧见某游戏场有大力士献技的广告，此乃投其所好。等待车抵沪站，下了火车，连客寓也不先看定，忙搭电车到某游戏场，买票入门，要紧参观这大力士去。

进门之后，才知钟点未曾轮到。着实隔了许久，方得挨着。先是男女两个小孩儿同耍猴般耍了一阵，实在没甚稀罕。只因为这对男女孩子都只十一二岁光景，格外见得奇异些，所以台下坐的站的观众甚为拥挤，捧场喝场之人也数不在少。这对孩子打毕，换了个肥妇耍坛，最后一套，将坛子搁在两只小足上，外加一个十五六岁瘦小女子爬上去，盘腿坐在坛上，面朝着下，那肥妇是仰卧在一张棚木半桌上，两足叉天，脸向着上，彼此骚声浪气合唱了几支泗洲调淫曲。号召的魔力倒不小，台下看客比开幕时要加上两三倍，就是喝彩声浪也较前紧疾。不过什么乖乖好心肝儿、亲达达等不堪秽语，也杂在彩声中喊出来。百城仔细将台上这对妇女瞧瞧，姿首未见得如何出色，但众生已如此颠倒，莫怪有人为了唱戏的吕美玉、唱大鼓的刘翠仙竟致发疯哩。

这场之后，才是真的讲究习枪拳棒功夫的武士道。其中有一个老儿打的猴拳，两个少年比的单刀破花枪、李公拐破三截棍，确有解数。百城大加赏识，撑不住也喝起彩来。谁知台下看客却一刻少似一刻，等到老儿打猴拳之际，台下的人竟寥若晨星，数得清几个的了。百城暗暗嗟叹，那句曲高和寡的古语方信是见道有得之言，千古不磨之论，一些不错的。可是到最后五分钟的那一场，看客倒又聚得多一点了。一来有许多人候听宁波梅兰芳的文戏；二来台上这临末一幕也人多见热闹，献的是容易引起外家兴会的技艺，所以看的人又多了起来。

献的什么呢？就是打猴拳那个老头儿，双手举了一副百外斤的巨石担。担的两头站上两个人，两人手内也各举一副七八十斤的大斗担，担上又分站四个人，四人手中又各执一个四五十斤的中石担，担中再分站八人，手内也分举着一二十斤的八副小石担。最高的小石担头上，由场面抱送上去，那是穿红着绿的两个八九岁孩子，在十六个石担头上竖蜻蜓、翻页子，做出种种花式，每个小孩儿管八个小石担头，以次做全花

273

式，然后都是一个云里翻蹿下来。两厢值场的便先将八副小石担卸下来，待八个人下地，再顺着卸四副中的、两副大的石担。那老头儿待上边人担卸空，他尚余勇可贾，把手中那副巨石担使个旋风，再翻七八个面背花，方才放下担。于是老小十七个人分了五六六三排站着，齐向台下行个鞠躬礼闭幕。

按推这座宝塔仙人担暗按太极生两仪，两仪生四象，四象生八卦之意。上头这对孩子，既可算金公木母，又好称亚当马丁，试问站在下面这老头儿，两膀若无二三千斤过头劲的膂力，如何经得起这许多重量压力？所以将台下的周百城瞧得呆了，暗想："这老儿真我师也，不可失之交臂！"正想往后台去通款曲，却又听得邻座三四个壮汉也在那里讨论此老气力。内中一个少年向着一个四五十岁的干瘪秃顶老儿道："袁老库，照您内家目光中瞧来，究竟怎么样？"

秃顶老儿拈髭微笑道："俺不是常说的吗？任你硬功练得如何出色当行，总不及软功的门槛来得深奥。他们这一种，好虽好，究竟硬的，已算登峰造极，再练没有什么练的了。我们行伍里头，像这献技老儿功夫相仿佛的角色，目下新军官佐中恐怕没有。因为军中都注重追考他是日本士官或者是保定陆军出身，最要紧的问他曾否卒业，还是修业，竟把在这两处学校卒业与否，当作衡量军人资格完全不完全的标准尺。至于军人本色的武术，反都不去研究，晓得怎么叫软、如何为硬，如属是以前江防或者是飞划营内出身之人，十有八九习练过这一道的，要和这老儿硬功相等的人才，着实寻得出几个。不过自从改编做了水警和缉私之后，饭碗主义的观念比着新军中人还胜些，那么要求一个和这老儿类似之人，也一百个当中拣不到十个的了。"

少年笑道："算你是老飞划营出身，懂得软硬的，只管张开了阔口吹大气。"

秃顶老儿道："这是要有真实艺能拿出来瞧的，不是一味空吹就可取信于人。谈到软功之中，有几项小小玩意儿，看来极易，却都不练不成，当场就可试验。你试将右手握了个拳头，左手五指伸直了，搁在桌上，右边拳头在台上一上一下地敲着，左手手掌在台上一伸一缩地摩着，不准弄错。要快了慢，慢了快，快的时候，要右拳伸直变摩，左手握拳变敲，你试试可行不行？"

少年果真依言试验，不料两手只能一个动作，不是两手全敲，便是两手全摩，果然做不成。

秃顶老儿笑道："如何？瞧我的吧！"他一拳一掌，一敲一摩，一快一慢，左右迭相更换，果真一丝不乱。他随又在身上掏出个铜子来，左手执着，举起右手食指，向铜子中心轻轻一点，那心即被点掉。四周那条铜子边圈却仍圆兜兜地执在手中，道："这虽是小玩意儿，就可分出软硬功的深浅来。如其专练硬功的，命他点碎这个铜子儿，是办得到的；如要他照我这样，点去了中心，不行点坏外面边框，那就来不了啦。软功是阴阳和合手，没有一个动作不是含全五行生克、八卦变化之理；硬功是独门单合手，只有一条灭绝路，能杀不能救。所以练软功，要有天分的聪明人学的，资质愚笨之人练不成，硬功是阿猫、阿狗都可学习，就为这点子关系。"

他们这厢无意这么一谈，累及那厢有心旁听的周百城心花怒放，说不尽的欢乐。自笑自己到底是蓬门褴褛出身，识见浅小，偶然瞧见一个江湖卖艺的把式匠，已经倾心拜倒，想去磕头投认为师。原来泰山虽高上有天，沧海尽深下有地，风尘中究多高手，赚他这是硬的，不甚稀罕。又反复推想一下，本则柔能克刚，稻草好捆树柴，譬如口内的牙齿是硬的，舌头是软的，人到暮年，硬的牙齿全落掉哩，软的舌头依然如故，从未闻有个老年人，牙齿一个未动，一条舌头反消烊尽的了。如此比较，硬的确乎远不及软的厉害。这个秃顶老儿才是个非常人物，所以发得出这样透彻言论。又见他右敲左摩并点铜子儿的手式，何等高明。"这是天可怜我求道心切，所以一到上海，就会邂逅这人。巧机缘稍纵即逝，断然不肯轻轻放过。"他赶紧站起身躯，想搭讪着上前交谈时，不料那老者被同伴催促，已离座他去了。

百城忙也离开此处，去四下找寻，好容易又瞧见他坐在大鼓书场内。不过见他们精神聚会，正在那里听一个女角唱京音大鼓，自己未便上前搭话，打断人家兴头，只好也坐下来，伺候一会儿，再作道理。不过独自呆坐在此，实属无聊，而且对于这大鼓一道又完全是门外汉，听不出甚味儿来。然又不肯效学那些强作解人的儇薄少年，也去附和叫好，撩拨台上人使出浪劲来，向自己飞那含有讥性怒意的媚眼儿，更加来得乏味。如其不因候那老儿搭话，早已走的了。

好容易大鼓告竣，苏滩上场，那秃顶老儿招呼了同伴回寓吧，百城方也追随在后，出了某游戏场。且喜他们并不雇车，缓步徐行，百城方才得能追踪同往。百城究是个文弱店生，比不得那些嬉皮笑脸惯常的游生，往往在路上碰到，尊姓大名彼此未知，倒已老名子、老弟、老三、老四，自家人叫唤得好亲热的了。百城是万万做不出这种手面的，所以在路上屡次要想开口，终因面软，不曾张得成嘴。岂知百城这边如此的神情，却早已打入那方秃顶老儿的疑城内去了。这老儿非是别押，就是第三十七回叙述的那个弃邪归正、向在湖汉蜀山坐汛、诨号水上漂跳虱的弄官袁库儿。

自从辛亥光复之后，飞划营淘汰了，库儿又混在缉私营内做事，混得不算歹。近因更换缉私统领，以致内外人员随着有番大大变动，跳虱的差使也新近被撤掉。恰好得着老上官到南京，运动入彀，又有改任两淮缉私统领的信息。因此有班旧同寅合了他伙，同往南京找事。忙里偷闲，顺道弯到上海来玩几天。跳虱这对眼珠子是何等锐利，在出某游戏场门口的当儿，已瞧出百城是注意着自家一群人的行迹。但瞧那人表面，不像自己旧业中的同道，虽说人心难测，人面等于贼面，然而究竟总有一些破绽看得出的。可又不像盐枭私贩等众，出钱买来的暗杀党，意在报复仇恨的。好在自己扪心自问，一向做事都不为已甚，在一班海砂码子面上，条条路兜得转、走得开，从未干过吃里爬外、放龙取水的半吊子事情。所以就这人身装举止等等推想上去，十有八九是个翻戏党，或者乃是个出卖风云雷电的充羊火黑，看上我们来下钩哩。果真是这话儿，哈哈，管叫你偷鸡不着蚀把米，吃不尽，喝不空，还留些兜着走哩。

　　两下都且思且走，一刻工夫，已到了石路上惠商旅馆弄堂口。凡在缉私营内混饭吃的人，到了上海，大部分的人是住在惠商的，这回跳虱是因惠商住不下，独自住在老鼎升。故此同伙道声明儿见，大家归弯，跳虱再向南行，暗中留心一瞧时，那人竟盯住了自己，同至鼎升开房间，而且就开的间壁房间。这时，跳虱不等他开口，反先去请教百城的尊姓大名。这正是百城求之不得的，自欣然地和跳虱交谈。不过百城不愿本乡人知道他的踪迹，故推说是无锡人，姓杨。跳虱问他到沪何干，百城又吞吞吐吐，答不出个实在来。跳虱愈加疑团莫释，仍认定此人不是善类。

　　谁知事有凑巧，跳虱却就在那晚起身子发热，害起病来，病势很是凶恶，第二天便重得爬不起床。同来诸人口内尽都讲义气，实在全抱着饭碗主义出来，谁真心口如一？跳虱又无家眷，一旦病倒客间，谁肯来负这责任？况兼大家都忙着要往南京谋事，所以过了几天，一个个动身去了。幸有这个萍水相逢的杨百城，非但代跳虱延医调治，并且还掏腰垫款。跳虱这场病足足害了四十余天，若无百城，命定不保。等待病好了，对于这新朋友自然很觉抱歉，而且十分感激，先忙着去设法归还这票垫款。谁知百城慌忙阻止他道："我所以要交结您老的宗旨，实因自己是求道外来，在某游戏场见了您老的手段，闻了您老的言论，知是非常人物，特地不揣冒昧，前来通了款曲，意欲求您老不弃，把软功教我的。"

　　跳虱听了，心坎上的疑虑方为之涣释，不过想："他要练习武功，我受了他这点儿私惠，势难推辞，只恐他受不下辛苦，学得半途而废，岂非枉费了一番心血？"当时未便明言，姑且允许下来。其时跳虱的旧上官果已得了两淮缉私的差使，跳虱便与百城先同至扬州谋事。他本是那统领身畔的红人，所以一打干，便派往板浦去带船。跳虱有心要试验百城老诚不老诚，故命他往湖汉去，将家用杂物贵重的搬迁过江，零碎不值钱的或卖或送。再有两弟兄，在身边当了好几年差哩，问声他们，愿到江北来的，也一同带了他们过来。

百城遵命前往，去了半月，已经回扬，将湖汉事情全办妥。于是跳虱便又与百城同至板浦接了事。自身杂事妥洽了，然后苦劝百城，还是回府去度安逸日子。无奈百城心坚似石，一念求道，跳虱才先代他补上一份口粮，名目是抄写公事，当司书生，维持他个人的生计。然后先教他两足拖铅跑路，始而只拖二两一只脚。常言"世间无难事，只要有心人"，百城是自己蓄心要学功夫，所以愈加进步得快，不上半年，右足已能拖斤半，左足能拖斤四两铅了。等满一年，两足已拖满九斤十三两青铜。如其解除了铅走路，宛如风卷残云，可以追及野兔。跳虱见他如此苦心习艺，真个寒暑不更、无间风雨，真是可敬又可怜。本来他打米袋的功夫练得已经不浅，现在又和跳虱朝夕相共，随时指点，一个肯教，一个愿学，功夫自然更易进步。

如是者过了二年，百城已练得行动疾如飞鸟，身子练得似落叶轻尘，因此同营之人便公送了他一个"燕子飞"的外号。先只两淮南北的盐帮里头互相传述，后来连帮中人也争传板浦缉私营内有了个出类拔萃、软硬皆精的杨燕儿。名誉一天大一天，逐渐引起武行中人的注意。可是别人听了独可，一传到徐州青草洼无鳞鳖单三英耳中，不觉大为奇异，暗忖："杨燕儿是曾经我们大家同心协力，帮助侯七夫妻俩将他在河南燕剪峪乌巢禅院内擒获之后，押至许昌归案究治的。最近闻说戴昆代他运动，又早恢复自由，不过莫明去处，原来到着江南来了。横竖由徐州到板浦，近在咫尺之间，倒要暗中去窥探他一个明白。果真是他，该去知会苏二哥，大家暗做准备，提防他来报复仇恨呢。"

第四十三回

赚乡愚私立白骨教
遣徒党巧弄新花头

却说和侯七作对、在河南一度被缚的杨燕儿，虽经侯七等费尽九牛二虎之力将他擒送许昌狱内，无端又生出那个豫西剿匪司令、河南省防军第三旅旅长王玉墀，看上了侯七妻子赵凤珍的面貌，心怀不善，想用绵里针功夫，稳住了侯七之后，再慢慢设计图谋他的妻子。

幸而老英雄苏二瞧出王旅长不怀好意，暗劝侯七，莫贪眼下微末虚荣，致遗将来莫大的悔恨。侯七听了师伯的忠告，他们一群人便悄然离开许昌，分头归家去了。等待侯七诸人一走之后，五女店娄家苦主又催审得不甚紧迫。此信传到方城山强盗式绅士戴昆耳内，便遣吴玉深、殷振雄两个心腹分往开封、许昌两处一打干。

民国时代的官司，不论民刑诉讼，完全都是蛇吃黄鳝别长短的局面，彼此比较些金钱势力罢了，何所谓犯法不犯法？竟有这件事，小百姓做了，便干禁律犯法的；如属一个有势力人做着，或者这人势位虽微，他有钱使用，上下买到之后做的，那么非但不犯法，公家还派人保护他哩。所以早有人说过，现时代是度的不情不理、无法无天的日子。杨燕儿有戴昆援助，相手方又无有财势的原告顶控，自更易于设法。收押在许昌狱内，不过两月有余，便得安然出狱，恢复自由。

杨燕儿出狱之后，对于此次保全他性命的戴昆自当感激得五体投地，便代他想出种种赚钱方法，骗取愚民财帛，算是报答活命之恩。先私下同一杆旗蒋桂商酌妥了，然后到赤眉城去告诉戴昆道："我们想创立一个猩猩白骨教，派人往各处宣传，引人入教。民国时代，本来人民有信教自由的权利，借此结纳四方豪杰，暗中扩张势力，即推您老做个掌教祖爷。将来羽翼养成，事机成熟，登高一呼，众山响应，好干出一番隆兴事业来哩。"

戴昆道："这事我早有此念，自然十分赞成，不过我家计有限，非有大资本，干不出大事业来。近来豫西各地连遭兵火浩劫，横一次匪梳，竖一次兵篦，元气大伤，却掠不出大油水。如其除了劫掠，一时又无他种妙法可筹巨款，就派弟兄们出去，四处八路用力搜刮，怕也刮不着许多的了。"

杨燕儿道："关于筹款一层，在下亦早想到，豪夺不如巧取，一味差弟兄出去开武差使，搜又搜不到几何，反担着大大风火。不如更换巧取方法，拔准了苗头，再双管齐下，派弟兄们去辛苦一趟，理想上去，似较眼下尚硬不用软的独门法来得妥善哩。"

戴昆道："怎样的巧取方法呢？"

杨燕儿道："迷信这一道是永远灭不绝的，我们只消如此如此做去，哄动了贫苦小民，就不愁没有大宗款项收入。俗语说得好：'若要发，穷人身上刮；若要富，穷人头上刲。'定有满意的结果的。"

戴昆道："你既早筹思及此，就同蒋桂俩去试办一下也好。"

杨燕儿道："遵命！"

当即回到方城山戴昆别墅内，立即亲自动身，走南阳、新野，到了老河口。然后再由荆州入湘，从安乡渡过了洞庭，经汉寿、安化、新化、宝庆、祁阳、零陵等处，自县入桂。于是打听明白了道路，再经贺县、昭平、蒙山、修仁、柳州、庆远到思恩，出资雇了个土人作为向导，渡过环江、打狗河，便已到了南丹州境内的山地了。此处名为苗岭山脉，一头在云南昭通八仙海南岸，自黔省亘贯过来，直至广西柳州、来宾交界的鸡公山为止。山脉虽广，却不处处产猩猩，独有南丹州属一段山内，产生的猩猩不计其数。

杨燕儿到了那里，自己虽能武功，但是生擒山兽，各种有各种的巧法，不是单仗着武力就能擒获的。譬如要捉虎、狼、熊、豹一类，那杨燕儿是关东出身，就明白这门道，应用怎么法儿，即能活捉到手。现今要来觅一只猩猩，也只得求教南丹州土人，他自己就不行啦。若要捉一条癫象，虽也出产在西南地方，可又必定要云南土人才会下手，南丹州人又不行了。此所谓"一方曲鳝吃一方泥"，一点儿都不能勉强的。

　　当下杨燕儿到了那里，地方也枯得很，人烟更是稀少。好容易觅到了一家山民人家，偏偏只有两个妇女，非但燕儿和她们言语不通，连思恩雇来那个土人的说话，她们也都听不甚明白。因为这两个妇女乃是苗瑶种人，并非汉族，所以彼此交谈不成的了。后来那个年轻些的女子幸尚聪明，跑出去不知到哪里去招呼了一个男人来，虽也是苗瑶混血，不是纯粹汉人，却懂得思恩方言。于是由这思恩雇来的土人居间通译，才知燕儿是觅购猩猩来的。幸而这两个妇女也能懂得捕捉，于是言明了代价，杨燕儿同土人俩也就在这家人家住下，讲定期限五天，保捉到一头活猩猩。

　　当日天色不早，再者不有预备，未能动手。因为燕儿许她们捉到了不吝重价易购，故而款待燕儿的饮食是十二分的恭敬丰厚。但是东北地方出身的人，如今跑到西南地方去，凭你如何食宿优待，总觉得不惯的了。

　　一宵过去。第二天，燕儿见她们端正了无数酒瓶，又采了许多山草，织了不少草鞋，然后再去喊昨天那个男子来，转告杨燕儿道："如果见有猩猩到来，千万不可鲁莽上前捕捉，而且要脸带笑容。如其头次怒目狞眉，便赶上去抓它，它力大无穷，万抓不住。一旦受了惊恐逃去之后，至少要半年不见人面，躲在深山穷谷之中，那就永远捕捉不得哩。"

　　杨燕儿自然点头应允。

　　早饭吃过了，她们便把酒瓶内都泡了糖汤，与草鞋同携入山。燕儿也随着同去，见她们沿途留心地上的痕迹。进山约走了四五里路，在一个森林面前的土上发现了几个足迹，七分像人足，三分像兽蹄。她俩见了，便将酒瓶草鞋放下，招呼燕儿也坐了下来。她俩便放开喉咙，咿咿呀呀唱着，燕儿也听不懂唱的什么。

唱了可一小时光景，果然森林中窸窣有声，来了三只猩猩，在树后偷偷摸摸地听着。她俩见猩猩来了，即将其中三个空瓶拿起来，授一个给燕儿，都假作凑至口边，喝上一阵，然后又哈哈大笑几声。这么地笑罢再喝，喝后再笑，空做了好久。再将草鞋每人足上套了一双，于是站起来彳亍踯躅地走着，口中仍不住地大笑，装出很快活的模样。走了几步，再回至酒瓶旁侧，每人都将空瓶提在手中，又假装喝了一会儿。再笑，再唱，再走，如是者往返三趟。到第四趟，有意走得远些。

那三只猩猩便都蹿出森林，走到瓶、鞋旁侧，伸出掌来抚摩。其时猩猩口角边已有涎沫流出来，但是它也防人算计，不肯便上钩。见人又跑回来了，便仍逃窜进森林去了。

等待人第六趟离开森林，它们顾不得了，蹿出来将瓶内糖汤喝得精光，草鞋也都穿着去哩。于是她俩欣然收拾了空瓶，引着燕儿出山返家，赶再织几双草履起来。

到明天，再提了糖汤瓶和草履入山，仍至昨日那个森林前面，再同演戏般演起来。猩猩却来了七只。

第三天又多来了两只。

到第四天，人才走到，森林中猩猩早已来了，探头探脑，一共有二十多只。

到了第五天上，她俩身畔都带上火种爆竹和一团棉絮、一条很粗的头发练。瓶内却都换装了闹阳花同制的烧酒，人喝了也要发晕的哩。草鞋之中却杂着一双牛皮钉鞋，再到山中的森林前面。那群猩猩也不似前几天的怕惧人，待等瓶、鞋放下，人稍离开，它们已出林来抢瓶便喝，抢鞋便着。她俩见猩猩已着了道儿，便掏出火种来，燃着爆竹药线，向猩猩队内丢去。它们尚认是可以吃喝的东西，有许多不曾抢着瓶、鞋的，便来抢爆竹。不料火星直冒，砰的一声，由地上直射高去，吓得这群猩猩没命飞逃。等待空中再砰的一响，它们都忙着找山洞藏躲，各不相顾。内中那只穿钉鞋的猩猩，你们试想，七高八低，如何逃走得快？

以前捕捉猩猩，往往喝醉的未穿钉鞋，穿钉鞋的不曾抢着酒喝。捉虽总捉得住那穿钉鞋的猩猩，但是它要喊同类来劫取，所以要用棉絮塞口，不过捉出山外，更加繁难一些。今番再巧也没有，那只穿钉鞋的猩猩也抢着酒喝的，所以逃不上几步，连跌了三四跤，跌得腹中酒性发作，仰卧在地，一动都不能动。她们上去，一毫不费甚力，将发练系住了它的颈足，扛着便走。又打手势知照杨燕儿，托他代收拾了地上空瓶，安然出山返家。

那猩猩酒尚未醒，她俩便将竹箸编的篓子装了起来。再四叮嘱燕儿：第一，安置这猩猩的屋内，要常有六十度以上的热度，才能豢养得活；第二，每天喂食时候，不可参差过甚，要按准了喂的，多给它水喝，少给它食吃，它肚子饱足了，力气更大，便要想法逃遁的，而且给它喝的水要放少许糖的，切忌咸酸，如其要它格外通灵，可每天给些丹砂与它吃，便易于见效。燕儿一一听在肚内，即拿出钱来，酬劳了她们。

翌日动身上路，就同那个思恩土人扛了篓子，到了河池县属的三旺地方。另行雇了短站扛夫仍循旧路回转方城山。沿途自家饮食随便吃喝，反是猩猩的饮食两料较人注意。如是一趟桂省来回，费了四个月工夫，总算如愿归来，非常欣喜。

等待回到了戴庄，自家足不出户，用心教练这只猩猩。一面挑选二百多名精细弟兄，分派往各省通商巨埠，并教了他们各种赚钱方法，让他们各去进行，顺便传播谣言。唯恐纯粹男性的魔力不甚大，另再招募了近百个女性，也面授了机宜，使她们四出愚人。

待到一月之后，各处地方的报纸上都有新闻刊出，则本省郑州地面上到了一个西藏活佛，能知过去未来之事。这活佛修成金刚不坏之身，比普通众生不知要坚韧了多少。莫讲别的，单道他一口牙齿异样坚固，有人亲见用大铁锤敲打，亦丝毫不动，云云。皖北蚌埠地方也到来一班募修嵩岳普照寺大殿的立关僧人，拣了一块旷场，搭着布篷，中间放着一座木笼，同前清衙门中的站笼一般，算是关的。这个立关僧人赤着双脚，立在黄山草纸上头。草纸下面并非寻常笼底，却是钉了无数近尺长的大枣核钉，笼外四周又套上大大小小金银铜铁等锁儿，如其善士们前往开锁拔钉，价目预先拟定。譬如单拔一钉，多少代价，开一具小银锁若干，中铁锁若干，如要问那具最大的金锁，当然代价也是最大。那个立关僧人要待拔尽铁钉开尽锁，方才出关。站关期内，每日只喝三次清水，连米面都不沾唇的，居然也轰动一时。

同时沪、汉两处也发生了两件奇事。沪上有个浮滑少年，在游戏场中邂逅一个青年女子，彼此有意，勾引成奸，这是沪上屡见不鲜常有的事。不料这女子居然正式嫁给这人，而且此女举止豪奢，交际社会上时有这对少年夫妇俪影。谁知结婚当儿，这少年正精神壮健，那女子已代为出资，替夫婿保了寿险。结婚之后，非但闺房之乐甚于画眉，而且这女子的同性亲友非常之多，几乎每天有人来往。她又一毫不妒，任凭你们去干什么，全不管的。少年哪明就里，只知贪欢，这样的双斧伐树，又狂购兴阳药物摧他的骨髓，不上半载，这少年竟成了牡丹花下的风流鬼。于是保险公司内的一笔赔款如数奉送到那女子的袋内。（按：此类之同样事实，同时发生者指不胜屈。初时公司中人犹恐摇动大局，讳莫如深。后因不堪赔累，幡然改计，反以之言于众，俾尽人而知，庶以后再遇类此之事，可以借口拒绝赔款。）

同时，汉口正街上有个少年乞丐蹀躞街头，店肆中人大都认识他的。有一天，忽然在洋街上，有一个坐摩托卡、鲜衣华服、操河南口音的中年妇人遇见了此丐，特地停车招呼，认其为弟，便由汽车上载与俱去。从此以后，这乞丐一跻跌到青云内，居然也衣文绣而餍膏粱，变了衣冠中人。而且此妇每逢出来购物，必定携之同往，使得汉口市面上的几家大店中人都知道此丐得着好亲戚照应，从此不要饭的了。

如是者过了两个礼拜。有一天上午，此妇本欲同了乞丐齐至参行去购参，临走之时，忽然有电话来邀她去打牌。于是妇人拿出钱来交给乞

284

丐，命他独往参行去购办，她自己要紧打牌去了。那乞丐拿钱出门，暗忖："走他娘的路，不去购参吧！"仔细全盘筹划了一下，买参款子能有几何，一用便完的。为了这一些些，送掉一盏飞来老爷的金饭碗，实在不上算。于是很至诚地去兑了参，拿回姊姊公馆中。

女用人告诉他，道："适才太太临走留言道，舅老爷兑了参来，千定打个电话给她。"

乞丐道："我不知那边电话什么号头。"

女仆道："我去接着了，待舅老爷亲去搭话。"

于是女仆去接了电话，乞丐接过听筒交谈。果是那妇人声口，而且在电话中问得很详细，参的兑价若干、分量多少、货色优劣。乞丐一一回答，并道："货色据店中人说是最高的了，再好没有哩。"

妇人听了，喜道："真的吗？我立刻要回来瞧哩。"

讲了这许多话，电话才摇断。

当乞丐接电话的时候，买回来的人参搁在桌上，谁知暗中已经掉过的了。片刻之间，那妇人果已回来瞧参的好歹。及至打开看时，样样都对，唯独分量短少了一两多。妇人便道："怎么会轻了一些？莫非吾弟少给了他们一两的价钱吗？"

这是人心皆同，乞丐暗忖："我是办的清公事，虽曾起过歹念，究因不上算，不曾实行。难道我全部分的参资不吃光，倒坏名坏气去打一两参钱的后手？"及接过戥子来一横，果然短少两余人参。而且这乞丐为别嫌疑起见，特令参店开了发票，现在票货分量合不准了。

那妇人笑道："这是店中的邪气，想来认得你的，明欺你是外行，所以如此。"

这话一说，乞丐脸涨通红，怒气勃勃，立即包了人参，要持回参行去理论。妇人反力阻道："相差两外东西，值得同人去红脸？"

无如乞丐要明自家心迹，必定要去。其时下人正忙着开饭，妇人便道："兄弟一定要去，姑且吃了饭再去不迟。"

乞丐自然遵命。谁知饭里头下了毒药哩，而且这种毒物当场不即发作，务必要动真心火，那才药性爆裂哩。当下妇人与乞丐同桌饭罢，洗漱完毕，然后道："兄弟，你拿了人参和发票先走一步，往原店内去理论。横竖那面牌局未终，现在请人代着，我也须亲去结账，正是顺道，让我将车子也到那参店内来弯弯便了。不过你去交涉，千定不要动火。"

乞丐应着，便拿了货票，先赶至那参号中理论。

店中人道："这是适才当着你面秤准分量，钱货两交，况且还开有发票，岂有短少分量之理？我们店内，一天不是做你一个主顾，哪里有错误？再者，你货色已经拿出了门的哩，回头再来论多少，按照商情上，万难承认。你是偶然买一回参，我们的生意却非第一回做。"

于是两下争执起来，乞丐始而并不动火，无奈店中人也认得他向本乞丐，一朝发迹，这是分明他从中打了后手，反来和咱们店内胡闹，自然言中带刺地再三拒绝。于是乞丐实在忍无可忍，不免要发起火来。不料真火一动，顿时腹中的药性发作，立刻大肠爆断，七孔流红，一跤掼下去，两足一挺，呜呼的了。店中人十分诧异，忙即上前看视。

恰巧外面汽车赶到，这妇人缓步下车来，口内尚道："所差一些些分量，店中不认也就罢了，值得和人家翻面？"

及至踏进店门，一见这情状，便将手帕向脸上一掩，顿然眼泪双抛，号啕大哭。一面立命汽车夫去请老爷来做主，道："舅老爷被参店内谋死的了。"

顷刻间，那老爷带了八个护兵便也赶到。事实俱在，这家参店内，辩都没有什么辩的。明知他们是设计敲诈，无奈过门儿清楚，为求免事起见，这一下大竹杠只得被他们敲去的了。

诸如此类的事情，东生一件，西生一件，真是花样繁多。各处的报纸上自然目为绝好新闻资料，齐都刊载出来。初不料万流同源，这班男女或骗或敲，把钱弄到了手，并不是全归自己享用，还一齐做了杨燕儿的牛马，大部分要转献给他，充组织猩猩白骨教的经营费哩。

第四十四回

沙飞石走黑夜来故人
酒热茶温深宵叙旧谊

话分两头，却说在板浦袁库儿身畔专心习艺的江南杨燕儿他自离乡井，倏近三年，虽则身在客间，反暑往寒来，较在本乡丈人行内度活来得舒适。再加库儿目前该管的缉私区域只有从板浦到扬州这一段，好在是条死港，只能往来这两处，不通别条河的，所以公事容易办的。区域虽不大，出息倒不小，因为皖北一带用的淮盐全由板浦运去，滋味自然厚了。

跳虱在板浦市梢僻静所在盖了两进茅屋，同百城住宿在内，门上也煌然贴起了袁公馆的条子。其实公馆内，下人都不用，打杂夫役就是船上弟兄，按月轮选两个上岸当差。跳虱除了每月上扬州关饷，顺便算查缉一趟，在船上住几天，此外总是住在岸上的。

那一天，乃是夏历的冬至节，百城特地买了些鱼肉，白天煮就了，到晚上同跳虱酹酒谈心，庆赏佳节。席间，跳虱道："杨老弟，自前年在沪结交到今，一向承以师礼待我，其实我并没有大不了的惊人能耐，你全学会了，也不过成就一个高等的偷儿罢了。像你这般才具，又加天性好学不倦，据你说虽曾娶过媳妇，尚未破身，你有了这点根底，再经名手指授，小心习练上去，将来竟可以练童子功鹰爪手，像《彭公案》上玄豹山那个金眼雕邱老英雄一样哩。不过你再跟我这个朽木在一块儿，怕就耽误了你的前程，辜负着这一身筋骨。白日等闲过，青春不再来，转眼间，你也要跑入衰老境界，到那时心力相远，悔恨嫌迟。今年呢，为日无多，不去提它，我代你打算，待到来春，我备一封书信，让你上湖北去，寻访一个师家叫艾柏龄，我介绍你投拜这姓艾的做了师父。经他手教了你三年五载，那时你软硬皆精，水陆去得，才能在扬子江下游占一把交椅哩。"

百城道："我是个无家可归的畸零人，一心只想学习武功，将来成就一个行侠尚义之人，自家两眼墨黑，前路茫茫。前年遇见您老，我就当作您一根明杖看待，一切总唯命是听，全仗照拂，您总不会再将苦楚给我受的了。"

他俩正在倾谈肺腑之际，蓦地窗外起了阵猛烈狂风，飞沙走石，连窗户都被吹开，台上点的灯烛也吹得暗而复明。百城站起身来，亲自过去，把窗户重行闭上，口内却啧啧称怪道："这阵风确实不小，在灯光暗下去的时节，我眼前似觉有条黑影一闪，好比这阵风内吹下了一个人来。您老瞧见什么没有？"

跳虱本在那厢疑惑，认是自己上了点儿年纪，多喝了几口酒，灯光之下，眼花缭乱。现在听百城如此说法，那定是有个江湖同道借这阵狂风的机会光降到了屋内来哩。所以待百城闭上了窗，跳虱也站起身躯，先将烛花剪去了些，然后向空自言自语道："如有我道能人，承蒙不弃，光临蜗舍，真个蓬荜生辉。不嫌残羹冷酒，请出来畅饮三杯。大丈夫做事，须要光明磊落，何必如此鬼鬼祟祟？"

百城笑道："适才恐是我一时眼花，未必真有人乘风入户。您老这般说法，难道真认作有人来了不成？"

不料百城话声未绝，台底下早起了一阵笑声，接着钻出一个人来。浑身夜行人装束，腰内插着一柄短把钢斧，向跳虱拱拱手道："我道是谁，有这等好眼力，原来是袁八十儿。"

跳虱也笑嘻嘻地还礼道："怎么单一百也会来割自己弟兄的稻树头？莫怪日子一天难过一天了。请坐请坐。"一面忙向百城道，"杨老弟，劳驾你去烹些热汤起来，泡一壶浓浓的好茶，来给这贼伯伯解渴。他是多一道门槛，不喝酒的，让他喝三碗热水下去，挡挡寒气。"

百城自忙答应，往次间内去烹茶。

原来来者非别，就是徐州的单三英。二十年前，彼此都在黑道上度活之际，袁库儿放生意，至少要值八十块钱一票才肯出手。单三英的吃心更浪，起码要一百，不然两人情愿束手不为。所以他们有这"袁八十""单一百"的名誉，黑道中人差不多都晓得的。他俩曾经拼了双档，在嘉善乡下的西塘镇上取了一家当铺内一千多现款，有本领使这家当铺中人非但未曾报官追缉，还认是财神借饷，第二天端正了猪头三牲，大烧其路头哩。后来跳虱洗手改行，单三英松江也不住，乔迁到徐州去了。从此两下音问阂绝，久未晤面。今宵单三英黄夜到来，那装束完全是放生意的神情，无怪跳虱要当他来割自己人的血哩。当下两人先聚了一番别后契阔，都把以往经历之事粗枝大叶述过一遍。渐次谈到目下景况，跳虱方知单三英是为侦察杨燕儿而来，自然要将百城来历从头至尾告诉三英。

三英道："我原有些疑惑，一月之前接到河南范玉西的信息，晓得那个杨燕儿又在豫西方面创立一个猩猩白骨教，哄骗愚民财帛，据说闹得很像一个局面了。料想这独眼贼定是教中重要分子，主持一切事务，如何又会跑到江南来？却原来另有其人。"

他俩谈论间，百城已泡了好茶，拿进屋来。跳虱代他们两下拉场，照例寒暄几句，然后百城静坐在旁，听他俩谈话。跳虱道："我同一百儿虽则久不见面，但是你的消息曾经听人说过。据云，你在河南省军第三旅内当差遣，搅得很好。"

单三英道："唉，还去提他则甚？我的往河南去，完全是为了江湖上第一个着重的'义'字。再者，丁字巷吕祖庙的当家董长清老道，他是个出家人，尚且爱了侯小坡夫妇俩材器，也混入红尘，帮助他们一臂之力，何况我辈靠朋友吃饭的在家人呢？故而一同前往的。到了豫西，总算没有丢脸，把这独眼贼正身拿获，完了一件心事。初不料那个王玉墀旅长，真是个浑蛋，他竟会看对了侯七的媳妇赵凤珍，害起单相思来，一味地想把侯七身子搭住了，图谋他的媳妇。幸而苏二老角色瞧出这个浑蛋旅长不怀好意，主张大家散伙，离开许昌为是。等待我们一走，那独眼贼有个赤眉城姓戴的强盗绅士靠山，代他上下一打干，竟然宣告无罪，释放出狱了。"

跳虱道："哎呀！如此说来，你们白费辛苦，一点儿功劳没有。"

单三英道："岂止白费一番手脚，反变有了罪名哩！"

跳虱道："怎么不但无功，反成有罪呢？"

单三英道："这浑蛋旅长想必自己受了贿赂，把独眼贼正身当了从犯，减轻罪状，拿来纵放去了。反指侯七希图邀赏，将小匪指为罪魁，行文到吉林去，仍要将侯七调到豫西，着落他身上，交出杨燕儿正凶。侯七当然不会再去自投罗网，置之不理。浑蛋旅长第二角公事更加令人可恼了，竟指侯七把匪首杨燕儿窝藏在家，索性把我们也要当匪党办哩。"

跳虱道："怎么会如此胡扯诬良呢？"

单三英道："因由是有一些的，皆为侯七有个寄名徒弟，又是内亲姓陶的，那面庞和独眼贼竟是一般无二，在许昌动身，乃是一同出关去的，所以有这张冠李戴的枝节。"

跳虱道："据我猜想，这都是借因，那祸根总是由姓侯的媳妇身上而起的。"

单三英道："谁说不是呢？侯七因为了此，曾同他媳妇打哈哈道：'我为娶了你，恐怕吃饭家伙都要出租哩！谁叫你脸子生得标致，害丈夫受累。'偏偏那赵凤珍姑娘又是受不住闲话的，侯七同她这么一说，当晚她就用小刀子将自家脸上划了十余道刀疤，道：'从今后，谅来无人再会爱我，免得当家的受累了。'"

跳虱道："这赵家姑娘的烈性真是了不得。不过这姓侯的和媳妇闹是枉闹的，这王旅长方面总要想个釜底抽薪的方法才好，不然倒弄得终身难以出头了。"

单三英道："听说五站地方有一师甫经募练的新军，内中有个团长兼旅长的褚三儿，上回侯七到徐州来，此人尚在那里推二把小手车儿，当赶脚的哩。就是侯七那回资助了他，叫他去投军的，现在倒已做了军官，且喜就驻在吉省。故此侯七去央告了褚旅长，请他答复王旅长，只说侯小坡在他身边当差，也是懂公事的人，绝不会窝藏匪首。让他们官官相护，包庇一下之后，或者可以缓和。同时恼了我们朋友艾柏龄，他发起英雄性格，私往许昌，要去警告那个浑蛋旅长，他去了曾否得手，现尚没有信来。那么你想吧，我到了河南，腿下是这样一个情形，谁告诉你还说我搅得不错哩？"

跳虱道："真个传来之言不足凭信。不过我才与杨家兄弟谈起，预备明年叫他上湖北，去拜投在艾柏龄门下为徒。现在听你说来，柏龄到了河南，尚不知什么时候返家哩。"

单三英道："我虽不曾亲见杨老弟的把式，但是既有这个燕子飞的外号，又在你手内教练出来，决计不会含糊。据我想来，也不必再经艾家教化，你若要使杨兄弟早成大名，现在这个很好机会，千万不要错过了。"

跳虱道："什么机会呢？"

单三英道："那个独眼贼的杨燕儿，行为不轨，天怒人怨，现在他又发起个猩猩白骨教，瞧这名字就是一团邪气。范玉西来信，提及这厮表面创组此教，劝人行善，信仰佛家因果，实在暗中招兵买马，筹饷购械，何尝真的是修行佞佛。方城山四围附近男女都被这厮诱入教中，事无巨细，都要依着他教中规约做去。凡有客商，经过他的势力范围内的地界，须纳去一笔常例，名为保护费，实在就是买路钱。纳了这费后，他们有种口号教你，方得安然过去。如其不曾纳费，非但行李有失，竟有性命之忧。如此举动，尚能算是修行人本色吗？故此有人如能投身入教，探知了他的秘密，然后伺机会来了，倒反猩猩教，刺死独眼贼，为民除害。即使无隙可乘，弄不死这贼，就把他们的阴谋诡计大白天下，俾小民都知道这猩猩教不是正当组织，少受愚惑，远而避之，那么这首先揭破奸谋之人非但可以成名，冥冥中并且积德匪浅，这岂不是一个绝

291

好的机会吗?"

跳虱听了,看了百城两眼,微笑道:"机会确是好的,不过我那杨兄弟胆门子虽也不弱,而且敢作敢为,只恐怕玩意儿还软一点儿。万一画虎类犬,反要被天下人耻笑咧。"

此时百城在旁听得明白,口虽不言,心中暗想:"姓单的此话确实不错,我自离乡迄今,此身如寄,生死早已置之度外了。至于跳虱道我不愁无此胆量,只虑技能不精,倒也是深知肺腑之言。但是我自己想来,人生在世,自幼到老,不过数十寒暑,日月易逝,一瞬即已,与其病死在床,何不管他技能够得上够不上,跑往方城山去,亡命干他一下?如能侥幸成事,固然最美,倘若失败,至多丢了一命,似较病死在床,上算一些。宋朝的寇莱公尚且请真宗驾幸澶州,孤注一掷,以前万乘之君也肯拼这么一拼,难道我周百城区区一介细民,反而顾前虑后,投鼠忌器了吗?"他在旁边一刻不宁地打主见。

单三英和跳虱又谈了些别事,跳虱留三英吃了些面点,然后三英向袁、杨俩告别,仍从屋上回寓,明天回徐州去讫。

独有百城自冬至晚间听了三英这番说话,从此变得坐卧不宁,寝食俱减,镇日愁眉不展,似有件大大心事常挂胸怀,不得解决一般。同事的见了,都当他离乡日久,际此夜长衾单,挂念着了家中媳妇,所以终日闷闷不乐。问他为何如此,他又反说不出什么来。其实大众所猜都是隔靴搔痒,就中只有个跳虱知道百城是为想上河南方城山去,窥探猩猩白骨教的内幕,建立非常事业,图个名震江湖,故而如此的。所以当隐而不露地暗暗讽劝百城,万事须三思后行,不可刚愎任性,倘若鲁莽胡为,非但枉送性命,反而惹人成败论人,徒贻后来笑柄。因此百城屡次要想拼一拼走险道,都被跳虱这种老成持重的说话所阻止。

匆匆冬尽春来,又已虚度了一个年头儿。恰巧那天又遇元宵佳节,跳虱购办了牛羊菜蔬,将自己部下都邀来喝个痛快,也算莫负良辰,庆赏首节。不料忽由邮局内递来一通书信。凡属跳虱的往来函件，本则全由百城经管，自然拆开此书观看。不看犹可，一看此书，立时雄心勃勃，顿然打动他心坎上久蓄未发的壮志，再也忍耐不住的了。

第四十五回

播流言愚民惑财神
冒烟火大侠救难女

再说那独眼杨燕儿，自亲到广西南丹州觅了一只猩猩归来，特筑了间地道密室藏着，自己用心喂养。食料之中，常用辰砂拌和着给它吞吃，渐渐地把它豢养得驯熟了，于是教它说话。教灵之后，命人往附近城镇上播散流言道："方城山后面，燕剪峪的乌巢禅院中到了一个猩猩，能够代人推算运命，晓得穷通富贵。"

这话传了出去，杨燕儿白天便将这猩猩迁到了后山，晚上再回戴庄。将关锁它的铁笼外面再套上一个工细雕刻的神龛框档，当面前也张起黄绸神幔。又制起七梁纶巾、八卦道袍，代它穿上，居然很像个摇鹅毛扇子的角儿。等待有愚民来问休咎，先将年庚要去，向幔内送了进去。隔了一会儿，杨燕儿暗中布置得秩序井然，自有人将黄幔揭开，那猩猩见了那个生人，便道："推算你的命，你要发横财了。送尊财神给你供养，待你早日发财。"

这四句说完了，黄幔已经扯上。另有人将一尊装金的玄坛小法像授给那人，叮嘱他供养方法，务须静室，生人不易得见之所，千定不能随便供在家中原有那种小神堂内，因为这个神道形似玄坛，其实名叫金危危，乃是专管飞来财饷的野财神，所以不可与他神同供。而且外边不可用甚围罩，若得围罩了，分明就是拘束他的野性，不发财的了。单只露供在静室之内，那么你或者购奖券，或者往大阵内赌钱，保你稳中头

294

奖，有赢无输，财饷自会飞来，三天之后，必见效验。

那人受了这小神像，都要问声代价若干，却又分文不要，道是："星君说出送你，我们不敢私取一丝一忽。"那人自然很高兴地回家，如法供养去。不料过了三天，那个装金小财神的法像竟是踪迹杳无，横财倒也不发，人心皆同，自然又要去问问猩猩了。

不料二次前往，等待黄幔揭开，猩猩鼻子内就哼了一哼道："你供养得不虔诚，财神昨天已回来了，你还想发财吗？"

这三句说完，黄幔又早扯上。仍是上次授像与他的人重来同他搭话，果然把那尊小法像拿出，给他观看，并且埋怨他何以怠忽如此，致财神动怒归来。那人当时财迷心窍，一时不去研究他们的门槛，反都自怨供奉不诚，致财神动怒而归，要求再请回去供养。

那个特别香工便道："此事我不能擅主，须请示星君。"

于是向黄幔内问道："某某人意欲再请财神回去，星君许他吗？"

幔内答道："此次请是可以让他请回去，不过要他出几文香金，方可待他再请回去的了。"

于是此项香金，瞧了那人身装讨价，没有一定的。其实，杨燕儿预将此项财神小法像制成一种模型，做时却用两样质料，甲种是鱼肉拌和了面粉做的，乙种纯粹泥质。第一次给人的是甲种，待他拿回家去供了，那股腥味猫鼠闻着了，都要衔去吞吃，所以供了三日，会踪迹不见。第二次卖给人的是乙种的，一毫破绽不露。这一票财神法像的交易竟然轰动一时。等待附近愚民的信仰热度将要退步，又有黄河两岸、豫东一带的男妇都到方城山来，访问乌巢禅院的猩猩星君。他们远道之人都知道这个猩猩尚是汉朝时代，有个封溪猎户叫陈廉，捉住了它，装在袋内，同着一坛酒，丢送给封溪知县黄霸的。黄霸问陈廉："送些什么东西给我？"

陈尚未答，它在袋内代应道："一只牲牲一斗酒。"

黄霸因爱它通灵能语，便开袋放它还山。从此朝星礼斗，修真学道，现已修成正果，名登下八洞仙箓。能前通五百年，后知五百年过去未来之事。此次是奉着玉虚四相之命，特地送一方印绶下凡，授予人间真主。这个真主就生在豫西地方，不过猩猩星君不肯说出名姓来。它爱那乌巢禅院清幽僻静，暂时寄居，我等特意烧香礼拜，问问终身休咎。

方城山附近之人听了，崇仰敬信的心肠重复热烈起来，扶老携幼，成群结队地再去瞻礼猩猩。

这时候，豫西一带又发生一种童谣道："草头王在后，猕猴王在前，不要性命只要钱，有钱无用处。十八笔头真帝主，真主出世甲子年，天下太平不重钱。"

此谣一发生，自有一班人当件大事讨论着。有人道："真命帝主莫非姓李？"也有的道姓戴。又有人道："姓瞿、姓魏，都是十八笔。"

议论纷纭，莫衷一是。杨燕儿乘这个当儿，便将戴昆名姓宣布出来。凡来入教的，不论远近，都发给一块竹制腰牌作为凭证。他本来是红帮出身，所有红帮内的规仪，肚内很熟。便同殷振雄商酌之后，将原来红帮法则改头换面，增删一下，拣紧要的喝什么水哩、点什么香哩，以及山名堂号、内外口令，并定的年号等类，都写在凭证上头。另外议定的一种语言分别抄在经折上面，譬如这人属于文部的，自有文部的应用言词；属于武部，又有武部的应用话儿，不相混杂。所有文部事宜，归殷振雄、吴玉深俩主持；武部方面，自然燕儿和蒋桂俩了。并且他参透人民的心理，对于名器上的阶级观念始终打不破的，故此他定出许多大小官名，居然也分品级，降调升迁，赏功罚罪，很郑重其事做去。入教的人络绎于途，确实不少。

燕儿又想出煽惑军队的方法，请殷振雄作了一篇东西，油印了，由邮局投送到各省各种军队中去。这篇东西既似宣言书，又好比誓师文。本来红帮里头有个新山头开辟出来，也要发一种出山柬的，不过非同他们现在，不论新旧军队、水陆警士、缉私营、商民团等等，凡与军事有关，以及兵式组织的公团，都有一份寄去，乃是通告一班同帮的各山山主，余外都没有的。

上回所述，百城接到开视之后，便打动心事，投袂而起的，就是这纸油印的猩猩白骨教宣传文字。这上头道：

　　窃思世衰道微，正英雄建业之秋；水秀山清，本豪杰立功之地。古帝王乌牛、白马，告天地而起义桃园，破黄巾而三分鼎足。继起者或据瓦岗而立寨，或镇梁山以称雄，贤豪之崛起，不一而足。

　　迨至前清康熙间，我江湖诸祖，平西戮力，功不如赏，劳不擢爵。我江湖诸祖，乃独霸中原，建旆出师，登坛拜将，兴起虎龙之弟兄，栽成仁义之英豪。此则当世之俊杰，固尽知为我辈之渊源。

　　方今天下扰攘，四海沸腾，军阀专横，分崩割据；小民孱弱，鱼肉刀俎。居上者不以至公理物，为下者必以私路期荣；御圆者不以信诚率众，执方者必以权谋自显。是以古道离而名教薄，世多乱而时不治。苟不起拯水火，直将世复洪荒。

　　爰本祖意，推而行之，未敢改易前章，用谨少参末议，是以有猩猩白骨教之组织也。昆等少读诗书，粗知礼仪，飘零山岳，托迹江湖，鲜受仁兄之指教，又乏前辈之栽培，睹此世变时艰，焉敢不一动念？识时务者乃为俊杰，知世道方不愧英雄。昆等虽未敢自居，但既兴兹教，忝作龙头，当有以企慕前贤，追随骥足。爰览中州居天下之中，关东占形势之险，故即名山曰方城山者，既因山势挺直，卓尔不群，又顾万方同志，来作干城故也。名水曰西江水者，既因水势活泼，清澄且涟，且冀掬此清泉，洗彼浊恶故也。得山既厚，得水复深，兼有人文之蔚起，故名其堂曰北汉堂。祝我诸祖威灵，馨香勿替，山岳禋祀，千秋永存。故名其香曰南岳香，取南方以火德王也。

　　兹当天朗气清，惠风和畅，谨选吉日，诹良辰，设五祖之灵，虔伸祭奠，当三先之耀，共矢至诚。伏愿当代后彦，执事仁兄，踊跃急公，指挥美誉，倘蒙不弃，来赞襄敝教，辅弼厥

297

成，尤不胜欢迎之至。

俾将来豪杰同心，雷雨拟经纶之盛，英雄同志，光耀如璧
月之圆。

聊志芜词，用伸小引。

百城见了此文，默忖："如再不往豫西投入该教，乘机起图，他那里基础日固，势力日广，愈加难以收拾。如和跳虱说明前去，他定要阻挡，倒不如一声不响，私自动身吧。"

当晚，百城收拾了自家细软，和着自己常用的那柄三面开口尖头攮刺，到十六日清晨，便离开板浦，悄然启程，果然神不知而鬼不觉。沿着陇海路线，径向豫西进发。

在路晓行夜宿，走了几天，那日过了中州府，地名慈涧宿夜。此地在晋代属东垣县，后周添设个孝水戍。隋朝大业年间，杨素的儿子杨玄感起兵围攻东都，曾分兵防守。唐朝初年，李世民差罗士信攻王世充，曾于此处大战。唐朝以后，划给新安县管辖。在中州西面，距离四十里路。

当下百城打听客店中人，上方城山去如何走法。他们都道："你走错了道路哩。不必走到这里，你只消在中州府搭洛水内的上水船，到卢氏，船资不过几百文。到了卢氏之后，再搭短载至三川镇，上熊耳山，过天息山，便到了裕州方城山哩。"

又有人道："连卢氏都不要到的，如此走法，不知要走多少冤枉路。实在你从豫东来的，到了偃师，出辕辕关，一条大路，由襄城、叶县到方城山，极其便利。现在你快回中州，搭洛河内的上水船，在永宁登岸，然后经嵩县、伊阳，渡汝水至鲁山，再过去就是方城山了。"

百城一一听了，自怨不曾早些问道，致多走了不少瞎路。当下晚饭过后，听同寓中人的闲谈，大半谈那猩猩白骨教的事情。

有个从内乡县来的人道："现在世界，连路都不好跑了。我们那里，两峡口、马山口等处的年轻子弟全入了哥老会哩。如其单身客商经过，

298

他们就要三人欺两，上前盘诘。倘然回答得出打过门话儿，便放你安然过去，不然非但行李银钱保不住，连性命都有碍哩。"

有人问道："你可知道这打过门的说话是怎样几句呢？"

那人道："俺也是拾来的话。据说，他们先上前喝道：'莫跑！'客人便站住道：'莫跑就莫跑！'他们问：'你是什么人？'你不可说出自家真名氏，要说：'我是唐朝秦叔宝！'他们又问：'从何处来，往哪里去？'你答是：'从来处来，往去处去。'又问：'你路上曾瞧见什么来？'答道：'我路上瞧见一台戏。'又问：'唱的什么戏？'答道：'唱的是《桃园三结义》。'那么他们必道：'原来是自己弟兄，去吧，莫误了你前程。'如其回答不出这些啰啰唆唆说话，就有危险。"

又有个陕西人口音接嘴道："咱们敝省褒城、沔县一带，现在也有了这玩意儿，据说就是裕州分去的猩猩白骨教。你们那里盘诘的说话只有这几句，简单得很，我们那儿花样更多。始而也喊人站着，问从哪里来，你们回答：'从梁山忠义堂上来。'又问：'梁山有多高多宽，周围多少里数，设立几堂、几卡、几酒店？酒店设在何处，有多少景致，有多少仁义弟兄，威风大的怎么样？'你须答道：'若问梁山根本，有三百六十丈高，周围八百里，山上有四门、四关、四卡，山下有东、南、西、北四酒店。前有金沙滩，后有鸭嘴滩，左有明月洞，右有娑罗树，聚集一百单八条英雄豪杰，所以有天大般的威风。'他们再问：'四门在哪里？关、卡、酒店哪位弟兄把守？'你又要答道：'东通广东、福建，南通河南、湖北、湖南、江西，西通云、贵、四川，北通济南府和北京。四关八将镇守：头关大刀关胜、双鞭呼延灼，二关豹子头林冲，三关霹雳火秦明、小李广花荣、白面郎君郑天寿，四关金枪手徐宁、铁叫子乐和。四卡守将：头卡摸着天杜迁，二卡云里金刚宋万，三卡白花蛇杨春，四卡跳涧虎陈达。山下酒店镇守英雄：东方菜园子张青、母夜叉孙二娘，南方矮脚虎王英、一丈青扈三娘，西方双尾蝎解珍、两头蛇解宝，北方笑面虎朱富、旱地忽律朱贵。山顶造有五堂：头堂忠义堂，及时雨宋江、托塔晁天王；二堂公义堂，玉麒麟二大王；三堂仁义堂，智多星吴先生；四堂忠孝堂，入云龙呼风唤雨赛纯阳；五堂天罡地煞堂，八十四位仁兄义弟把身藏。山上遍插蜈蚣百脚幡，暗合五行生克。另树镇山大旗两面：一书替天行道，一书水泊梁山。堂前建筑点将百花台，后造鸣金擂鼓台，左有花木树，右有金鱼缸。圈子内所有英雄豪杰，一概归宛子城宋大爷管理。前人旺，后人兴，代代兴旺到如今。'要回答得出这许多说话，才让开生路，放你过去。不然，没有买路金，休想会太平。做现在世界上的人，难不难啊？"

百城斜躺在床上，静听他们闲谈些江湖黑话，很有滋味。讲的人娓娓不倦，听的人津津有味。正彼此入魔之际，忽然外头人声喧嘈，闹将起来。大家奔走出一瞧，原来邻居失火，延烧过来。于是大家忙着搬东西，觅路逃命。此处起水既嫌不便，加着消防事业又不讲究，偏偏天又在此际刮起很大的东风来，风助火势，火借风威，顷刻之间，一路顺风烧去，靠西居户有好几家烧着的了。

这家客寓里头一班山东人，唱梨花大鼓的人们，今天一闻那里起火，男子都跑了出来，独有那个女子叫玉姑娘的，尚在屋内收拾东西，未曾出外。他们同伴诸人老在外边叫唤，不进去救她，皆因他们虽则合伙来去，其实做的拆账生意。这玉姑娘是孤立的，和这班男子全没大关系，故此他们不关痛痒，一味干嚷。倒是百城看不过了，他是天生侠骨，见义勇为，他倒不顾什么，冒烟夺火，冲进屋内。可怜那玉姑娘，因为舍不得几件衣服，忙忙收拾了个包裹，迟走一步，岂知竟困在火里头，逃不出来了。两只眼睛被烟迷住哩，休想张得开，一时不辨方向，往那边走不出，向这边走走又不行。火势一刻紧一刻，周身觉得发烧，脸上、手背上已被火舌头灼焦了几处。外面呼声她不听得，她想呼救，俾救火人闻声觅救，无奈也被烟呛了嗓子，一个字都不能叫喊。若得百城迟一步冲进火屋内来，此女竟要烧死的了。这也是命中注定，不应死在火内的。所以百城一闯进来，即便撞着，忙喊她身子趴下地来，匍匐了好出去。因为烟头是向上冒的，人趴了下去，便可分门路来逃命。百城也不顾男女之嫌，将她一把拖出门外，连百城的肌肤也灼焦了好几处。玉姑娘是更不消说起，极声喊痛，要命人去觅凉水来浸洗着。

百城忙摇手止着道："若得在凉水内一浸，火毒攻心，无法可治。你今宵熬痛些，到了明天，命人去觅一种砻糠杨树的树皮，拿回来在瓦上炙了灰，用麻油调敷在那火烫伤痕上，莫说这一些轻微火伤，凭你烫得厉害，也敷得好的。"

旁边一人插嘴道："若得被滚水烫的，此方可有用呢？"

百城道："如属水烫的，此方无效。要用最好的锡箔，在上等高粱酒内浸透了，拿来贴在伤痕上，也是立见功效的。"

玉姑娘道："此刻不是讲闲话的时候，你瞧那火势，烧了这许多辰光了，尚一些不退。到场施救的水龙虽都拼命打水，无奈水力不足，浇上去一些些的水花，好比浇了煤油一般。我幸得这位爷救了出来，不然准烧死在内无疑。"

这场火将烧至近四鼓，方才火势自然减退，方得救熄。一共烧掉了三十多家。等待东方发白，百城就要赶路，玉姑娘哪里肯放，道："你是我的救命恩公，因为救我，累及你也遭火烫。又承传授秘方，无论如何，屈驾小留一两天，待我去觅到了砻糠杨树皮，在恩公伤痕上也敷了些树皮灰，然后就道，未为迟也。"

百城见她诚意挽留，再加伤痕上的确也疼痛得难受。既然她去觅树皮来炙灰了，也就在此再留一天吧。于是先往慈涧东镇，央告了一家小杂货店，把大家身子安顿下来。玉姑娘便命同伙男人去觅树皮，一面请问百城的姓氏。

百城道："我是名唤杨燕儿。"

玉姑娘惊道："原来尊驾就是猩猩白骨教中武部正龙头杨大爷啊！"

百城道："不，我是江南杨燕儿，这一个是吉林杨燕儿。我是五官端正，喜干路见不平、拔刀相助之事；他是残疾废人，一只眼珠子的，而且心狠手辣，专干不端之事。我和他还是仇家对头人哩！"

当下玉姑娘很殷勤地问长问短，回头树皮觅到，炙灰之后，玉姑娘亲代百城调敷，倒同自家人一般，知心着意地伺候着。

百城道："我瞧你这种性格，不配吃这跑码头开口饭的，你还是回家去为是。"

玉姑娘听了，忍不住两泪交流，告诉百城道，自己出身是山东长清县党家庄人，父亲是个武秀才，姓吴。家中向来开设合兴义安寓客商，只因生母早死，天伦续娶了，生有一弟二妹。爹爹是专门教练人家拳脚，一年三百六十天，倒有三百天行教在外。家事、店事全由继母做主。自家配了个男人，十二岁童养过去，谁知不曾结婚，男人死啦，于是退回母家，在晚娘手内过日子，当然不好过的。自己心高气傲，背地里常说要自食其力。此话吹入继母耳内，恰巧她有个表弟，乃是孙家徒弟，向替孙大玉弹三弦的。继母便将我送去，学了这劳什子。学这行业，如其有赞敬贴饭金的，学成了便得辞师自立；像我那样，不出学费，饭钱也贴不足的，须要学三年帮六年。如今出了师，二年尚不到，实在为了自己糊口之计，没奈何才出来走江湖的。说罢，呜呜咽咽地哭起来了。

百城本则女色一门看得非常淡泊，这次萍水相逢，劈空遇着这个吴玉姑娘，说也奇怪，铁石心肠也会钟起情来。见她一哭，心上万分难受，便极力劝她止着悲声。又同她谈了半天肺腑之言，才知她尚未曾重嫁丈夫，如今出外营生，顺便也在那里留意可人，将终身托付。愈觉得她举止大方，性格温存，一毫没有江湖习气。百城便吐了一句半耍半真的说话道："可惜我现尚有事在身，连自己不知以后如何。再者，我家中曾娶过媳妇的了，为着自己要练武功，保守真阳，三十五岁之前不肯破身，以致夫妇不睦。不然……"

玉姑娘接口道："爷现在多少贵庚？"

百城道："如今二十七岁。"

玉姑娘道："再待八年工夫，眨眨眼就到啦，算不了什么。爷果爱我，我就做二奶奶也愿意。不过这婚姻大事，须由堂上做主，爷既喜拳棒，我爸也最精这一门。爷河南事情干了之后，可能屈驾上咱们党家庄玩几天？跟我爸讨论讨论武功，顺便提起这句话。我也就此回家去，候爷的信如何？"

百城道："我河南的事情，说不出一个准时候能够了结。老实说吧，连自身的生死存亡尚且没有把握，不要误了你的大事，不当稳便。"

玉姑娘想了一想，道："这样吧，我和爷约下三年为期，无论怎样扎手难办的事，大概有了三年工夫，总有个结束了的。如果结束了，请爷就上我们那处小地方去，和我爸碰面。我待爷三年不到，再出来走码头，找别路。在这三年之中，我在家熬清甘淡，专候爷驾光临如何？"

百城见她如此爽脆，更觉合意，自便答应。并将自己来踪去迹、上河南来的真情，一齐说给玉姑娘听着。好在自己行囊简便，随身携带，昨晚一点儿没有遗失，便在包裹中取出自己的川资，分一半给她，数目虽甚式微，聊表心上一点儿敬爱真意。玉姑娘不比寻常女子有婆子气的，竟然收去。她也拿出一些交换品物来，赠予百城，作为纪念。

那砻糠杨树皮灰治火烫，真同仙丹般灵，他俩调敷之后，立时止痛。因昨宵未睡，今日早些安歇，两人都能照常熟睡，伤痕上一些没什么。

过了这晚，第二天清早，百城吃了早膳，别了玉姑娘上路。玉姑娘送了一程，又再三叮嘱百城牢记这个三年之约，然后洒泪分手。她独自回至慈涧，果也收拾东西招呼同伙，真的回党家庄家内，实行静守三年之约，不再干那沿门歌唱的生活了。

第四十六回

入虎穴卧底方城山
刺星君倒反白骨教

百城在慈涧别了玉姑娘，回至中州搭船，取道永宁至裕州。

那天到了目的地，去买个红全柬，将自家真名隐去，单用了姓，又捏造了个履历，亲自送至方城山戴庄上去投效。他们叫百城候三天去听回信，要待文武两部首领将你名氏履历告禀了星君，暗中查察你是否诚心投效，再定收与不收哩。百城自然也只能依着此话，待到三天之后再去听信。

其实这也是杨燕儿的主见，故意如此试试投效之人，如果诚意前来投效的，叫他三天以后再来，自必如期重至；倘然穷极无聊，不是诚意前来投效的，绝不会如期再来，所以要有这一度周折。

当下百城等过三天再去，门上守卫的将他领至里头，先和寄名处的职员碰头，诘问百城道："你是自家情愿进教，还是有人劝你进教的?"

百城道："这是我出于自愿，故此不辞道远，从江苏到来投效。"

寄名处职员听了，把百城自写的履历单翻出来瞧了一瞧道："你叫周世英，前来投效武部中充当教友的。"

百城道："不错。"

他们便将百城名氏登了花名册，然后道："你既自愿入教，须纳入教手续费一元、茶水费一元、祀祖费一元、服装器械费两元，总共五元。"

百城如数付讫。他们收了这款，便拿出一个肩章、一个护心兜，就算服装的；一根丈许长的木杆，杆上套着个点钢尖矛头，矛下挂着一绺红缨，这就算军械的，一齐交给了百城。然后去喊散值班头领姓金的到来，把百城交给他，领至庄后那一带新建的竹柱草屋中住下。

从第二天起，由姓金的喊去上操。原来新入教的概名散值教友，犹如军队内的备补兵。要操演了十天或者半月之后，这个姓金的瞧此人才堪造就，于是报告上去，方得去参谒星君，由星君颁赐一个法名。法名的辈分也同粮帮内的前二十四、后二十四的四十八个字辈相似，有一定的字眼儿，乃是用"阴阳合化成，彪寿合和同，公侯伯子男，金木水火土，天地日月年，龙虎风云岁"三十个字轮派的。另外用"虺虓魋魑魅"五个字当作队伍的符号。每三十人为一组，这三十个人的法名恰巧从阴字起，至岁字止，名为虺字第一号。第三十一人的法名又叫阴什么起始，轮至第六十名的岁什么，便算虓字第一号了。等待满了五组一百五十人，仁义礼智信五个虎字全了，这算第一队完全成立。那么第一百五十一人起，第一百八十人止，便要称作魋字第二号的了。

百城这次进教，已经是第九千八百六十二号教友，轮派到魑字六十六组之中当差，法名叫阳镖。将那护心兜吊进去，由星君念了七七四十九遍咒语在上，从此刀枪刺不入，枪炮打不进。又将那杆红缨木矛的杆上刊上"周阳镖"三个阴文字。从此平日不操演的了，只消每日清晨到祖师堂去行一回三跪九叩首的大礼。但不过到了朔望，要往乌巢禅院左近的大操场上，由杨燕儿或蒋桂到来指挥。每组添上一个组正、三个组副，合成三十四人，操演一个三十四暗阵。表面上瞧去，右边站着一个人，第二行十五个人，第三行十四个人，靠左首站着四个人，共分四行四批人，好似四四十六个人，成个小方阵。其实一个小方阵恰巧容纳一组教友。如此站法，凭你横点、竖点、斜角点，点来点去，暗里总含着三十四的总数目。

燕儿亲自嘱咐道："将来如其祭旗出师，和敌人交战起来，就摆开这个阵式，使敌人一时瞧不出我们究竟有多少教友。倘然他们前来攻打，我们就散开来，包抄过去，先像宝塔式头尖底阔，等待把敌人包围住了，改用蝴蜂阵的战法，虽似各个作战，其实仍旧如三十四个人互相策应。如此战术，前所未有，竟可百战百胜哩。"

别人听了，唯唯而已。独有百城听了，心中暗暗好笑，默忖："这厮尚想祭旗出师，果真有这日，依这法儿打起来，确然敌人不易抵御的。但是我既投了进来，早晚要下手暗杀，流血五步，使你们蛇无头而不行。到那时不战自溃，这些法儿也是白练习的了。"

燕儿又道："众位操演纯熟之后，星君还要亲来教授你们一种咒语。你们读熟了，星君再画上大力灵符，化灰吞服，每人一道。临阵之时，非但一读这咒语，敌人刀兵枪炮都难损伤我们毫发，并且力增十倍，人人好比唐朝李元霸、李存勖那般力气，真可所向无敌哩。"

百城随着大众唯唯答应，一点儿声色不露，且待机会。

又过了几天，忽传文部首领吴玉深在燕剪峪谷口山地内掘着了一方断碑，碑上有不少古篆，没人识得，现在戴掌教下了手谕道："如有人能识得这碑上篆字者，平升三级。"

百城暗哂道："他们倒也效学秦末汉初的陈胜、吴广愚民的老法儿了。"

隔着三天，武部中有个小头目识得这篆字，拿来注了正体，呈送进去，这小头目果就升做了组正。不过这篇碑文辞句奥妙，一时识虽识了，又莫解其意，所以又抄录了一大张，挂在戴庄门外，征人解释，倘句句解得有理，也立升三级。百城也跑去一瞧，那纸上道：

> 二四一旗难蔽日，思量辽阳旧家乡。东拜斗，西拜斗，南逐鹿，北逐狮。分南分北分东西，偶遇夷人在楚乡。马行万里寻安歇，残害中女四木鸡。六人不才会，山水到相逢。黄龙早丧赤目中，鸡羊猪犬九家空。饥荒灾害皆并至，何似丰登民物同。得见金龙心花开，刀兵大将一齐来。一钱升米无人籴，父死无人兄弟抬。金龙绊马手乱伸，二十八宿问土人。蓬头幼女

蓬头妇，揖让新君让旧君。手执钢刀九十九，杀尽胡奴方罢手。炮响烟火迷去路，迁南伐北六三秋。可怜难度雁门关，摘尽李花灭尽胡。黄牛山下有一洞，一投一万八千众。先到之人得安稳，后来到此半途送。难恕有罪共不罪，天下算来少人民。火风鼎，雨火初兴定太平；火山旅，银河织女让牛星。火德星君来下界，金殿龙楼尽丙丁。一个胡子大将军，执戈勒马问情形。除害去暴人多爱，永享九州金满籝。四人八方有文星，品物咸亨一样形。琴瑟和鸣成古道，左兴帝、右中兴。五百年后出圣君，圣人尚闻与真人。传流天下贤良辅，气运南方出军臣。圣人能化乱渊源，八面夷人进贡临。宫女勤耕望拜月，乾坤有象重黄金。北方胡虏害生灵，更尽南耀诛灭形。匹马单骑安外国，众军揖让留三星。三元复转气运开，大修文武圣主裁。上下三元无倒置，衣冠文物一齐来。七元无错又三元，大开文运幸对联。猴子大槃难逃架，太平犬吠猪尽鸣。文武合在才一茂，流血千军难民逃。爱民如子亲兄弟，创立新京修四京。千言万语如灵宝，留与苍生长短论。

百城一见此文，自觉眼中已曾见过，不过《推背图》上是没有的，袁了凡的《未来世界》上也没有这首歌谣。想了半天，恍然道："这是刘伯温《烧饼歌》的下半首，他们把上半首截去了，叫人推详。这都是未来国事，一时哪能全详得对？除非要这事发生以后，再由好事者细将这辞句和事实去对勘一下，尚不过有点儿影子罢了。真的能事前预言，到那时事情发生出来，和他所说的一丝不错，恐怕现代生不出这样人才。果真有这么一个人漏泄造化先机，也要为造物所不容，迷信家所谓要犯天条的了。"

又隔了数天，杨燕儿接着派出的弟兄报告道："郑州方面的假活佛遭人识破，口内装的钻牙被人用羚羊角打碎了。"

那一晚，杨燕儿同蒋桂等齐往赤眉城戴昆处议事去，此间防卫稍懈。百城暗想："我要下手去刺那猩猩，此其时矣。"

到了晚上二更过后，百城扎束妥帖，轻轻离开卧所，到戴庄后面，翻身耸上屋去。好在猩猩起卧所在，百城随了大众参祖时常常留心，就是内里头一些小机关也明白的了。他从屋上一路穿越到了祖师大殿，先丢了个石子下去，一无人声，二无犬吠，他便下了屋面，脚踏平地，轻手蹑足，上了大殿。晓得玻璃灯畔有一口报事警钟，暗中有铅丝通在密室门上，如其去碰动密室门户，那口钟便要响起来的。所以先爬上供桌，身畔掏出预备的湿絮来，借着那琉璃灯光，把铃舌裹了起来，然后跳下供桌。

百城自从投身入教之后，处处留心，和一班值殿的教友尤不惜工本地结交，故此殿上暗过门儿都从这些人口内探听明白。现在好似熟手一般，便伸手到供在黄绸幔外，正中间那个齐天大圣的长生禄位上。表面看去，供桌上一字并肩供着九个神位，左首是庞、刘、苟、毕四天君，右首是邓、辛、张、陶四天君，同正中孙大圣的神位，都是一样傲然在供桌上头，其实孙大圣那个位是活络的。百城伸手上去，把那神位用力向下一揿，供桌下面做就的两扇门便砰的一声开了。不过手若一松，那个神位便要弹上来，供桌下的门也就跟着闭上。百城一个人两条手，顾了这边，不顾那边，没奈何，只得放了手，再下殿去，在庭内掇了个小石磴上殿，压在神位之上，使它弹不上来，然后伛着身子，进了供桌门，一步一步遵着石级走下去。一共三十六步石级，走至一半，晓得有个壁洞，内藏着火把，便伸手取出来，将那外边竹套除去，顺手一抖，抖着了火头照得雪亮，走下密室。

此时室内忽起了阵阴风，手中火把几乎吹熄，并好似在这眼前一暗的当儿，有人交肩而过。百城却认是自己眼花，并未注意。及至走到地窖一瞧，密室的门已经洞开，进去看时，那只猩猩已不知被谁先来，对胸戳了个窟窿，仰躺在铁笼中，鲜血直冒，早已死了的。百城暗忖："奇怪，原来已有人先得我心，到来把这畜生刺掉，不必再劳我手。此间不宜久留，快些退出去吧。"于是百城忙退出密室，仍遵石级回上来，经过壁洞，依旧将火套套上，照常藏过，匆匆走出门来。不料早已惊动值宿之人，待等百城的身子从门内钻出来，两厢觑得真切，一声呐喊，伸过几把挠钩来将百城钩住，然后大家上前，用绳把百城四马攒蹄捆了起来。亮出火来一照，大家不禁诧异道："我们认道是外来奸细，原来是周阳镖，自己人，黉夜前来何事？"

百城道："我是下地室参祖的。"

这班值殿之人和百城都很知己，听了此话，要将他放的了。内中有个精细之人道："且慢，往里头去瞧了星君怎样，再放未迟。"

于是下去一瞧，回出来高嚷："了不得，星君被刺，这干系不小，岂可擅放周阳镖？且待首领等回庄审问之后，再放未迟。不然，我们肩上扛不下这份斤两的。"

于是把百城提至后面空屋内看守着，一面连夜派人上赤眉城去报与杨燕儿等知道。燕儿得闻此信，如同当头打了个霹雳下来，忙同蒋桂俩匆匆赶回方城山查看情形，猩猩果已被刺身死。追究昨宵夜班值殿教友，方知当场捉住了个周阳镖。"虽无人目睹他刺毙星君，但是嫌疑颇重，我等拿住了他，捆缚了手脚，严守在后面空屋中，候首领归山讯究。"燕儿听了，一迭连声吩咐："将周阳镖押上来，待俺亲自讯鞫。"

手下答应，忙至后屋中去提周阳镖。不料走至后头一瞧，事中又生出事来。只见收押周阳镖那间屋子，双门半开半掩，推门进去，昨夜派的四名看守之人皆身首异处，不知又被谁杀死在地。捆缚周阳镖的绳索割作了一段一段，散弃在地。至于周阳镖的身子，早又暗有人到来救去，变得踪迹杳然的了。

第四十七回

遭失败愤练五毒功
免纷纠巧施金蝉计

戴庄上猩猩星君被刺，嫌疑犯周阳镖又遭人救去，当下再去报知杨燕儿，恼得他三尸神暴躁，七窍内生烟，一肚子怒火无从发泄。只得迁到这班值殿教友身上，把他们个个重笞一顿，一齐开除教籍，赶下山去。

不料杨燕儿这一干，不得了咧，这班人受了这顿冤枉毒打，再加又被驱逐，他们便在外宣扬道："什么猩猩星君，上天降下，能知前后五百年事情？全是吹大气，哄骗人！这个畜生乃是独眼贼往广西南丹州去弄来的，教导得灵活些罢了。如果真是汉朝时候有灵的猩猩，有了仙气，此次如何再会被人刺得死呢？大家快不要上当，我们拼性舍命，将来代他们去找江山、夺社稷，事成之后，他们受用。一朝事败，我们伸颈受戮，他们好逃往东洋去，躲过一个风头，回头花一票运动费，仍得安然返家度活。我们死的白死，活的也弄得苦不尽言，什么封王拜帅、出将入相的日子，命内不曾注着。大家若妄想做那开国功臣，将来弄得饭都没处吃，还是大家趁早回头，回到老家去穿布衣、吃菜饭，倒好安逸度到老死哩。大家快些散伙，走他娘，莫去做他们傀儡吧！"

天下无论大小事情，成功艰难，破坏容易。而且自己人倒戈攻讦起来，那效力更加宏大而迅速。除非被败坏的一方要花加倍的金钱，或者可以收买人心，不被破坏者搅散局面。所以此话一传布，不免大受影响了。

偏偏这个当儿，杨燕儿面授机宜、派往各地的筹饷教友，那些门槛又都被教外识破，大一半失败了回来，就是未失败的一小半人，虽仍在外照常进行，也只能做个日用开支，没有盈余汇回来。戴昆家私虽大，但没有收进，净仗一些死铜钱，要支应这个局面，却有些来不了的。非但一班有月薪的教友领不到薪水，简直连每日三餐都开不出来。因之反对论调的功效格外大而且速。可怜杨燕儿费了好多心血，勉强做成这个局度，谁知人心一涣散，失败起来，顿时同滚汤泼雪一般，眨眨眼光，已是四分五裂，拆得不成模样了。

戴昆本来极信任杨燕儿的，到了此际，也出起闲话来道："照旧做了码子，请请财神财童，开开武差使，何等不舒服？凭空要组织什么教了，组织到如今，一事无成，反白丢了不少心血和金钱，真不上算。"

此话吹到燕儿耳内，很觉难受，只好私和蒋桂计议，重行大干劫掠生涯。

蒋桂摇头道："现在比不得前一时。以前豫西剿匪司令王玉墀，一来本人吃得进药的，好做手脚；二来地方名色虽枯，实在不枯，他们的饷胥尚可领一半，欠一半。如今地方实在真枯了，他们军饷全欠了，连伙食都要自家想法，于是多方搜刮，连蟹脚内都搜空。俗谈'匪过如梳，兵过如篦'，目今榧篦木梳全属他们兵做去，挨不着我们匪去染指。再者，那个王司令为爱上了滚马侯七的妻子，屡次用手段逼迫人家，以致恼了个湖北双钩将艾柏龄，私到许昌，乘王不备，用鸡鸣断魂香闷倒了，将他的眉毛头发全行剃去，而且枕畔尚留下一封柬帖、一把明晃晃的尖刀。柬帖上竟然书明我是某人，因你身为堂堂剿匪司令，竟好色忘公，谋夺一介细民妻室，所以特来警告一下，首级暂寄尊项，姑取尔之眉发以去，如再不改恶行，则当收尔命不贷云。可笑王司令经此一吓，竟吓得不敢再去转侯七妻子的念头。不料他没有了眉发，威严也比前大逊。恰巧在现在军队中又时行倒戈的风气，于是他也被手下倒戈，被逼去位。这些说话，上回已曾告诉你个大略，你忙着要紧整顿教务，所以不曾记清。如今这一班新军阀并非真是果敢善战，实因他们兼做了盗匪生涯，若是我们再出去放生意，不啻去夺他们的饭碗，故都舍命极拼，倒较从前来得认真。我们老行业也乞穿哩，变成没有好味道了。"

杨燕儿听了这话，忽然又触动一桩心事，不觉拍案而起道："蒋大哥，俺从猩猩被刺，就在心上思索，究竟是谁来下这辣手，要使得俺哥儿俩没有饭吃？并且嫌疑犯周阳镖一转眼就被劫去，可知暗来卧底的党羽定不止一两个人。我仔细猜想，生平别的仇家没有，只有以前为了刘瘸子的事情，同侯七们一班人破了脸。那时俺本在鸡冠山丁师兄处不愁衣食，却被他们找上门来，吵得我存身不住，并且弄瞎了俺一个眼睛。还是俺自家劝阻自家，让人一步吧，不要再在关东三省，便进关来到了河南，在蔡家汇站足，不料又被侯七们来拆毁基业。等到我投奔了戴庄主，他们又追踪到来，上次在乌巢禅院把我跌进了暗房，幸蒙众朋友帮忙，戴庄主义气，方将俺周全出圈。我是因为要报诸君活命深恩，所以才兴行此教，想在后半生大家可度几年舒服日子。谁知这一班狠心贼，明里不来下手，却又用暗箭伤人，竟至再至三同俺过不去。现在俺这跟头看来又栽定的了。哎，世间上有了侯七，便没有我杨燕儿，有了我杨燕儿，没有他侯七。我现已定下主意，此地无颜再住下去，明天立即动身，往山东长清县党家庄去寻那双翅虎吴大龙。以前他族弟吴大洲在周村做事，我曾略尽能力，帮过一回忙，我们吴、杨两家很有一些交情。我想求他将祖传的百步打牛、隔山打空的五毒独门手教给了我，待学成了，便背着黄包袱出关，找至长春天达店，同侯七小子拼命去了。不过我若身亡在长春，哥如得了信，务望念这一时的友谊，代我出来报仇，再去寻侯小子去。届时哥若要邀帮手，一面坡鸡冠山的丁家师兄他知道是我的事情，定允出手，那我虽死在九泉之下，也感恩不尽的了。"

蒋桂听他出言不吉，力劝他不必如此固执。无奈杨燕儿此时心已横了，再也劝阻不住。

到第二天，果然命人分向戴昆、吴、殷三人处告别，自己匆匆收拾东西，辞了蒋桂，径离开方城山，往山东党家庄去求道了。

话分两头，却说吉林长春那个侯小坡，自从豫省归来，又增了一番学识，息影家园，无心世事。所有店中大小杂事，大明子虽托付了下来，他也不亲去管理，仍托陈海鳌、包贤训、张景歧等三人共同管理，他连账也不去瞧一瞧。

光阴如箭，过了几年，陈海鳌也老病死了。独有于大明子，老虽老，精神依然如旧，倏忽之间，年已古稀。侯七要替义父开八庆寿，不过外客不邀，无非预先传信给李长泰、高福海、高大锁、韩尚杰、金钟声、米金镖、赵匡忠、赵匡孝、单杰奎、单元奎、单三英、董长清、艾柏龄、罗佩英，以及王凤珠、杨凤英、铁头妈妈赵氏、赵金娇、赵玉娇、单刘氏、单孙氏等女客。好在大家都是知彼知己有交情的朋友，已经久未把晤，借这名色，也可聚晤一次。所以在大明子寿诞前十日，已经陆陆续续地来了。

内中单三英到来，还带上苏二一份寿礼道："老英雄本则想亲自出关，实因年迈力衰，力不从心，大概是年轻时候多耗了一些心神。照他现状看来，恐怕要不久于人世了。"单杰奎弟兄提及师父通灵真人往四川朝山去了，吕祖庙的事情已交给首座，不顾问的了，也不知何年再返徐州。范玉西也道及河南猩猩教事，闻被一个自己人从中捣乱之后，该教便无形停顿。那个独眼贼无颜再在方城山混饭，不知躲到何处去了。

过一天，山东的李长泰等到来，关切侯七道："我们新近得的确信，那个独眼狠心贼自豫西失败了，便跑至党家庄，习练五毒拳。双翅虎吴大龙倒愿意教他，不过这样一来，却把大龙前妻生的一个女儿杀死，以致在大龙处也存身不住，又不知鬼鬼祟祟躲往何处。不过他练成了五毒拳，闻说要背着黄包袱来和你拼一下，你也应做些准备才是。"

侯七听了，不禁双眉愁皱，上起心事来，道："从前为了罗家兄弟之事，一时激于义愤，同这厮绾了这扣儿。而今仇雠不解，不知如何才了，我倒已没有从前的豪气，不愿再和这厮闹了。"

于是大家计划退让方法，可是座中缺了个苏二，一时竟商量不出善法。最后，包贤训想出一条金蝉脱壳之计，主张："赶紧设个灵堂起来，如果这厮真的找来，我们便推说小坡已经过亡，专制时代的罪臣只消一死，尚且生前所有过失可以一概豁免，何况我们江湖上人，从来没有死不饶人的。这样退让，总算仁至义尽的了。"

在座众人听了，却大半反对道："败军之将，不足与言勇。这独眼贼乃是我们手中败将，何惧于他？他不来便罢，他若来时，我们大家并胆同心，和他干一下。咱们性命又不是租赁来的，就同他见个高下也何妨？"

侯七道："在众位哥弟呢，都是瞧得起在下，始终如一，愿意援助，所以对于包瞎子主张的这条哭丧计不甚赞成。但是照在下自己想来，倒很乐从。何以呢？我们弟兄而今托赖天佑，都已有家有室，有妻有子，不常在外干那枪尖上舔血的危险事业，况且年纪也都到了立身时期，不比以前的十八年，正是血气方刚时代，要争一些闲气，跟人拼闹。到了如今，如要和人交涉，先要忖量一下上算不上算。像独眼贼那种东西，我们如跟他再去较量，好似不上算的了。不如自甘没种，退让一步，解了这扣儿吧。如他竟不识相，再逼一步，那时我们不妨再出手，哪怕把他剁为肉酱，江湖上人也不会再有闲话说。不然倒算我靠家犬，欺负他折足孤雁了。"

包贤训道："小掌柜此话一些不错。我的主张也非一味软让到底，好比晋文公遇了楚子玉，吩咐退军三舍以避之，他若就此收篷，省得往后缠绕不休，自然最妙。如他不识高低，再要什么，然后使出杀手锏，把他除去，也可不落外人的褒贬。并且他此回练了五毒手，背着黄包袱前来，可称一股锐气，实是亡命之徒。我们选取这么一让，孙武子所谓避其朝锐；二次里再跟他对垒，就是击其暮归，比较初来盛气之际，容易奏功得多着哩。"

张景歧笑道："小掌柜赞成了瞎子的话，你们瞧他多么高兴，又要书腐气焰腾腾，闹出什么孙子十三篇、吕望六韬来了。"

大家见侯七愿甘让步，旁人也未便一定叫他硬出头，再者年纪大些、阅历深一层的人也是如此说法。于是侯七就命张景歧主办义父的真寿堂，令包贤训主办自己的假孝堂，而且装龙像龙，装虎像虎，居然棺木牌位、孝幔灵台、遗容挽联等等一应俱全，反是假孝堂的布置比较真寿堂累赘。而且包贤训预料杨燕儿来者不善，所以格外布置得周密，特地请保家的狗师父挑选一头最最凶恶的辽獒，赶紧教练起来。扎了草人，实地试教，教得这头辽獒只要灵前有人走动，灵台上的引磬不响，它卧在棺木之下很是驯良；若得引磬当的一声，它便由孝幔内直蹿出来，对着人的要害便咬。

包贤训道："杨燕儿来了，定必要求灵前拜奠，他若拜了不有什么举动，我们当然也不有什么；他若要显功下毒手，我们就放出辽獒来，取他性命。"

事有凑巧，大明子庆祝千秋的正日才过，祝寿诸人正要分头动身，杨燕儿果然来了。他此次是拼性舍命而来，自山东动身，出了山海关，他先到吉林，见侯七当初开设天达分店后遭火废的那块瓦砾场上已经盖造房屋，开着一所药房。他便上前去一打听，原来早已不是侯姓产业，姓侯的售与山东孟家，开设瑞蚨祥缎布分局，而今姓孟的又转典给他人开西药铺了。燕儿摸清了根由，才再搭吉长火车到长春。下车之后，先去饱餐了一顿，顺便访问侯七父子俩在家不在家。

自有闲人告诉他道："七掌柜代他天伦庆开八毒诞，昨天正日，各处来的拜寿英雄，男男女女近百名哩。并且有老鸿升男班、王家髦儿班两班唱戏的男女合演堂会，热闹到三更尚没散哩。您老想也是来拜寿的，可惜来迟一步，寿虽可以补祝，昨天那种好戏却瞧不到了。"

杨燕儿探听明白，侯七在家再好没有。东西吃罢，会钞出门，向东大街天达店走来。恰巧范玉西站在门外闲眺，远远望见杨燕儿到来，犹恐误认，特再复了一眼。又见他果然背着一副行囊，用杏黄袱子裹着，这是镖行中规则，所谓"黄袱背上身，打死不偿命"，定是至此间来找寻侯七的，忙进店内通风。

大明子便同侯七藏躲到密室中去。余众也就按照预定计划，分头埋伏。店堂中只留下包、张二人，以备对付。说时迟，那时疾，杨燕儿已跨进店门，把背上黄袱包裹卸下来，向柜上一搁道："快唤你们老小掌柜出来，说有个死约会，不见不散的朋友来了，大家当面晤谈一句要言。"

包贤训忙过去招呼道："您老贵姓?"

杨燕儿瞟了包贤训一眼道："休问俺名姓，横竖你家老小掌柜全认识我的，唤他们出来一见便知。"

包贤训道："我家小掌柜一共只有四岁，怎会和您老结交?"

燕儿愕了一愕，道："不是最小的一代，那是上两代的两个当家人。"

贤训假作一想，道："哦，敢是七掌柜?"

燕儿拍手道："着呀!"

贤训道："七掌柜过亡了两年多，快要除孝出殡哩。最老的老掌柜既老且病，不下床的了。"

燕儿猛向贤训脸上啐了口涎沫，怒道："好小子，敢撒这样的瞒天大谎! 你当爷不知道的，人死了，还能替老子庆寿?"

贤训笑道："您老想是误会了。我家老掌柜就因七爷伤发过亡，悲痛成病，病得十分厉害，故此七爷媳妇前去算命，据云须要见见喜。所以小孙儿出面，代祖爷庆开八，并非儿子替天伦祝寿。"

燕儿听了，眉头皱了几皱道："原来七掌柜当真死了，你说快要除服出殡，分明柩尚在家。你快领俺往灵前去一拜，也不枉我们生前一番结交。"

贤训答应，往里头去挨了一刻工夫，重又出来回复道："七爷媳妇道，尚未知道您老贵姓高名，不敢当拜灵，命小可出来挡驾。"

燕儿暗想："侯七妻子赵凤珍同俺也是对头仇家，俺若说出真名实姓，一定不容俺到七小子灵前。但是若不说出名氏来，恐怕也难瞧见侯七的棺木。"沉吟了片刻，忙再道："实不相欺，俺是黑龙江老昏皇股内的银銮老三叶九皋，同七爷在九年前头，彼此寄居哈尔滨，逛窑子玩姑娘，两下闹起醋劲儿，曾经交过一回手的。谁知不打不成相识，我俩

316

一打之后，反打出交情，由靴友变成拜把子，故而此次到来，专诚拜访他们爷儿俩。现闻老的病了，小的又殁了，心上很是难受，务必要到灵前一拜，烦你转告七嫂子，乃是自己人，不客气的。不过表表俺交朋友的心迹，并无别的关系。"

贤训也早料到辞却不掉的，于是再向内去关切狗师等众，往发堂小心伺候。他又回了出来，先行声明道："只因老掌柜病重，医生叮嘱，家内不可再有哭声去打动老人心事。而七爷的孩子又因前几天老掌柜寿期内多吃少睡，也有些感冒，所以少顷孝帏内既没人哭灵，灵台旁也无人回拜，望您老要海涵一二，万弗见罪。"

此时杨燕儿听说容他入内拜灵，已是如愿以偿。这些小关节目一概满不在乎，便点头答应。贤训才引领着他往灵前去瞻拜。

第四十八回

假吊孝灵堂起凶心
小报仇拜次施毒手

杨燕儿随了包贤训，径向天达店里头走去。他张着一只眼珠子，步步留意瞧着，心中暗暗记忆清楚，何处可以上屋，何处不能爬高。岂知有心人遇有心人，贤训引领着他，也是有意七曲八弯，东转西折地大绕圈儿，并非走的径直路，就提防他认清了路径，再来闹着玩儿。

兜载了半天，方到灵前。燕儿抬头一望，那是一并肩三明两暗五间平房的一个小院落。天井内栽着五六盆芭蕉、一棵龙爪槐树，居然也有一些太湖石堆叠的小假山。中间那间主屋，六扇长槅都是冰纹梅格眼，用明瓦嵌着。屋内下面砖地，上头却有天花板，把蓝色花纸糊着，一只灵座、一个青布孝帏，灵座上有个雕花嵌玻璃罩的神主。孝帏中间剪开的那个当儿内，还有一个青绫牌位供着，位上是"亡男小坡之灵位"七个字。位上头悬着侯七的一个油画小照，装在镜框里头。两厢挂着一副挽联，是于大明子署名，联语道：

尔何之？未来日月正长，忍教撒手。

我老矣！此去桑榆已晚，不耐伤心。

靠上首那个孝帏洞口空洞无人；下首那个帏洞口，一个庄客模样，手中携了根哭神棒，准备吊客拜过了，将棒代表孝子还礼。另外有十二个家人，分作六个一面，左右站班。贤训便抢上一步去，把灵座上的香蜡燃点起来。

燕儿假作瞧那挽联，有意走至孝帏上首，举起左手，把孝帏掀起来，伸开右手五指，指着帏内那口灵柩道："此中真的是侯七爷吗？"

贤训未及答言，燕儿已经暗运五毒功，对着那口灵柩远远地连戳两戳。里头虽装满的石灰砖瓦，分量不小，谁知被燕儿在五步之外遥指这两指，顿然豁豁两响，那口棺木在搁材凳上要跳下地来。

贤训明知燕儿在那里用功暗算，如再被他一指，恐怕木要进裂开来，露马脚哩，所以忙回身将香授过去道："请您老上香主祭。"

燕儿来不及再指第三指，只好接了香，走至灵座前，插入炉中，然后退下三步，行了个凝神礼，倒身下拜。

此刻贤训忙向下首拿哭神棒的狗师丢了个眼色。狗师便提起棒来，对着引磬上当地敲了一响。那头辽獒本则见棺木发跳，它卧在棺下，已经要发威，现在一闻磬响，即从孝帏下钻出来，直奔灵座前的吊客。

恰巧燕儿二叩首毕，头抬起来，那辽獒对准他的咽喉，扑上去便咬。燕儿忙举双手向辽獒一拱，自顾自三叩首叩下去。那辽獒嗷的一声，依旧钻回棺底卧着了。狗师也不知它为何临阵脱逃，唯有贤训心上已猜着七八分。专待燕儿叩完毕，忙喝孝子出幕叩谢。狗师便将哭神棒在地上点三点。贤训即很客气地邀燕儿出外待茶，不容他再在灵前盘桓。

他俩一走，狗师进帏一瞧，非但那棺木接榫处已都有了裂痕，就是那头辽獒的眼睛也被挖去，斜躺在棺下，口眼中一齐流血，看来去死已近，所以它只做了一个虎势，便逃回原来卧处不动的了。

此时贤训陪燕儿到了外面店堂内待茶。燕儿便把掌内一对鲜血淋漓的狗眼乌珠向地下一丢，道："你们的畜生怎么这般无礼？今天若是别人，难保不伤在这畜生口内。"

贤训忙先道歉，并道："您老若不动孝帏，棺木不跳起来，这守灵犬也不出来噬人的。大约您老指动了灵柩，这畜生虽则披毛，却极有忠心义气，所以要蹿出来哩。"

燕儿本想借此翻脸的，不料被贤训绵里针一刺，竟翻不成脸。坐了一会儿，明知侯七是毕活鲜跳在那里，自己要报仇，只能另想别法，这回是白到天达店来的了，故也仍背了黄袱包裹，起身走了。

贤训仍很殷勤地送他出店，暗中却已早按段派人监视他的行止。贤训自己要紧回至里边，大家共商对付方法，都道："独眼贼这回所用的功夫非同小可，恐怕在场诸人都非他的对手，这便将若之何？"

包贤训道："我瞧这厮的功夫虽练得毒门，然而大概只练了五步，还没练到塔顶七步哩。咱们万一跟他动手之际，只消站在五步之外，用暗兵刃对付他就行啦。"

李长泰道："昆瞎子已死了吗？"

侯七道："岂但昆老英雄死了，连熊金钩同他二儿仲斌也都去世。如其罗公八一手门内留有能者，早就邀来助威，无奈满肚子想不出一个人来。"

金钟声道："童子功门内虽少能人，鹰爪门内的好手现尚不少，就是朱第三的义儿龙无畏和他师父马哀陆、师祖马献忠的功夫都不含糊。好在又都非外人，立刻派快腿去邀请到来吧。"

艾柏龄道："目下俺等所虑者，乃是独眼贼新练的五毒功，并不是同从前这般忌惮他的铁布衫了。所谓柄末异，就去邀了鹰爪或是童子功门内到来，一时也奈何他不得。包先生所说的话，叫大家留心五步以内，这却是句行话。至于用暗器送他终，七娘子的梅花针、李第二的弹子、高昆仲的飞蝗石、单弟兄的铁蒺藜，以及绳镖、袖箭，在座之人十有八九能够使用，就是凤珠姑奶从我学的紧背低头花装弩，虽只一年多工夫，亦可制这贼性命。我尚有一件新发明的暗器，将倒须钩尺寸收短了些，把手枪做了模型，用纯网仿造着一个。中间不装子弹，却把倒须钩纳入，射放出去，较以前用弓射出去的力量猛而且远，工夫又省不少，我已实地试验过好几次，颇能百发百中，故定名叫百灵机，也可处死这小子。无奈总要有人跟放对，乘其不备，大家诸器同发，使他措手

320

不及，方有奏凯希望。若然一上手就使暗器，他要留心防备，岂非徒劳心力？叵耐同他去放对交手之人，眼前尚乏其人。"

范玉西道："跟他交手之人不一定要有如何功力，只消葛藤绕树一般缠住他的身子，好待旁人下手。"

艾柏龄道："着呀！可惜眼前诸人皆未曾习练过这猕猴套功夫，轻身腾纵，蹿东跳西，都不甚专精。"

单三英道："若说练猕猴套功夫的，我倒想起一个旧同志水上漂袁八十啦。他尚有个诨号叫跳虱，他的轻身功夫已至若何程度也就可以想见。"

侯七道："这位英雄现在何处，三叔可知道不知道？"

单三英道："人是现在敝省板浦，当个缉私分队长。无奈他一者年老，二来身为队长，未便擅离汛地，不见得会来。"

韩尚杰道："袁八十收过徒弟没有？"

单三英道："正式徒弟未曾收过，只有个把弟，曾非正式拜他为师，由他亲自教练成功。最奇怪，名氏也叫燕子飞杨燕儿。"

高大锁道："天下人心，同行一辙，不好沽名，定乐射利。袁八十既然教出了这个把弟，又有这外号，玩意儿一定去得过。我们可立刻派人前去接洽，顺便带您老一封介绍书，以及金珠厚礼。见了他时，先提着江湖义气为重，把名缰去牵他，如若牵不牢他，再将金珠献上，用利锁锁他，或者竟是双管齐下，总可以把他邀到此间。由他绕住了通臂猴仙杨燕儿，我们伺机齐放暗器，定可成功了。"

单三英摇头道："难哩！二三年前，有一次冬至节晚间，我就因风闻这名氏奇异得很，故而亲到板浦，在袁八十公馆内和这杨燕儿见过一面的了。那时我早蓄此心，故即劝他，切莫错过千载一时机会，最好去行刺独眼杨贼，倒反白骨教。回头白骨教中果有人倒反，却是一个姓周的，并非姓杨。我又疑惑是姓杨的易名换姓，所以又往板浦去访问一下。不料第一次去，非但姓杨的莫明去向，连袁八十也请了长假出营，不知何往。二次重去，袁八十回营的了，不过卧病在床，不见客，姓杨的依然失踪。第三次仍待夜间翻高头进去，方知袁八十是假装病，在那里服侍个真正病人。这病人不是别的，就是他的把弟杨燕儿。我在屋上见了，相也不曾亮，立返徐州。每月委人探听姓杨的病愈否，直探听至此回我动身出关，据探听之人报告，姓杨的病症依然不增不减，卧床难起。似此一介病夫，就聘请了来也无甚用处啊。"

张景歧道："在下倒有个主意，不知用得用不得？据众位所谈，乃是提防那厮一把空捉，最怕同他交手起来，距离他四五步路，他不问情由，便是一把空捉，被捉得非死即伤。我想小掌柜的软鞭十三节统要开了，周围要近十步的地步，再跨了那骑铁蹄跑月小银龙，进退迅速，就不怕他的空捉，尽可和他对敌。只要小掌柜同他敌住，在两下酣战之际，旁人就可乘隙施放暗器，取他狗命的了。"

于大明子道："这法儿甚好，我儿准其同众位如此办吧。"

米金镖道："但愿他就此一去不来，那是最好，如若来时，眼前既没有练过猕猴套功夫之人，也只能照张先生的计策办了。"

天达店中众人计议妥帖，即暗做准备，不在话下。

第四十九回

鸡粪入口龙马捐生
暗器中身恶贼丧命

如今且先提杨燕儿，他背了黄袄，离开于家，另去找了一家客寓住下了，再向这寓中柜上去细细打听他们栈房同业的消息，自较业外确切。燕儿一提这话，他们都道："天达店的老小掌柜安然无恙，怎说小的死了，老的病了呢？"

燕儿一闻此信，明知侯七自甘让步，不肯出来和自己照面，明白找他，乃一辈子也找不到的了，除非要暗去寻访才行。依着江湖上规矩，他如此躲避，我已占了点儿小面子，也可收篷下马的了。无奈自家退也无路，留他在世，自己终究难成大事。斩草务必除根，决计晚间再去。

当下回至客房将息，直至晚饭过后，店中内外诸人俱已熟睡，他便结束停当，飞身上屋，一路穿房越脊，二次重往天达店来。转眼间到了那里，好在日间已经留心路径，仍旧到那间安灵设座的院落，先投石问讯过了，方飘身下屋，只见正间次屋的门窗都闭得好好的，静寂无声。燕儿正欲上前去开窗，忽然身后的小假山内好似有脚步声响，忙扭头一瞧，只见一件亮晃晃的东西直向自家上三部射将过来，分明他们早有埋伏，假山石内有人藏着，用暗器来算计着自己。虽则艺高胆大，不十分惧怕，但是未知敌情虚实，行军尚且犯忌，何况是单身黑夜，亲临虎穴？所以赶将身子一蹿，蹿上了龙爪槐树，伏在树丫杈内，借树叶隐着身子，静觇下面动静。若是侯七本人露脸，便跳下去和他拼着，倘非侯七自家出现，尚不愿下去哩。等待蹿到树上，耳边厢闻得啪的一声，想是那件暗器着地。他正睁着一只眼珠，全神贯注在太湖石上，瞧有无人影闪出来，不料那厢芭蕉叶底弓弦响处，又是一支羽箭对着槐树上射来。哗的一响，正射在燕儿藏身的丫枝上头。若这支箭偏过一些，不射着燕儿的咽喉，便是射着燕儿的肩胛。燕儿暗忖："不好！原来我没瞧见他们，他们反瞧见了我哩。此处又难暂躲，须得换地方藏身。"忙从树上爬过去，跨至屋檐，正在度量藏往何处，忽有一声马嘶，顺风吹入耳内。

燕儿默念："今晚来这一次，他们暗地早在严防，定要找侯小子，怕是找不到的了。"回想从前杨、侯结仇的因由，那骑铁蹄跑月小银龙也是一根导火线。今晚既候不着人，何不就去损害这哑口畜生，也算出出胸头毒气。主见打定，便从屋上往后来找寻马厩，居然一寻便着。其时这骑龙马口齿已满，眼力不及以前瞧得远了，就是赶路驮重，都已退化，所以此次侯七各处都派人埋伏，独有屋后的马厩四围不曾预埋伏兵。

杨燕儿下屋一瞧，果然那骑祸根孽苗的龙马卧在槽内。燕儿想："若得把它牵出来，尾上系了柄竹扫帚，然后将它赶走，那它后蹄提起来，跌着竹帚，竹帚便向它臀上敲打，越走得快，越打得紧，任凭它是识厩老牲口，这一走也不知要走到何处才止，这是最妙的法儿。不过把它牵出了槽头，又要去寻竹帚系尾，不免多经时候，不要它迭连地嘶叫起来，惊动了人，反而画虎类犬。就算今晚任我摆布，将它赶跑了，回头侯小子一出赏格，方圆数百里路内爱养牲口之人已都知此马是侯家东西，再加口齿满了，犯不着为骑老马跟人结恨，定要把它送回来，我岂非白费手脚？还不如暗损为上。好在损马的东西，地上总有的。"

忙取出千里火来一照，果然瞧见有不少鸡粪在地。他便收拾了许多，走近马厩，又照着有一堆草料，便伸手拉过一大把来，将鸡粪和在里头，送到龙马口边。可怜这忠实畜生哪晓得奸人机诈，见人来喂食，张口便吞。谁知马吃了鼠粪，要腹胀暴毙；吃了鸡粪，要生骨眼，从此同盲种一般不能行路。这是物理使然，连《本草纲目》上也载着这一条。依着燕儿心上，要用鼠粪的哩，只因事出仓促，弄不到许多鼠粪，少吃无效，故而就把鸡粪抖料喂它，见它已经下口，方狞笑了一声，仍由屋上回寓睡去。

到了来朝，天达店内众人谈及昨晚独眼贼果曾到来，李长泰一弹、王凤珠一箭，虽都未曾打中，却竟把他惊走，下半夜安然无事。

单三英道："此贼心地较前更加狠辣，况也是临过大敌之人，我想区区一弹一箭不见得能吓走他，怕他得手了什么，才自回去。可要往各处仔细查查有无他项损失。"

大家听了道："三叔此话虑得极是，我们该去搜查。"

于是，大家分头往屋内屋外四处找寻一下，并无什么。包贤训防他掘地道、埋炸药，侯七听了，也觉有理，再至各处地上去瞧看，也没什么痕迹，自然三番两次查不出甚来，也就过了。直至三四天后，马夫见龙马吃水食有些瞎形，便请张景歧去瞧看。景歧医道甚精，非但能够治人，就是看治牛马也有能耐。他去一看，知道此马吃了鸡粪，要生出骨眼来，不比乌梅姜蚕涂了牙齿，不吃食，只消用桑叶一喂，便可复原，现在吃了鸡粪，一点儿救治法儿没有。侯七闻得大怒，便去究问马夫。

马夫道："因为此马是小掌柜爱物，小人喂养格外留心，连它的食料都和他马不同。三天之内要喂两次细料，每逢放出去啃青，小人必随往是照料，哪会吃着鸡粪呢？"

大家将日子一掐算，都道："此马不要被独眼贼来暗损的吧！"

侯七掐指一想，果然是弹箭惊走杨燕儿那晚之后，此马方始起闹，八九成是这厮来下毒算计的。只好将马夫申斥几句，也就罢了。从此这骑龙马变作老病无能，只好养它到老死。但是马乃将军性，况且是上驷良材，更非寻常驽马可比。等待眼骨生成，两目无光，它天天悲嘶哀叫，连水食也不进。除非要侯七亲去抚喂，它才勉强吃些。若是马夫喂的，嗅都不嗅，不到两月工夫，此马竟然奄毙。侯七见了恻然，吩咐马夫去择了块空旷山地将它埋葬了，并堆着个马冢。这都是后事，现先提前表过。因为本书行将归结，此马乃是书中要物，故而郑重其事地把它收束。

侯七见马受病，不禁心头怒火顿然提高了三千丈，再也按捺不住，反要去寻杨燕儿说话。单三英、艾柏龄等几个老成一些的人都劝他，先前既已忍耐，何必又发呆性？索性让了他三回，待第四次来时，再和他对垒未迟。讵料杨燕儿暗中天天晚间上一次天达店，幸得侯七父子俩仍未被他溜眼。

那一夜来了，被包贤训又料着。他端正着硫黄烟硝，要放火烧房。幸亏人多手众，防范严密，不曾成事。至此，侯七再也忍不住的了，差人反找到燕儿寓所，向他道："七爷并非惧你不出头，因念你最初是为友报仇，懂得江湖上义气，故而留下这份交情。你如今再三逼迫，七爷忍无可忍，所以传信给你，你也不必鬼鬼祟祟，黑夜前来扰人。准在后天清晨八时，七爷在回教礼拜堂后面的空场上候你前去，彼此清拳铁臂，一不用家伙，二不用人助，别个高下。谁先到先等，死约会，不见不散。你若有种的就前去，若然没种不去，也不必再在此鬼混，快回老家抱娃娃去吧。"

燕儿听了，正中下怀，暗骂："小猴头也是活该，被俺三番两次一逼，到底忍不住要出头哩。你一出头，可使你尝尝杨爷爷的好味道。"当下自然应了。这两晚便不再上天达店，镇日镇夜在寓将息精神。

一到约期的那天清晨起身，已听钟打八下，连脸也未洗，将黄袱中的东西移出，单将空袱背着，径觅路前去。礼拜堂后面，那是回教中公立的一所中学体操场，地上收拾得很平坦，三面森林，一面是礼拜堂的后墙。燕儿走至那里，侯七早等候在此，一见燕儿之面，话也不搭，便扑奔上前动手。而且上下左右，抢开两个拳头，使得风雨不透，拳拳是取攻势，使燕儿忙着招架，不及还手。这一套拳法足足使了一个时辰，累得杨燕儿招架得也有些乏了。

好容易得了一个还手当儿，想施毒手，忽听左首有人高喊道："不要脸的独眼匹夫，冒了俺杨爷爷大名，河南失败了，跑至此地来猖獗！"

燕儿斜觑过去，一看不是别人，原来是刺死猩猩的嫌疑犯周阳镖。他见了此人，比见了侯七还要愤怒些，不禁大吼一声，便舍了侯七，直向左首扑去。不料百城是袁库儿教的猢猴套功夫，倏前倏后，忽左忽右，或上或下，将杨燕儿打了几下。燕儿想去捉他一把，却始终不曾捉着。经侯、周两人一个车轮战，已将他膂力渐渐盘尽。

　　此时天已有巳末午初时候，日光正在猛烈之际，晒在身上，格外焦灼，容易出汗。等待身上一淌汗，任你何种功夫都要不行。三面森林之内，众家英雄却全都散伏在内。艾柏龄瞧出了便宜当儿，便将百灵机配好，等待燕儿的脸子对着自己埋伏的方向转过来，忙将机扳动，喝声道："着！"那一支小小倒须钩早已钻进杨燕儿那只好眼睛内去了。燕儿觉着中了暗器，忙伸手去一拔，那颗眼珠子便在钩上带出了眼眶哩。至是两目失明，无能为力。大家便都从树林内跳出来，他们把这厮也恨透了，奔上前来，你一刀，我一斧，大家抢着动手。片刻之间，把整个儿的独眼杨燕儿剁成了一味双料炸八块。他学艺之际，曾对天立誓，将来学成了，如其为非作歹，死后乱刀分尸，而今果然应了他亲口的血誓了。

第五十回

善恶昭昭揭明大旨
恩仇了了归结全书

　　江南假杨燕儿的周百城，自从在方城山戴庄祖师殿上猩猩密室门口被值殿教友捕获，锁置空屋之内，明知独眼贼回来，性命难保，实在密室的暗门虽属我开，这猩猩不知被哪个长手臂已先刺毙，并非死在我手。不过这些说话，说与不说一样的，独眼贼总之要我抵偿那猩猩的命了。与其说出实话，情同怕死，结果仍不免一死，反不如明天见了那贼，挺硬到底，这畜生性命竟自承被我刺死，再把那贼骂个痛快，就做伍云召的老子伍建章、明朝建文君手下忠良方孝孺，一个野史上的，一个正史上的，被隋炀帝、明成祖敲牙割舌，我抵桩也被这贼如此惨酷刑掠，一定至死不变。将来外间人知道此事，要将我和伍、方相提并论，这是何等有幸啊！

　　百城转了这念头，故心下一些恐惧没有。好在家庭方面又没有牵肠挂肚之人，就算慈涧镇上邂逅的玉姑娘，似乎有一些些小悬念，究竟萍水相交，并无十分割不断、解不开的情爱。心头此事略转一下，也就丢开。

　　大约被缚了一个更次，自家心上竟是无挂无碍无恐惧了，所以倒照常发倦，就蜷卧在地睡着哩。合眼了不多一会儿，忽被外间一个防守他的教友哎呀一声惊回好梦。侧耳一听，好似门外有人争斗般。过了片刻，又迭闻了三声哎呀，接着又是三声扑通，类似人身跌下了地。正疑惑间，又听门上的锁哗啦一呼，门便开了，有条黑影闪进来。遂见他取出千里火一照，百城早已看清楚来人面貌，原来是把兄跳虱袁，忙问道："方才那头畜生，想来您老下的手?"

库儿笑道："自己手足被缚，不先喊我解去，反急着追诘此话，老弟也算得特别人了。"

一面说着，一面再晃千里火，用三棱峨眉钢刺将百城浑身绳索割断，待他血脉和一和，便催他走路。百城还想放火烧山，袁库儿道："你听时候已交四鼓，若不乘今宵杨、蒋、吴、殷四首领都不在此，防守松懈，混出山口回去，倘少顷天色明亮，他们回来，一见猩猩被刺，格外戒严，注意出山人，那时便难走动了。你倒尚思放火烧山，不要做了火烧穆柯寨的孟良、焦赞，想去烧人，结果被穆桂英宝扇一扇，逆风点火，自被人烧。你呆得同焦克明相似，我却不是孟伯昌，不贪功的，总算刺死了猩猩，我和你目的达到，这所房子留给他人，我等不要管吧。快走快走!"

百城无奈，便随跳虱离开戴庄，同返板浦。在路闲谈起来，方知跳虱自正月十六不见了把弟，心上时刻悬念。后在扬州落子馆中，遇着一个女大鼓家玉姑娘，问她可有丈夫，她说出百城假名氏和诨号来。跳虱大为诧异，追究详细，才晓百城实在行踪。唯恐有失，不是独眼大盗敌手，故请了长假，投效入了白骨教，暗加保护。此回杨、蒋等上赤眉城议事，跳虱料定百城要动手，果被料着，于是私下紧紧追随在后。百城头次掀开暗门，跳虱便下去动手。及至百城二次下来，跳虱又借火把遭风吹得发暗之际，先出暗室。

恰巧一名值殿教友上殿查缉，瞧及暗门洞开，急忙出去，招呼人来同拿奸细。跳虱幸而先走了出来，不然两个要被擒一双哩。如今暗赖神佑，功成出险。横竖猩猩一死，那白骨教即刻要自相践踏，瓦解冰消了。等待他俩回了板浦，不多时，便从个中州府商人口内传述出来，白骨教果然自相攻讦，黑幕揭开，无形消灭的了。百城甚为喜悦。

不过经了此回阅历，自知玩意儿幼稚得紧，务须努力再求道行。跳虱见百城有如此血性，一意除暴安良，更加敬爱。故将前此藏去未教的猕猴套功夫重行指导百城，习练这套功夫。练成了，又即端正了介绍书，仍令百城上湖北投拜艾柏龄去。不料柏龄离乡他住，不知身在何所，连家中人都不知道。百城徒劳跋涉，只得三次回板浦。

跳虱道："目下要做你前人，非轻容易，除了艾家，此外我所认识或知道的人都没有这资格。"

百城忽想起了玉姑娘叮嘱的说话，便转诉给跳虱听了。

跳虱道："照此说来，玉姑娘的天伦便是双翅虎吴大龙了。真属此人，所有五毒拳、太祖点血拳、形意八卦太极诸拳，他皆擅长的，大可拜他为师，就不过家伙只能一把单片子，其余皆不如艾家。至于拳脚一门，艾家却又不及吴家多而且精了。现既找不到艾家，你上党家庄去找吴家也好。"

百城唯唯答应，预备翌日动身。不料天有不测风云，人有旦夕祸福，百城忽然身子发热，害起伤寒症来了。从前在上海时候，跳虱病倒客寓，百城尽心服侍，如今倒换了个头，变作跳虱来服侍百城了。这场病卧了好久，方得起床，病势虽退，可恨不生气力，又只能耐心将养了好一时，总算死里逃生，身子复原哩。

百城晓得病了这几时，功夫定已散了不少啦，于是同小孩儿温熟书般，先把功劲仍练得同未病前一样，那才辞别跳虱，至徐州搭津浦车到党家庄，访寻双翅虎。因为吴家开设的是客寓，容易找到。

和双翅虎见面之后，百城具道来意，并云："前曾和令爱订交，她愿代小子先行致意，要拜您老师，后因患病，所以迟至今日才来。"

大龙听了，叹道："既然亡女阿玉介绍，承蒙老弟看得起我，若再推却，反觉作伪少诚意。老弟不嫌我家功夫浅劣，就在此盘桓几时。"

百城闻阿玉上头加了"亡女"二字，非常惊悼，忙追问大龙。

大龙道："说出来，亡女好似犯了神经病般，自家寻死的。老拙有个忘年交的友人，诨名叫通臂猴仙，真姓氏和老弟一样，也叫杨燕儿。他从河南路远迢迢前来，投奔着我，加练五毒功。不料小女听他提及经

330

过历史，便挨紧着问他，可是做过白骨教武班首领？他始而不肯直说，后来伴熟了，才承认做过这名目的事情。亡女听了，顿然触动了心事一般，天天跟他吵嘴。有一晚竟拿了家伙去行刺他，被他夺去家伙，反把亡女刺死。老拙想跟他交涉的，他已跑了。据他说，学成了五毒功，要去同一个亲同乡滚马侯七会武的，后因刺死了亡女，当夜就溜去了，所以五毒功只得了七八成，尚未学全，只好五步之内取人性命，不能七步伤人。这也不必论到，倒是亡女不知为何要跟他如此，想来前世冤家，今生又遇到了，所以要这样的啊！"

百城听了，不禁两泪交流，便将慈涧镇上如何从火中救出，如何彼此钟情，虽未明言，暗中已有白头之约，如何告诉他上河南真实的宗旨，赠银分别，如何蒙令爱等守三载，再提别家亲事，一一地告诉大龙。"据此推想上去，令爱想必就为这独眼匹夫是小子仇人，故要跟他作对，以致枉送一条性命啊！"百城说罢，不觉放声大哭起来。

大龙听了，也恍然大悟，怪道替玉儿提亲，她说要过去三个年头儿再说，现在将双方的话合勘一下，她的性命确实因此断送掉的。现见百城哭得伤心，反去用话安慰道："死者不可复生，哭也无益。待老朽教你一种功夫，是专破五毒功的，去找寻那厮，代亡女报仇吧！"

于是百城收泪止悲，先请问大龙："玉姑娘的墓茔在何处？"

大龙指引他去一看。可怜尚未入土，暂厝荒郊，受那风吹雨打。百城便去买了香烛祭品，在她柩前祭奠一番，默默祝告道："我练成了破五毒手的功夫，当即前去找寻独眼匹夫，为卿雪恨。卿如阴灵有感，请暗中来助我一臂力！"

拜祭之后，百城便蓄心跟着大龙练功。大龙询知他练过猕猴套的，即顺着这条轻捷路教他。百城一来好学，二来又有玉姑娘关系，格外用心练习，功夫一日千里。学了几时，大龙许他行啦，于是命他追踪出关，找寻杨独眼。如其同他遇到交手之时，切记不可近身，须知五毒功中的捏手，除非要练过肚腹功，能够运气的，才不怕这把捏，你若与他交手，先当蹿来跳去，将他膂力盘净，然后伺有破绽下手。

百城遵命动身。临行之际，又至玉姑娘柩前祝别一番，方登程就道，出山海关先到长春找寻侯七。及至见面交谈，才知独眼匹夫也在这里寻衅。于是约期会武，居然马到成功。

当下大众把燕儿乱刀分尸之后，这堆肉糜如何处置呢？百城主张快取柴草引火诸物，拿来焚化掉了，可以冥然无迹，包贤训也是如此说法。于是大家动手，把这厮火葬，烧不成灰的几根大骨，百城又去弄了一个大皮袋，将这骨装起来，他有用处哩。此贼既除，侯家父子可以高枕无忧，故再大摆宴席，请大众欢呼畅饮。乐了几天，然后各自分头回去。

等待李长泰和周百城等走了不多时，于大明子年纪究竟大了，油干灯灭，害了不满十天病，竟然逝世。临终时候，再四叮嘱侯七："将来后辈千定读书习商，不要再吃这碗镖行饭了。为父一辈子七十多年岁月，挣下这份小小家私，都是拼着心血性命去倒换来的，江湖上已都称羡我是个猛将。出道至今，不曾结一个死对头、解不开的大仇家，也未栽过大筋斗，保了客货出门未生大乱子，更未被码子诬攀犯案，背大风火。然而我事后想想，已觉得危险万状，没有一天是定心吃喝。并且走了这道儿，安分驯良，不去犯人，是万万做不到的。因为这么一来，不免落了庸庸碌碌，一辈子也做不出名誉来的。没有名誉，只好年年在家抱娃娃，休想出门走走路，自然客帮的货物绝不会来邀你无名小卒去保护哩。故而要想自家的镖旗响硬，传出去绿林三界、江湖八黑都买你账，见镖低首，不敢侵犯，势必横冲直撞，亡命地干上几回，要干出一两件逢龙拔爪、遇虎敲牙、惊天动地的非常大事，又须照子放得亮，结识一班忠肝义胆、忠难相扶的生死朋友，并且要走运走得顺利，方得成功一个镖客，客商慕名登门，邀去保护。到此地步，自己阅历既深，经验也多，不愿去惹人家，可是人家倒又要诚心来犯你了。譬如我满了五十岁，已经不常出去走镖，就是衙门公事，也仅挂个名儿，不是认真去干的了。尚且有那个通臂猴仙杨燕儿无端岔出来捣蛋，枝枝节节，闹了二十年才休。所以我越想越觉这劳什子饭没有味儿。况且以后社会上生出来的人更加枭恶，欺诈相乘，决计没有像我一辈有苏二等这种人交着，在外愈加不好混，还是早早改谋他项生计为是。"

侯七一一答应。故而侯七的儿子，武功是练的，乃是练着防身，这碗保镖饭弃行不干，就是遵守大明子的遗嘱。

等待大明子咽气之后，自然侯七披麻戴孝，同亲生儿子一般。丧中诸务，仍由包、张二人共同主理。内里头有于大娘领着媳妇赵凤珍安排，侯七仍得清闲自在。不料五七开吊过后，方城山的一杆旗蒋桂探听着杨燕儿身亡消息，去合了鸡冠山三寸丁，找上门来，同侯七说话。

这时候的侯七百念俱灰，万事看破，不愿再争甚虚荣浮利，所以一味让步。蒋、丁二人误认侯七真的无能怕事，故反得寸进尺道："杨燕儿是替刘瘸子复仇，为朋友死而无怨。你姓侯的也为了罗佩坤、朱三傻子等几个朋友仗义相助。加之燕儿又背了黄包袱上门找你的，现在被你打死，本则没甚话说。不过你们不应倚仗人多，把他攒殴死了之后，还要把他尸首火葬。目今尸骨无踪，江湖上万无此理。你现在党羽四散，落了单哩，倒想用软功求了结吗？也罢，要了结此事不难，好在你丧服现成，只消你仍头戴麻冠，身穿麻衣，足蹬草履，手拿哭神棒，替燕儿扮个孝子，大大地开三天吊，两下才解开这个扣儿。不然，咱来较量较量，也抵桩遭你殴毙了，毁尸灭迹的。"

这个条件，你想侯七如何忍受得下？又欲拼着一身，要同蒋、丁俩斗哩。

恰巧这个当儿，孟长海和董长清、石道姑三人同伴了往青海去朝参昆仑山，特地大宽转绕到吉林来探视侯七夫妻。他三人一到，蒋桂不知轻重，还要多话。三寸丁是晓得这两个老道、一个老道姑都不是好惹的，忙便口风落软，不似登门时候的强硬态度了。

孟长海先问明双方纠葛主因，便道："二位既知彼此都为了朋友仗义起衅，优胜劣败，事理常情。杨燕儿自己玩意儿不行，所以死了，还有什么多话？不过二位也是为了朋友而来，这样吧，由我等做主，喊侯七出来，先招呼二位一声，解开这个扣。如再有甚多话，请瞧一个

333

榜样。"

长海道罢,便拣天井内一块长而且厚的大石条,用中、食两指轻轻一点,那石条立刻断作两段。吓得蒋、丁俩面面相觑,不敢再多话。石道姑便喊侯七出来,先叫应他俩一声,便算面下难过一齐叫开,蒋、丁二人无奈自去。

孟、董、石三人在侯家住宿了几天,也就分道回山。从此,侯七等一班生龙活虎的英雄都化为彬彬文雅的平民,不喜再管闲事。

再说周百城,携了燕儿骨殖,由长春回至党家庄。将燕骨祭过了玉姑娘,把来抛弃郊野,任凭狗衔鸦啄。他又拿出钱来,买了块地,将玉姑娘灵柩埋葬之后,再回至板浦,辞谢了跳虱,便出家去做和尚。曾至著书人的家乡宝岩寺,朝山挂单。

其时著书人也寄居寺中避暑,同他结了个方外交。乘凉月下的时候,他便把侯、杨交涉事由从头至尾诉说出来。著书人即把来分段演述,胡诌了二十万言,至此已告结束。

下次当另起炉灶,叙述一件红帮中的情侠秘史,叫作《洪英择婿记》,当再与读者诸君相见吧。

图书在版编目（CIP）数据

江湖豪侠传／姚民哀著. — 北京：中国文史

出版社，2020.2

　ISBN 978 - 7 - 5205 - 1554 - 2

　Ⅰ. ①江… Ⅱ. ①姚… Ⅲ. ①侠义小说 - 中国 - 现代

Ⅳ. ①I246.5

　中国版本图书馆 CIP 数据核字（2019）第 250562 号

点　　校：清寒树　旷　野

责任编辑：牟国煜

出版发行：**中国文史出版社**

社　　址：北京市海淀区西八里庄 69 号院　邮编：100142

电　　话：010 - 81136606　81136602　81136603　81136605（发行部）

传　　真：010 - 81136655

印　　装：廊坊市海涛印刷有限公司

经　　销：全国新华书店

开　　本：720 × 1020　1/16

印　　张：22　　　　　字数：302 千字

版　　次：2020 年 2 月第 1 版

印　　次：2020 年 2 月第 1 次印刷

定　　价：66.00 元